NICCI FRENCH

Die Komplizin

Buch

Als Bonnie Graham die Wohnung einer Freundin betritt, um deren Blumen zu gießen, liegt dort ein Mann, mit dem Gesicht auf dem Boden, in einer großen, dunkelroten Blutlache. Offensichtlich tot. Aber anstatt in Panik zu geraten und die Polizei zu rufen, beginnt Bonnie damit, den Tatort akribisch zu säubern und alle Spuren zu verwischen. Dann ruft sie ihre beste Freundin Sonia an und bittet sie, bei der Beseitigung der Leiche zu helfen …

Alles begann sechs Wochen zuvor. Bonnie – eine Musiklehrerin – ließ sich dazu überreden, einige Musiker zu versammeln und mit ihnen einen Auftritt auf der Hochzeit der Freundin vorzubereiten. Bonnie sagt zögerlich zu und sucht ein paar alte Bekannte auf, um sie für den Freundschaftsdienst zu begeistern. Einer nach dem anderen sagt zu – obwohl noch keiner von ihnen je in einer Band gespielt hat. Unprofessionell, unsicher und nicht selten unmotiviert probt die Gruppe. Dabei werden Erinnerungen an alte Beziehungen, verlorene Hoffnungen, vergangene Sünden geweckt und neue Leidenschaften entbrennen. Je länger sie sich treffen, desto größer werden die Spannungen – und als Bonnie schließlich noch den professionellen Musiker Hayden Booth mit ins Boot holt, steht die Gruppe vor einer Zerreißprobe. Hayden ist plötzlich überall im Mittelpunkt, zieht alle Aufmerksamkeit auf sich – begabt, attraktiv, gefährlich. Gewalttätig. Hayden ist der Tote in der Wohnung – und schnell ist klar: Jeder der Musiker hätte ein Motiv für den Mord.

Von Nicci French außerdem bei Goldmann lieferbar:

Höhenangst. Roman (44894)
Der Sommermörder. Roman (45425)
In seiner Hand. Roman (45946)
Der falsche Freund. Roman (46176)
Der Feind in deiner Nähe. Psychothriller (46576)
Acht Stunden Angst. Psychothriller (46848)
Bis zum bitteren Ende. Thriller (47185)
Seit er tot ist. Psychothriller (47539)

Nicci French

Die Komplizin

Psychothriller

Deutsch
von Birgit Moosmüller

GOLDMANN

Die Originalausgabe erschien 2010
unter dem Titel »Complicit«
bei Michael Joseph (Penguin Books), London.

Verlagsgruppe Random House FSC-DEU-0100
Das FSC®-zertifizierte Papier *München Super* für dieses Buch
liefert Arctic Paper Mochenwangen GmbH.

1. Auflage
Taschenbuchausgabe Mai 2012
Wilhelm Goldmann Verlag, München,
in der Verlagsgruppe Random House GmbH

Umschlaggestaltung: UNO Werbeagentur, München
Umschlagmotiv: FinePic; Getty Images/Alexandre Fundone
An · Herstellung: Str.
Druck und Bindung: GGP Media GmbH, Pößneck
Printed in Germany
ISBN 978-3-442-47777-7

www.goldmann-verlag.de

Danach

Ich wandte mich zur Wohnungstür um. Dass sie geschlossen war, reichte mir nicht. Was, wenn plötzlich jemand kam? Womöglich mit Schlüssel? Um ja nichts zu berühren, zog ich mir den Ärmel über die Hand und schob, durch den dicken Stoff sehr linkisch, so leise wie möglich den Riegel vor. Obwohl alle Lichter brannten, waren die Vorhänge nur halb zugezogen. Ich schlich entlang der Wand zum Fenster und spähte hinaus. Nachdem ich mich davon überzeugt hatte, dass unten auf der dunklen Straße niemand war, schloss ich die Vorhänge. Dann ließ ich den Blick mit der Leidenschaftslosigkeit einer Kamera durch den Raum schweifen, von einem Gegenstand zum nächsten. An der Wand hing ein gerahmtes Foto, das ich mir noch nie richtig angesehen hatte. Nun stellte ich fest, dass es einen verschwommenen Schwarm orangeroter Schmetterlinge zeigte. Auf dem kleinen Tischchen standen ein Telefon (was, wenn es plötzlich zu klingeln begann?) und eine Schale mit einem kleinen Schlüsselbund. Wem gehörten die Schlüssel? Wahrscheinlich ihm. Darüber musste ich noch nachdenken. An einem gemütlich aussehenden braunen Wildledersessel lehnte der Gitarrenkoffer. Die Gitarre selbst lag daneben auf dem Boden. Sie war in der Mitte zersplittert, so dass die Saiten zwischen dem kaputten Holz hingen. Rasch wandte ich den Blick wieder ab und ließ ihn stattdessen zum Fernseher wandern, der in meiner Anwesenheit nie gelaufen war, und von dort weiter zu dem großen gestreiften Sofa, wo wir … nein, denk nicht daran, ermahnte ich mich selbst. Ruf es dir nicht ins Gedächtnis.

Über der Lehne hing mein Schal, den ich ein paar Tage zuvor dort zurückgelassen hatte. Ich griff danach und wickelte ihn mir um den Hals, wo ich den violetten Bluterguss wie eine hässliche Erinnerung pochen spürte. Mein Blick fiel auf das Bücherregal. Die Bücher, von denen einige über den Boden verstreut lagen, gehörten alle Liza. Größtenteils handelten sie von Kunst und Design, ein paar auch vom Reisen. Liza befand sich momentan weit weg, tausend Meilen von hier entfernt.

In einigen Regalfächern waren Kunstgegenstände und Kuriositäten, kleine Skulpturen und Töpferarbeiten aufgereiht. Ein winziger Buddha aus Messing, ein grünes Fläschchen mit einem Silberstöpsel. Liza brachte immer irgendetwas von ihren Auslandsreisen mit. An der gegenüberliegenden Wand stand ein niedriger Schrank mit einer Ministereoanlage obendrauf. Das Drahtgestell des CD-Ständers war kaum zur Hälfte gefüllt. Die CDs gehörten ebenfalls Liza – alle bis auf eine. Ich ging hinüber und benutzte meine Finger als Pinzette, um damit vorsichtig die Hank-Williams-CD herauszufischen, die ich in der Vorwoche mitgebracht hatte. Wie ich beim Öffnen der Hülle feststellte, war sie leer. Nachdem ich mir erneut den Ärmel über die Hand gezogen hatte, ließ ich per Knopfdruck das CD-Deck ausfahren. Da war die Scheibe ja. Ich schob den kleinen Finger in das Loch und verfrachtete sie zurück in die Hülle, die ich anschließend auf die Stereoanlage legte. Ich musste mir zum Transport erst eine Plastiktüte suchen.

An der Wand zu meiner Rechten stand ein Tisch aus Kiefernholz, der Liza als Arbeitsplatz diente. Die Post, die in den Wochen ihrer Abwesenheit eingetroffen war, lag nicht mehr zu einem Stapel geschichtet, sondern wild durcheinander über die Tischplatte verstreut, zum Teil auch auf dem Teppich. Auf dem Tisch befanden sich darüber hinaus ein silberfarbenes Laptop, dessen Netzkabel auf dem geschlossenen Deckel ordentlich zusammengerollt war, eine lustige kleine Schildkröte aus grünem Kunststoff, die als Stifthalter diente, und eine

Blechdose mit Büroklammern und Gummibändern. Der zum Tisch gehörige Stuhl lag umgefallen daneben, flankiert von einer Vase, deren Inhalt – ein Strauß roter Tulpen – ebenfalls auf dem Boden gelandet war. Das ausgelaufene Wasser färbte den Teppich dunkel, so dass sein ursprünglich ziemlich heller, an Hafer erinnernder Braunton dort die Farbe von Pisse angenommen hatte.

Auf dem Läufer gleich daneben lag die Leiche. Mit dem Gesicht nach unten und seitlich abgespreizten Armen. An der Haltung konnte man erkennen, dass er tot war – noch deutlicher als an dem Blutfleck, der sich unter seinem Kopf ausgebreitet hatte. Die entsprechende Stelle sah sehr dunkel aus, eher schwarz als rot. Ich stellte mir seine geöffneten Augen vor, die dort in den rauen Läufer hineinstarrten, seinen aufgerissenen Mund, der sich schief gegen die Wolle drückte. Mein Blick fiel auf die Hände, die wie suchend ausgestreckt waren.

Davor

Diese Hände. Als sie zum ersten Mal mein Gesicht berührten, meinen Nacken streichelten und mir durchs Haar fuhren, fühlten sie sich weicher an, als ich erwartet hatte. Freundlicher. Fast kam es mir damals vor, als würde ein Blinder versuchen, mit den Fingern meinen Körper zu erkunden. Langsam ließ er sie über meine Wirbelsäule gleiten, meinen nackten Rücken entlang. Dabei hatte ich das Gefühl, wie ein Instrument gespielt zu werden. Ungewohnte Basstöne entrangen sich mir, während er die Tasten meiner Wirbel drückte und mir mit streichenden Bewegungen eine Lust bereitete, die nicht weit von Schmerz entfernt war.

Danach

Ich konnte nicht anders, als mich neben ihn zu knien und für einen Moment einen Finger auf seine leicht gekrümmte Handfläche zu legen, die sich noch warm und weich anfühlte. Trotz allem war er eine Zeit lang mein gewesen. Er hatte mich angesehen, als wäre ich die schönste Frau der Welt, oder zumindest diejenige, die ihm am meisten bedeutete. Bei mir hatte er Trost gefunden. Das ist nicht so weit von Liebe entfernt.

Ich erhob mich wieder und wanderte suchend im Raum umher, ohne selbst so recht zu wissen, wonach ich eigentlich Ausschau hielt. Ich zog die Schublade des Tisches heraus, ging in die Hocke, um unters Sofa zu spähen, und lüpfte die Kissen auf dem Sessel. Irgendwo musste doch mein abgewetzter brauner Lederranzen sein, den ich schon als Schulmädchen getragen hatte und nun als Lehrerin erneut benutzte. Ich wusste genau, dass ich ihn mit geöffnetem Riemen hier auf der Sofalehne zurückgelassen hatte.

Als ich in die Küche hinüberschlich, achtete ich bewusst darauf, bei jedem Schritt auf den Fliesen sanft abzurollen, um ja keinen Lärm zu machen. Es herrschte das übliche Chaos: ungespülte Tassen und Teller, Krumen auf dem Tisch, ein Kaffeefleck auf dem Kochfeld, ein aufgerissenes Päckchen Kekse. Ich blieb wie angewurzelt stehen. Irgendetwas stimmte nicht. Irgendetwas ergab keinen Sinn. Ich öffnete jeden Schrank und blickte hinein. Ich zog sämtliche Schubladen heraus. Jedes Mal, wenn etwas schabte oder quietschte oder das Besteck klapperte, zuckte ich zusammen. Wo war meine Schürze, die ich ein paar Tage zuvor mitgebracht hatte, weil ich für uns zu kochen beabsichtigte und ausnahmsweise mal ein Oberteil trug, das ich nicht schmutzig machen wollte? Wo war mein liebstes – mein einziges – Kochbuch, auf dessen Umschlaginnenseite mein Name stand? »Für Bonnie, in Liebe von

Mum.« Erneut blieb ich einen Moment stehen. Während ich mich ratlos umblickte, spürte ich in meiner Brust ein unheilvolles Ziehen. Der Wasserhahn tropfte leise vor sich hin. Draußen hörte ich den Wind, der in kleinen Böen durch den Baum hinter dem Haus fuhr, das Tuckern der Autos entlang der Hauptstraße und das Rumpeln eines Lastwagens, dessen Erschütterung ich bis in meine Beine spüren konnte.

Auf Zehenspitzen schlich ich hinüber ins Schlafzimmer. Die Vorhänge waren zugezogen, das Bett zerwühlt. Fast kam es mir vor, als könnte ich immer noch die Form seines Körpers – unserer Körper – darin ausmachen. Neben der Tür lag ein Häufchen schmutziger Wäsche. Obwohl ich mich genau erinnerte, wo die Bluse gelandet war, die er mir vom Leib gerissen hatte, konnte ich sie nun nirgendwo entdecken. Ich musste daran denken, wie er mich an dem Tag angesehen hatte – mit einem Blick, der in mir den Wunsch weckte, meine Nacktheit zu bedecken. Vergeblich hielt ich nach dem alten T-Shirt und den Flanellshorts Ausschau, die ich in kühlen Nächten immer trage. Nacheinander zog ich sämtliche Schubladen der Kommode heraus. Sie enthielten ein paar von Lizas Sachen, die sie nicht hatte mitnehmen wollen, und ein paar von den seinen, aber keine von meinen. Auch keinen Ranzen. Ich setzte mich aufs Bett und schloss für ein paar Sekunden die Augen. Es kam mir vor, als könnte ich ihn neben mir in der Dunkelheit spüren. Würde ich nun immer mit diesem Gefühl leben, oder würde es nachlassen und mit der Zeit verschwinden?

Im Bad griff ich nach meiner Zahnbürste. Seine konnte ich nirgendwo entdecken. Dafür fehlte mein Deo, während seines noch da war. Mein Rasierer und das Fläschchen mit meiner Bodylotion fehlten ebenfalls. Ich betrachtete mich im Spiegel über dem Waschbecken: ein kleines weißes Gesicht mit dunklen Augen, trockenen Lippen und einem Bluterguss am Hals, vom Blusenkragen halb verborgen. Ich kehrte ins Wohnzimmer zurück. Mittlerweile erschien er mir massiger als vorher und irgendwie noch lebloser. Wie schnell wird eine Leiche kalt? Wie schnell beginnt das Blut zu gerinnen? Wenn ich ihn jetzt noch einmal berührte, würde er sich dann schon hart anfühlen – wie eine Leiche, und nicht mehr wie ein Mann? Aus dem Augenwinkel sah ich ihn die Hand bewegen, zumindest kam es mir so vor. Ich musste eine ganze Weile auf seine Finger starren, um mich davon zu überzeugen, dass es ein Ding der Unmöglichkeit war.

Plötzlich spürte ich etwas unter meinen Füßen und stellte fest, dass es sich um die Hochzeitseinladung handelte. Ich hob sie auf, faltete sie zweimal und schob sie zusammen mit der Zahnbürste, die ich immer noch in der Hand hielt, in meine Jeanstasche.

Davor

»Prost!« Ich hob mein Glas, das mit kaltem Weißwein gefüllt war, und stieß mit ihnen an. »Auf die Ferien!«

»Liza und ich haben keine Ferien«, rief mir Danielle ins Gedächtnis, »nur ihr Lehrer bekommt sechs ganze Wochen.«

»Nur wir Lehrer verdienen sechs ganze Wochen. Dann eben auf den Sommer!«

Ich nahm einen Schluck und lehnte mich genüsslich zurück. Obwohl schon Abend war, fühlte sich die Luft noch weich und warm an. Ich brauchte den Sommer – das späte Aufstehen, die heißen, lichterfüllten Tage. Endlich einmal keine Klassen voller Teenager, die mit ihren Geigen und Blockflöten zaghaftes Gekratze und schrille Pfeiftöne erzeugten. Kein Lehrerzimmer, in dem nicht mehr geraucht werden durfte, so dass wir stattdessen zu viele Tassen Kaffee tranken. Keine Abende, an denen ich Hausarbeiten zu korrigieren hatte und krampfhaft versuchte, mein Leben in den Griff zu bekommen, indem ich mir eine Arbeit nach der anderen vornahm, eine beunruhigende Rechnung nach der anderen.

»Was wirst du bloß mit der ganzen freien Zeit anfangen?«

»Schlafen. Fernsehen. Schokolade mampfen. Fit werden. Schwimmen. Mich mit alten Freundinnen treffen. Und endlich meine Wohnung renovieren.«

Ein paar Monate zuvor war ich aus einer Zweizimmerwohnung, in der ich mich sehr wohlgefühlt hatte, in eines von den kleineren, dunkleren und schäbigeren Einzimmerapartments umgezogen, die Camden Town zu bieten hatte – eine Bruchbude mit dünnen Wänden, abblätternden Fensterrahmen, einem undichten Kühlschrank und einem Heizkörper, der ständig zischte und nur warm wurde, wenn ihm danach war. Ich hatte mir vorgenommen, meine neue Behausung eigenhändig herzurichten. Mir spukten romantische Vorstellungen durch den Kopf; vor meinem geistigen Auge sah ich mich schöne Möbelstücke aus Müllcontainern retten oder mit einem Pinsel und frischer Wandfarbe wahre Wunder vollbringen. Trotzdem war selbst mir klar, dass ich erst einmal etliche Schichten alter Farbe und Tapete wegschaben und den gemusterten Teppich herausreißen musste. Außerdem galt es, überarbeitete Freunde dazu zu bringen, einen Blick auf die Elektrik und den verdächtigen, immer größer werdenden braunen Fleck an der Decke zu werfen.

»Deswegen bleibe ich dieses Jahr zu Hause.« An Danielle gewandt, fügte ich hinzu: »Ich nehme an, ihr verreist nach der Hochzeit?«

»Flitterwochen in Italien«, antwortete sie mit einem kleinen, triumphierenden Lächeln. Ihre Worte versetzten mir einen leichten Stich. Offenbar bildete Danielle sich ein, Liza und mir durch ihre bevorstehende Heirat moralisch irgendwie überlegen zu sein. Wir hatten zusammen die Uni besucht und zu der großen Studentengemeinschaft gehört, die geprägt war von Chaos, Herzschmerz und Erwachsenwerden. Nun aber tat Danielle so, als hätte sie uns in einem Rennen überholt, von dem wir zwei anderen gar nicht gewusst hatten, dass wir daran teilnahmen. Woraus sie wohl das Recht ableitete, mit einer Mischung aus Arroganz und Mitleid auf uns herabzublicken: auf Liza, die trinkfreudige Partymaus mit der heiseren Stimme, und mich, die flachbrüstige Lehrerin mit dem blondierten Haar und dem langen Register unglücklicher Beziehungen. Mittlerweile unterschied sie sich schon rein optisch von uns: Ihr aschblondes Haar war fachmännisch gestuft und gestylt, ihre Fingernägel schimmerten perlmuttrosa, wodurch ihr Diamantring noch besser zur Geltung kam. Sie trug einen leichten Sommerrock, in dem sie hübsch und harmlos aussah, als versuchte sie bewusst, ihre sexuelle Ausstrahlung abzuschwächen und wie eine süße, bei jeder Gelegenheit errötende Braut zu wirken. Ich rechnete halb damit, dass sie meine Hand drücken und mir dabei zuflüstern würde, ich solle mir keine Sorgen machen, meine Zeit werde schon noch kommen.

»Am zwölften September ist es so weit, stimmt's?« Liza schenkte sich ihr Glas noch einmal ganz voll. Nachdem sie einen großen Schluck genommen hatte, schmatzte sie genüsslich mit den Lippen. Ich betrachtete sie liebevoll – einer der Knöpfe ihrer sehr eng sitzenden Bluse war aufgesprungen, und ihre kastanienbraune Mähne fiel ihr zerzaust ins gerötete Gesicht. »Da werden wir uns wohl ein Hochzeitsgeschenk für dich ausdenken müssen. Irgendwas ganz Besonderes.«

»Ich wünsche mir von euch beiden nur eins«, erklärte Danielle und beugte sich dabei so weit vor, dass ich die kleinen Schweißperlen über ihrer Oberlippe sehen konnte. Mir schoss durch den Kopf, dass sie bestimmt eine Liste mit Geschenkvorschlägen hatte und ich womöglich einen elektrischen Wasserkocher oder einen halben silbernen Teelöffel erstehen musste. »Ich möchte, dass ihr auf der Feier spielt.«

»Was?«, antworteten Liza und ich nicht nur synchron, sondern auch im gleichen ungläubigen, entsetzten Tonfall.

»Ich brenne schon die ganze Zeit darauf, euch um diesen Gefallen zu bitten. Wirklich, es würde mir so viel bedeuten. Und Jed auch.«

»Du meinst, wir sollen Musik machen?«, fragte ich ausgesprochen dämlich.

»Ich muss so oft an den Abend denken, als ihr damals an der Uni für einen guten Zweck gespielt habt – und zwar derart herzergreifend, dass ich weinen musste. Das war einer der glücklichsten Abende in meinem Leben.«

»Aber nicht in meinem«, erwiderte ich. Was noch untertrieben war. »Außerdem haben wir seit einer Ewigkeit nicht mehr zusammen gespielt … wahrscheinlich seit besagtem Abend.«

»Definitiv seit besagtem Abend«, schaltete Liza sich schnaubend ein. Sie hatte bei dem Auftritt gesungen, und schon damals, vor fast zehn Jahren, war ihre Stimme vom vielen Rauchen ganz heiser gewesen. Ich stellte mir lieber nicht vor, wie sie jetzt wohl klingen mochte. Vermutlich wie eine Krähe, der ein Zweig im Hals stecken geblieben war. »Bei der Hälfte der anderen wissen wir nicht mal, wo sie gelandet sind.«

»Und wollen es auch gar nicht wissen«, fügte ich hinzu.

»Ray ist in Australien.«

»Ihr könnt euch doch wieder zusammentun«, tat Danielle unsere Einwände ab, »nur für dieses eine Mal. Das wäre bestimmt lustig. Nostalgisch.«

»Ich weiß nicht so recht.«

»Mir zuliebe?«, säuselte sie. Es fiel ihr offenbar schwer zu begreifen, dass wir nicht die Absicht hatten, auf ihrer Hochzeit zu spielen. »Man heiratet schließlich nur einmal.«

»Es geht nicht«, erklärte Liza, hörbar erleichtert. Sie unterstrich ihre Worte mit einer theatralischen Geste. »Wie ihr wisst, lasse ich mich freistellen. Da seht ihr mich höchstens noch von hinten. Ich verbringe vier volle Wochen in Thailand und Vietnam und komme erst ein paar Tage vor der Hochzeit zurück. Selbst wenn es uns gelänge, die anderen zu überreden – was ihr vergessen könnt –, wäre ich zu den Proben trotzdem nicht da. Genauso wenig wie die meisten der anderen. Schließlich haben wir Sommer.«

»Oh«, sagte Danielle und sah dabei aus, als würde sie gleich in Tränen ausbrechen, weil aus ihren schönen Plänen nichts wurde. Doch dann hellte sich ihre Miene wieder auf. Das zierliche Kinn auf die Hand gestützt, wandte sie sich an mich: »Aber du bist da, Bonnie. Den ganzen Sommer über. Und hast nichts anderes zu tun, als deine Wohnung zu renovieren.«

Keine Ahnung, wie es dazu kam, dass ich Ja sagte, obwohl ich eigentlich Nein sagen wollte. Keine Ahnung, warum ich zuließ, dass diese Geschichte sich in meine schönen sechs Wochen drängte, die doch reserviert waren für gemütliches Herumtrödeln zwischen gelegentlichen Renovieranfällen. Dumm, wie ich war, ließ ich es zu.

Danach

Ich wusste nicht, was ich als Nächstes tun sollte. Obwohl mir klar war, dass womöglich jede Sekunde zählte und mir die Zeit davonlief, stand ich einfach nur im Wohnzimmer herum, krampfhaft bemüht, nicht in die Richtung zu schauen, wo er mit dem Gesicht nach unten in einer Lache seines eigenen Blutes lag. Ich versuchte, logisch zu denken, doch statt klarer Gedanken waren in meinem Gehirn nur Leerstellen. Irgendwann legte ich geistesabwesend die Hand an den Türriegel, im Begriff, auf die Straße hinauszurennen und gierig die frische Nachtluft einzusaugen, doch dann riss ich mich zusammen. Rasch wischte ich den Riegel mit dem Ärmel sauber. Während ich daran herumrieb, stellte ich mir vor, wie die Rillen meiner Fingerabdrücke langsam wieder verschwanden. Ich konnte nicht einfach abhauen, hatte noch einiges zu erledigen. Wichtige Aufgaben. Ich schluckte krampfhaft. Dann versuchte ich, so tief wie möglich ein- und auszuatmen, doch es fiel mir schwer. Mein Atem verfing sich in der Luftröhre, so dass ich kurz das Gefühl hatte, ersticken zu müssen. Ich stellte mir vor, wie ich zu Boden stürzte und neben ihm zu liegen kam. Wie ich mit leerem Blick in den Flor des Teppichs hineinstarrte, die Hand auf seiner.

Ich holte mir eine Plastiktüte aus dem Schränkchen unter der Küchenspüle und legte meinen Schal, die CD, die Zahnbürste und die Hochzeitseinladung hinein. Dann nahm ich das Schlafzimmer unter die Lupe, wo sich die meisten seiner Sachen befanden. Ich durfte mir jetzt keinen Fehler erlauben, denn ich hatte nur diese eine Chance. Seinen Pass fand ich in der Nachttischschublade, zusammen mit einem Päckchen Kondome. Ich ließ beides in die Tüte fallen. Was noch? Ich ging ins Bad und nahm seinen Rasierer, das Deo und die leere Toilettentasche. Seine Jacke hing im Wohnzimmer über einer Stuhllehne. Ich griff in die Taschen und fand seine Geldbörse. Wie ich beim raschen Durchblättern des Inhalts feststellte, enthielt sie eine Kreditkarte, eine Debit-Karte, einen abgegriffenen Führerschein, eine Zwanzig-Pfund-Note (die ich ihm geliehen hatte), ein kleines Foto von einer Frau, die ich nicht kannte, ein Passfoto von ihm selbst. Diese strahlenden Augen, dieses überraschende Lächeln. Seine Hände auf meinem Körper. Obwohl dort drüben seine Leiche lag, brachte die Erinnerung meine Haut selbst jetzt noch zum Kribbeln. Ich ließ die Börse in die Plastiktüte fallen. Was noch? Er besaß so wenig. »Dich«, hörte ich ihn so deutlich sagen, als stünde er direkt neben mir, »dich habe ich besessen, Bonnie.« Schlagartig brach mir der kalte Schweiß aus. Ich hatte am ganzen Körper eine Gänsehaut und gleichzeitig Schweißperlen auf der Stirn. Mir war, als müsste ich mich jeden Moment übergeben. Ich presste die Finger an die Schläfen, um dem schmerzhaften Pochen Einhalt zu gebieten. Während ich so dastand, hörte ich plötzlich das Telefon klingeln – nicht das in der Wohnung, und auch nicht mein Handy. Das hatte ich sowieso ausgeschaltet. Nein, es war *sein* Handy. Nun wusste ich, was ich vergessen hatte. Sein Handy. Ich ahnte bereits, wo es sich befand. Der gedämpfte Klang des Klingeltons bestätigte meine Vermutung. Ich wartete, bis es zu läuten aufhörte, und zwang mich dann, zu der Leiche zurückzukehren. Widerwillig ging ich in die Knie, schob mit geschlossenen Augen die Hand unter den Körper und tastete nach der rechteckigen Form. Ich schob meine Finger in die Tasche und zog das Handy heraus. Statt es jedoch in die Tüte zu stecken, schaltete ich es ab, ohne nachzusehen, wer ihn angerufen hatte, und verstaute es in meiner eigenen Hosentasche.

Anschließend warf ich erneut einen Blick auf ihn – nein, nicht ihn, sondern *es*, das große Ding auf dem Boden. Was nun? Mir war klar, dass ich das nicht allein schaffen konnte.

Davor

Eine Klasse Teenager zu bändigen, ist ein bisschen so, wie ein Orchester zu leiten. Wobei das Orchester in diesem Fall aus einer Art wilder, menschenfressender Bestie besteht – der Sorte Tier, die deine Angst riechen kann. Es nimmt sie in deinen Augen wahr, deiner schnellen Atmung, deinem beschleunigten Herzschlag. Dann stürzt es sich auf dich, tötet dich jedoch nicht sofort. Wie ein Krokodil oder Hai packt es dich und spielt eine Zeit lang mit dir. Manchmal fingen bei uns Lehrer an, die durchaus Selbstvertrauen, Kompetenz und ein dickes Fell mitbrachten, doch dann ging irgendetwas schief, und man fand sie in Tränen aufgelöst im Toilettenraum.

Wenn etwas richtig außer Kontrolle geriet, half nur noch eines: Man schickte nach Miss Hurst.

Miss Hurst war Sonia, meine beste Freundin an der Schule und mittlerweile wohl auch außerhalb. Wir kannten uns noch gar nicht so lange, aber seit dem Moment, als wir uns am ersten Schultag auf der Lehrertoilette zum ersten Mal begegnet waren, verstanden wir uns blendend. Sie war von Natur aus weder gesellig noch extrovertiert – ein paar der anderen Lehrkräfte fanden, dass sie zu sehr auf Distanz blieb –, weshalb mir die herzliche Freundschaft, die sie mir entgegenbrachte, wie ein Geschenk erschien. Sonia hatte langes dunkles Haar, war größer und kräftiger gebaut als ich und wirkte dadurch wohl auch imposanter, doch soweit ich es beurteilen konnte, hing ihre Autorität nicht mit ihrem körperlichen Erscheinungsbild zusammen. Wobei ich sie noch nicht richtig in Aktion erlebt hatte, weil sich die Kinder bei mir nie übermäßig unartig aufführten. Im Grunde war ihnen das gar nicht möglich, denn in meinen Unterrichtsstunden wurde ja von ihnen *erwartet*, dass sie sangen, tanzten und herumtollten. Sonias Regiment hatte wenig mit Disziplin zu tun und erst recht nichts mit der Androhung von Strafen, auch wenn ihre Verachtung recht niederschmetternd sein konnte und sich ein bisschen so anfühlte, als würde einem jemand mit einer Lötlampe das Ego versengen. Nein, es lag einfach daran, dass sie so kompetent wirkte. Sie unterrichtete Chemie, weshalb man ihr natürlich zutraute, dass sie zwei Chemikalien zusammenschütten konnte, ohne die Schule in die Luft zu jagen. Man ging aber auch automatisch davon aus, dass sie sich darauf verstand, einen Wagen zu reparieren, einen Holzsplitter aus einem Finger zu entfernen oder eine Fliege zu binden, und außerdem wusste, wie man jenen seltsamsten aller Organismen handhabte – einen Raum voller hormongesteuerter Teenager. Kurz vor Schuljahresende hatte sie ihre Bewerbung um den Posten der stellvertretenden Direktorin eingereicht. Obwohl sie fast noch ein wenig zu jung war, um eine solche Position zu bekleiden, rechnete ich fest damit, dass sie Erfolg haben würde: In Sonias Gegenwart fühlte man sich einfach sicherer.

Deswegen lag es nahe, sich an sie zu wenden. Im Schulorchester hatte ich sie als ziemlich schlechte Geigerin erlebt, wusste jedoch, dass sie singen konnte. Sie besaß ein gutes Gehör und eine angenehm rauchige Stimme. Zwar war sie nicht auf konventionelle Weise schön, hatte dafür aber etwas noch Besseres zu bieten: Präsenz. Wenn sie sich im Raum aufhielt, verspürte man den Wunsch, sie anzusehen, und wenn sie sich inmitten einer Gruppe befand, bemühte man sich automatisch darum, ihr zu gefallen. Sie strahlte Selbstbewusstsein aus, ohne arrogant zu wirken. Wenn sie in der Lage war, sich vor eine Schulklasse zu stellen, dann konnte sie auch auf einer Hochzeit ein paar alte Countrysongs zum Besten geben.

Nachdem ich sie unter Vorspiegelung falscher Tatsachen in meine Wohnung gelockt hatte, setzte ich ihr Chips und Weißwein vor und bat sie um ihre Meinung zu Farbmustern und Lampenfassungen. Natürlich wusste sie im Gegensatz zu mir sofort, was ihr gefiel und was nicht. Ich erkundigte mich beiläufig nach ihren Reiseplänen für den Sommer, worauf sie mir antwortete, dazu fehle ihr das Geld. Ich holte tief Luft.

»Nein«, sagte sie, »auf keinen Fall.«

Ich schenkte ihr nach.

»Reizen würde es dich aber schon, oder?«

»Allein schon die Idee ist absurd.«

»Kannst du dir wirklich nicht vorstellen, wie Nina Simone oder Patsy Cline vor den Musikern auf der Bühne zu glänzen?«

»Welchen Musikern?«

Ja, dachte ich, sie wird es machen.

»Bis jetzt beschränkt sich die Band noch auf mich«, antwortete ich, »zumindest habe ich sonst noch keine festen Zusagen.« Der Ehrlichkeit halber fügte ich hinzu: »Die ersten zwei Leute, an die ich herangetreten bin, haben gleich kategorisch abgelehnt.«

»Wer war denn damals noch in der Band? Jemand, den ich kenne?«

»Amos natürlich. So haben wir uns kennengelernt.«

»Amos?« Bildete ich mir das ein, oder wurde Sonia tatsächlich rot? Rasch wandte ich den Blick ab, weil ich es gar nicht wirklich wissen wollte. Schon seit ein paar Wochen hatte ich den Verdacht, dass sie an ihm interessiert war. Warum verursachte das bei mir ein solches Gefühl von Panik? Schließlich waren beide ungebunden, sie würden niemanden hintergehen. Alle Beteiligten hatten sich höchst ehrenwert verhalten. Was für ein schrecklicher Gedanke, dass ich zwar einerseits nicht mehr mit Amos zusammen sein wollte, mir andererseits aber wünschte, dass er mir weiter nachweinte. Als Sonia wieder das Wort ergriff, klang ihre Stimme betont beiläufig. »Macht er bei der Sache mit?«

Ich zögerte.

»Ich hab ihn noch nicht gefragt.«

»Wäre das für dich nicht unangenehm?«

»Wieso sollte es? Wir haben uns doch in aller Freundschaft getrennt.«

Sonia lächelte mich an. Der peinliche Moment war vorüber.

»Man trennt sich nie in aller Freundschaft«, widersprach sie. »Trennungen sind Katastrophen – oder verlaufen nur für einen von beiden in aller Freundschaft, für den anderen aber nicht. Wenn so etwas wirklich freundschaftlich vonstatten geht, dann nur, weil beide von Anfang an nicht mit dem Herzen bei der Sache waren.«

Ich trank einen Schluck – nein, mehr als einen Schluck – von dem Wein, der an meinem Gaumen unangenehm brannte. Jedes Mal, wenn ich an Amos dachte, spürte ich wieder das vertraute Ziehen in der Brust – keinen richtigen Schmerz, sondern die Erinnerung an einen Schmerz, der sich längst tief in mein Inneres zurückgezogen hatte und ein Teil von mir geworden war.

»Tja«, sagte ich leichthin, »wir haben es geschafft, irgendwie Freunde zu bleiben. Was auch immer das über unsere ursprüngliche Beziehung aussagen mag.« All unsere hochgespannten Erwartungen und überschwänglichen Zukunftspläne hatten nicht in einem explosionsartigen Höhepunkt gegipfelt, sondern waren langsam verwelkt und gestorben. Zurückgeblieben war nur ein lang anhaltendes Gefühl von Enttäuschung, eine quälende Unzufriedenheit mit uns, insbesondere mit mir selbst. Wir hatten es beide schon monatelang gewusst, aber uns nicht eingestehen wollen, dass die Reise, die wir gemeinsam angetreten hatten, langsam zu Ende ging und sich unsere Wege bald schon trennen würden. In mancher Hinsicht wäre mir Sonias Katastrophe lieber gewesen als dieses allmähliche Einrosten, diese schleichende Korrosion, die wir mit einem Gefühl ohnmächtigen Bedauerns erlebt hatten.

»Wer hat eigentlich Schluss gemacht?«

»So war das nicht.«

»Trotzdem muss jemand die Worte ausgesprochen haben.«

»Vermutlich ich. Aber nur, weil er nicht den nötigen Mumm besaß.«

»Hat es ihn sehr getroffen?«

»Keine Ahnung. Ich weiß nur, wie es für mich war – aber das weißt du ja auch. Schließlich hast du es ja teilweise mitbekommen.«

»Ja«, bestätigte Sonia, »traurige, alkoholvernebelte Abende.« Wir grinsten uns wehmütig an. Das alles schien mir schon eine Ewigkeit zurückzuliegen. Jedenfalls war es so lange her, dass Sonia mittlerweile in Betracht zog, meinen Platz einzunehmen. Ich schauderte ein wenig.

»Du hast mir geholfen, diese Zeit zu überstehen. Du und Sally.«

»Und der Whisky.« Sentimentale Anwandlungen schmetterte Sonia immer schnell ab.

»Und der Whisky, das stimmt. Whisky, Bier, Kaffee, Musik… Apropos…«

»Glaubst du, Amos möchte mit dir in einer Band spielen?«

»Ich hab ihn noch nicht gefragt. Keine Ahnung.«

Sonia musterte mich einen Moment eindringlich, dann nickte sie. »Du hast absichtlich bis zum dritten Glas Wein gewartet, bevor du mich gefragt hast, stimmt's?«

»Bis zum zweiten, glaube ich.«

»Definitiv bis zum dritten«, erklärte Sonia und nahm wie zur Bestätigung einen Schluck. »Als Gegenargument wäre zu nennen, dass du mich bisher nur im Chor gehört hast.«

»Nicht zu vergessen der Karaokeabend letztes Jahr.«

»War das ich?«

»Eine der besten Versionen von ›I Will Survive‹, die ich je gehört habe.«

»Als Proargument könnte ich anführen, dass ich niemanden von den Leuten kenne, für die ich singe. Spielt es eine Rolle, ob man sich vor Menschen zum Narren macht, die man nicht kennt?«

»Das ist, als würde mitten im Wald ein Baum umfallen.«

Danach

Ich holte mein Handy hervor, schaltete es ein und tippte hektisch die ersten drei Zahlen. Dann überlegte ich es mir anders, schaltete das Telefon wieder aus und ließ es zurück in die Tasche fallen, als könnte ich mir daran die Finger verbrennen. Ich wusste aus der Zeitung, dass die Experten inzwischen in der Lage waren, jedes Telefonat genau zurückzuverfolgen: nicht nur, mit wem man gesprochen hatte, sondern auch, von wo genau der Anruf kam. Auf diese Weise wurden Täter gefasst und falsche Alibis aufgedeckt.

Ich konnte also weder übers Festnetz telefonieren noch sein

Handy benutzen, das nach wie vor in meiner Tasche steckte. Kurz spielte ich mit dem Gedanken aufzugeben. Warum wählte ich nicht einfach die Notrufnummer und heulte der unpersönlichen Stimme am anderen Ende etwas vor? Krampfhaft versuchte ich, die Gedanken, die mir durch den Kopf schwirrten, zu sortieren und der Reihe nach abzuarbeiten. Schließlich griff ich nach den Schlüsseln in der Schale, vergewisserte mich, dass der Wohnungsschlüssel darunter war, und schob – erneut durch meinen Ärmel geschützt – den Türriegel zurück. Nach einem letzten schnellen Blick auf die Leiche trat ich hinaus auf den Treppenabsatz und zog die Tür hinter mir zu. Mit einem erschreckend lauten Klicken fiel sie ins Schloss. Was, wenn mich jemand sah? Ich wusste, dass sich die Familie von nebenan in Urlaub befand, weil deren Zimmerpflanzen währenddessen von uns – oder vielmehr mir – gegossen wurden. Der junge Mann, der oben wohnte, war zwar da, kam allerdings für gewöhnlich erst spätabends nach Hause. Außerdem war heute Freitag, also schon Wochenende. Womöglich aber lag er direkt über mir krank im Bett oder befand sich gerade auf dem Heimweg. Vielleicht bog er in genau diesem Moment von der Kentish Town Road ab und kam die kleine Gasse entlang, die Hand bereits in der Tasche, um seinen Schlüsselbund herauszufischen. Möglicherweise lief ich ihm direkt in die Arme, wenn ich die Haustür öffnete. Wie erstarrt blieb ich auf dem Treppenabsatz stehen und lauschte angestrengt. Dann holte ich tief Luft und steuerte zielstrebig auf den Eingang zu, wobei ich mich bemühen musste, nicht zu rennen.

Draußen auf der unbeleuchteten Straße war kein Mensch zu sehen. Die kleine Werkstatt direkt gegenüber hatte bereits geschlossen. Nur das Schild, das für TÜV und Reparaturen warb, bewegte sich langsam im Wind hin und her. Als ich im Laufschritt um die Ecke bog, war die Straße immer noch menschenleer, und einen Moment später hatte ich es hinaus auf die Hauptstraße geschafft, wo ich erleichtert die Lastwagen, Pkws und Motorräder vorbeidonnern hörte. Leute, die ich nicht kannte, schlenderten allein oder in Grüppchen den Gehsteig entlang. Niemand hatte es eilig, denn es war Sommer und die Nachtluft angenehm warm.

Da ich bisher noch nie eine Telefonzelle benutzt hatte, wusste ich nicht, in welche Richtung ich mich wenden sollte. Womöglich waren sie alle mit Brettern vernagelt und nutzlos, und das Telefon baumelte tot am Kabel. Ich bog nach links ab, eilte unter der Eisenbahnbrücke hindurch und dann mit großen Schritten weiter, bis ich schließlich eine rote Telefonzelle entdeckte. Drinnen roch es durchdringend nach Pisse, das Glas war mit Graffiti bedeckt, und ein einsamer Aufkleber warb für die Dienste einer auf Massagen spezialisierten Mischa. Ich durchwühlte meine Börse nach Kleingeld. Bitte sei daheim, bitte sei daheim, flehte ich lautlos, während ich wählte. Sie ging tatsächlich ran.

»Bonnie? Alles in Ordnung?«

»Ich brauche deine Hilfe. Jetzt sofort. In einer ernsten Angelegenheit.«

»Lass hören.«

Allein schon der Klang ihrer Stimme beruhigte mich.

»Das geht nicht – nicht am Telefon. Du musst herkommen.«

Sie stellte keine unnötigen Fragen. »Alles klar. Bist du zu Hause?«

Ich wollte sie schon zu Lizas Wohnung bestellen, doch dann fiel mir ein, dass sie ja gar nicht wusste, wo das war. Außerdem wurde mir rasch klar, dass ich besser gemeinsam mit ihr hinging, statt sie wie eine normale Besucherin dort auftauchen zu lassen. Deshalb vereinbarten wir, uns an der Telefonzelle zu treffen, und sie versprach mir, sofort zu kommen. Es war nicht weit.

Während ich draußen vor der Zelle wartete, betrachtete ich mit starrem Blick die Leute, die Platanen, die orangegelben

Straßenlampen, den verschwommenen, anthrazitgrauen Horizont. Alles kam mir seltsam unwirklich vor, als starrte ich auf ein leicht unscharfes Foto. Nachdem ich kurz mein Handy eingeschaltet hatte, um zu sehen, wie spät es war, begann ich nervös auf und ab zu wandern, zehn Schritte in die eine Richtung, zehn in die andere. Ich wollte Sonia auf keinen Fall verfehlen. Dabei wusste ich ja, dass sie selbst dann mindestens zehn Minuten brauchen würde, wenn sie sofort im Anschluss an unser Gespräch das Haus verlassen hatte. Obwohl ich schon seit Jahren nicht mehr rauchte, ging ich in den rund um die Uhr geöffneten Laden und erstand eine Packung Silk Cut sowie eine Schachtel Streichhölzer. Ich zündete mir eine Zigarette an und nahm ein paar tiefe Lungenzüge, woraufhin mir sofort unangenehm schwummrig wurde. Außerdem musste ich laut und lang husten, doch wenigstens hatte ich nun etwas, das mich beschäftigte, während ich wartete.

Ich fragte mich, ob es ein Fehler war, Sonia um Hilfe zu bitten. Überhaupt jemanden um Hilfe zu bitten. Die Antwort lag auf der Hand: Natürlich war es ein Fehler. Alles war ein Fehler, aber was blieb mir anderes übrig? Wen sollte ich sonst fragen? Auf wessen Rat sollte ich mich verlassen? Ich rauchte eine zweite Zigarette, diesmal schon mit etwas mehr Erfolg, und trat hinterher unnötig lange mit dem Absatz auf der Kippe herum.

Endlich war sie da. Sie trug eine graue Strickjacke und hatte ihr langes schwarzes Haar zurückgebunden.

»Gott sei Dank!«, stieß ich hervor.

Sonia nahm mich am Arm. »Du zitterst ja. Was ist denn passiert?«

»Du musst mitkommen.«

Ohne ein weiteres Wort übernahm ich die Führung. Sonia ging langsamer als ich, so dass ich sie immer wieder zur Eile antreiben musste. Die ganze Zeit rechnete ich damit, jemandem über den Weg zu laufen. Dabei stand das Haus, in dem Liza wohnte, ganz am Ende der Straße, direkt vor der Bahnlinie, wohin sich nur selten jemand verirrte. Hin und wieder hingen ein paar Jugendliche dort herum – vermutlich, weil sie irgendetwas im Schilde führten und vor neugierigen Blicken von der Hauptstraße sicher sein wollten –, aber heute war niemand zu sehen. Rasch sperrte ich die Haustür auf, blieb jedoch wie angewurzelt stehen, als ich die Wohnungstür erreichte.

»Bonnie?«

»Ich wusste nicht, an wen ich mich sonst wenden sollte«, flüsterte ich. »Bitte sei ganz leise.«

Mit diesen Worten schloss ich die Tür auf. Nachdem wir beide eingetreten waren, verriegelte ich sie sofort wieder.

Sonia schaffte es irgendwie, ruhig zu bleiben. Ich hörte sie nicht mal nach Luft ringen. Mit schlaff herabhängenden Armen und leicht vorgerecktem Kinn stand sie einfach nur da – wenn auch ein wenig breitbeinig, als hätte sie Angst, das Gleichgewicht zu verlieren – und starrte mit völlig ausdrucksloser Miene auf die vor ihr liegende Leiche hinunter. Es war, als hätte jemand einen feuchten Lappen genommen und ihr damit jede Spur von Mimik aus dem Gesicht gewischt. Ich rührte mich ebenfalls nicht von der Stelle. Während ich wortlos auf eine Reaktion von ihr wartete, hörte ich nur das Geräusch meines eigenen Atems.

Endlich veränderte sie leicht die Position und sagte im Flüsterton: »Es ist …«

»Ja.«

»Er ist tot.«

»Ja.«

Sie blickte sich um, als rechnete sie damit, plötzlich noch jemanden im Raum stehen zu sehen. Ich konnte verfolgen, wie sie nacheinander die einzelnen Gegenstände wahrnahm: die eingeschlagene Gitarre, die umgekippte Vase mit den Tulpen, den auf der Seite liegenden Stuhl. Dann richtete sie ihre Aufmerksamkeit wieder auf die Leiche.

»Ich verstehe das nicht«, stieß sie hervor, ohne mich anzusehen.

»Es tut mir so leid.«

»Was tut dir leid?«

»Dass ich ausgerechnet dich angerufen habe.«

Endlich drehte sie sich zu mir um. Für einen Moment blieb ihr unruhiger Blick an meinem Gesicht hängen, dann wanderte er hinunter zu dem Bluterguss an meinem Hals.

»Ihr beide wart ...?«

»Irgendwie liiert, ja«, antwortete ich.

Sie stieß einen langen, tiefen Seufzer aus, als hätte sie seit dem Betreten der Wohnung die Luft angehalten. Es klang fast wie ein leises Aufheulen.

»Warum wolltest du, dass ich herkomme?«

Davor

»Ich weiß nicht, Bonnie.«

»Heißt das, du könntest es dir vorstellen?«

»Ich rühre die Gitarre kaum noch an.«

»Das macht doch nichts!«

»Willst du mir jetzt erzählen, dass man das genauso wenig verlernt wie Radfahren?«

»Würde dich das überzeugen?«

Neal musste lächeln, was ihm etwas mehr Ähnlichkeit mit dem Mann verlieh, an den ich mich von der Uni her erinnerte. Wir hatten uns fast zehn Jahre nicht gesehen und auch damals nicht besonders gut gekannt. Er war ein Freund von Andy gewesen und von uns ins Boot geholt worden, weil wir jemanden brauchten, der Bass spielte – was er recht kompetent tat. So hatte ich ihn im Grunde auch immer gesehen: als kompetent und praktisch veranlagt. Sein Haar war dunkler, als ich es in Erinnerung hatte, dafür aber nicht mehr so lang wie früher, als es ihm bis auf die Schultern fiel. Zugenommen hatte er auch. Optisch wies er nicht mehr viel Ähnlichkeit mit dem dürren jungen Mann auf, den damals alle in der Band mochten, weil er immer so hilfsbereit alles reparierte, was kaputtging, und ohne zu murren herumkutschierte, was herumkutschiert werden musste. Liza war seinerzeit sogar ein bisschen in ihn verliebt gewesen, vielleicht hatte sie ihm in betrunkenem Zustand auch mal Avancen gemacht. Trotzdem wurde nichts daraus, und nach dem Studium verloren wir ihn aus den Augen, so dass ich seitdem kaum einen Gedanken an ihn verschwendet hatte.

Nun saßen wir im Garten seines kleinen Hauses in Stoke Newington. Ich hatte am Telefon gesagt, dass ich auch bei ihm in der Arbeit vorbeischauen könnte, doch allem Anschein nach arbeitete er von zu Hause aus. Er verkaufte Gartenschuppen an Leute, die mehr Platz benötigten, deswegen aber nicht gleich umziehen wollten. Ein Exemplar eines solchen Schuppens konnte ich in natura bewundern. Neil hatte das Ding eigenhändig am hinteren Ende des Gartens errichtet. Offenbar diente es ihm zugleich als Büro und Anschauungsmaterial für interessierte Kunden, die wissen wollten, was sie für ihr Geld bekamen. Im Grunde war es nur ein einfacher, zusätzlicher Raum, sozusagen die große Version einer Spielhütte für Kinder: ein Häuschen mit einem schrägen Dach, zwei Fenstern, einer Tür und genug Platz für ein Sofa, einen Schreibtisch und ein Bücherregal.

Mitten am Vormittag saßen wir draußen in der warmen Sonne und tranken Kaffee. An einer Wand rankte sich eine Clematis hoch, und die Blumenbeete waren voll von Pflanzen und Büschen. Über meinem Kopf summte eine Biene. Ich nahm einen Schluck Kaffee, lehnte mich zurück und seufzte.

»Wie schön«, sagte ich, »da überrascht es mich nicht, dass du von zu Hause aus arbeitest.«

»Es ist nicht immer so.«

»Meine Wohnung ist ungefähr so groß wie dein Schuppen, aber nicht annähernd so gemütlich. Vielleicht sollte ich mir auch so einen zulegen.«

Er lachte. Ich bemerkte, dass sich von seinem linken Augenwinkel eine alte, kaum noch sichtbare Narbe schräg nach unten zog. Seine Augenbrauen waren dicht und dunkel. Ich ertappte mich dabei, wie ich mich fragte, ob ihm wohl jemand in seinem kleinen Haus Gesellschaft leistete und ihm beim Gießen seiner Pflanzen oder bei seiner Buchhaltung half.

»Einverstanden«, sagte Neal.

»Bitte?«

»Ich mache mit.«

»Wirklich?«

»Ich fahre dieses Jahr erst Ende September weg. Es wird mir meinen Sommer versüßen.«

Wir sahen uns an und mussten beide lächeln.

Danach

Wir sprachen beide in einem heiseren Flüsterton.

»Ich wusste mir keinen anderen Rat.«

»Was für ein Schlamassel.«

»Ich habe dich angerufen, weil ich dir vertraue.«

»Inwiefern? Was erwartest du von mir?« Sonia starrte erneut auf die Leiche und dann kurz in meine Richtung, wandte den Blick aber rasch wieder ab, als kostete sie es Überwindung, mir direkt ins Gesicht zu sehen. Ich registrierte, dass sie die ganze Zeit nervös die Hände bewegte, indem sie die Finger abwechselnd zu Fäusten ballte und spreizte.

»Keine Ahnung. Ich wusste mir einfach keinen anderen Rat. Sonia, ich brauche Hilfe. Ich kann doch nicht …« Ich schluckte krampfhaft. »O mein Gott, o mein Gott«, fuhr ich fort. »Ich brauchte einfach jemanden an meiner Seite.« Ich stieß die Worte so gepresst hervor, dass ich nicht sicher war, ob Sonia sie überhaupt verstehen konnte.

Sie vermied es nach wie vor, mich richtig anzusehen. Ihr Mund stand leicht offen, und ihr Gesicht war zu einer Art traurigen Grimasse verzogen. Immer wieder wischte sie sich mit dem Handrücken über die Stirn. »Bevor du irgendetwas anderes sagst, lass mich vorab eines klarstellen: Du solltest die Polizei rufen. Was auch immer hier passiert ist …«

»Du verstehst nicht.«

»Da hast du verdammt recht. Verdammt recht! Was für ein gottverdammtes Schlamassel!« Sonia fluchte so gut wie nie. Selbst jetzt klang es, als spräche eine Fremde aus ihr.

»In meinem Kopf dreht sich alles.« Ich versuchte mich auf ihr Gesicht zu konzentrieren, doch es verschwamm mir immer wieder vor den Augen, als wäre ich sehr müde oder sturzbetrunken.

»Das ist ein Albtraum. Mein Gott!«

»Ich weiß.«

»Warum wolltest du, dass ich herkomme?«

»Ich wusste mir einfach keinen Rat«, erklärte ich kläglich, »und konnte es nicht ertragen, allein zu sein mit …« Einen Moment lang sahen wir beide zu der Leiche hinüber, wandten den Blick aber schnell wieder ab. »Mit ihm.«

Sonia presste die Hand auf den Mund, als müsste sie ein Geräusch unterdrücken, und murmelte dann irgendetwas Unverständliches. Auf ihrer bleichen Stirn glänzten Schweißperlen.

»Ihr wart ein Liebespaar?«

»Was?« Selbst jetzt konnte ich es noch nicht aussprechen.

»Ich habe gefragt, ob ihr ein *Liebespaar* wart.«

In meinem Kopf rauschte es. Ich spürte, wie mir die Schamesröte in die Wangen stieg und mir so heiß wurde, dass ich glaubte, daran zu verbrennen. »Das spielt jetzt doch alles keine Rolle mehr.«

»Wie kann man nur so dumm sein! O Bonnie! Warum nur?«

Sie deutete zu der Leiche hinüber, sah sie dabei aber nicht an.

»Ich weiß nicht, was ich sagen soll«, stammelte ich.

»Das ist alles so, so…« Sonia verstummte. Erneut presste sie für einen Moment die Hand auf den Mund, als würden sonst weitere, unerwünschte Worte aus ihm hervorquellen. »Wir stehen hier herum und unterhalten uns ganz ruhig«, fuhr sie schließlich fort. »Dabei liegt dort die ganze Zeit… *das*.« Wieder deutete sie zu der Leiche hinüber, ohne hinzusehen.

»Ich weiß, ich weiß.« Meine Worte schienen den ganzen Raum auszufüllen. Erst jetzt begriff ich, dass ich viel zu laut sprach, und dämpfte meine Stimme zu einem Flüstern. »Ich weiß.«

»Was weißt du? *Was*?« Sie legte eine Hand auf meinen Arm und bohrte mir dabei schmerzhaft die Finger ins Fleisch.

»Hör auf!«

»Warum zeigst du mir das? Was willst du von mir?«

»Ich wusste mir einfach…«

»Sag jetzt nicht noch einmal, dass du dir keinen anderen Rat gewusst hast.«

»Tut mir leid.«

»Er ist tot. *Tot.* Und ihr beide… Lieber Himmel, Bonnie, was hast du bloß getan?«

»In meinem Kopf dreht sich alles.«

»Was macht dich so sicher, dass ich nicht einfach die Polizei rufen werde?«

Ich zuckte mit den Achseln. Plötzlich empfand ich eine derart bleierne Müdigkeit, dass ich mich unter der riesigen Last am liebsten hingelegt und die Augen geschlossen hätte. »Ich könnte das durchaus verstehen«, antwortete ich, »und ich weiß, du hättest recht damit. Wahrscheinlich ist es das einzig Vernünftige.«

Endlich sah Sonia mich richtig an. Sie musterte mich mit einem eindringlichen, fast zornigen Blick. Ihre Wangen waren gerötet, und ihre Augen leuchteten auf eine Weise, die mir beinahe irreal erschien.

»Ich muss nachdenken«, verkündete sie.

»Ich hätte dich nicht anrufen sollen. Das war ein Fehler. Alles war ein Fehler. O mein Gott, was für eine Katastrophe! Wie konnte es nur so weit kommen?«

»Sei still. Halt einfach den Mund.«

Plötzlich trugen mich meine Füße nicht mehr. Ich setzte mich so auf den Boden, dass ich der Leiche den Rücken zuwandte, schlang die Arme um die Beine und zog sie ganz eng an den Körper heran. Dann ließ ich den Kopf auf die Knie sinken und machte mich so klein wie möglich. Derart zusammengerollt, konnte ich meinen eigenen Herzschlag hören. Um mich herum schien der ganze Raum zu pulsieren. Als ich nach einer Weile den Kopf wieder hob, hatte ich das Gefühl, als wäre er zu schwer für meinen Hals. Sonia ging zum Fenster hinüber und trat neben den schmalen Streifen dämmrigen Lichts, der zwischen den Vorhängen hereinfiel. Mit gerunzelter Stirn und zusammengekniffenen Augen starrte sie auf die triste, stille kleine Straße hinaus, als wäre sie tief in Gedanken versunken. Ich sah, wie sich ihre Brust mit jedem Atemzug hob und senkte. Schließlich drehte sie sich wieder um und starrte auf die Leiche. Irgendetwas an Sonias Erscheinungsbild hatte sich verändert: Sie stand jetzt aufrechter, und als sie zu sprechen begann, klang ihre Stimme klarer. Es war, als hätte sich ein Nebel gelichtet.

»Also gut«, verkündete sie mit der Entschlossenheit eines Menschen, der gerade eine schwere Entscheidung getroffen hat. »Du hast mich um Hilfe gebeten.«

»Ja«, flüsterte ich.

»Und du willst wirklich nicht die Polizei rufen?«

»Ich kann nicht.«

»Du hast gesagt, du vertraust mir. Das ist ein guter Ausgangspunkt. Vertrauen.« Sie sprach sehr langsam und mit übertrieben deutlicher Betonung, als hätte sie ein Kleinkind vor sich oder einen Ausländer, der nur rudimentäre Kenntnisse in der Landessprache besaß. Trotzdem war mir klar, dass sie in Wirklichkeit mit sich selbst redete, um auf diese Weise zu versuchen, das Chaos in ihrem Kopf zu entwirren. »Ich vertraue dir ebenfalls«, fuhrt sie fort, »du bist meine Freundin. Ich werde dich nicht fragen, was hier passiert ist, auch wenn die blutigen Tatsachen im Grunde für sich sprechen. Wenn du mir etwas darüber sagen willst, spar dir das für später auf.«

Obwohl ich nur wortlos nickte, wusste ich schon jetzt, dass ich nie den Wunsch verspüren würde, jemandem davon zu erzählen. Niemals.

»Ich habe das schreckliche Gefühl, dass es mir leidtun wird, aber ich werde nicht zur Polizei gehen. So viel kann ich schon mal sagen.«

»Danke.«

»Ich werde nichts tun, was du nicht möchtest. Allerdings verstehe ich nach wie vor nicht, was du eigentlich von mir erwartest. Bonnie?«

»Es ist … ich weiß nicht, wie ich es sagen soll.«

»Du hast mich doch nicht nur herkommen lassen, damit ich dich fest in den Arm nehme, oder?«

»Nein.«

»Warum bist du nicht einfach abgehauen?«

»Ich dachte …« Leider konnte ich mich nicht so recht entsinnen, was ich gedacht hatte.

»Bonnie!« Sonias Ton klang so scharf, dass ich mich am Riemen riss. »Warum bin ich hier?«, fragte sie. »Was erwartest du von mir?«

Diesmal war es an mir, eine ganze Weile zu schweigen.

»Ich habe vorhin gesagt, dass ich dich angerufen habe, weil ich nicht wusste, was ich tun sollte, und mir von dir irgendwie Rat erhoffte. Aber das stimmt nicht so ganz. Ich weiß sehr wohl, was zu tun ist – oder zumindest, was ich tun *könnte*. Du bist die einzige Person, an die ich mich wenden konnte, auch wenn ich fürchte, dass ich dir damit etwas Schreckliches angetan habe. Deswegen möchte ich vorab Folgendes klarstellen: Ein Wort von dir, und es steht dir frei, auf der Stelle von hier zu verschwinden. Ich werde warten, bis du in sicherer Entfernung bist, und dann doch die Polizei anrufen. In diesem Fall bleibt mir gar keine andere Wahl, denn für das, was ich im Sinn habe, brauche ich jemanden. Das schaffe ich nicht allein.«

Sonia blickte auf die Leiche hinter meinem Rücken. Es war, als stünde sie am Rand eines Abgrunds und müsste wie gebannt in die Tiefe starren, weil der schreckliche Anblick sie nicht mehr losließ.

»Was willst du von mir?«

»Ich möchte …« Ehe ich weitersprechen konnte, musste ich tief Luft holen, doch dann sprudelten die Worte nur so aus mir heraus. Sie klangen noch absurder und unmöglicher, als ich gedacht hatte. »Ich wollte dich bitten, mir dabei zu helfen, die Leiche wegzuschaffen.«

Sonia stieß ein leises Keuchen aus und trat gleichzeitig einen Schritt zurück, so dass sie mit dem Rücken fast gegen die Tür stieß.

»Sie wegzuschaffen?«, wiederholte sie mit zitternder Stimme. Mir fiel auf, dass auch Sonia nicht von »ihm« sprach, sondern von »ihr«, der Leiche – als versuchte sie zu verdrängen, dass es sich dabei um einen Mann handelte, den sie gekannt und mit dem sie noch vor Kurzem gesprochen, diskutiert und gelacht hatte. »Ist das dein Ernst?«

»Wenn wir sie wegschaffen, bekommt vielleicht niemand etwas mit. Zumindest für lange Zeit.«

»Du meinst das tatsächlich ernst. Du glaubst, du und ich könnten – nein, Bonnie. Du weißt nicht, was du da sagst.«

»Allein schaffe ich es auf keinen Fall«, erklärte ich. »Ich habe hin und her überlegt, aber mir fällt keine andere Lösung ein.«

»Das ist ganz unmöglich. Sieh ihn dir an. Er ist groß. Wir

können ihn nicht einfach… ich meine, wie stellst du dir das vor?« Sie stieß ein kleines, schrilles Lachen aus, das genauso abrupt endete, wie es begonnen hatte. »Du hast zu viele Filme gesehen.«

»Was anderes ist mir nicht eingefallen.«

»Das ist doch verrückt – und schrecklich obendrein. Mir wird schon bei dem bloßen Gedanken übel. Hast du dir überlegt, wie das wäre? Er ist tot. Bestimmt wird er bald steif oder sonst was.«

»O nein! Hör bloß auf!«

»Was? Darüber zu reden? Wenn du es nicht mal ertragen kannst, dir das anzuhören, wie willst du es dann tatsächlich tun? Denn genau das passiert, oder etwa nicht? Alles beginnt sich zu verändern.«

»O mein Gott.«

»Dir ist bestimmt nicht danach, ihn anzufassen. Ein Toter fühlt sich anders an als ein Lebender.«

»Mir bleibt keine andere Wahl, Sonia.«

»Es ist ein Verbrechen, vergiss das nicht. Vielleicht spielt das für dich jetzt keine große Rolle mehr, aber für mich…« Sie schluckte krampfhaft. »Eine solche Tat zu verschleiern und polizeiliche Ermittlungen zu verhindern… Wir könnten für lange, lange Zeit ins Gefängnis wandern. Nicht nur du, sondern auch ich. Hast du dir das überlegt?«

Sie betrachtete mich mit funkelnden Augen, woraufhin ich erneut den Kopf auf die Knie sinken ließ.

»Du hast recht. Es war unverzeihlich von mir, dich da mit reinzuziehen«, murmelte ich. »Du musst ganz schnell von hier verschwinden. Es tut mir schrecklich leid, dass ich dich überhaupt angerufen habe. Ich meine das ehrlich. Los, beeil dich.«

»Steh auf, Bonnie.«

»Was?«

»Steh auf. Ich kann nicht mit dir reden, wenn du so auf dem Boden kauerst.«

Ich rappelte mich hoch. Der Raum schien zu schwanken.

»Ich fühle mich, als wäre ich betrunken«, erklärte ich, »oder als hätte ich die Grippe.«

»Du hast dir wirklich eingebildet, wir könnten die Leiche einfach so loswerden?«

»Nein«, antwortete ich. »Du hast recht und musst schleunigst von hier verschwinden.«

»Wie hast du dir das vorgestellt? Ich meine, wie um alles in der Welt sollten wir seine Leiche auch nur hier aus der Wohnung bekommen, ohne dass uns jemand sieht? Und dann? Was weiter?«

»Keine Ahnung.«

»Wann kommt Liza zurück?«

»Erst im September. Aber wir können die Leiche nicht einfach hier liegen lassen, bis Liza sie findet.« Für den Bruchteil einer Sekunde gestattete ich mir, an Verwesung zu denken. Bei der Vorstellung, wie sein Körper sich auflösen und langsam in den Teppich hineinsickern würde, drehte sich mir sofort der Magen um, und ich stieß ein leises Wimmern aus.

»Was sollen wir also machen?«

»Ich weiß es doch auch nicht. Mein einziger Gedanke war, die Leiche loszuwerden. Sie irgendwie wegzuschaffen.«

»Verstehe«, antwortete Sonia in grimmigem Ton und verzog dabei den Mund. Fast sah es aus, als würde sie lächeln. Aber sie lächelte nicht.

»Deswegen war mir klar, dass ich jemanden brauche. Dich.«

»Hast du dir hinsichtlich deiner – oder unserer – Vorgehensweise sonst gar nichts Konkretes überlegt?«

»Mein einziger Gedanke war, die Leiche irgendwo zu deponieren, wo sie keiner findet.«

»Brillanter Plan. Und an welchen Ort hast du dabei gedacht?«

»Zum Beispiel einen ganz tiefen Wald, wo nie jemand hinkommt.«

»In Gottes Namen, Bonnie, wir sind hier in England. Es gibt bei uns keine tiefen Wälder, wo nie jemand hinkommt. Und selbst wenn es welche gäbe, wie könntest du – wie könnten wir – die Leiche dorthin bringen? Glaub mir, wo immer du sie auch ablegst, wird irgendein Hund samt Herrchen sie aufstöbern. Wenn man in der Zeitung von Leichenfunden liest, läuft es immer aufs Gleiche hinaus: Ein Mann führt seinen Hund spazieren.«

»Könnten wir ihn nicht irgendwo vergraben?«

»Wo denn? Da musst du genauso erst mal einen Ort finden, wo du sie ablegen kannst, ohne gesehen zu werden. Und dann gilt es auch noch ein riesiges Loch auszuheben, damit sie nicht wieder von Aasfressern ausgegraben wird. Es hat schon seinen Grund, warum ein Grab knapp zwei Meter tief sein muss. Und egal, wo du buddelst, man wird es lange Zeit sehen. Man kann nicht einfach mal schnell nach Mitternacht nach Hampstead Heath rausfahren.«

»Wie wär's mit Verbrennen?«, fragte ich, ohne nachzudenken.

»So eine Leiche ist keine alte Zeitung.« Sonia machte eine angeekelte Geste. »Der menschliche Körper lässt sich nicht gut verbrennen.«

»In den Krematorien schaffen sie es doch auch.«

»Ja«, meinte Sonia, »mit einer industriellen Verbrennungsanlage, die man bis tausend Grad hochfahren kann. Und selbst da wird nicht alles vernichtet. Im Garten hinter dem Haus kannst du das nicht machen.«

In meinem Kopf blitzte eine schreckliche Erinnerung auf: Als kleines Mädchen hatte ich mal versucht, mein Meerschweinchen einzuäschern. Mir war, als würde ich wieder den Gestank riechen, der damals den kleinen Garten hinter unserem Haus verpestet hatte. Mit einem Gefühl von Übelkeit schlug ich die Hände vors Gesicht.

»Was dann?«, fragte ich. »Welche Möglichkeit bleibt uns

noch? Wir können die Leiche weder verstecken noch vergraben, noch verbrennen. Du schlägst doch wohl nicht vor, sie in Stücke zu schneiden, oder? Das kann ich nicht, Sonia. Lieber sterbe ich selbst.« Der Gedanke zu sterben und vor all dem die Augen verschließen zu können erschien mir in dem Moment richtig verlockend.

»Nein, das schlage ich nicht vor«, entgegnete Sonia. »Nachdem ich schon mehrere Tiere seziert habe, ziehe ich diese Möglichkeit gar nicht erst in Betracht.«

»Trotzdem gibt es Leute, die einfach verschwinden«, erklärte ich, »und deren Leichen nie auftauchen.«

»Das passiert nicht sehr oft, außer vielleicht in irgendwelchen Filmen. Oder du gehörst zur Mafia und kannst eine Leiche mit Beton zuschütten und anschließend eine Autobahn darauf bauen. Ansonsten geht das nicht so leicht.«

Ich blickte mich um. Irgendwie funktionierte mein Gehirn nicht richtig, alles schien mir immer wieder zu entgleiten. Die Leiche auf dem Boden nahm mein gesamtes Gesichtsfeld ein. Egal, wohin ich schaute, ich sah immer nur sie.

»Du hast recht«, erklärte ich, »ich schaffe das nicht. Keine Ahnung, wie ich auch nur auf die Idee kommen konnte. O Gott! Lass uns einfach von hier verschwinden, und zwar so schnell wie möglich.« Mit diesen Worten packte ich sie am Arm.

Aber Sonia ließ sich nicht so ohne Weiteres von mir aus dem Raum ziehen. »Warte.«

»Wir verschwinden einfach«, wiederholte ich, »dann ist es, als wärst du nie hier gewesen.«

Als sie sich nun zu mir umdrehte, drückte ihre Miene Ruhe aus. Ich spürte, dass sie im Begriff war, die Regie zu übernehmen, und ließ sie nur zu gerne gewähren – denn hatte ich mich letztendlich nicht genau deswegen an sie gewandt? Damit sie sich statt meiner dieses schrecklichen Desasters annahm?

»Wir können die Leiche nicht vergraben«, rekapitulierte sie,

»und ebenso wenig können wir sie verbrennen oder einfach irgendwo ablegen. Was bleibt dann noch übrig?«

»Wasser«, antwortete ich. »Manche Menschen werden auf See bestattet, oder? Das sieht man immer in den Kriegsfilmen. Man beschwert sie mit Gewichten und wickelt sie in Segeltuch.«

»Hast du ein Boot?«

»Nein.«

»Aber du kennst jemanden, der eines hat?«

Ich überlegte einen Moment.

»Wahrscheinlich schon«, erwiderte ich, »irgendwelche Freunde von Freunden. Allerdings glaube ich nicht, dass mir jemand von denen eines leiht und mich dann auch noch allein damit aufs Meer hinausfahren lässt. Außerdem … auch wenn ich mich mit Hafenanlagen nicht besonders gut auskenne, nehme ich doch an, dass dort im Sommer ziemlich viel Betrieb herrscht.«

»Es muss ja nicht das Meer sein«, meinte Sonia.

»Was denn sonst?«

»Ich weiß es auch nicht.«

»Keine Ahnung.«

»Ich weiß es *noch* nicht. Trotzdem ist das die bisher beste Idee. Wasser. Ein See, vielleicht auch ein Stausee oder ein Fluss. Aber als Erstes sollten wir hier in der Wohnung alles auf die Reihe kriegen.« Sie trat neben die Leiche und starrte beinahe leidenschaftslos auf sie hinunter. »Warum sieht so ein toter Körper völlig anders aus als jemand, der einfach nur schläft?«

Ich hatte ihn sowohl schlafend als auch tot gesehen und versuchte krampfhaft, nicht an den Unterschied zu denken.

»Das ganze Blut ist auf dem Läufer«, fuhr Sonia fort, »deswegen müssen wir wohl nicht allzu viel putzen.«

Sie sah aus, als würde sie gerade irgendeine Entscheidung treffen, und verließ den Raum. Ich hörte sie nebenan Schranktüren öffnen und wieder schließen. Als sie zurückkam, trug sie rosa Spülhandschuhe. Sie warf mir ein Päckchen zu. Es enthielt ein weiteres Paar Handschuhe, in Gelb.

»Zieh sie an.«

Ich riss das Päckchen auf und tat wie mir geheißen. Währenddessen nahm Sonia etwas vom Tisch und betrachtete es einen Moment. Es handelte sich um eine ziemlich abstrakt wirkende Skulptur aus stumpfem grauem Metall, die zwei unterschiedlich große, miteinander verbundene Gestalten darstellte. Wahrscheinlich ein Symbol für Freundschaft oder die Beziehung zwischen Eltern und Kind.

»Indem ich dieses Ding hier aufhebe und anderswo wieder abstelle«, erklärte Sonia, »verändere ich etwas an einem Tatort… auch wenn ich gar nicht genau weiß, welches Verbrechen sich hier abgespielt hat. Ich verändere etwas an einem Tatort und mache mich zur Komplizin, indem ich mithelfe, polizeiliche Ermittlungen zu behindern. So etwas in der Art. Wenn wir auffliegen, wandern wir für Jahre ins Gefängnis und verlieren alles. Bist du dazu wirklich bereit?«

»Die Frage ist: Bist *du* es? Schließlich habe ich dich in die Sache mit hineingezogen.«

Sonia ging ein paar Schritte durch den Raum, stellte die Skulptur in ein Regal und rückte sie wie eine gewissenhafte Hausfrau noch ein wenig zurecht.

Davor

»Sie meinen das wirklich ernst?«

»Kein Grund, vor Freude auszuflippen, Joakim«, gab ich trocken zurück. »Du wirst dadurch weder reich noch berühmt.«

»Eine echte Profiband.«

»So weit würde ich nicht gehen.«

»Endlich mal bei einem richtigen Auftritt spielen – nicht bloß bei irgendwelchen blöden Schulbällen mit lauter vierzehnjährigen Gören, die alle zu viel Make-up tragen.« Er sagte das so verächtlich, wie es nur ein Achtzehnjähriger kann.

»Es ist eine Hochzeit, nichts weiter. Ich weiß nicht mal, wie viele Leute kommen werden. Und es ist auch nicht deine Art von Musik, Joakim. Eher Country und Blues.«

»Ich stehe total auf Countrymusik«, widersprach er. »Die ist so authentisch. Lucinda Williams. Steve Earle. Teddy Thompson. Wer gehört denn sonst noch zur Band?«

»Bis jetzt haben wir dich als Geiger, einen Mann namens Neal Fenton, der damals eine Weile in der ursprünglichen Band spielte, als Bassgitarristen und Sonia Hurst als Sängerin. Die kennst du natürlich.«

»Sonia Hurst?«

»Ja.«

»Die Chemielehrerin?«

»Genau.«

»Und die singt in Ihrer Band?«

»So ist es.«

»Eine seltsame Vorstellung«, meinte Joakim, »mit Miss Hurst und Miss Graham in einer Band zu spielen.«

»Du hast die Schule inzwischen hinter dir. Am besten, du nennst uns von jetzt an Bonnie und Sonia und sagst du.«

»Was spielen denn Sie, ähm, ich meine, was spielst du? Klavier?«

»Wahrscheinlich springe ich einfach ein, wo gerade Bedarf besteht. Das hängt ganz davon ab, wen wir sonst noch auftreiben.«

Joakim war bis zu seiner Abschlussprüfung im Juni mein Schüler gewesen. Kennengelernt hatte ich ihn als Fünfzehnjährigen. Damals war er noch recht klein für sein Alter, trug sein Haar kurz geschoren und hatte das aggressive Auftreten eines Jugendlichen, der sich danach sehnte, endlich älter, größer und cooler zu sein. In dem Sommer zwischen dem Abschluss der Sekundarstufe und seinem letzten Schuljahr war er dann fünfzehn Zentimeter in die Höhe geschossen und zu einem bleichen, mageren und linkischen Halbwüchsigen mit mickrigem Bartflaum und pickeliger Stirn geworden. Kaum ein halbes Jahr später hatte er bereits kräftig zugelegt, sich das dunkelblonde Haar wachsen lassen und angefangen, Selbstgedrehte zu rauchen und schwarze Röhrenjeans zu tragen. Plötzlich war er ein lässiger junger Mann, der immer betont locker tat, seine angeborene Lebhaftigkeit unter seiner neuen, coolen Art versteckte und einen Stil zur Schau trug, der irgendwo zwischen romantisch und lebensüberdrüssig lag. Ich hatte all seine schnell wechselnden Phasen miterlebt, so dass ich kaum umhinkonnte, immer mal wieder einen Blick auf den jungen Joakim zu erhaschen, der so gern dazugehören wollte und seine Unsicherheit so großspurig zu überspielen versuchte. Gleichzeitig hatte ich auch seine Fortschritte als Musiker verfolgt. Mein Eindruck war – vielleicht, weil es auf mich ebenfalls zutraf –, dass er beim Musizieren am wenigsten befangen wirkte und am ehesten mit sich selbst in Einklang. Zwar verbrachte ich einen Großteil meiner Zeit in einer Kakophonie aus Gekreische, Gepuste und Geklapper, doch Joakim konnte wirklich spielen: die Flöte sehr gut, die E-Gitarre schön laut, die Geige mit exzellenter Intonation, aber auch mit viel Gefühl.

Genau das veranlasste mich dazu, ihn zu fragen. Außerdem wusste ich, dass er diesen Sommer ein wenig in der Luft hing, weil er nicht nur auf seine Examensergebnisse, sondern auch auf den nächsten Abschnitt seines Lebens wartete und die ganze Zeit nervös auf den Nägeln herumkaute, dabei allerdings so tat, als ginge ihn das Ganze nichts an. Vermutlich rührte er mich einfach, und ich wollte dafür sorgen, dass es ihm gut ging.

Die Hochzeit lag noch Wochen entfernt. An diesem schönen Sommertag hatte ich erst mal Ferien. Mir war klar, dass ich eigentlich mein Apartment in Angriff nehmen sollte, das sogar an einem solchen Tag düster wirkte, fast wie eine Kellerwohnung. Aber nicht ausgerechnet heute. Stattdessen rief ich Sally an und fragte sie, ob sie Lust habe auf ein Picknick.

»Das wäre absolut fantastisch«, antwortete sie derart enthusiastisch, dass ich überrascht aufhorchte. »Ich drehe mit Lola sonst noch durch.«

Sally war meine älteste Freundin. Wir kannten uns schon, seit wir sieben waren, und manchmal fand ich es richtig erstaunlich, dass wir es geschafft hatten, all die Jahre in Kontakt zu bleiben. Wir waren fast wie Schwestern, zankten und zerstritten uns, wussten einander nicht immer zu schätzen, beneideten einander sogar hin und wieder (ich sie um ihr gemütliches Nest und sie mich um meine Freiheit), blieben aber dennoch miteinander verbunden. Lola war ihre eineinhalbjährige Tochter: ein molliges, wildes Kleinkind mit Grübchen an den Knien, einem Haarschopf, der an klebrige Zuckerwatte erinnerte, und einer Stimme, die es mit jeder Bohrmaschine aufnehmen konnte. Darüber hinaus besaß Lola einen eisernen Willen, der Sally oft vor Frustration in Tränen ausbrechen ließ. Mir fiel auf, dass von ihrem ursprünglichen Plan, mit Richard rasch vier Kinder zu bekommen, neuerdings nicht mehr die Rede war.

»Du bringst Lola mit, und Brot für die Enten. Ich besorge uns was zum Essen. Wir treffen uns im Regent's Park.«

Wir ließen uns im Gras nieder, das bereits ein wenig verdörrt wirkte, und mampften Käsebrötchen, während Lola um uns herumtollte. Einmal fiel sie hin und stimmte ein lautes Gebrüll an, das jedoch wenig überzeugend klang. Dann machte sie sich an die Verfolgung eines Eichhörnchens. Nachdem sie ihm ein paarmal zugerufen hatte, es solle doch stehen bleiben und ihr Brot fressen, gab sie abrupt auf und erklomm stattdessen Sallys Schoß, wo sie sofort einschlief – den Daumen im Mund und die restlichen vier Finger über das mit Essen verschmierte Gesicht gebreitet. Mit einem Seufzer der Erleichterung ließ Sally sich zurück ins Gras sinken, so dass Lola gemütlich auf ihrem Bauch lag.

»Ich bin schon nach einer Stunde völlig fertig«, erklärte ich. »Keine Ahnung, wie du das den ganzen Tag schaffst.«

»›Schaffen‹ ist das falsche Wort«, entgegnete sie, »das klingt so ordentlich und systematisch. Schau mich an – sehe ich vielleicht ordentlich und systematisch aus?«

»Du siehst großartig aus.«

»›Müde, fertig und fett‹ trifft es wohl eher. Meine Haare gehören dringend geschnitten. Außerdem sollte ich mir endlich mal wieder die Beine enthaaren und die Nägel lackieren.«

»Du hast zu viele Zeitschriften gelesen«, meinte ich, »in denen sie dir erklären, wie man drei Wochen nach der Geburt wieder Größe sechsunddreißig erreicht.«

»In einem der Bücher, die ich mir reingezogen habe, als ich mit Lola schwanger war, gab es ein Kapitel darüber, was man alles ins Krankenhaus mitnehmen soll – zum Beispiel einen Gummiring zum Draufsetzen, falls man genäht werden muss, und eine Sprayflasche, mit der einem der Partner während der Wehen ins Gesicht spritzen kann – obwohl ich Richard wahrscheinlich an die Gurgel gegangen wäre, wenn er das mit mir gemacht hätte. Jedenfalls war als unerlässliches Utensil ein Schminktäschchen aufgeführt, damit man sich seinem Gatten frisch und hübsch präsentieren kann.«

»Das ist ja fürchterlich!«

»Noch viel fürchterlicher ist, dass ich tatsächlich blöd genug war, diesen Ratschlag zu befolgen – ich habe mein Makeup mitgenommen und sogar ein wenig Wimperntusche aufgetragen, bevor ich Besuch bekam. Kannst du dir das vorstellen? Man hat gerade ein neues Leben auf die Welt gebracht, was ja wirklich ein richtiges Wunder ist, und muss sich trotzdem noch Gedanken darüber machen, wie man aussieht. Du wärst bestimmt nicht so dämlich.«

»Aber nur, weil ich mich sowieso kaum schminke.«

»Na bitte, da haben wir es ja.«

»Was? Das musst du mir jetzt näher erklären.«

»Ich weiß es doch selbst nicht genau.« Sie gähnte so herzhaft, dass ich bis in ihren rosa Rachen sehen konnte. In dem Moment hatte sie Ähnlichkeit mit einer Katze – einer großen, müden, leicht zerzausten Katze.

»Wir sollten mal ein Wochenende wegfahren«, schlug ich vor.

»Das wäre ein Traum. Aber was mache ich dann mit Lola?«

»Die nehmen wir mit.«

»Nein, ganz bestimmt nicht. Wenn wir zusammen wegfahren, möchte ich mal ein Gläschen über den Durst trinken und ausschlafen. Mit Lola kann ich beides mehr oder weniger vergessen.«

»Dann lass sie doch bei Richard.«

Sie schnaubte verächtlich. »Als ob das ginge! Erzähl mir lieber, was in der großen weiten Welt so passiert.«

»Ich stelle gerade eine Band zusammen.«

»Was?« Sie brach in schallendes Gelächter aus, was zur Folge hatte, dass Lola auf ihrem Schoß unruhig die Position wechselte.

»Na, hör mal, du tust ja gerade so, als hätte ich noch nie ein Instrument angerührt.«

»Wieso erfahre ich erst jetzt davon?«

»Es ist erst seit ein paar Tagen aktuell. Ich habe dich seitdem nicht getroffen.«

»Du hättest es mir trotzdem erzählen sollen.«

»Ich erzähle es dir doch gerade.«

»Ja, stimmt. Entschuldige. Ich glaube, irgendwie verlasse ich mich mittlerweile schon darauf, dass du mich ständig mit aufregenden Geschichten versorgst, sozusagen als Ersatz, weil ich selbst nichts mehr erlebe. Um welche Art Band handelt es sich denn?«

»Um eine laienhafte, nicht besonders gute, die bis zum Herbst in der Lage sein sollte, auf der Hochzeit einer Freundin ein paar Stücke Folk und Bluegrass zum Besten zu geben, ein bisschen von diesem und jenem. Um sich anschließend wieder aufzulösen.«

»Eine Band ohne bindendes Band?«

»Genau.«

»Vielleicht werdet ihr ja entdeckt und bekommt einen Plattenvertrag.«

»Wohl kaum. Wir werden uns ein-, zweimal die Woche zum Proben treffen, um am Ende drei oder vier Nummern zu spielen, denen niemand Beachtung schenken wird, und das war's dann.«

»Vielleicht könnte ich auch mitmachen?« Sie klang wehmütig.

»Spielst du ein Instrument?« Natürlich wusste ich, dass dem nicht so war. Wir hatten als Elfjährige gemeinsam Blockflöte gelernt, aber recht viel mehr gab es da nicht zu berichten.

»Ich könnte ein Tamburin schwenken.«

»Vergiss es! Tamburin, Triangel und Rassel sind bei uns tabu.«

»Wer ist denn mit von der Partie?«

»Ich, Sonia, ein Schüler beziehungsweise Exschüler namens Joakim und ein Typ, der schon in unserer ursprünglichen Uniband war.«

»Welcher denn?«

»Er heißt Neal. Keine Ahnung, ob du ihm je begegnet bist. Ich kenne ihn selbst nicht besonders gut. Dunkles Haar, relativ gut aussehend, ein bisschen schüchtern.«

»Klingt nett.«

»Eventuell frage ich auch noch Amos.«

»Amos!«

»Du hältst das für keine gute Idee?«

»Hmm. Wieso ausgerechnet ihn?«

»Keine Ahnung. Bestimmt ist er beleidigt, wenn ich ihn nicht frage.«

»Na und? Ob Amos beleidigt ist oder nicht, ist doch nicht mehr dein Problem, oder?«

»Nein, das stimmt. Außerdem ist es wahrscheinlich noch zu früh für so etwas. Ich meine, wir haben uns zwar irgendwie in gegenseitigem Einvernehmen getrennt, aber wir waren ja doch eine Ewigkeit zusammen.

Sally wechselte ein wenig die Position und gähnte erneut. »Du musst entschuldigen. Das ist kein Zeichen von Desinteresse, ich bin um diese Tageszeit bloß immer so müde.«

»Amos findet, wir sollten gute Freunde bleiben. Aber so leicht ist das nicht. Ein Liebespaar, das von einem gemeinsamen Leben geträumt hat, kann nicht einfach so zur Tagesordnung übergehen. Zumindest kann ich es nicht. Amos sieht das anders, glaube ich. Vielleicht hat Sonia recht, und es liegt daran, dass ihm unsere Beziehung doch nicht so viel bedeutet hat, auch wenn ich da anderer Meinung bin. Wobei es durchaus sein kann, dass das meinerseits nur Wunschdenken ist. All die Jahre müssen doch eine Bedeutung gehabt haben, oder etwa nicht?« Ich hielt einen Moment inne. »Sally?«

Als Antwort bekam ich nur ein leises Schnarchen zu hören. Sie war eingeschlafen. Ich betrachtete sie, wie sie dort ausgestreckt auf dem Gras lag, einen Arm über dem Gesicht, den anderen auf Lolas zusammengerolltem Körper. Sie hatte dunkle Augenringe, ihr kastanienbraunes Haar wirkte fettig, und ihr Kleid wies etliche Flecken auf. Leise steckte ich die Überreste unseres Picknicks zurück in die Tüte und stand auf, um sie in den Abfalleimer zu werfen.

Danach

Sonia ging neben der Leiche in die Knie. Sie zögerte einen Moment. Ihr Blick wanderte von ihren Hände, die in den rosa Gummihandschuhen steckten, hinunter zu dem leblosen Körper. Schließlich machte sie sich ans Werk, indem sie ihn zunächst ein wenig geraderückte und dann nacheinander seine schlaffen Arme packte und so hindrapierte, dass sie sich eng an den Körper schmiegten. Ihr Gesicht wirkte ausdruckslos. Dass sie dennoch angespannt war, merkte ich nur an ihrer leicht verkrampft wirkenden Kinnpartie und der Art, wie sie hin und wieder blinzelte, als hätte sie etwas im Auge.

»Du musst mir helfen, Bonnie.«

»Was soll ich tun?« Um meine Kooperationsbereitschaft zu demonstrieren, zog ich meine dünne Jacke aus und hängte sie über die Rückenlehne des Stuhls. Als ich mich wieder umdrehte, zitterten meine Knie derart, dass ich fast vornübergekippt wäre. Mein Körper schien sich selbständig zu machen: Meine Hände zuckten unkontrolliert, meine Beine zitterten, und in meinen Ohren rauschte es leicht.

»Wir rollen ihn in den Läufer.«

Am liebsten hätte ich ihr zur Antwort gegeben, dass mir das nicht möglich sei. Ich konnte mich nicht neben ihn knien und ihn anfassen, um seine immer kälter werdenden Gliedmaßen in Position zu bringen und ihn wie ein Stück Müll einzuwickeln. Das schaffte ich einfach nicht. Ich hatte neben ihm gelegen, ihn gehalten und geküsst. Ich konnte das nicht.

»Ich glaube, wir müssen ihn an das eine Ende des Läufers ziehen und dann rollen«, erklärte Sonia gerade. »Bonnie? Hör zu, wenn ich dir helfen soll, ihn zu … ihn zu …« Die Stimme versagte ihr den Dienst. »Entweder jetzt oder gar nicht.«

»Du hast recht.«

»Nimm ihn an den Schultern.«

Ich zwang mich, neben der Leiche in die Knie zu gehen – nur wenige Zentimeter von der dunklen, fast schon schwarzen Blutlache entfernt.

»Auf mein Kommando versuchen wir ihn hochzuziehen.«

»Ja.«

Ein lebloser Körper ist schwer. Er lässt sich nicht so leicht ziehen. Sein weiches Haar. Ich bin immer so gern mit den Fingern hindurchgefahren. Mir war fast, als könnte ich wieder sein lustvolles Gemurmel hören, und ich musste an die Art denken, wie er dann meinen Namen aussprach – so dass er fast wie ein Stöhnen klang. Nun aber war sein Haar von Blut verklebt.

»Wir müssen ihn hier herüberrollen«, erklärte Sonia, »dreh ihn auf diese Seite.«

Gleich werde ich sein Gesicht sehen, dachte ich, sein schönes Gesicht. Wird er die Augen offen haben und zu mir heraufstarren?

»Ja«, antwortete ich, »ja.«

»Bereit?«

»Bereit.«

Da war er. Mit offenen Augen, die an mir vorbei zur Decke starrten. Sein Gesicht war bleich, fast grau, wie Kitt. Ohne nachzudenken, zog ich einen Handschuh aus, um ihn ein letztes Mal zu berühren und diese toten Augen zu schließen.

»Nein!« Sonias scharfer Ton hielt mich zurück. »Tu das nicht, Bonnie! Er ist tot. Es ist vorbei. Das da ist nur noch ein lebloser Körper, den wir loswerden müssen. Wenn du dir jetzt Gefühle gestattest, werden wir es nicht schaffen. Häng deinen Erinnerungen später nach. Verschieb all deine Gefühle, welcher Art sie auch sein mögen, auf später. Jetzt können wir sie nicht gebrauchen.«

Ich sah sie an. Ihr Gesicht wirkte in diesem Moment zugleich streng und schön.

»Du hast recht. Wie geht es jetzt weiter?«

»Wenn wir so weit sind, müssen wir ihn aus der Wohnung in seinen Wagen verfrachten. Wo ist der Autoschlüssel? Du hast doch den Schlüssel?«

»Ja, in meiner Tasche, zusammen mit dem Wohnungsschlüssel.«

Sonia kauerte sich neben das Fußende der Leiche, ich blieb am Kopfende, und wir klappten das jeweils überstehende Stück Teppich über den Körper. Nun konnte ich sein Gesicht nicht mehr sehen. Vor Anstrengung keuchend, rollten wir ihn ein, indem wir ihn zunächst in die Seitenlage hievten und dann mit einem Plumpsgeräusch auf den Bauch kippen ließen. Meine Rippen taten weh, und ein scharfer, stechender Schmerz schoss durch meinen Körper. Ich musste plötzlich daran denken, wie ich mich als Teenager einmal abgemüht hatte, ein Zelt möglichst fest und gleichmäßig zusammenzurollen. Aber so eine Leiche ist sperrig und widerspenstig. Durch den Teppich spürte ich die Form seines Körpers, die Rundung seiner Schulter. Keine Gefühle, keine Erinnerungen, ermahnte ich mich selbst. Du darfst jetzt nicht mal denken. Nur handeln.

Davor

Das Telefon klingelte genau in dem Moment, als mein Besucher – ein Freund, der überraschend vorbeigeschaut hatte – mir erklärte, seiner Meinung nach könne ich einfach die Wand zwischen der kleinen Küche und dem Wohnzimmer einreißen und auf diese Weise einen etwas größeren Raum schaffen. Der Anrufer war Joakim. Er klang ein wenig verlegen, als hätte er noch nicht ganz verkraftet, dass seine ehemalige Lehrerin ins Lager der Normalsterblichen übergewechselt war. Er wollte wissen, ob ich schon einen Schlagzeuger gefunden hätte. Als ich ihm erklärte, dass wir vermutlich ohne zurechtkommen müssten, stieß er ein verlegenes Hüsteln aus.

»Ich wüsste da jemanden.«

»Tatsächlich?«

»Meinen Dad. Er möchte es unbedingt machen.« Nach einer kurzen Pause fügte er hinzu: »Gut ist er nicht, aber dafür hoch motiviert.«

Danach

Dass die Leiche jetzt nicht mehr zu sehen war, machte das Ganze nicht besser, sondern eher noch schlimmer. Vorher war es ein schreckliches Desaster gewesen, vielleicht sogar eine irgendwie geartete Tragödie. Nun sah es bloß noch nach einem Verbrechen aus – was es ja auch war.

»Und jetzt?«, fragte ich.

»Wir tragen ihn zum Wagen hinaus.«

»Schaffen wir das denn?«

»Es wird uns nichts anderes übrig bleiben.«

»Könnten wir ihn nicht einfach irgendwo auf der Straße ablegen? Vielleicht denken dann alle, dass er überfallen worden ist.«

Sonia sah mich an, als würde sie plötzlich an meinem Geisteszustand zweifeln.

»Wir müssen es so machen, wie wir gesagt haben«, erklärte sie. »Die besten Chancen haben wir, wenn es so aussieht, als wäre er verreist. Falls er heute Abend tot aufgefunden wird, gibt es sofort eine umfangreiche Untersuchung. Dann fliegt alles auf.«

In dem Moment ertönte ein Geräusch, das mich derart überraschte, dass ich ein paar Sekunden brauchte, um es zu identifizieren. Es war, als würde mein Gehirn die Annahme verweigern. Ich musste erst angestrengt überlegen, ehe ich begriff: Es handelte sich um eine Klingel. Die Türklingel dieser Wohnung. Es läutete erneut.

Sonia und ich schauten uns an. Zweifellos schossen uns die gleichen Fragen durch den Kopf. Wer war das? Hatte der oder die Betreffende etwas gehört? Noch wichtiger aber, wichtiger als alles andere auf der Welt war die Frage: Besaß er oder sie einen Schlüssel? Mein Gehirn arbeitete immer noch sehr langsam. Irgendwie bekam ich das Ganze nicht auf die Reihe. Erst dachte ich, nein, das ist niemand mit Schlüssel, denn warum sollte die betreffende Person dann klingeln? Dann aber fiel mir ein, dass manche Leute irgendwo einen Schlüssel deponieren, unter einem Blumentopf oder so. Ich selbst hatte das auch schon manchmal gemacht. War es möglich, dass Liza auf dieselbe Idee gekommen war und mir nichts davon gesagt hatte?

Die nächste Frage hätte ich mir lieber gar nicht erst gestellt: Was, wenn draußen tatsächlich ein Schlüssel lag und die Person gleich hereinkam? Was dann? Mir fiel beim besten Willen keine Antwort ein. Mein Blick wanderte zu dem Bündel auf dem Boden und dann zurück zu Sonia, die bloß mit den Schultern zuckte. Ein Versuch der Aufmunterung oder nur Ausdruck ihrer Hilflosigkeit? Ich öffnete den Mund, um ihr voller Panik etwas zuzuflüstern, doch sie legte kopfschüttelnd einen Finger an die Lippen.

Im Moment herrschte Stille. Wir versuchten, mucksmäuschenstill zu sein, während wir warteten. Ich lauschte angestrengt, ob sich draußen jemand entfernte, konnte aber keine Schritte hören. Das Einzige, was ich hörte, waren mein wild pochendes Blut und neben mir Sonias Atem – kleine, flache Keuchlaute, die mir klarmachten, dass sie ebenso große Angst hatte wie ich. In dem Moment begann das Telefon zu klingeln. Das konnte nur die Person vor der Tür sein. Vielleicht irgendein verabredetes Zeichen. Lief eigentlich der Anrufbeantworter? Daran hatte ich gar nicht gedacht. Das Telefon läutete und läutete. Mir war dabei zumute, als würde mich jemand immer wieder auf einen bereits vorhandenen Bluterguss schlagen. Endlich hörte es auf. Wir warteten eine Ewigkeit, viel länger als nötig. Ich wagte noch immer nicht zu sprechen, als schließlich Sonia im Flüsterton das Schweigen brach.

»Ich schätze, die Luft ist rein.«

»Glaubst du, er oder sie kommt zurück?« Meine Brust schmerzte, als wäre ich eine weite Strecke gerannt.

»Woher soll ich das wissen?«

»Mir ist ein bisschen übel«, verkündete ich.

»Musst du dich übergeben?«

»Keine Ahnung. Nein, ich glaube nicht.«

»Versuche, ruhig und tief zu atmen.«

»Wir dürfen noch nichts unternehmen. Die besten Chancen haben wir mitten in der Nacht. Ich meine, um ihn rauszuschaffen.«

Sonia bedachte mich mit einem genervten Blick, als wäre ich eine von ihren dämlicheren Schülerinnen.

»Hat noch jemand einen Schlüssel für die Wohnung?«

»Ich habe von Liza nur einen bekommen. Den habe ich an ihn weitergegeben, inzwischen aber wieder an mich genommen«, erklärte ich. »Zusätzlich wollte sie einen bei dem Mann hinterlegen, der ein Stockwerk höher wohnt. Für irgendwelche Notfälle.«

»Sonst besitzt niemand einen?«

»Ich glaube nicht«, antwortete ich, »aber du weißt ja, wie das ist: Manchmal werden Schlüssel einfach nachgemacht. Womöglich hat er auch anderen Leuten einen gegeben.«

»Schätzungsweise sind wir auf der sicheren Seite.«

»Es ist nur … wenn jetzt jemand hereinkäme …«

»Wenigstens wäre dann alles ganz einfach.«

»Einfach?«, wiederholte ich. »Was würden wir denn dann sagen?«

»Keine Ahnung«, meinte sie. »Aber das würde sowieso keine große Rolle mehr spielen.«

Wieder herrschte Stille.

»Bleibt es dabei, dass wir ihn zu dem Stausee bringen, wo du mal warst?«, fragte ich. »Langley Reservoir?«

»Ja. Dort lassen wir die Wagenfenster herunter, lösen die Handbremse und schieben den Wagen über den Rand. So weit ist alles klar. Aber dann?«

»Dann fahren wir nach Hause.«

»Wie denn? Ohne Wagen?«

»Wir gehen zu Fuß.«

»Der nächste Bahnhof ist womöglich kilometerweit entfernt.«

»Hast du eine bessere Idee?«

»Nein.«

»Außerdem halte ich das im Moment für das geringste unserer Probleme. Wir können darüber nachdenken, wenn wir erst mal dort sind.«

»Ja, du hast recht.«

»Lass uns in einer halben Stunde aufbrechen.«

Davor

Guy Siegel war Anwalt in einer großen und respektablen Kanzlei, aber als ich ihn zu Hause aufsuchte, trug er Jeans und ein T-Shirt, das ziemlich abgetragen aussah, wenn auch auf eine teure Art. Nachdem er mich hereingebeten hatte, reichte er mir eine Flasche Bier, aber kein Glas. Mir schien, als wäre er der Musiker von uns beiden. Der Mann machte so richtig auf Rock 'n' Roll.

»Sie werden es mir wahrscheinlich nicht glauben«, erzählte er, »aber während meiner letzten paar Schuljahre habe ich in einer Punkband gespielt. Nein, eigentlich waren wir eine *Post-*

punkband. Für Sie klingt das wahrscheinlich nach grauer Vorzeit.«

»Das war tatsächlich ein bisschen vor meiner Zeit.«

»Kommen Sie doch mit rüber ins Wohnzimmer. Ja, ja, die alten Geschichten. Wir nannten uns Sick Joke. Wissen Sie, ich träumte damals von einem Plattenvertrag und einer Tournee und … tja, wahrscheinlich erzähle ich Ihnen besser nicht, wovon ich noch so träumte. Aber ein Haus wie dieses erarbeitet man sich nicht als Drummer einer Postpunkband.«

Ich betrachtete die Teppiche, die riesige Couchgarnitur und die geschmackvollen abstrakten Gemälde an den Wänden.

»Nein, vermutlich nicht.«

»Joakim ist wie ich«, fuhr er fort, »er träumt ebenfalls von einer Karriere als Musiker.«

»Er ist gut«, antwortete ich, »aber ich glaube, das habe ich Ihnen schon beim Elternabend gesagt. Wenn Sie halb so gut sind wie er, passen Sie wunderbar zu uns.«

Guy nahm einen Schluck von seinem Bier.

»Ich schätze mal, ich bin ein bisschen besser als halb so gut. Sie brauchen einen Schlagzeuger?«

»So ist es.«

»Und es würde Sie nicht stören, Vater und Sohn in der Gruppe zu haben?«

»Wenn das für Sie beide in Ordnung ist.«

»Sie wollen nicht, dass ich erst mal vorspiele?«

»Ich verlasse mich da ganz auf Joakim. Und natürlich auch auf Sie.«

»Ich habe mein eigenes Schlagzeug.«

»Umso besser.«

Er nahm einen weiteren Schluck und musterte mich währenddessen prüfend.

»Wie gesagt träumt Joakim von einer Karriere als Musiker, genau wie ich damals. Das ist natürlich lächerlich.«

Ich gab ihm keine Antwort.

»Sind Sie nicht auch dieser Meinung?«

»Ich bin Musiklehrerin«, erwiderte ich. »Da werden Sie doch nicht von mir erwarten, dass ich es als Hirngespinst abtue, wenn jemand seinen Lebensunterhalt mit Musik verdienen möchte.«

»Ich glaube nicht, dass Joakim vorhat, *Lehrer* zu werden.« Guys Ton nach zu urteilen, fand er diese Vorstellung fast noch schlimmer als Joakims Traum von einer Karriere als Musiker. »Er möchte live spielen. Wie denken Sie darüber?«

»Was erwarten Sie jetzt von mir? Er ist richtig gut, einer der besten Schüler, die ich je unterrichtet habe.«

»Er bewundert und respektiert Sie. Jetzt, nachdem er sein Examen abgelegt hat, gönne ich ihm natürlich den Spaß, in seiner Freizeit ein bisschen zu spielen. Trotzdem wäre ich Ihnen dankbar, wenn Sie mit ihm mal über die harte Realität des Musikerberufs sprechen würden.«

»Es geht hier lediglich um einen einmaligen Auftritt auf der Hochzeit einer meiner Freundinnen. Wir planen keine Amerikatournee.«

»Nur für den Fall, dass er Sie fragen sollte.«

»Berufsberatung gehört eigentlich nicht zu meinen Aufgaben. Aber keine Angst, wir sind ein ziemlich wild zusammengewürfelter Haufen. Ich sehe da keine große Gefahr, dass wir Joakim mit unserem glamourösen Rock 'n' Roll-Lebensstil in Versuchung führen. Außerdem werden Sie ja auch dabei sein und können selbst ein Auge auf ihn haben. Ist das der Grund, warum Sie mitmachen wollen?«

»Ganz und gar nicht«, entgegnete Guy. »Ich spiele schon viel zu lange nur zu Led-Zep-Platten. Es wird mir guttun, endlich mal wieder mit echten Menschen Musik zu machen.«

Ich schlich mich wieder hinaus auf die Straße. Mittlerweile war es dunkel, abgesehen von den paar funkelnden Sternen am Himmel und dem allgegenwärtigen, fahl orangegelben Leuchten Londons. In der Wohnung im oberen Stockwerk brannte kein Licht, doch der junge Mann konnte jeden Moment zurückkommen. Der bloße Gedanke daran ließ mein Herz rasen. Schlagartig verwandelten sich die Schatten auf der Straße in geduckte Gestalten, die mich beobachteten. Ich beeilte mich, alle nötigen Vorkehrungen zu treffen, indem ich den Wagen aufsperrte und den Kofferraum öffnete, ehe ich in die Wohnung zurückkehrte.

»Die Luft ist rein«, teilte ich Sonia mit.

Ohne weitere Worte gingen wir neben ihm in die Knie. Ich packte seine Füße, Sonia die Schultern.

»Eins, zwei, drei *und…*«, flüsterte sie.

Mit vereinten Kräften gelang es uns, ihn ein paar Zentimeter hochzuheben. Während sein schlaffer Körper zwischen uns hing, rutschte ein Arm aus der Teppichrolle. Ich konnte einen leisen Aufschrei nicht unterdrücken.

»Er ist so schwer«, jammerte ich.

»Lass ihn uns einfach ziehen«, schlug Sonia vor, »zumindest bis zur Haustür.«

Mühsam zerrten wir ihn über den Boden. Der Läufer, in den er eingewickelt war, blieb immer wieder auf dem Teppich hängen, so dass wir ein paarmal unsere ganze Kraft zusammennehmen mussten, um ihn erneut hochzuhieven und ein Stück zu tragen. Als wir schließlich die blanken Holzdielen erreichten, ließ er sich leichter ziehen. Trotzdem spürte ich einen stechenden Schmerz in den Rippen. Gleichzeitig dröhnte mir der Kopf, und mein ganzer Körper war schweißnass. Neben mir hörte ich Sonia leise keuchen.

Endlich hatten wir die Haustür erreicht. Vorsichtig schob ich sie auf und trat nach draußen. Die Straße wirkte menschenleer. Noch immer schaukelte das Werkstattschild leicht im Wind. Ich nickte Sonia zu.

Wir hoben die Leiche ein weinig an. Erneut klaffte der Läufer auseinander, so dass eine Hand über den Boden schleifte. Es war noch nicht lange her, da hatten seine warmen, starken Hände mein Gesicht gestreichelt, sich um mein Kinn gelegt. Ich versuchte, den Gedanken daran sofort wieder zu verdrängen. In dem Moment stolperte ich und konnte ihn nicht mehr richtig halten, so dass er unsanft auf dem Asphalt landete. Ich stieß einen Schrei aus, als hätten wir ihm wehgetan.

»Tut mir leid!«, wimmerte ich.

»Jetzt sind es nur noch ein paar Meter.«

Gebückt schleppten wir ihn das letzte Stück bis zum Wagen. Wortlos, aber vor Anstrengung keuchend, hievten wir unser Bündel wieder höher. Der Läufer rutschte immer weiter herunter, so dass ich schon sein Haar sehen konnte. Weiches Haar. Unglücklicherweise war er zu groß für den kleinen Kofferraum. Wir mussten schieben – die Leiche, seinen Körper, ihn, den Mann, den ich… was? Den ich geliebt hatte? Nein, es sei denn, Liebe ist gewalttätig, hoffnungslos und dunkel, so dass der Anfang schon das Ende beinhaltet. Wir mussten seinen Körper schieben und drehen, bis er schließlich doch irgendwie hineinpasste. Als wäre er ein Ding – aber das war er ja auch. Er war tot. Nichts war mehr übrig, außer Erinnerung und Verlust. Ich hörte, wie sein Kopf auf das Metall des Wagens traf. Mittlerweile klebte mir das Shirt klatschnass am Rücken, und das Atmen schmerzte. Sonia richtete sich auf und schloss den Kofferraum. In der Dunkelheit wirkte ihr Gesicht fast weiß.

Schweigend fuhren wir dahin. Ich saß am Steuer, während Sonia den Straßenatlas studierte, den wir im Wagen gefunden hatten, und mir hin und wieder knappe Anweisungen erteilte. Mehrmals sahen wir einen Streifenwagen aus irgendeiner Seitenstraße auf uns zukommen oder hinter einer Ecke parken. Blaulicht blitzte, Sirenen heulten durch die Nacht. Im Rückspiegel sah ich Augen, die mir nachschauten. Ich setzte mich aufrechter hin und versuchte, mich ganz auf die Straße zu konzentrieren, aber unsere schreckliche Fracht ging mir nicht aus dem Kopf. Der Wagen kam mir vor wie ein Sarg, ein kleiner Blechsarg. Allmählich ließen wir London hinter uns, bis das Licht unserer Scheinwerfer schließlich auf Hecken, Felder und Bäume fiel und dann auf einen schmalen, asphaltierten Weg. Das Tor war geschlossen. Einen Augenblick waren wir nahe daran aufzugeben. Zumindest ich war es. Verzweifelt ließ ich den Kopf auf das Lenkrad sinken und sagte immer wieder: »Es ist vorbei, es ist alles aus!« Sonia dagegen blieb ganz ruhig. Nachdem sie erneut die Karte studiert hatte, dirigierte sie mich auf die andere Seite, wo es eine weitere Zufahrt gab. Vor uns glitzerte das schwarze Wasser des Stausees. An seinem Ufer hörte man das Klappern und Klimpern einer langen Reihe von Segelbooten in den kurzen Atemzügen des Windes.

Davor

»Ich weiß nicht, ob es eine gute Idee ist«, sagte ich zu Amos.

Wir saßen draußen vor einem jener Londoner Pubs, die früher verrauchte, nach abgestandenem Bier stinkende Spelunken gewesen waren, sich mittlerweile aber neu erfunden hatten und nun als Gastropubs so Gerichte wie gebratene Jakobsmuscheln auf einem Bett aus Linsen servierten, oder den Salat aus pochierten Birnen mit Blauschimmelkäse, den ich mir gerade gönnte. Amos verspeiste ein Steaksandwich. Die Sonne strahlte von einem wolkenlos blauen Himmel. Wir hatten das schon so viele Male getan – draußen vor einem Pub gesessen, uns unterhalten, Pläne geschmiedet.

»Warum nicht?«

»Weil ...« Ich machte eine vage Handbewegung. Wenn er es nicht selbst wusste, würde ich es ihm bestimmt nicht sagen.

»Du meinst, weil wir mal liiert waren und jetzt getrennt sind?«

»Wir waren nicht liiert. Wir haben zusammengelebt, und zwar mehrere Jahre lang.«

Er sah mich an. Ich konnte seinen Blick nicht so recht deuten, er lag irgendwo zwischen prüfend und flehend.

»Das hat Spaß gemacht, stimmt's?«

»Spaß? Du meinst, unser Zusammenleben?«

»Wir hatten doch eine Menge Spaß.«

»Ja, manchmal«, räumte ich ein. Spaß, Stress, Tränen, Trauer und dann eine langsame, deprimierende Trennung, die sich monatelang hinzog, weil keiner von uns beiden zugeben wollte, dass es aus war – dass unsere Beziehung, die euphorisch begonnen hatte, nicht mehr zu retten war, sondern unwiederbringlich vorbei. Ich betrachtete ihn verstohlen. Amos war dünn, hatte dunkle, stechende Augen, eine Hakennase und einen dichten, dunklen Haarschopf. Früher, als ich ihn noch liebte, sagte ich immer zu ihm, er sehe aus wie Bob Dylan um 1966.

»Wir sind trotzdem noch Freunde, oder etwa nicht?« Er klang wie ein kleiner Junge.

»Ganz so einfach ist das nicht.«

»Das hängt ganz von uns ab.« Er griff nach meiner Hand, doch ich entzog sie ihm sofort wieder. »Wer spielt denn sonst noch mit?«, wechselte er das Thema.

»Neal – weißt du noch? Ein Junge aus gutem Haus, mit einem reichen Vater. Du brauchst gar nicht so ein Gesicht zu ziehen. Ach ja, und Sonia«, fügte ich hinzu, als wäre sie mir gerade erst eingefallen.

»Sonia?«

»Ja. Sie wird singen.«

»Ich kann mir genau vorstellen, wie ihre Stimme klingt«, meinte er. »Schön samtig.«

»Hmm. Ich verstehe nicht so ganz, warum du so scharf darauf bist, in dieser Band mitzuspielen, Amos.«

Er zuckte mit den Achseln. »Das wird bestimmt lustig. Außerdem hänge ich gerade ein bisschen durch.«

»Du hast also keine Urlaubspläne?«

»Ich bin viel zu sehr damit beschäftigt, meine Hypothek abzubezahlen, da ist ein Urlaub dieses Jahr nicht drin«, antwortete er, »und nächstes Jahr auch nicht.«

Zehn Monate zuvor hatten Amos und ich uns zusammen eine Wohnung gekauft. Sie lag in einer Nebenstraße der Finchley Road und war ausgesprochen hübsch, mit großen Räumen, großen Fenstern, weiten weißen Wandflächen und einem Balkon mit Platz für Pflanzen. An einem herrlichen Herbsttag Ende September waren wir eingezogen. Ich weiß noch genau, wie wir damals in einem der noch völlig kahlen, hallenden Räume auf dem Teppichboden lagen, händchenhaltend zur frisch gestrichenen Decke hinaufblickten und beide vor Glück und Staunen kichern mussten, weil wir inzwischen so reif und erwachsen waren und so richtig als Paar zusammen. Kennengelernt hatten wir uns nämlich als junge, ungebundene Studenten, die noch keinen Penny besaßen. Als ich ihn schließlich verließ – oder er mich oder wir uns gegenseitig, was der Wahrheit wahrscheinlich am nächsten kam –, musste er mir meinen Anteil ausbezahlen, und ich verwendete das Geld als Anzahlung für mein tristes Loch in Camden.

»Es steht dir ja jederzeit frei, die Wohnung zu verkaufen«, entgegnete ich ohne großes Mitgefühl. »Aber wenn du willst, kannst du natürlich gerne unseren Gitarristen machen.«

»Es wird so sein wie in den guten alten Tagen.«

»Ganz bestimmt nicht.«

In dem Moment kam eine untersetzte Gestalt auf uns zu.

»Bonnie?«

Ich starrte ihn perplex an. Das Gesicht kam mir bekannt vor, aber ich wusste nicht recht, woher.

»Du erinnerst dich nicht, oder? Frank. Wir haben vor Jahren mal gemeinsam Musik studiert.«

»Tut mir leid. Du weißt ja, wie das ist, wenn man jemanden von früher plötzlich ganz woanders trifft.«

Er ließ sich neben uns auf einen Stuhl sinken.

»Ich hätte dich überall wiedererkannt«, meinte er, »du siehst immer noch aus wie ein junges Mädchen.«

»Danke.«

»Was treibst du denn inzwischen so?«

»Ich unterrichte Musik an einer Schule hier ganz in der Nähe.«

Er rümpfte mitleidig die Nase.

»Du bist *Lehrerin*?«

»Ja.« Ich bedachte ihn mit einem Blick, der keinen Zweifel daran ließ, was ich von ihm hielt. Am liebsten wäre es mir gewesen, er wäre gleich wieder verschwunden.

»Aber sie hat eine Band«, mischte Amos sich ein.

»Ich habe keine Band!«

»Eine Band? Was für eine Band? Wie heißt sie?«

»Ich habe keine Band, und es gibt auch keinen Bandnamen. Ich stelle bloß gerade ein paar Leute für einen einmaligen Auftritt zusammen, für die Hochzeit einer Freundin.«

»Ich mache als Gitarrist mit«, erklärte Amos.

»Also was ganz Laienhaftes«, sagte Frank verächtlich. »Ich dachte, es wäre eine ernste Sache.«

»Was ist so toll an ernsten Sachen?«, meldete sich hinter meinem Rücken eine Stimme zu Wort. Ich drehte mich um. Vor mir stand ein großer Mann mit weichem braunem Haar, das ihm wie ein kleiner Flügel in die Stirn fiel. Er hatte graue Augen mit vielen Lachfältchen, grinste so breit, dass seine weißen Zähne hervorblitzten, und trug ein zerknittertes Hemd.

»Das ist Hayden.« Frank konnte es sich nicht verkneifen hinzuzufügen: »Er spielt in einer richtigen Band.«

Hayden musterte Frank kurz mit gerunzelter Stirn. Nun, da er nicht mehr lächelte, wirkte sein Gesicht schmaler, älter und kälter. »Und du bist manchmal ein richtiger Vollidiot«, meinte er in sanftem Ton. An mich gewandt, fuhr er fort: »Ich mache Musik, das ist alles.«

Frank lief knallrot an, was ihm nicht besonders gut stand. Sogar seine Ohren wurden rot. Inzwischen tat er mir fast leid. Er murmelte irgendetwas darüber, dass er sich einen Drink holen wolle, und verschwand. Hayden blieb.

»Was spielst du denn?«, fragte er mich.

»Oh, dies und das. Klavier. Geige.«

»Sie spielt alles«, prahlte Amos. Er führte sich auf, als wäre ich wieder seine Freundin. »Sie braucht ein Instrument bloß in die Hand zu nehmen, dann kann sie es schon spielen.«

Hayden würdigte ihn keines Blickes. »Wie heißt du?«

»Bonnie.«

»Hallo, Bonnie.«

Er streckte mir die Hand hin. Verlegen griff ich danach.

»Hallo«, antwortete ich. »Darf ich vorstellen: Amos.«

Hayden nickte ihm nur kurz zu. »Ihr müsst Franks Art entschuldigen«, fuhr er an mich gewandt fort. »Darf ich euch auf einen Drink einladen?«

»Nein, danke«, antwortete Amos.

»Ja, gerne«, sagte ich. »Einen Tomatensaft bitte.«

»Ist schon unterwegs – oh, da fällt mir ein, ich habe gar kein Kleingeld bei mir.«

Lachend stand ich auf. »Ich übernehme das. Was möchtest du?«

»Ein Bier, glaube ich. Ich begleite dich.«

Amos blieb schmollend am Tisch zurück, während wir uns

an die Bar stellten, wo Hayden gleich von mehreren Leuten begrüßt wurde. Mir fiel auf, dass er etwas sehr Lässiges an sich hatte.

»Was für eine Art von Musik willst du mit deiner Band denn spielen?«

»Das weiß ich noch nicht so genau – vielleicht ein bisschen Bluegrass und Country oder Folk.

»Patsy Cline, Hank Williams, diese Richtung?«

»Ja, genau!«

»Da stehe ich voll drauf. Gefühlvolle Musik, bei der man eine Gänsehaut bekommt.«

»So empfinde ich das auch.«

Wir nahmen unsere Getränke entgegen und trugen sie zurück an den Tisch. Amos machte einen beleidigten Eindruck.

»Ich habe schon gesehen, dass du für mich nichts geholt hast«, bemerkte er.

»Du hast doch gesagt, du willst nichts.«

»Ich dachte, das wird ein Abend zu zweit«, murmelte er.

Hayden hob die Augenbrauen. »Habe ich euch irgendwie gestört?«

»Nein«, antwortete ich.

»Brauchst du einen Ersatzmann?«, fragte Hayden.

»Einen Ersatzmann?« Amos lehnte sich kampflustig nach vorn.

»Für deine Band, Bonnie. Ich würde gern mitmachen – falls du noch Unterstützung gebrauchen kannst.«

»Wir brauchen niemanden mehr«, erklärte Amos rasch, »wir sind voll besetzt.«

Hayden ignorierte ihn. »Bonnie?«

»Du spielst wahrscheinlich in einer ganz anderen Liga.«

»Ich weiß nicht, was du damit meinst.« Er starrte mich an, als wäre ich ein Rätsel, das es zu lösen galt. »Also, wie sieht es aus?«

»Ist das dein Ernst? Du kennst mich doch gar nicht.«

»Nein, aber auf diese Weise lerne ich dich kennen.«

Ein paar Stunden später besuchte ich mit Neal einen kleinen Straßenmarkt in Stoke Newington, nicht weit von seinem Haus entfernt. Unter gestreiften Markisen waren Marktstände errichtet worden, wo man Biogemüse und Honig aus der Gegend kaufen konnte, aber auch Burger und Würstchen in weichen weißen Brötchen. Darüber hinaus gab es allerlei Krimskrams: bestickte Kissen, Räucherstäbchen, Perlenschnüre – lauter Sachen, deren bunter Zauber verblasste, sobald man sie nach Hause brachte. Wieder war es ein warmer Abend. Zwischen den Platanen flitzten Schwalben hin und her.

Neal war sehr verlegen gewesen, als er mich anrief, und hatte seine Einladung rasch hervorgestoßen. Auch jetzt, während wir zwischen den Ständen herumwanderten, wirkte er noch recht schüchtern. Ich spendierte uns einen Weißwein, der von einem englischen Weinbauern stammte und angenehm leicht und fruchtig schmeckte, und Neal erstand einen scharf gewürzten Salat aus schwarzen Bohnen. Wir teilten uns die Portion.

»Weißt du«, sagte er, während wir gerade einem Mann zusahen, der auf unglaublich hohen Stelzen vorüberstakste, »früher hatte ich immer ein bisschen Angst vor dir.«

»Vor mir? Warum denn das?«

»Du hattest damals diesen Freund – wie hieß er noch mal?«

»Eliot?«

»Ja, genau – einer mit rasiertem Schädel.«

»Stimmt.«

»Ihr habt beide immer so selbstbewusst und cool gewirkt.«

Ich musste lachen.

»Nein, ehrlich. Jedes Mal, wenn ich euch in euren ausgefallenen Klamotten sah, habe ich mir gedacht, was für ein cooles Paar ihr doch seid.«

»Wann bist du dahintergekommen, dass ich gar nicht so furchteinflößend bin?«

»Nie. Ich hatte eine Heidenangst davor, dich heute anzurufen.«

Grinsend schob ich einen Arm unter seinen. »Ich bin jedenfalls sehr froh, dass du dich getraut hast. Weißt du, was ich jetzt möchte?«

»Was denn?«

»Einen von diesen riesigen Schokoladenkeksen.«

Danach

»Wir sind hier ganz verkehrt«, verkündete Sonia.

»Verkehrt? Wieso verkehrt?«

»Das ist nicht die Stelle, die ich in Erinnerung hatte.«

»Wie meinst du das?«

»Sieh mal genau hin.« Sie deutete durch das Fenster auf das flache Kiesufer, wo die Boote zu Schildkröten mutiert waren und in einer langen Reihe unter ihren Abdeckplanen lagen.

»Und?«

»Bonnie.« Ihrem strengen Ton nach zu urteilen, stellte ich ihre Geduld ziemlich auf die Probe. »Wie sollen wir da einen Wagen hineinschieben? Was ich vor Augen hatte, war ein steiler Abhang, wo man einfach nur die Handbremse zu lösen bräuchte und den Wagen hinunterrollen ließe.«

»Was machen wir jetzt?« Ich hörte selbst, wie verzweifelt meine Stimme klang.

»Lass mich einen Moment nachdenken.«

Sie stieg aus, und ich folgte ihrem Beispiel. Der Kies knirschte unter unseren Füßen. Wir traten ans Ufer, wo kleine Wellen über die Steine schwappten.

»Ich hatte das da drüben in Erinnerung«, erklärte Sonia und deutete dabei nach links. In der Dunkelheit waren die steilen, betonierten Seitenwände des Stausees nur schemenhaft zu erkennen.

»Aber da kommen wir mit dem Wagen nicht hin.«
»Stimmt.«
»Dann sind wir also ganz umsonst hergefahren.«
»Wir müssen uns etwas anderes einfallen lassen.«
»Was zum Beispiel?«
»Gib mir einen Augenblick Zeit.«
»Lass uns anderswohin fahren. Den Wagen über irgendeine Klippe schieben.«
»Welche Klippe denn?«
»Keine Ahnung. Vielleicht in Cornwall? Dort gibt es doch Klippen, oder nicht?«
»Wir sollen bis nach Cornwall fahren?«
»War ja nur so eine Idee.«
»Bis wir dahin kommen, wird es schon hell.«
»Wir könnten hinfahren, irgendwo absteigen und warten, bis es wieder Nacht wird.«
»Für mich klingt das gar nicht nach einer guten Idee.«
»Hast du einen besseren Vorschlag?«
»Wir müssen das jetzt hinter uns bringen, Bonnie. Hier.«
»Du hast doch gerade selbst gesagt, dass es hier nicht geht. Stell dir vor, wir versuchen es, und dann reicht das Wasser gerade mal bis unter die Fenster. Was dann?«
»Wir können den Wagen nicht hineinschieben. Vielleicht wäre das sowieso der riskantere Weg.«
»Riskanter als was?«
»Ihn einfach ins Wasser zu werfen.«
»Du meinst, die Leiche?«
Sonia ging in die Knie, schob bei einem der Boote die Abdeckplane ein wenig zur Seite und spähte hinein.
»Da sind zwei Ruder.«
»Der Gedanke gefällt mir gar nicht.«
»Wir könnten ihn ins Boot legen, hinausrudern und ihn dort ins Wasser werfen.«
»Meinst du wirklich?«

»Vorher müssten wir ihn allerdings beschweren.« Sie blickte sich um. »Da sind Steine und Geröllbrocken.«

Ich bekam plötzlich weiche Knie und ließ mich auf den Boden sinken. Das tintenschwarze Wasser glitzerte im Mondlicht. Kleine Wellen klatschten ans Ufer, und ich spürte den leichten, aber dennoch beißenden Wind auf meinen Wangen. Verzagt legte ich den Kopf auf die Knie und schlang die Arme um die Beine. Vielleicht konnte ich einfach verschwinden, indem ich mich ganz, ganz klein machte.

»Ich weiß nicht, ob ich das schaffe.«

»Dafür ist es jetzt zu spät, Bonnie«, zischte Sonia. Ich hörte die Dringlichkeit in ihrer Stimme. »Wenn du es nicht für dich selbst tun kannst, dann wirst du es für mich tun müssen. Du hast mich schließlich da reingezogen.«

»Du hast recht.« Ich stand auf. »Entschuldige. Sag mir, was ich tun soll.«

Auf Sonias Geheiß hin ging ich ein Stück das Ufer entlang, um Geröllbrocken und Steine zu sammeln. Als ich damit zu ihr zurückkam, hatte sie bereits ein kleines Boot umgedreht.

»Hilf mir, es zum Ufer zu ziehen«, wies sie mich an.

Gemeinsam zerrten wir es über den Kies, bis sein Bug ins Wasser ragte.

»Jetzt die Leiche.«

Sie aus dem Kofferraum zu hieven, war fast noch schwieriger, als sie hineinzubekommen. Wir mussten sie an den Armen herausziehen. Der Läufer rutschte nun endgültig auseinander, so dass mir der Anblick nicht länger erspart blieb: wie der nach hinten hängende Kopf immer wieder gegen den Kofferraum schlug, während die Beine schlaff zur Seite hingen. Um das alles nicht sehen zu müssen, schloss ich die Augen halb, manchmal auch ganz, während ich blind an dem schweren Körper zerrte, bis er uns endlich vor die Füße plumpste. Wortlos packten Sonia und ich ihn an den Armen und zogen ihn über den Kies.

»Wie sollen wir ihn ins Boot kriegen?«

»Wenn wir es zur Seite neigen, können wir ihn hineinrollen, schätze ich.«

Wir stellten das kleine Boot also auf, fixierten den Rand mit je einem Fuß und zogen die Leiche so weit über die Kante, dass wenigstens der obere Teil drinnen, der Rest allerdings noch draußen lag. Als wir das Boot zurückkippten, schwangen die Beine mit nach oben, und der ganze Körper landete im Boot. Er lag jetzt mit dem Gesicht nach unten, so dass ich seine Augen nicht mehr sehen musste, nur noch den eingeschlagenen Hinterkopf, das blutverschmierte Haar und den Wirrwarr seiner schlaffen Gliedmaßen. Ich spürte, wie mir Galle in die Kehle stieg, und wandte mich ab.

»Die Steine«, sagte Sonia.

Ich reichte ihr einen Geröllbrocken nach dem anderen, wobei ich mich krampfhaft bemühte, in eine andere Richtung zu blicken. Schließlich erhob sie sich.

»Das müsste reichen«, verkündete sie.

Nachdem ich die Ruder eingehakt hatte, zogen wir beide die Schuhe aus, krempelten unsere Hosen hoch und schoben das Boot ins Wasser. Anfangs gestaltete sich das ziemlich schwierig, weil es mittlerweile viel schwerer war und sein Boden über den Kies schabte. Obwohl wir bereits bis zu den Waden in dem kühlen See standen, wateten wir mühsam weiter, das Boot vor uns her schiebend. Meine Jeans war schon klatschnass, und das Wasser spritzte bis zu meinem Shirt hinauf. Dann spürte ich plötzlich keinen Widerstand mehr, das Boot trieb nun frei dahin. Als wir beide hineinkletterten, schwankte es bedenklich.

»Jede schnappt sich ein Ruder«, befahl Sonia.

Wir ließen uns also Seite an Seite nieder, die tote Last zwischen uns. Seine Arme waren ausgestreckt, als wollten sie nach etwas greifen, seine Beine ineinander verschlungen. Wir ruderten auf eine chaotische Weise, ohne Rhythmus, so dass sich das Boot kaum vorwärtszubewegen schien. Stattdessen wippte und schlingerte es lediglich ein wenig das Ufer entlang. Nur ganz langsam kämpften wir uns weiter aufs offene Wasser hinaus. Rundherum herrschte Stille, lediglich unser keuchender Atem und das Klatschen der Ruder waren zu hören. Der tief stehende Halbmond warf unser verzerrtes Spiegelbild auf die Oberfläche des Sees. Trotzdem war es dunkel genug, so dass uns vom Ufer aus niemand sehen konnte.

»Das müsste reichen«, erklärte Sonia schließlich, »hier dürfte es tief genug sein.«

»Wie bekommen wir ihn aus dem Boot?«

»Wir schieben ihn einfach über den Rand, vielleicht am besten mit dem Kopf voraus.«

Ich sah sie an. Mittlerweile hingen ihr ein paar ihrer dunklen Locken in die Stirn. Ihr Gesicht wirkte im Mondlicht sehr bleich, aber entschlossen. Ich begriff, dass ich keine andere Wahl hatte, und nickte.

»Dreh ihn ein wenig herum«, befahl Sonia, »ich werde versuchen, das Boot gerade zu halten.«

Sie setzte sich auf die andere Seite, stemmte die Füße gegen seinen Rücken und schob ihn von sich weg. Ich packte ihn an den Schultern und zog. Dabei schwankte das Boot so heftig hin und her, dass Wasser über den Rand schwappte. Verbissen zerrte ich weiter, woraufhin sich das Boot derart weit zur Seite neigte, dass ein großer Schwall Wasser hereinklatschte und Sonia warnend aufschrie. Nur durch einen raschen Satz in die Mitte des Boots konnte ich verhindern, dass wir alle ins Wasser fielen. Ich landete direkt auf ihm, und mein Kopf lag einen Moment auf seiner Schulter.

»Wir fliegen noch alle hinein!«, keuchte Sonia.

»Es geht nicht, ich bekomme ihn nicht über den Rand.«

»Lass es uns hinten versuchen.«

Gemeinsam zogen wir ihn das Boot entlang, bis seine Arme über das Heck hingen. Ein weiterer Ruck, und auch sein eingeschlagener Kopf baumelte über der Kante. Das Boot schlingerte von einer Seite zur anderen. Was, wenn es kenterte? Als wir mit vereinten Kräften seine Schultern über die Kante zogen, war ein scheußliches schabendes Geräusch zu hören. Das Heck lag mittlerweile gefährlich tief im Wasser, während der Bug in die Luft ragte. Wortlos machten wir weiter. Ich spürte seinen weichen Bauch unter meinen Händen, den rauen Stoff seines Jeansbundes an meinen Knöcheln. Ein letzter Ruck, und er glitt hinein wie ein Taucher. Aus seiner Kleidung stiegen kleine Luftblasen empor, die Arme sanken nach unten, und schließlich tauchten auch seine Beine unter die dunkle Oberfläche. Dann lag das Boot plötzlich wieder ganz ruhig im Wasser. Seine schwere Last war verschwunden. *Er* war verschwunden. Nichts wies mehr darauf hin, dass er jemals da gewesen war. Ich beugte mich über den Rand des Boots und musste mich heftig übergeben. Keuchend würgte ich den gesamten Inhalt meines Magens hervor. Hinterher schöpfte ich eine Handvoll Wasser aus dem See und wusch mir damit das Gesicht.

Dann setzte ich mich wieder an mein Ruder, und wir fuhren zurück zum Ufer. Ohne ihn war es viel einfacher. Wir kletterten hinaus, zogen das Boot an Land und verwandelten es wieder in eine Schildkröte, indem wir es umdrehten, die Ruder darunter verstauten und das Ganze mit der schweren Plane abdeckten. Anschließend holte Sonia unsere Schuhe. Im schwachen Mondlicht zogen wir sie an, während hinter uns die Wellen sanft ans Ufer schlugen.

Dann legte mir Sonia eine Hand auf die Schulter.

»Lass uns nach Hause fahren.«

»Ja«, sagte ich, »nach Hause.«

»Wir müssen noch den Läufer loswerden. Ich habe auf der Herfahrt ein paar große Mülltonnen gesehen. Da können wir ihn hineinstopfen.« Mit diesen Worten schob sie mich in Richtung Auto.

»Was ist mit dem Wagen?«, fragte ich unvermittelt.

»Was soll damit sein?«

»Was machen wir damit?«

»Du hast recht. Daran habe ich nicht gedacht.«

»Am besten, wir stellen ihn einfach irgendwo in London ab und werfen die Schlüssel weg.«

»Wenn wir ihn in der Stadt stehen lassen, informiert bald irgendwer die Polizei, und die kommen, um ihn abzuschleppen. Das sieht man doch ständig.«

»Uns bleibt keine andere Wahl.«

Langsam gingen wir zurück zum Wagen. Der Halbmond stand inzwischen etwas höher und spiegelte sich im Wasser. Ich musste daran denken, wie er dort draußen auf dem Grund des Sees lag und von den Fischen angeknabbert wurde.

»Ich weiß, was wir machen«, verkündete Sonia, »wir fahren ihn nach Stansted.«

»An den Flughafen? Warum denn das?«

»Wir können ihn dort auf den Langzeitparkplatz stellen. Überall sonst wird ein herrenloser Wagen nach ein paar Tagen abgeschleppt, aber am Flughafen parken die Leute ihre Autos oft wochen-, manchmal sogar monatelang.«

»Meinst du wirklich?« Skeptisch fragte ich mich, ob das eine brillante oder eine verrückte Idee war.

»Etwas anderes fällt mir nicht ein. Dir vielleicht?«

»Mir fällt überhaupt nichts ein.«

Nachdem ich eingestiegen war und den Wagen angelassen hatte, schaute ich kurz zu Sonia hinüber, die in aufrechter Haltung ihren Gurt anlegte und sich die widerspenstigen Haarlocken hinter die Ohren strich.

»Möchtest du hören, was passiert ist?«, fragte ich sie.

»Möchtest du es mir erzählen?«

»Noch nicht.«

»Dann warte.«

»Sonia?«

»Ja?«
»Du darfst mit keinem Menschen darüber reden.«
»Ich weiß.«
»Keinem einzigen.«
Sie wusste, von wem ich sprach.

Davor

Ich hatte eigentlich nie Geheimnisse. Während meiner Schulzeit hatte ich Freunde, die in der eigenen Familie wie Spione lebten, ja ein regelrechtes Doppelleben führten. Unbemerkt von ihren Eltern, gingen sie allerlei sexuellen Aktivitäten nach, pflegten dubiose Freundschaften, rauchten Zigaretten, nahmen Drogen, schwänzten die Schule und übten sich in Jugendkriminalität. Einige waren sogar richtig kriminell. Das Ganze sah für mich immer nach echt schwerer Arbeit aus. Es galt so vieles im Gedächtnis zu behalten, so vieles zu verheimlichen. Ein falsches Wort zum falschen Zeitpunkt, eine verräterische Kleinigkeit, die man offen herumliegen ließ, eine Lüge, die nicht ganz passte, und schon flog man auf.

Mir leuchtete nie so ganz ein, warum sie das taten. Ich stieß meine Eltern zwar nicht gerade mit der Nase auf alles, was ich als Teenager so trieb, aber wenn sie mir eine Frage stellten, sagte ich ihnen die Wahrheit, wenn auch nicht unbedingt die ganze. Ich hatte kein geheimes Doppelleben, keine heimlichen Freunde, keine heimlichen Verehrer. Ich führte auch niemals ein geheimes Tagebuch. Genau genommen führte ich überhaupt keines. Ich trank weder heimlich, noch rauchte ich heimlich.

Ein einziges Geheimnis bewahrte ich aber doch. Bei genauerem Nachdenken war es wahrscheinlich der Grund, warum ich mich auf Danielles albernen Vorschlag eingelassen hatte, obwohl sich ansonsten alles in mir dagegen sträubte.

Es handelte sich um eine heimliche Liebe, eine heimliche Leidenschaft, fast schon Obsession, die ich in einem Koffer im Schrank versteckte und nur hervorholte, wenn niemand da war. Die Rede ist von einem fünfsaitigen Banjo der Marke Deering Senator.

Wenn ich an den Auftritt dachte, den Danielle miterlebt hatte, erinnerte ich mich hauptsächlich daran, was damals alles schiefgegangen war. Wir hatten nur einige Male geprobt. Einer der wichtigsten Musiker war im letzten Moment ausgestiegen. Wir wussten alle, dass mit diesem Konzert unser Collegeleben endete und wir viele von den Leuten dort wohl jahrelang nicht mehr sehen würden, wenn überhaupt. In meinen Augen aber wurde die Veranstaltung all diesen Emotionen keineswegs gerecht. Danielle hatte in unseren Auftritt Gefühle hineingelegt, die gar nicht vorhanden waren. Vor allem aber fehlte uns ein Banjo. Wie soll man ohne Banjo Bluegrass-Musik spielen? Fakt ist, dass das gar nicht geht.

Erst Jahre später, als ich in der Denmark Street ein paar Notenblätter erstehen wollte, fiel mein Blick in ein Schaufenster voller E-Gitarren und Bässe. Da entdeckte ich es in der hintersten Ecke, wo es mich mit dem flehenden Blick eines Hundewelpen beschwor, es zu kaufen. Da es mehr Geld kostete, als ich auf der Bank hatte, ging ich in den Laden und handelte den Preis auf den Betrag herunter, den ich besaß. Als ich das Geschäft anschließend wieder verließ, stand ich derart unter Schock, dass ich ganz vergaß, die Notenblätter zu kaufen, derentwegen ich eigentlich gekommen war. Ich brachte es nach Hause wie ein frisch adoptiertes Waisenkind, das in die Familie meiner bereits vorhandenen Instrumente aufgenommen werden sollte: das elektrische Keyboard, die Geige, die Gitarre, die Blockflöte, die ich nur in der Schule spielte, und die andere Flöte, die ich schon seit Jahren nicht mehr angerührt hatte.

Ich ging davon aus, dass die meisten Menschen das Banjo

für ein komisches Instrument hielten, gespielt von einem Mann mit rot-weiß gestreifter Jacke und Strohhut, der dazu scherzhafte, leicht anzügliche Texte sang. Vielleicht fanden viele Leute es sogar richtig lustig – wegen seiner bauchigen Form, die aussah wie eine von einem Kind gemalte Gitarre, und wegen seines metallischen, scharfen Klangs, dem die warme Klangfarbe der Gitarre fehlte. Ich empfand das ganz anders. Wobei es mir sehr schwerfällt, meine Gefühle in Worte zu fassen. Die Musik war für mich immer eine Art Refugium. Dass ich überhaupt zu spielen begann, lag wahrscheinlich daran, dass wir, als ich noch ein Kind war, in einem freien Zimmer ein Klavier stehen hatten – ein altes, ramponiertes, verstimmtes Instrument. Jedes Mal, wenn meine Eltern anfingen, sich anzuschreien, ging ich hinauf in dieses Zimmer und klimperte stundenlang vor mich hin. Ich verlor mich regelrecht in den seltsamen Liederbüchern und Stapeln aus Notenblättern, die wir zusammen mit dem Klavier von irgendeiner alten Tante geerbt hatten. So empfand ich die Musik seit jeher als einen Zufluchtsort, wo es keine Worte mehr gab und man nicht mehr auf clever zu machen brauchte.

Vielleicht lag da das Problem zwischen Amos und mir. Amos fiel definitiv unter die clevere Kategorie. Er respektierte mich nicht wegen meiner Intelligenz, so viel stand fest. Vermutlich respektierte ich ihn ebenso wenig als Musiker. Amos liebte die Musik, zumindest hörte er sie sich sehr gerne an. Spielen konnte er auch irgendwie – in der Schule schnitt er im Instrumentalunterricht durchaus gut ab –, aber es ging ihm nie in Fleisch und Blut über. Für ihn war das Musizieren immer eine frustrierende Erfahrung, weil er das, was er in seinem Kopf hörte, nicht einfach umsetzen konnte. Er hatte beim Spielen immer diesen typischen, verspannten Gesichtsausdruck, den ich anfangs lustig fand, irgendwann dann aber nicht mehr. Zu Beginn unserer gemeinsamen Zeit versuchte ich, meine Erfahrungen als Lehrerin einzubringen, wobei ich mich im Grunde darauf beschränkte, an seinen Armen und seinem Hals herumzuziehen, während er sich über das Keyboard beugte, doch meine Versuche, ihn lockerer zu machen und zum Loslassen zu bewegen, blieben ohne Erfolg. Allerdings stellte ich diese Bemühungen sowieso bald wieder ein, denn Amos besaß ein sehr ausgeprägtes Gefühl für seine Würde.

Mich selbst sprach jedes Instrument mit einer ganz eigenen Stimme an, auch wenn ich mich wahrscheinlich nicht trauen würde, das vor irgendjemandem laut auszusprechen. Anderen mochte das Banjo seicht und lächerlich erscheinen, aber zu mir sprach es von etwas Altem, Melancholischem und Vernachlässigtem. In den Wochen, nachdem ich es gekauft hatte, nahm ich es immer öfter aus seinem Koffer und versuchte es einigermaßen flüssig zum Reden zu bringen. Vor Publikum aber hatte ich es bisher noch nicht gespielt, kein einziges Mal. Als Danielle mich wegen der Hochzeit fragte, hatte ich tief in mir das Gefühl, von meinem Banjo zu einer Mutprobe herausgefordert zu werden.

Ich hatte keine Ahnung, wo wir proben sollten. Meine Wohnung war zu klein, die Wände gefährlich dünn. Als ich das Problem Sally gegenüber erwähnte, meinte sie, wir sollten doch alle zu ihr kommen. Ich protestierte schwach, indem ich sie an ihr Kind und ihre Nachbarn erinnerte, den ganzen Stress und Lärm und natürlich an ihren Mann, aber sie bestand darauf.

»Du tust mir damit sogar einen Gefallen«, erklärte sie, »denn allmählich fühle ich mich immer mehr von der Welt abgeschnitten. Ich fände es ganz wunderbar, endlich mal wieder Leute um mich zu haben.«

Dass sie mich fast schon anflehte, in ihrem Haus eine Bandprobe abzuhalten, erschien mir ein bisschen besorgniserregend, aber ich war zu erleichtert, um mich darüber zu äußern.

Nachdem wir uns auf Sonntagnachmittag geeinigt hatten, gab ich den anderen Bescheid. Irgendwie lief das alles beängstigend glatt.

Am Sonntag traf ich zehn Minuten zu früh in Sallys Haus in Stoke Newington ein, war jedoch nicht die Erste.

»Hayden ist schon da«, informierte sie mich, als sie mir die Tür öffnete.

»Oh, tut mir leid.«

»Nein, das ist schon in Ordnung«, beruhigte sie mich, »er spielt gerade mit Lola.«

Was nicht ganz den Tatsachen entsprach. In Wirklichkeit lag er im Wohnzimmer auf dem Sofa, während Lola auf ihm herumkletterte, als wäre er ein Gerät auf einem Abenteuerspielplatz. Ihr Fuß, der in einer schmuddeligen grünen Socke steckte, ruhte fest an seinem Hals. Gleichzeitig presste sie eine Hand flach auf seinen Magen. Er spielte den Schlafenden, doch als sie plötzlich seitlich wegkippte und es für einen Moment so aussah, als würde sie gleich mit dem Kopf voraus auf den blanken Kiefernboden knallen, rettete er sie, indem er rasch einen Arm ausstreckte. Lola quietschte vor Vergnügen.

»Lola, lass den armen Mann in Ruhe!«, mahnte Sally, wirkte dabei aber sichtlich zufrieden. »Hayden, Bonnie ist eingetroffen.«

»Ich weiß«, antwortete er. »Ihr müsst entschuldigen, wenn ich trotzdem nicht gleich aufstehe.« Einen Moment später stieß er ein gequältes Stöhnen aus. »Pass auf, wohin du dein Knie setzt, junge Dame!«

Lola funkelte mich kurz an und fuhr dann fort, auf Hayden herumzutrampeln.

»Kann ich dir irgendwas zu trinken bringen?«, fragte Sally. »Hayden hatte schon Kaffee und Kuchen und ein paar Kekse. Ich mache gerade Tee für ihn.«

»Tee ist gut«, sagte ich, »wunderbar.« Ich ging wieder hinaus, um erst mein Keyboard, dann meine Gitarre und schließlich das Banjo zu holen. Hayden hielt es nicht für nötig, mir seine Hilfe anzubieten, und redete auch sonst nicht mit mir. Er saß einfach nur da, Lola auf einem Knie, und nippte an dem Tee, den Sally ihm inzwischen gebracht hatte. Dabei beobachtete er mich mit seinen grauen Augen über den Rand der Teetasse hinweg, bis ich ganz verlegen wurde.

»Ich habe ein Keyboard mitgebracht«, erklärte ich, »bin mir aber nicht sicher, ob wir es überhaupt brauchen. Ich hoffe, nicht. Unser heutiges Treffen ist ja sowieso nur als erstes Beschnuppern gedacht. Das wird alles ganz locker.«

Er sagte noch immer nichts, sondern sah mich nur an, wobei ein eigenartiges Lächeln seine Lippen umspielte. Fast kam es mir vor, als würde er auf irgendeine seltsame Weise ein Urteil über mich fällen, was mich natürlich noch mehr plappern ließ.

»Im Grunde«, fuhr ich fort, »solltest du das heute als Gelegenheit sehen, uns ein bisschen unter die Lupe zu nehmen. Vielleicht kommst du ja zu dem Schluss, dass sich die Mühe für dich gar nicht lohnt. Sollte das der Fall sein, ist es natürlich völlig in Ordnung, wenn du …«

In dem Moment läutete es Gott sei Dank an der Tür, woraufhin ich mit einer hilflosen Geste abzog, um aufzumachen. Es waren Joakim und Guy. Letzterer kämpfte gerade mit seinem Equipment.

»Ich habe nicht das ganze Schlagzeug mitgebracht«, erklärte er, »weil ich nicht wusste, was genau gewünscht wird.«

Keuchend schob er sich herein, gefolgt von Joakim, der verlegen die Schulter hochzog. Als ich mich umdrehte, um die Tür zu schließen, hätte ich sie beinahe Amos auf die Nase geknallt, der das gar nicht lustig fand.

»Ich hab mir gedacht, ich spiele Gitarre«, verkündete er.

»Das wird alles ganz locker«, antwortete ich.

»Ganz egal, wie locker es wird, man muss trotzdem ein Instrument spielen.«

Neal traf mit Bass und Verstärker ein, und als Letzte kam Sonia. Plötzlich war es wie auf einer Party. Sally wuselte herum, nahm Bestellungen auf und verteilte Tee, Kaffee und Tabletts mit Keksen, Kuchen und Sandwiches.

»Wo ist Richard?«, fragte ich sie.

»Der spielt am Sonntag immer Fußball.«

»Er weiß doch Bescheid, oder?«, fragte ich, plötzlich misstrauisch.

»Natürlich. Warum sollte er nicht Bescheid wissen?«

Einen schrecklichen Moment lang hatte ich mich ins Teenageralter zurückversetzt gefühlt und mich daran erinnert, wie der Vater einer Freundin unerwartet zurückgekehrt war und uns bei irgendetwas Verbotenem erwischt hatte. Währenddessen deutete noch nichts darauf hin, das sich unsere Party demnächst in eine Bandprobe verwandeln würde. Lola rannte kreischend umher, was vorerst als Zeichen von Fröhlichkeit zu werten war, aber jeden Moment in einen ausgewachsenen Wutanfall umschlagen konnte. Hayden, der immer noch auf dem Sofa hockte, schien keinerlei Problem damit zu haben, dass er niemanden kannte. Er war wie ein Planet. Immer mal wieder gesellte sich jemand zu ihm und sagte irgendetwas. Was gesprochen wurde, konnte ich nicht hören. Irgendwie hatte ich den Eindruck, dass sich alle im Raum seiner Anwesenheit extrem bewusst waren, selbst wenn sie ihm gerade den Rücken kehrten und mit jemand anderem sprachen.

»Wer ist er?«, fragte mich Joakim ganz nahe an meinem Ohr.

»Ich habe ihn durch einen Freund kennengelernt.«

»Was spielt er?«

»Nachdem er eine Gitarre dabei hat, schätze ich mal…«

»Ist er gut?« Das kam von Amos.

»Keine Ahnung.«

Amos blickte sich misstrauisch um. »Für meinen Geschmack gibt es hier zu viele Gitarristen.«

»Ich dachte mir, wir könnten ein bisschen durchwechseln. Das wird alles ganz locker.«

»Ja, das sagtest du bereits«, erwiderte Amos, »aber wir werden trotzdem in der Öffentlichkeit spielen. Da wollen wir uns schließlich nicht zum Narren machen.«

»Wir spielen bloß vor Danielles Freunden und Familie. Von ›zum Narren machen‹ kann da wohl nicht die Rede sein.«

»Willst du nicht bald anfangen? Spätestens um fünf muss ich wieder weg.«

»Das dürfte kein Problem sein.«

»Als Leiterin des Ganzen solltest du dich von Beginn an durchsetzen«, belehrte er mich. »Los jetzt!« Mit diesen Worten begann er derart penetrant in die Hände zu klatschen, dass ich plötzlich richtig dankbar war, von ihm getrennt zu sein, und leicht verärgert über mich selbst, weil ich ihn in die Band aufgenommen hatte. Es gab hier tatsächlich zu viele Gitarristen. Was das betraf, hatte er recht gehabt.

»Seid mal still«, rief er, »Bonnie möchte etwas sagen!«

Eine beklemmende Stille senkte sich über den Raum. Ich hüstelte verlegen. Wie albern, dachte ich. Schließlich war ich es gewohnt, dreißig hormongesteuerte Teenager zu bändigen. Da würde ich diese Bandprobe wohl auch hinkriegen.

»Ich freue mich, dass ihr alle gekommen seid«, begann ich, »und dass Sally uns hier spielen lässt.« Ich blickte mich suchend nach ihr um, aber sie war verschwunden. Das letzte Mal hatte ich sie gesehen, als sie hinter der Reißaus nehmenden Lola aus dem Raum gestürmt war. »Unser heutiges Treffen ist hauptsächlich als Gelegenheit gedacht, uns kennenzulernen oder auf den neuesten Stand zu bringen. Ich dachte mir, wir beginnen mit etwas Einfachem.«

»Hast du Noten dabei?«, unterbrach mich Amos.

»Wir müssen uns erst mal darüber unterhalten, was wir eigentlich spielen wollen. Vielleicht haben ein paar von euch konkrete Vorschläge. Aber meine erste Idee war, dass wir eine ganz simple Melodie ausprobieren könnten. Ich meine eine wirklich einfache Grundmelodie, die ich vorab anstimme und die dann jeder mit seinem Instrument aufgreifen kann. Wenn das funktioniert, ist es eine lustige Geschichte zum Tanzen, die sich praktisch endlos weiterführen lässt.«

Plötzlich herrschte im Raum rege Betriebsamkeit, weil alle begannen, ihre Instrumente auszupacken und zu stimmen. Guy stieß gegen einen seiner Beckenteller, und Neal schaltete seinen Verstärker an, was zu einer Rückkopplung führte, die im wahrsten Sinn des Wortes das ganze Haus erschütterte. Ich warf einen Blick zu Hayden hinüber. Er hatte seine Gitarre noch nicht ausgepackt. Genau genommen hatte er sich noch gar nicht merklich bewegt. War er womöglich voller Verachtung für uns? Oder amüsiert? Gelangweilt? War ihm endlich klar geworden, worauf er sich da eingelassen hatte? Tja, ich hatte ihn ja gewarnt.

Mit einem beklommenen Gefühl holte ich mein Banjo aus dem Koffer. Verrückterweise wäre ich wohl kaum nervöser gewesen, wenn ich stattdessen Shirt und BH ausgezogen hätte. Die anderen reagierten mit überraschtem Gemurmel.

»Was, zum Teufel, ist denn das?«, rief Amos.

»Willst du allen Ernstes darauf spielen?«, fragte Neal grinsend.

Hayden aber, der sich endlich von der Couch erhoben hatte, kam zu mir herüber, nahm mir das Banjo aus der Hand und wiegte es in seinen Armen wie ein neugeborenes Baby. Dann ließ er die Finger über die Saiten gleiten und entlockte ihnen einen hohen, zarten Ton. Lächelnd sah er mich an. »Gut.« Mit diesem Kommentar kehrte er zum Sofa zurück.

»Ich werde eine Melodie mit dem Titel ›Nashville Blues‹ spielen«, erklärte ich. »Tut mir leid, Sonia, da gibt es keinen Text zum Singen.«

»Gott sei Dank«, antwortete sie, was mit allgemeinem Gelächter quittiert wurde.

»Guy«, fuhr ich fort, »du begleitest mich. Dafür brauchst du nur die Besen. Und du begleitest ebenfalls, Neal. Das dürfte für euch beide eigentlich kein Problem sein. Wenn wir fertig sind, kann vielleicht einer von euch anderen die Melodie aufgreifen. Dann sehen wir schon, wie's läuft.« Ich brachte mein Plektrum in Position und stimmte kurz die Saiten nach. Dann sah ich zu Neal und Guy hinüber. »Hört euch ein paar Akkorde an, und setzt dann ein. In Ordnung?«

Sie nickten.

Am Banjo liebe ich unter anderem, dass die ersten paar Töne einer Melodie immer ein wenig zögernd klingen, doch sobald man richtig in Schwung kommt, hört es sich an, als hätte sich ein Uhrwerk zugeschaltet – fast als würden zwei Leute gleichzeitig spielen. Ich sah, wie sich auf Sonias Gesicht ein Lächeln ausbreitete und sie im Takt der Musik zu nicken begann. Als ich das Thema vorgestellt hatte, ging ich zu einer kleinen Improvisation über und schaute in die Runde. »Wer hat Lust?«

Bevor jemand anderer reagieren konnte, trat Amos mit seiner Gitarre vor und legte los. Es klang derart schrecklich, dass schon nach wenigen Akkorden keiner mehr weiterspielen konnte und wir derart abrupt abbrachen, dass alle lachen mussten. Amos lief knallrot an.

»Also, das war interessant«, sagte ich, »und mutig. Lasst uns einen zweiten Versuch starten.« Ich blickte mich um. »Joakim. Probier du es mal.«

Wir begannen von Neuem. Nachdem ich die Melodie ein weiteres Mal durchgespielt hatte, nickte ich zu Joakim hinüber, der brav einsetzte, mich dabei aber mit gerunzelter Stirn anstarrte. Obwohl es wirklich nicht schlecht war, zog er plötzlich ein Gesicht und brach kopfschüttelnd ab.

»Ich kann nicht«, stieß er fast trotzig hervor. »Es tut mir leid, es geht einfach nicht.«

»Das war doch gut«, meldete sich eine Stimme auf der anderen Seite des Raums zu Wort. Hayden. Er kam herüber und nahm Joakim Geige und Bogen aus der Hand. Beides wirkte bei ihm wie Kinderspielzeug.

»Du hast Folgendes gespielt, oder?«

Er wiederholte die ersten paar Töne genau so, wie Joakim sie gespielt hatte. Dann nickte er mir zu, woraufhin ich erneut die Melodie anstimmte. Lächelnd wiederholte er Joakims Version, und plötzlich passierte etwas Verrücktes. Für einen Moment saßen wir nicht mehr in einem Wohnzimmer in Stoke Newington, sondern zusammen mit Ry Cooder, Earl Scruggs und weiß Gott welchen anderen Berühmtheiten auf der Veranda hinter J. J. Cales Haus im tiefsten amerikanischen Süden. Während Hayden spielte, versuchten Neal und Guy mitzuhalten wie zwei vom Pferd gefallene Reiter, die noch mit einem Fuß im Steigbügel hingen. Hayden selbst blickte mich immer wieder an, wie man es als Musiker beim Zusammenspielen macht, um in Einklang zu bleiben und einander die Einsätze mit den Augen zu signalisieren. Als er aufhörte, brach erneut Gelächter los, diesmal jedoch ganz anderer Art.

»Das war der Wahnsinn!«, stammelte Joakim, dessen Wangen sich gerötet hatten.

»Die Idee stammt von dir«, antwortete Hayden, während er ihm die Geige zurückgab, »nun brauchst du nur noch loszulassen.«

Amos lächelte ebenfalls. Aber nicht mit den Augen.

Danach

Schweigend fuhren wir nach Stansted. Es war drei Uhr nachts, und es herrschte praktisch kein Verkehr mehr auf den Straßen. Jedes Mal, wenn ich im Rückspiegel Scheinwerfer entdeckte, bekam ich einen trockenen Mund und Herzrasen, weil ich dachte, es sei die Polizei. So ähnlich musste sich ein Verbrecher fühlen, ging mir durch den Kopf. Aber natürlich *war* ich inzwischen eine Verbrecherin. Während der letzten paar Stunden hatte ich eine Grenze überschritten und befand mich nun in einer anderen Welt.

Irgendwann befahl mir Sonia, vor einer Häuserreihe haltzumachen. Sie stieg aus und warf die Plastiktüte mit dem ganzen Zeug, das ich in der Wohnung eingesammelt hatte, in eine Mülltonne, die auf dem Gehsteig zur Leerung bereitstand. Nachdem sie die Tüte tief in der Tonne versenkt hatte, wischte sie sich an ihrer Hose die Hände sauber und stieg wieder ein. Ich fuhr weiter. Später blieben wir erneut bei einer Mülltonne stehen und entsorgten den Läufer.

»Halt«, sagte Sonia plötzlich, als wir den Flughafen erreichten und einem Schild in Richtung Langzeitparkplatz folgten. Ich fuhr seitlich ran.

»Was ist?«

»An der Schranke sind Kameras. Wenn man den Parkschein löst, starrt man direkt in eine hinein.«

»Dann können wir den Wagen dort nicht abstellen.«

»Doch, das können wir.« Sie öffnete das Handschuhfach und fischte eine Sonnenbrille heraus. »Setz die auf.«

»Aber …«

»Und jetzt deinen Schal. Binde ihn dir um. Nein, lass mich das machen!« Sie wand ihn mir eng um den Kopf und hätte mich beim Verknoten der Enden beinahe stranguliert. »Jetzt erkennt dich keiner mehr.«

»Was ist mit dir?«

»Ich leg mich auf den Boden. Moment.«

Nachdem sie hinter den Sitzen in Deckung gegangen war, steuerte ich den Parkplatz an. Ich löste das Ticket, die Schranke ging hoch, und ein Schild wies mir den Weg zur Zone G.

»Warte mal«, rief Sonia plötzlich, »warte!«

»Was ist?«

»Fahr seitlich ran. Wie blöd von uns. Die Kameras sind

nicht nur am Eingang – sondern überall. Wir haben uns das nicht genau genug überlegt. Ich muss verrückt gewesen sein.«

»Was schlägst du vor?«

»Im Zug sind auch welche«, fuhr sie fort, ohne auf meine Frage zu reagieren. »Wir können also nicht mit dem Zug nach London zurückfahren. Wir hätten niemals herkommen dürfen.«

»Aber nun sind wir hier. Möchtest du, dass ich umkehre?«

»Ich weiß es ja auch nicht.« Zum ersten Mal an diesem Abend wirkte sie verwirrt. »Was meinst denn du?«

»Du willst meine Meinung hören?«

»Ja, sonst würde ich doch nicht fragen.«

»Wo sind die Kameras?«

»Überall! In den Shuttlebussen ... oder sind da keine? Ich kann mich nicht erinnern, aber ich schätze schon. Natürlich am Flughafen selbst. Am Bahnhof auch. Und in den Zügen. Wohin wir auch gehen, wird man uns fotografieren.«

»Oje«, sagte ich. Mein Gehirn arbeitete nur ganz langsam. Während ich mit beiden Händen krampfhaft das Lenkrad umklammerte, starrte ich auf die Reihen von schimmernden, leeren Wagen, die sich in alle Richtungen erstreckten. »Wie wäre es denn, wenn du hier aussteigst und ich allein weiterfahre? Ich stelle den Wagen in Zone G ab, und dann ...« Ich verstummte.

»Ja?«, zischte Sonia von unten herauf. »Und dann was?«

»Dann können wir uns am Taxistand treffen.«

»Am Taxistand?«

»Wenn ich mit Sonnenbrille und Schal den Wagen abstelle und du schon mal im Shuttlebus vorausfährst, kann ich ein bisschen später nachkommen, und wir können uns gemeinsam ein Taxi nehmen. Auf diese Weise wird uns niemand mit dem Wagen in Verbindung bringen.«

Sie gab mir keine Antwort.

»Sonia?«

»Ich denke nach.«

»Wir können nicht ewig hier sitzen bleiben.«

»Wir trennen uns also und treffen uns dann wieder?«

»Ja, am Taxistand vor dem Flughafen.

»Einverstanden.«

»Also los!«

»Moment mal – ich hab nicht genug Geld für ein Taxi.«

»Wir bitten einfach den Fahrer, vor meiner Wohnung zu warten, bis ich meine Karte geholt habe. Dann kann er uns zu einem Geldautomaten fahren, und ich hebe die Summe ab.«

»So machen wir es.«

»Das heißt, falls ich noch genug auf dem Konto habe.«

»Und wenn nicht?«

»Bestimmt reicht es«, antwortete ich, selbst nicht so ganz überzeugt.

Sobald wir Zone G erreicht hatten, stieg Sonia aus. Im Rückspiegel sah ich sie schnellen Schrittes auf die Haltestelle des Shuttlebusses zusteuern. Der Parkplatz war voll, und ich musste erst ein paar Runden drehen, bis ich eine Lücke fand. Es war ein eigenartiges Gefühl, plötzlich allein im Wagen zu sitzen. Mein Körper fühlte sich seltsam fremd an, als hätte ich keine Knochen mehr, dafür aber ein übergroßes, breiweiches Herz. Als ich schließlich rückwärts einparken wollte, begann ich derart zu zittern, dass ich anhalten und ein paarmal tief durchatmen musste. Was, wenn ich einen anderen Wagen rammte und dadurch eine Alarmanlage auslöste?

Ganz langsam stieß ich in die Lücke, schaltete den Motor aus, zog die Handbremse an und stieg aus. Ein blasser Lichtschimmer am Horizont verriet mir, dass es schon fast Morgen war. In der Ferne konnte ich schemenhaft Bäume und Häuser erkennen. Mir war plötzlich kalt. Schaudernd nahm ich die Sonnenbrille ab und legte sie auf den Beifahrersitz. Den Schal schlang ich mir wieder um den Hals, damit man den Bluterguss nicht sah. Ich wartete, bis Sonia mit dem ersten Shuttlebus weggefahren war. Erst als der nächste Bus eintraf, verließ ich den Wagen und ging zur Haltestelle.

Ich stieg hinten ein, möglichst weit weg vom Fahrer, weil ich nicht wollte, dass er mich zu genau unter die Lupe nahm. Anfangs fuhr außer mir nur noch ein Mann mittleren Alters mit. Er trug einen Anzug und wirkte im Gesicht ein wenig aufgedunsen, wahrscheinlich vor Müdigkeit. Nach ein paar Minuten hielt der Bus wieder, und eine fünfköpfige, sich lautstark zankende Familie mit riesigen Rollkoffern stieg zu. Mir wurde unangenehm bewusst, dass ich ganz und gar nicht so aussah, als würde ich in den Urlaub fliegen oder zu einem Geschäftstermin. Ich war ohne Gepäck, trug zu leichte Kleidung und hatte nicht einmal eine Jacke dabei. Bestimmt fiel ich jedem gleich auf und machte einen höchst verdächtigen Eindruck. Den Blick starr geradeaus gerichtet, schob ich die Hände in die Taschen, um möglichst cool zu wirken. In dem Moment hätte ich lieber keine so kurze Igelfrisur und keinen Stecker in der Nase gehabt und etwas anderes als eine zerrissene, unten klatschnasse Jeans und ein feuchtes T-Shirt getragen.

Als wir das Terminal erreichten, ließ ich erst einmal alle anderen aussteigen. Ich war mittlerweile unendlich müde und kam mir vor wie unter Wasser, als ich in die wuselnde Menschenmenge eintauchte. Das alles passierte einer anderen Person, einer Frau, die nicht ich war und die auch nicht getan hatte, was ich in der vergangenen Nacht getan hatte.

Ich wartete noch ein paar Minuten, ehe ich schließlich auf die kleine Schlange am Taxistand zusteuerte. Es standen noch nicht viele Leute an – die ersten Nachtflüge trafen gerade erst ein –, und Sonia war die Dritte in der Reihe. Als ich mich neben sie stellte, nickte sie mir kurz zu.

»London Mitte«, sagte ich beim Einsteigen zu unserem Taxifahrer. Ich nannte ihm Sonias Adresse.

»Wir können zuerst dich rauslassen und anschließend zu mir fahren«, erklärte ich ihr. Dann beugte ich mich vor und fragte durch die Trennwand: »Ist es für Sie in Ordnung, wenn ich kurz in meine Wohnung springe, um meine Kreditkarte zu holen, und wir dann sofort weiter zum Automaten fahren, damit ich Geld abheben kann?«

»Solange ich am Ende meine Kohle bekomme«, antwortete er achselzuckend.

»Klar.« Ich warf einen Blick auf den angezeigten Preis, der sich alle paar Sekunden mit einem Klicken erhöhte. Obwohl wir den Flughafen noch gar nicht verlassen hatten, schuldete ich dem Mann bereits fünf Pfund sechzig.

»Wie kommt es, dass Sie ohne Karte in den Urlaub gefahren sind?«

»Wir waren nicht im Urlaub«, entgegnete ich, »wir haben uns bloß mit jemandem getroffen.«

Ich formulierte meine Antwort absichtlich vage. Und möglichst uninteressant. Ich wollte nicht, dass er sich an uns erinnerte oder irgendwie misstrauisch wurde. Erschöpft ließ ich mich zurücksinken. Sonia hatte die Hände im Schoß verschränkt und die Augen geschlossen, aber ich wusste, dass sie nicht schlief. Ich setzte zu einer Bemerkung an, klappte den Mund jedoch gleich wieder zu. Was gab es schon zu sagen? Die Nacht lag hinter uns. Ich schloss also ebenfalls die Augen. Als ich sie wieder öffnete, bogen wir gerade in Sonias Straße ein.

Fünfundvierzig Minuten später hatte ich dem Fahrer hundert Pfund bezahlt und befand mich in meiner scheußlichen kleinen Wohnung – vor Müdigkeit völlig erschlagen und gleichzeitig zitternd vor Angst.

Wir stießen miteinander an. Dabei berührte Neals Arm fast den meinen, und ich spürte seine Wärme. Wenn ich jetzt die Hand an seinen Hinterkopf legte, kurz durch seine dunklen Locken fuhr und ihn dann zu mir herzog, um ihn zu küssen, würde er meinen Kuss bestimmt erwidern. Er würde mich mit seinen vielen Lachfältchen anlächeln und dabei meinen Namen aussprechen, als sagte er ihn zum ersten Mal. Vielleicht führte er mich anschließend in sein Schlafzimmer, um dort den Reißverschluss meines grünen Minikleids zu öffnen (das ich für drei Pfund im Oxfam-Laden erstanden hatte) und es mir über den Kopf zu ziehen. Wenn wir zu spät zur Probe kamen, dachten sich bestimmt alle ihren Teil, und Neal wäre verlegen, aber sehr, sehr glücklich. Da war ich mir ganz sicher. Ein kleiner Schauder durchlief mich.

»Prost«, sagte ich.

»Prost.« Er lächelte nicht, veränderte aber unmerklich seine Sitzposition, so dass sich unsere Arme berührten. Einen Augenblick befand sich alles in der Schwebe, doch dann klingelte mein Handy. Es war Sally, die mich in aufgeregtem, aber auch recht bestimmendem Ton bat, unterwegs irgendwo Limonade zu besorgen, weil sie beschlossen habe, uns mit ein paar Pimm's zu verwöhnen, wenn auch natürlich nur ganz leichten. Es sei ein so schöner Sommerabend und Lola ausnahmsweise mal bei ihrer Mutter, so dass sie unbedingt ein bisschen feiern wolle.

»Wir sollten aufbrechen«, sagte ich zu Neal, während ich gleichzeitig die Hand ausstreckte, um ihn vom Sofa hochzuziehen. Für einen Moment standen wir Hand in Hand da und lächelten uns an, dann hob er meine Hand an die Lippen und küsste sie. Als er sie wieder losließ, berührte ich mit den Fingerspitzen ganz sanft seine Wange. Wir konnten warten. Der ganze Sommer lag noch vor uns.

Auf dem Weg zu Sally sagte er: »Ich war ziemlich lange mit jemandem zusammen.«

»Ja?«

»Wir haben fast drei Jahre zusammengelebt.« Er sah mich nicht an, sondern blickte geradeaus.

»In deinem Haus?«

»Ja.«

»Ich habe mir schon gedacht, dass bei der Einrichtung eine Frau die Finger im Spiel gehabt hat.«

»Ja, dafür besaß sie ein Händchen.«

»Was ist passiert?« Ich wusste, dass er im Begriff war, eine Art Beichte abzulegen. Bevor sich zwischen uns mehr entwickelte, musste er mir etwas sagen. Seine ernste Miene machte mir ein wenig Angst. »Warum seid ihr nicht mehr zusammen?«

»Sie ist gestorben.«

»Oh!« Das traf mich völlig unerwartet. Ich hatte mit einem Bericht über eine weitere chaotische Trennung gerechnet, nicht mit etwas so Traurigem, Tragischem. Ich wusste gar nicht, was ich sagen sollte. »Mein Gott, Neal«, brachte ich schließlich heraus, »das tut mir schrecklich leid. Wie ist sie ums Leben gekommen? War sie krank?«

»Durch einen Frontalzusammenstoß.«

»Das ist ja … das ist ja furchtbar. Wie lange ist das schon her?«

»Zwei Jahre. Nein, länger. Es war im Februar: glatte Straßen. Niemand konnte etwas dafür.«

»Wie traurig.« Ich fand es schwer, die richtigen Worte zu finden. Sollte ich vielleicht stehen bleiben und ihn in den Arm nehmen? Doch er ging weiter, ohne sein Tempo zu verlangsamen, und schaute immer noch stur geradeaus.

»Inzwischen habe ich es überwunden.« Nach einer kurzen Pause fügte er hinzu: »Es hat seitdem niemanden mehr gegeben.« Er stieß ein freudloses kleines Lachen aus. »Es ging einfach nicht.«

»Verstehe.« Und wie ich verstand. Es war, als müsste ich in die Schuhe einer Toten schlüpfen. Mich erwartete nicht einfach ein sorgloser Sommer mit Neal, sondern ein Wagnis. Während wir weitergingen, senkte sich eine seltsame Schwere über mich. Wie eine Warnung.

Vielleicht waren die Pimm's doch keine so gute Idee. Auf jeden Fall hatten sie alles andere als eine milde Wirkung. Hayden trank eine ziemliche Menge davon, was man ihm nicht anmerkte. Aber er schenkte auch Joakim immer wieder nach, der begierig ein Glas nach dem anderen hinunterkippte, während Guy ihn strafend anfunkelte. Als Richard von der Arbeit nach Hause kam, fand er in seinem Wohnzimmer sechs Fremde (und mich) vor, die dort einen Höllenlärm veranstalteten. Der Raum war zwar ziemlich groß, aber definitiv nicht groß genug für eine überbesetzte Bluegrass-Band. Sally lag ausgestreckt auf dem Sofa, die Wangen vom Alkohol gerötet.

»Was geht hier vor?«, zischte er wütend zu ihr hinüber.

Statt einer Antwort sah sie mich kichernd an und verdrehte die Augen.

»Ist irgendwas zu essen da?«, fragte er als Nächstes.

»Wie wär's, wenn du in die Küche gehst und selbst nachsiehst?«, gab sie zurück.

»Wir verschwinden gleich«, versuchte ich Richard zu beschwichtigen. »Du musst entschuldigen. Wir sollten längst weg sein, aber heute ist es nicht besonders gelaufen.«

»So schlecht waren wir doch gar nicht«, widersprach Amos – ein bisschen aggressiv, wie ich fand.

»Besonders gut aber auch nicht«, meinte Hayden, während Richard den Raum verließ und in der Küche anfing, lautstark mit Töpfen und Pfannen zu hantieren. Hayden saß mit angezogenen Knien auf dem Boden. Er hatte seine Gitarre den ganzen Abend über kaum angerührt und machte auf mich einen müden, fast schon niedergeschlagenen Eindruck.

»Ein paar von uns haben sich zumindest Mühe gegeben.«

»Du solltest versuchen, mehr im Rhythmus zu bleiben«, belehrte Hayden ihn in freundlichem Ton. »Joakim macht das recht gut. Vielleicht kannst du dich mehr an ihm orientieren.«

Ich sah, wie sich Amos' ganzer Körper versteifte. Sonia trat vor und legte ihm eine Hand auf den Arm.

»Ich finde, du hast dich wacker geschlagen«, sagte sie sanft.

»Für einen ersten Versuch war es ganz in Ordnung«, bestätigte Neal, der neben mir stand. Unsere Finger berührten sich leicht.

Hayden zuckte mit den Achseln. »Na ja, im Grunde bist du ja auch nicht wirklich in der Band, um Musik zu machen. Wir sind schließlich nicht blind.«

»Hayden«, meldete sich Sally vom Sofa zu Wort, »halt den Mund, und schenk dir noch einen Drink ein.«

»Manchmal wird man vom Trinken nicht betrunken«, antwortete er. »Ich glaube, ich sollte jetzt gehen.«

Nachdem er weg war, herrschte eine Weile Schweigen. Amos sah mich an.

»Sagst du es ihm, oder soll ich es machen?«

»Was?«

»Dass er aus der Band fliegt.«

»Jetzt hör aber auf, Amos. Er ist unser bester Spieler!«

»Und das weiß er auch«, fügte Sonia hinzu. »Vielleicht ist er einfach zu gut für uns.«

»Wie kann jemand zu gut sein?« Sally setzte sich leicht schwankend auf. Ihr Haar war zerzaust.

Ich konnte kaum fassen, dass sie sich in eine Diskussion einmischen wollte, bei der es darum ging, wer in unsere Band gehörte und wer nicht. Am liebsten hätte ich zu ihr gesagt, sie solle die Klappe halten, fand es dann aber doch irgendwie unangemessen, ihr in ihrem eigenen Haus den Mund zu verbieten.

»Wir können froh sein, ihn zu haben«, erklärte ich. »Die Gruppe klingt Welten besser, wenn er mitspielt.«

»Er ist großartig!« Joakim klang richtig begeistert, auch wenn er nach den vielen Pimm's schon etwas undeutlich sprach. »Er hat es wirklich drauf. Wenn er geht, gehen wir auch, nicht wahr, Dad?«

»Sei nicht albern!«, wies Guy ihn zurecht.

Mir war klar, dass sich ein Streit anbahnte. Beschwichtigend hob ich die Hände. »Ich werde mit ihm sprechen. Wahrscheinlich weiß er gar nicht, was für eine Wirkung er auf andere hat.«

»O doch, das weiß er«, widersprach Amos. »Mich hat er besonders auf dem Kieker. Deswegen spiele ich auch so schlecht. Jedes Mal, wenn er mich ansieht, habe ich plötzlich zwei linke Hände. Er macht das absichtlich.«

»Bonnie hat recht«, entgegnete Neal. »Er sagt einfach nur, was ihm in den Sinn kommt.«

»Wie ein Kind«, bemerkte Sonia ein wenig verächtlich.

Ich zog meine Jacke an und griff nach dem Banjo. Mein Bedarf war erst mal gedeckt.

»Ich werde ihm unser Problem erklären«, verkündete ich. »Vielleicht löst er es ja, indem er von sich aus das Weite sucht.«

Im Gehen warf ich einen Blick zurück: Neal sah mir bedauernd nach, Amos kochte weiter vor sich hin, während Sonia ihn wie üblich zu besänftigen versuchte; Joakim hatte vor Aufregung einen roten Kopf, Guy blickte ziemlich säuerlich drein, und Sally war sichtlich betrunken. Ich empfand es als Wohltat, da endlich rauszukommen.

Danach

Es war fast sieben Uhr morgens. Draußen leuchtete der Himmel in einem blassen Türkis. Am Horizont waren nur ein paar schmale Wolkenstreifen zu sehen. Wir hatten Samstag, den zweiundzwanzigsten August. In wenigen Stunden musste ich zu einer unserer Proben. Ich stand in der Küche und schloss die Augen. Nur nicht denken, ermahnte ich mich selbst. Keine Gefühle, keine Erinnerungen. Ich trank ein Glas kaltes Wasser, dann gleich noch eines. Der Schmerz in meinen Rippen schien mit dem Bluterguss an meinem Hals in Verbindung zu stehen, und mein ganzer Körper pulsierte.

Der Ring mit dem Wagen- und Wohnungsschlüssel lag vor mir auf der Küchentheke. Ich starrte sie einen Moment an. Was sollte ich damit machen? Mit steifen Fingern löste ich den Wohnungsschlüssel und schob ihn auf meinen eigenen Ring. Den Wagenschlüssel behielt ich in der Hand und spielte nachdenklich damit herum. Ich hatte bereits den Mülleimer geöffnet, als ich es mir anders überlegte und den Blick durch die Küche schweifen ließ. Sollte ich ihn einfach in eine von den großen Tassen legen? Nein, da konnte ihn jeder finden. Andere Möglichkeiten waren die Brotdose, die Teekanne, die leere Keksdose, der Porzellankrug, den ich als Blumenvase verwendete, oder die Schublade voller alter Broschüren. Am Ende versenkte ich ihn tief in der Zuckerdose. Dann ging ich ins Bad, wo die Fliesen, die ich bereits von der Wand gelöst hatte, in einem Stapel neben der Wanne lagen, und schälte mich aus meinen Klamotten. Am liebsten hätte ich mich auch gleich aus meiner Haut geschält. Rasch trat ich unter die Dusche und drehte das Wasser auf, das anfangs siedend heiß, nach einer Weile aber nur noch lauwarm kam. Nachdem ich mir zweimal die Haare gewaschen hatte, schrubbte ich mich von oben bis unten ab. Nur den Hals ließ ich aus. Als ich hinterher den beschlagenen Spiegel abwischte, sah ich, dass sich mein Bluterguss immer weiter ausbreitete, wie ein feuchter Fleck.

Mir wurde bewusst, dass mir vor Hunger schon ganz flau im Magen war, doch allein schon der Gedanke an etwas Essbares verursachte mir einen starken Brechreiz. Noch immer in mein Handtuch gehüllt, kroch ich in mein Bett, wo ich mir die

Decke bis über den Kopf zog, weil mich die herabhängenden Streifen der Tapete plötzlich an Hautfetzen erinnerten. Den Bildern in meinem Kopf aber konnte ich nicht Einhalt gebieten. Seine Augen, sein Mund, seine Hände, die sich mir entgegenstreckten, sein lebloser Körper, der wie ein toter Fisch im Boot lag, sein starrer Blick, seine im Wasser versinkende Leiche. Das Telefon klingelte, und ich hörte jemanden eine Nachricht hinterlassen. Sally. Ich musste sie so bald wie möglich zurückrufen. Als Nächstes rief meine Mutter an, dann Sonia. Mein Handy summte. Ich hörte eine Textmeldung nach der andern eintreffen. Stunden vergingen. Vielleicht schlief ich auch ein. Vielleicht träumte ich, dass nichts von all dem wirklich passiert war, doch als ich wieder aufwachte, wusste ich sofort, dass es Realität war.

Davor

Er hielt mir bloß die Tür auf. Mein Besuch schien ihn nicht im Geringsten zu überraschen. Ich trat über einen Stapel ungeöffneter Briefe in eine kleine, stickige Wohnküche, in der überall Klamotten, Bücher, Notenblätter, leere Flaschen und umgekippte Tassen herumlagen. Auf dem kleinen Tisch stand eine Pfanne mit angebranntem Reis. Er griff danach und betrachtete sie, als sähe er sie zum ersten Mal.

»Lass dich durch das Durcheinander nicht irritieren«, erklärte Hayden, während er die Pfanne auf einem Stuhl abstellte.

»Keine Sorge. Wie lange wohnst du denn schon hier?«

»Erst seit einer Woche oder so. Die Wohnung gehört einem Freund. Vielleicht hat er sie auch nur gemietet, keine Ahnung. Ich bin auf der Suche nach einer längerfristigen Bleibe. Bier?«

»Warum nicht.«

Er öffnete eine Dose und wartete, bis der Schaum sich in das Loch verzogen hatte, ehe er sie mir reichte. Ich nahm einen Schluck. Eigentlich fühlte ich mich von dem Wein, den ich mit Neal getrunken hatte, und Sonias Pimm's schon leicht benebelt. Hayden dagegen wirkte stocknüchtern, obwohl ich wusste, wie viel er getrunken hatte. Mit einer Bierdose für sich selbst ließ er sich in einen durchhängenden Sessel fallen, zog Schuhe und Socken aus und wackelte erst mal genüsslich mit den Zehen.

»So ist es schon besser.« Ich beobachtete, wie er fast den ganzen Doseninhalt auf einmal hinunterkippte. »Ich könnte uns was zu essen machen«, verkündete er dann. »Oder noch besser, *du* machst uns was. Vielleicht hat Leo was zum Braten im Kühlschrank dagelassen.«

»Ich hab's nicht so mit dem Kochen«, erklärte ich, während ich mich ihm gegenüber auf dem Sofa niederließ.

»Tatsächlich?«

»Tatsächlich.«

»Warum nicht?«

»Kochst du dir denn oft was?«

»Nur ganz selten.«

»Na, siehst du.«

»Aber ich esse gern, was andere Leute kochen.«

Das stimmte. Er verschlang alles, was man ihm anbot, als hätte er ständig Hunger und könnte nie genug bekommen.

»Ich bin hier, weil ich eine Bitte an dich habe.«

»Lass mich raten. Du möchtest, dass ich netter zu diesem Typen bin. Wie heißt er noch mal?«

»Amos.« Ich war mir sicher, dass er sich durchaus an den Namen erinnerte.

»Ach ja, genau.«

»Du bringst ihn ganz durcheinander.«

»Ich glaube eher, der bringt sich selbst durcheinander, Bonnie. Du und er, ihr wart …?«

»Das tut nichts zur Sache.«

»Er ist immer noch halb in dich verliebt oder will zumindest nicht, dass ein anderer dich bekommt. Deswegen gibt er sich die größte Mühe, dich zu beeindrucken und gleichzeitig auch Sonia. Das Ganze ist ein bisschen kompliziert, wie ein Drahtseilakt, so dass der Ärmste dauernd hin und her schwankt.«

»Ich wollte eigentlich auf etwas anderes hinaus.«

»Das ist eine von den Lektionen, die man im Leben möglichst schnell lernen sollte: Je mehr man sich um eine Person bemüht, desto weniger Eindruck macht man auf sie.«

»Wie grausam.«

»Grausam, aber wahr.«

»Ich bin da anderer Meinung.«

Er starrte mich einen Moment an. »Dir ist es doch ziemlich egal, was die Leute von dir denken. Schau dir das Ergebnis an.«

»Ich lege durchaus Wert auf die Meinung anderer.«

»Und dann ist da natürlich noch Neal«, fuhr er fort, ohne auf meinen Einwand zu achten.

»Ich bin gekommen, um mit dir über die Band zu reden.«

»Wenn wir schon nichts Gebratenes kriegen, dann lass uns wenigstens ein paar Chips essen. Ich glaube, da drüben im Schrank sind welche.«

Ohne nachzudenken, stand ich auf und durchwühlte gehorsam das Durcheinander aus verschiedensten Packungen. Fündig geworden, warf ich ihm die Chipstüte zu.

»Willst du denn keine?«

»Ich bin Vegetarierin.«

»Dass sie nach Räucherschinken schmecken, bedeutet nicht, dass da wirklich Schinken drin ist.«

»Du säst Zwietracht.«

»Das klingt fast biblisch.« Er riss die Tüte auf, griff aber nicht hinein.

»Was bringt es dir, jemanden zu erniedrigen?«

»Das ist gar nicht meine Absicht.« Einen Moment wirkte er leicht überrascht. »Aber der Sound war heute wirklich schrecklich, und Amos geht es doch überhaupt nicht um die Musik. Er will nur gut aussehen und Eindruck schinden. Plötzlich konnte ich mich einfach nicht mehr von ihm verarschen lassen. Möchtest du eine Zigarette?«

»Ich rauche nicht.«

»Du rauchst nicht, und du isst kein Fleisch. Hast du denn gar keine Laster?«

»Bitte sei in Zukunft ein bisschen taktvoller.«

»Der Junge ist in Ordnung.«

»Joakim. Ich weiß.«

»Dasselbe gilt natürlich auch für dich.«

Ich empfand eine alberne Freude über das Kompliment. Einen Moment später ärgerte ich mich darüber. Aus irgendeinem Grund stand ich auf und trat vor ihn, um etwas zu sagen, kam mir dann aber richtig blöd vor, als ich sah, wie er sich genüsslich zurücklehnte und mich angrinste, als wäre ich irgendeine Komikerin, deren Auftritt er sehr genoss.

»Ich würde gern wissen, ob du mich unterstützen wirst«, erklärte ich ziemlich förmlich. »Mir ist klar, dass es sich im Grunde um eine alberne Angelegenheit handelt, und dass wir nicht besonders gut sind, weiß ich auch. Unser Auftritt ist weder wichtig noch glamourös noch irgendwie anspruchsvoll. Es gibt also letztendlich keinen Grund, warum du dich herablassen solltest, da mitzumachen.«

»Abgesehen davon«, antwortete er, »dass es doch einen Grund gibt.«

»Ich wollte damit nur sagen, dass du die Band besser verlassen solltest, wenn du es nicht schaffst, mit uns an einem Strang zu ziehen. Das ist für mich kein Problem, ich könnte es sogar verstehen. Ich möchte bloß nicht, dass du nur so zum Spaß alle in Aufruhr versetzt.«

»Ich kann die Band nicht verlassen.«

»Wie meinst du das?« Mein Mund war plötzlich so trocken, dass ich kaum noch ein Wort herausbrachte.

»Du weißt, wie ich es meine.«

Er rührte sich noch immer nicht von der Stelle. Genauso wenig wie ich. Wir starrten uns nur an. Mein Herz schlug so heftig, dass mir davon die Brust wehtat. Gleichzeitig fühlte sich mein ganzer Körper seltsam schwach und heiß an. Ich war nicht in der Lage, den Blick von ihm abzuwenden, wusste aber nicht, wie lange ich es noch schaffen würde, so vor ihm zu stehen.

»Nein«, brachte ich endlich heraus. Ich musste an Neal denken. Krampfhaft versuchte ich, vor meinem geistigen Auge sein Bild heraufzubeschwören und mir sein Lächeln zu vergegenwärtigen. »Das weiß ich keineswegs.«

Er griff nach meiner Hand. Ich ließ ihn gewähren, ließ zu, dass er mich zu sich zog.

»Wie kratzbürstig du sein kannst, Bonnie Graham.«

»So ein Unsinn!«

»Wir beide sind aus dem gleichen Holz geschnitzt.«

Ich könnte jetzt behaupten, dass es einfach passierte. Dass ich mich vergaß. Was heißt das eigentlich – sich zu vergessen oder zu verlieren? Ich fühlte mich tatsächlich verloren, mitgerissen von einer Welle der Begierde, die mich völlig überraschend traf, als hätte mir jemand in den Magen geboxt, so dass ich keine Luft mehr bekam und mit einer Art Schluchzen neben dem Sofa auf die Knie sank. Ich könnte behaupten, dass ich das gar nicht wollte und ich in dem Moment gar nicht mehr ich selbst war. Dass es einfach so passierte. In Wirklichkeit aber war ich diejenige, die sein Gesicht, das Gesicht eines Fremden, zwischen beide Hände nahm und eine Ewigkeit festhielt – so lange, dass ich richtig spürte, wie die Zeit verging. Ich hörte draußen Autos vorbeifahren und Leute miteinander reden. Dann lagen wir uns endlich in den Armen. Er küsste mich, und ich küsste ihn. Ich wusste, dass ich nur deswegen vorbeigekommen war und er schon auf mich gewartet hatte.

»Nein«, stöhnte ich, während er mich aufs Sofa hob, obwohl mir bereits in dem Moment bewusst war, dass ich das nicht ernst meinte, denn als er daraufhin in fragendem Ton meinen Namen flüsterte – »Bonnie?« –, da sagte ich: »Ja. Ja.«

Danach

Ich lag im Bett und starrte auf das Licht, das durch den Vorhang fiel und seine Streifen auf den Teppich warf. Wie ging es nun weiter? Ich hatte keinen konkreten Plan. Es gab nichts mehr zu tun – außer vielleicht, alles immer wieder durchzudenken und zu überlegen, wo wir einen Fehler gemacht hatten. Denn einen Fehler macht man immer. Konnten wir wirklich sicher sein, dass uns niemand gesehen hatte? Dass wir nicht doch irgendwelche Spuren hinterlassen hatten? War es der richtige Ort gewesen, um eine Leiche zu beseitigen? Wie lange würde es dauern, bis man den Wagen fand? Weder Sonia noch ich hatten auch nur den blassesten Schimmer, wie das Prozedere auf so einem Langzeitparkplatz war. In der Regel flogen die Leute für zwei Wochen weg, vielleicht auch mal für drei oder vier. Der Parkplatz leerte und füllte sich also ununterbrochen, dort herrschte sozusagen ein fortwährender Gezeitenwechsel. Wie verfuhr die Verwaltung, um herrenlose Wagen aufzuspüren? Konnte es sein, dass wir etwas im Auto vergessen hatten? War es ratsam, nach ein, zwei Wochen noch einmal hinauszufahren und den Wagen auf einem anderen Teil des Parkplatzes abzustellen? Bei der Gelegenheit könnte ich dann auch nachsehen, ob wir etwas zurückgelassen hatten. Oder wäre das genau die falsche Vorgehensweise? Man liest ja immer wieder, dass Verbrecher an den Tatort zurückkehren. Das ist fast schon ein Klischee. Liegt es an einer gewissen

Faszination, die einen wie ein Magnet dorthin zurückzieht? Oder hat es einfach nur mit jenem nagenden Gefühl zu tun, das einen auch zwingt, immer wieder nach Hause zurückzueilen und nachzusehen, ob man nicht doch vergessen hat, das Gas auszuschalten oder das Fenster zu schließen? Mir war jedenfalls klar, dass ich an irgendeiner Form von Wahnsinn litt, weil ich mich ständig fragte, was man alles übersehen haben könnte. Wo klafften die Lücken? Welche Dinge nahm ich nicht wahr, weil sie knapp außerhalb meines Gesichtsfeldes lagen? Und was war mit meinen Sachen? Wo war mein Ranzen hingekommen?

Eines aber stand fest: Was ich gerade durchmachte, war noch das geringste Übel. Ich konnte froh sein, wenn nichts weiter passierte und nichts gefunden wurde, so dass ich lediglich dazu verdammt war, mir den Rest meines Lebens das Gehirn zu zermartern, welche Fehler mir wohl unterlaufen waren, und ansonsten möglichst zu verdrängen, was ich Schreckliches getan hatte.

Davor

Ich fühlte mich schwach und wackelig, als hätte ich einen Tag lang nichts gegessen. Als ich ins Bad ging, schienen die blanken Holzdielen unter meinen nackten Füßen zu schwanken. Aus dem Duschkopf kam kaum mehr als ein Rinnsal. Alles fühlte sich ein wenig schief und seltsam an – so ähnlich wie bei der Ankunft in einer fremden Stadt, wenn man das Leben plötzlich auf eine Weise wahrnimmt, wie man es zu Hause sonst nie tut. Ich richtete den Wasserstrahl auf mein Gesicht, um mir das Haar nicht nass zu machen, gab dieses Unterfangen aber schnell wieder auf. Frustriert griff ich nach dem Shampoo, das auf dem Rand der Wanne stand, und wusch mir damit den Kopf. Mein Körper fühlte sich wund und zerschlagen an, aber was empfand *ich*? Was spielte sich in meinem Kopf ab? Und was in meinem Herzen? Ich presste eine Hand an die Brust und schloss die Augen. Was hatte ich getan?

Ich hatte Hayden bei Sally erlebt: Mit seiner Körpergröße und seiner Art, alles zu nutzen, was sich bot, hatte er dort ziemlich viel Platz eingenommen. Wenn es etwas zu essen gab, aß er es, und wenn ein Sofa vorhanden war, ließ er sich darauf nieder – und zwar mit einer solchen Selbstverständlichkeit und Präsenz, dass für andere kein Raum mehr blieb. Er schien ganz und gar in der Gegenwart zu leben und alles Vergangene gleich wieder zu vergessen oder zu verdrängen. An die Zukunft dachte er wohl auch nicht, ignorierte sie einfach, so dass Konzepte wie Ursache und Wirkung für ihn keinerlei Bedeutung hatten. Was zwischen uns passiert war, existierte in jener Welt unzusammenhängender Momente ohne Kontext und Sinn. Sollte ich das Ganze auch so sehen? Im Morgengrauen, wenn die Vögel zu singen anfingen, meine Klamotten einsammeln und verschwinden? Bei unserem nächsten Treffen einfach so tun, als würden wir uns nach wie vor kaum kennen?

Mit Amos war der Sex ein natürlicher Bestandteil unseres Lebens gewesen, verwoben mit allem anderen. Wir verbrachten Zeit miteinander, gingen zusammen ins Kino und in Konzerte oder in Pubs und Klubs, wir trafen Freunde, gingen essen oder kochten uns zu Hause etwas, unternahmen Spaziergänge, umarmten uns, hielten Händchen und hatten Sex. Bei Hayden aber wusste ich gar nicht, woran ich war. Ich kam mir vor wie eine Art Speise, ein seltener, köstlicher Leckerbissen, den Hayden entdeckt, begehrt, behutsam ausgepackt und dann mit Genuss verspeist hatte. Alles in allem eine durchaus intime, aber zugleich unpersönliche Angelegenheit.

Ich fand ein Handtuch und ließ mich auf dem Wannenrand nieder. Während ich mich sorgfältig abtrocknete und dabei selbst die Fußsohlen nicht ausließ, versuchte ich in mich hineinzuspüren und zu analysieren, was mein Herz und mein

Verstand mir sagten. Ich war mir nicht ganz sicher, inwieweit beides auseinanderklaffte. Mit Amos war alles klar gewesen: mal gut, mal nicht so gut, mal eher zärtlich, dann wieder leidenschaftlicher. Manchmal war auch etwas schiefgelaufen, das es hinterher zu bereden galt. Aber mit Hayden? Wie war es für mich gewesen? Ich wusste es selbst nicht so genau. Wünschte ich, es wäre nie so weit gekommen, oder war ich glücklich, dass es passiert war? Nicht einmal das konnte ich sagen. Es fühlte sich an wie eine völlig neue Erfahrung – etwas, das ich noch nie zuvor getan hatte. Irgendwie war mir mein Sicherheitsnetz abhandengekommen.

In das Handtuch gehüllt, kehrte ich in den Wohn- und Schlafraum zurück. Hayden lag mit dem Gesicht zu mir, aber es war immer noch so dunkel, dass ich nicht erkennen konnte, ob er die Augen offen hatte oder nicht. Jedenfalls rührte er sich nicht und gab auch sonst keinen Laut von sich.

Auf der Suche nach meinen Klamotten spähte ich erst unter einen Stuhl, dann unters Sofa. Es war schwierig, zwischen all den anderen Sachen etwas zu finden. Als Erstes entdeckte ich meine zusammengeknüllte Strumpfhose, in der auch mein Slip steckte. BH und Kleid lagen am Fußende des Betts, meine Schuhe in verschiedenen Ecken. Ich sammelte alles ein und begann mich dann langsam anzuziehen. Dabei hielt ich den Blick auf Hayden gerichtet, der mittlerweile die Hände hinter dem Kopf verschränkt hatte. Ich spürte, dass er mich beobachtete, und stellte mir seinen prüfenden Blick vor, seine ausdruckslose Miene. Trotz der Dunkelheit fühlte ich mich nackter und entblößter als je zuvor. Während ich mir rasch meine Sachen überstreifte, musste ich daran denken, wie vorsichtig und bedächtig er sie mir ausgezogen hatte – als wäre ich ganz kostbar und zerbrechlich.

Als ich fertig war, ging ich zum Sofa hinüber und setzte mich neben ihn.

»Ich verschwinde jetzt«, sagte ich.
»Es ist noch nicht mal hell.«
»Es sind ja nur ein paar Minuten zu gehen.«
»Bleib doch noch ein bisschen. So früh am Morgen sollte niemand allein sein.«
»Ach?«
»Ganz nackt in der Dunkelheit, kein Versteck weit und breit.« Das klang nach irgendeinem Songtext. Er rückte ein Stück zur Seite. »Bitte, leg dich noch ein wenig zu mir.«
Am Ende tat ich wie mir geheißen und kroch voll bekleidet neben seinen nackten Körper. Nachdem ich ihn eine Weile an mich gedrückt und seinen Rücken gestreichelt hatte, fuhr ich ihm mit beiden Händen durchs Haar und ließ dann sanft die Finger über sein Gesicht gleiten. Seine Wangen waren nass.
»Mach dir keine Gedanken«, flüsterte ich ziemlich dämlich, während ich ihn noch näher zu mir herzog. »Keine Angst, es wird bestimmt alles gut. Alles wird gut.«
»Tu das nicht«, sagte er.
»Was soll ich nicht tun?«
»Lass dich nicht allzu sehr auf mich ein. Ich tue niemandem gut. Ich werde dich enttäuschen.«
»Wer lässt sich da auf wen ein?«, entgegnete ich leichthin.
»Ich warne dich, Bonnie. Besser, du beherzigst meinen Rat.«
Wir blieben eng umschlungen liegen, bis sich zwischen den Vorhängen ein Lichtstreif abzuzeichnen begann. Irgendwann merkte ich an seinem ruhigen Atem, dass er wieder eingeschlafen war. Ich sah, wie seine Augenlider hin und wieder leicht flatterten – offenbar träumte er –, während seine Gesichtszüge immer weicher und schlaffer wurden. Nach einer Weile weckte ich ihn, oder versuchte ihn zumindest zu wecken. Obwohl er lächelte, ließ er die Augen geschlossen, als ich ihn zu mir herumdrehte und dann mein Shirt aufknöpfte. Langsam und wie benommen glitten wir zurück in dunkle Gewässer, versanken in leidenschaftlicher Lust. Hinterher stand ich ganz

leise auf und verließ schließlich die Wohnung, nicht ohne die Tür fest hinter mir zuzuziehen.

Danach

Wie spät war es? Ich setzte mich auf und blinzelte zu meinem Digitalwecker hinüber, dessen Ziffern in dem Licht, das durch die dünnen Vorhänge fiel, blassgrün leuchteten. Ich wünschte, es wäre noch Nacht und der Raum kühl und schattig, doch es war bereits zwei Uhr nachmittags, und von draußen drückte die Hitze herein. Ich fühlte mich so verschwitzt, dass mir nach einer weiteren Dusche zumute war. Das Telefon klingelte schon wieder, und ich hörte Sonia irgendetwas über die Bandprobe sagen. Ein Schauder durchlief mich: In einer Stunde war es so weit. Außer ihm würden alle kommen, aber bestimmt wirkte seine Abwesenheit wie ein schwarzes Loch mitten im Raum, das jeden in sich hineinzog. Alle würden mich fragend anstarren. Ich aber musste so tun, als wüsste ich von nichts. Ohne einen Blick mit Sonia zu wechseln, musste ich Bestürzung, Resignation oder Ärger heucheln. Was für eine schreckliche Vorstellung: ein Raum voller Lügen. So viele Leute, gefangen in dieser schrecklichen Scharade. Ich musste ihren Blicken begegnen, ratlos mit den Achseln zucken, lächelnd auf meinem Banjo spielen und irgendwie die Stille an den Stellen füllen, wo eigentlich seine Musik sein sollte.

Nachdem ich mich mühsam aus dem Bett gekämpft hatte, schlüpfte ich in eine uralte, gestreifte Baumwollhose, die so locker saß, dass sie meine Haut nicht noch wunder scheuerte, als sie ohnehin schon war, und ein langes weißes Shirt, das ein bisschen an ein Nachthemd erinnerte. Es hatte lange Ärmel und einen hohen Kragen, den ich bis obenhin zuknöpfte, um meinen Hals zu verstecken. Ich hatte das Bedürfnis, meinen Körper so weit wie möglich zu bedecken. Mit diesem Outfit, in dem ich wie eine Kreuzung aus Kellnerin und Gefängnisinsassin aussah, gelang mir das zumindest einigermaßen. Mein Haar feuchtete ich ein wenig an und bürstete es, bis es glatt an meinem Kopf anlag. Nun sah ich ein bisschen so aus wie ein Halbwüchsiger nach einem Saufgelage.

Die Probe fand heute in einem anderen Haus statt. Ein Freund hatte sich – wenn auch ziemlich widerwillig – bereit erklärt, es uns am Samstagnachmittag zur Verfügung zu stellen. Nachdem ich mich mit einem letzten Blick in den Spiegel vergewissert hatte, dass ich nicht aussah wie ein wandelndes Schuldbekenntnis, griff ich nach meinem Banjokoffer und machte mich auf den Weg.

Davor

Während ich im Morgengrauen die zwei Kilometer nach Hause marschierte, hörte ich die Nachrichten auf meinem Handy ab. Am wolkenlosen Himmel verblassten gerade die letzten Sterne. »Wenn du nicht zu spät heimkommst, nachdem du Hayden die Leviten gelesen hast, könnten wir uns vielleicht noch treffen. Ich könnte dich zum Essen ausführen. Lass mich wissen, ob du Zeit und Lust hast.« Neals Stimme klang warm und herzlich. Wir hatten am Vorabend ein Band geknüpft.

Zu Hause angekommen, begrüßte mich schon wieder Neals Stimme, diesmal auf dem Anrufbeantworter. »Hallo, Bonnie. Ruf mich an, sobald du das abhörst. Ich würde dich wirklich gerne sehen, ganz egal, wie spät es ist.« Nach einer kurzen Pause fügte er ein wenig stammelnd hinzu: »Ich kann sowieso nicht schlafen, weil ich die ganze Zeit an dich denken muss.«

Neal war höflich, hilfsbereit und ein bisschen schüchtern. Die Frau, die er geliebt hatte, war bei einem Autounfall ums Leben gekommen. Normalerweise fiel es ihm schwer, seine

Gefühle zu zeigen. Nun aber zeigte er sie mir. Er war sich sicher, dass zwischen uns etwas passieren würde, und freute sich darauf. Trotzdem war ich, nachdem ich ihn am Abend verlassen hatte, zu Hayden gegangen und hatte mit ihm geschlafen.

Wollte ich immer noch, dass zwischen Neal und mir etwas lief? Oder wünschte ich mir eine Fortsetzung mit Hayden? Ich ließ mich auf der Bettkante nieder, zog die Schuhe aus und massierte meine schmerzenden Füße. Was hatte ich getan, und warum? Ich wusste es selbst nicht. Ich wusste überhaupt nichts mehr. Mein Körper schmerzte und kam mir seltsam fremd vor, so als hätte die Sache mit Hayden ihn irgendwie verändert. Allein schon der Gedanke an Hayden bescherte mir einen leichten, lustvollen Schauder.

Ich würde Neal morgen anrufen – wobei natürlich längst morgen war. Was sollte ich ihm sagen? Dass ich mir eine Erkältung eingefangen hatte oder, noch besser, die Grippe. So würde ich es machen. Auf diese Weise konnte ich das alles noch für ein, zwei Tage hinausschieben. Mich vor ihm und mir selbst verstecken.

Danach

Ich traf als Erste im Haus meines Freundes ein, stellte die Weinflasche, die ich für ihn mitgebracht hatte, auf seinen Küchentisch und ging hinüber ins Wohnzimmer, um dort auf die anderen zu warten. Ich ließ mich in einen Sessel sinken, stand aber gleich wieder auf, um mir die Bücher in den Regalen und die Fotos auf dem Kaminsims anzusehen. Es war bereits fünf nach drei. Seltsam, dass noch niemand da war. Hatte ich mich in der Uhrzeit geirrt?

Um zehn nach drei läutete es, und Sonia stand vor der Tür. Zu einem bodenlangen schwarzen Rock trug sie ein blassgelbes T-Shirt, und ihr dunkles Haar hatte sie hochgesteckt. Sie wirkte frisch, wie aus dem Ei gepellt, und strahlte eine solche Kraft aus, das mich allein schon ihr Anblick tröstete. Ich hatte keine Ahnung, wie ich mich verhalten oder was ich sagen sollte. Am liebsten hätte ich losgeheult und mich von ihr in den Arm nehmen lassen, aber gleichzeitig wünschte ich mir, sie möge so tun, als wäre nichts passiert.

Sonia musterte mich einen Moment prüfend, ehe sie mich mit einem kleinen Nicken begrüßte.

»Gut«, sagte sie. »Ich hatte schon befürchtet, du würdest nicht auftauchen.«

»Ich wäre tatsächlich beinahe nicht gekommen.«

»Ist sonst schon jemand da?«

Wir standen herum wie Gastgeber, die nervös auf ihre Gäste warteten. Nichts von dem, was wir sagten, klang natürlich. Ich hatte das beklemmende Gefühlt, dass gerade eine Freundschaft zu Ende ging, weil der Gefallen, den sie mir erwiesen hatte, so groß war, dass er alles andere überschattete.

»Sonia«, begann ich, doch genau in dem Moment läutete es erneut an der Tür, dreimal kurz hintereinander.

Obwohl es ein heißer Tag war, trug Joakim ein dickes Kapuzenshirt, dessen lange Ärmel ihm bis über die Hände fielen. Die Geige hatte er sich unter den Arm geklemmt. Sein Gesicht wirkte kreidebleich, und er hatte violett schimmernde Augenringe.

Sein Gruß klang eher wie ein Grunzen.

»Hast du deinen Dad heute nicht dabei?«

Ein weiteres Grunzen.

»Du siehst ganz schön fertig aus«, erklärte Sonia fröhlich.

»Ich fühle mich auch richtig scheiße.« Mit diesen Worten warf sich Joakim aufs Sofa. »Wo sind denn die anderen? Ich dachte schon, ich bin der Letzte.«

Er drückte sich in die Kissen wie ein Tier in den hintersten Winkel seines Baus. Ich ging in die Küche, um ihm einen Kaffee zu machen. Als es erneut klingelte, überließ ich es Sonia, die Tür zu öffnen. Ich hörte Gemurmel, konnte aber nicht sagen, wer eingetroffen war. Erst als ich Joakims Kaffee ins Wohnzimmer trug, sah ich, dass es Guy war. Sein Outfit ging gerade noch als lässig durch: Zu einer ordentlich gebügelten Jeans trug er ein blaues Kurzarmhemd. Er schleppte sein Schlagzeug herein, begrüßte mich mit einem kurzen Nicken und wandte seine Aufmerksamkeit dann wieder Joakim zu.

»Wo, zum Teufel, bist du gewesen?«

Joakim zuckte mit den Achseln. »Unterwegs.«

»Und da konntest du uns nicht mal anrufen? Deine Mutter ist fast durchgedreht.«

»Ich bin achtzehn. Lieber Himmel!«

»Trotzdem wohnst du noch bei uns, und solange du das tust… was ist los?«

»Mir ist ein bisschen schlecht.«

»Das darf doch wohl nicht wahr sein!«

»Das Klo ist da hinten«, wies ich Joakim den Weg, woraufhin er schwankend aufstand.

Draußen hämmerte jemand gegen die Tür, statt die Klingel zu benutzen. Diesmal ging ich. Rasch wandte ich mich ab, um Neal nicht in die Augen sehen zu müssen. Mein Mund war plötzlich so trocken, dass ich als Begrüßung nur ein Krächzen herausbrachte. Wie meine Beine es schafften, mich aufrecht zu halten, war mir ein Rätsel.

»Tut mir leid, dass ich so spät dran bin.«

Ich gab ihm keine Antwort. Am liebsten wäre es mir gewesen, er wäre wieder gegangen und hätte mich in Ruhe gelassen. Ich hatte das Gefühl, ihn jetzt nicht in meiner Nähe ertragen zu können. Besonders fürchtete ich mich vor dem durchdringenden Blick seiner dunklen Augen.

»Bin ich der Letzte?«

»Nein, wir warten noch.« Erst dann sah ich ihn an, und er erwiderte meinen Blick. Unter meinem linken Auge begann ein Nerv leicht zu zucken. Bestimmt konnte es jeder sehen und sofort als Zeichen meiner Schuld deuten. »Auf Hayden und Amos«, zwang ich mich hinzuzufügen. Viel zu laut durchschnitten meine Worte die plötzliche Stille. Sonia trat neben mich und legte mir eine Hand auf die Schulter, bis sich der Raum um mich herum nicht mehr drehte. Ich blickte zu Boden. Joakim stolperte zurück in den Raum, noch bleicher als zuvor.

»Vielleicht solltest du lieber nach Hause gehen«, wandte Sonia sich an ihn.

»Nein«, widersprach Guy in scharfem Ton, »er hat versprochen, an der Probe teilzunehmen. Ein Versprechen bricht man nicht.«

»Der Junge ist krank.«

»Mein Sohn hat bloß einen Kater.«

»Das haben wir alle auch schon des Öfteren durchgemacht«, sagte Neal mit einem mitfühlenden Blick auf Joakim, der inzwischen wieder aufs Sofa gesunken war.

»Wo bleiben die nur?« Guy warf einen Blick auf die Uhr und stieß einen tiefen, genervten Seufzer aus. »Warum in Gottes Namen können wir nicht mal alle pünktlich sein? Jeder von uns hat schließlich auch noch was anderes zu tun.«

»Vielleicht sollten wir einfach ohne sie anfangen«, schlug ich vor.

»Was soll das bringen?«

»Wir können zumindest schon mal die Instrumente stimmen.« Ich ging zu meinem Banjokoffer hinüber.

Durchs Fenster sah ich Amos gemächlichen Schrittes auf das Haus zusteuern. Er trug seine Gitarre wie einen Rucksack auf dem Rücken und hatte die Hände tief in den Hosentaschen vergraben. Sein Kopf war gesenkt, seine Stirn leicht gerunzelt, als wäre er in Gedanken versunken. Nervös richtete ich den Blick auf meine Finger und fummelte am Verschluss des Instrumentenkoffers herum. Warum merkten die anderen nichts? Wie konnten sie so ahnungslos sein? Als es klingelte, ging Neal hinaus.

Ich hörte meine eigene Stimme sagen: »Wo ist Hayden wohl diesmal abgeblieben?«

Davor

»Na, wie läuft's denn so?«, fragte Liza.

»Wie meinst du das?«

Lachend zog sie die Beine unter den Körper. Sie trug einen intensiv violetten Overall, der aussah wie ein riesiger, verknitterter Babystrampler, und hatte ihr Haar zu kleinen Zöpfchen geflochten, von denen sie sich eines immer wieder in den Mund steckte, um daran herumzulutschen.

»Das ist nur eine von diesen Floskelfragen. Du weißt schon ... wenn man jemanden trifft und fragt: ›Wie geht's dir?‹, und die betreffende Person antwortet: ›Gut.‹«

»Ja, ich weiß.«

»Also, wie läuft's denn so?«

Ich lümmelte gerade auf ihrem großen, gestreiften Sofa, das es einem unmöglich machte, aufrecht zu sitzen. An der gegenüberliegenden Wand hing ein schönes Bild, ein verschwommener orangeroter Fleck vor einem leuchtend blauen Hintergrund. Obwohl Liza selbst oft chaotisch wirkte, herrschte in ihrer Wohnung eine penible Ordnung. All die Raritäten und kleinen Andenken, die sie von ihren Auslandsreisen mitgebracht hatte, waren fein säuberlich in den Regalen aufgereiht. Ich musste an das schreckliche Durcheinander und den Staub in meiner Wohnung denken. Mir graute vor der Arbeit, die vor mir lag. Dieser gottverdammte Amos.

»Möchtest du ein Glas Wein?«

»Lieber nicht.«

»Ich werde mir eins gönnen.«

Liza ging in die Küche und kehrte mit einer Flasche, zwei Gläsern und einer großen Tüte Pistazien zurück.

»Ich bestehe darauf«, erklärte sie.

»Bloß einen kleinen Schluck.«

Sie schenkte wesentlich mehr als einen kleinen Schluck in beide Gläser und reichte mir eines.

»Eigentlich wollte ich wissen, wie es mit der Musik läuft.« Geschickt schälte sie ein paar Pistazien und schob sie sich in den Mund. »Seid ihr schon bereit für die Hochzeit?«

Ich nahm einen Schluck von dem Wein.

»Wir haben uns doch erst ein paarmal getroffen. Die Hochzeit ist erst im September.«

»Wirklich mutig von dir, dir diese Sache aufzuhalsen. Ich hätte nicht gedacht, dass du Ja sagst.«

»Ich habe die blöde Angewohnheit zu handeln, ohne zu denken«, erklärte ich. »Und bis mir klar wird, dass ich etwas besser nicht getan hätte, ist es schon zu spät.«

»Du hast tatsächlich die alte Gang zusammengetrommelt?«

»Nicht wirklich.«

»Wen dann?«

»Neal macht mit. Außerdem Amos und Sonia. Einen Schüler von mir habe ich ebenfalls eingespannt, besser gesagt einen ehemaligen Schüler. Und dessen Vater. Und noch diesen anderen Typen.«

»Ach ja, von dem habe ich schon gehört«, berichtete Liza.

»Neuigkeiten sprechen sich schnell herum. Wer hat es dir erzählt?«

»Amos. Demnach ist der Typ Profimusiker. Wie heißt er denn?«

Seine bloße Erwähnung löste etwas in mir aus, eine Art sinnliche Erinnerung. Plötzlich konnte ich ihn riechen, seine Haut und sein Haar unter meinen Fingern spüren.

»Hayden. Hayden Booth. Ich glaube, er hatte gerade nichts Besseres zu tun.«

»Trotzdem eine wilde Mischung.«

»Wie meinst du das?«

»Wenn ein Profimusiker mit einer Gruppe von Amateuren spielt, sind die Konflikte doch schon vorprogrammiert.«

»Es wird keine Konflikte geben. Abgesehen vom ganz normalen Wahnsinn.« Ich zwang mich zu einem Lächeln. »Es ist wirklich ein bisschen verrückt. Ich hoffe, wir bringen den Abend gut hinter uns.«

Wir schwiegen einen Moment. Erneut nahm Liza einen Schluck Wein und warf ein paar Pistazien hinterher.

»Ich wollte mit dir nicht nur über Musiker plaudern, so nett das auch ist. Du weißt, dass ich wegfahre?«

»Nach Indien.«

»Knapp daneben«, meinte Liza. »Obwohl, so knapp auch wieder nicht. Thailand und Vietnam. Aber das tut sowieso nichts zur Sache. Was ich sagen beziehungsweise dich fragen wollte, ist Folgendes: Nach intensiver Recherche bin ich zu dem Ergebnis gelangt, dass du bis zu meiner Wohnung weniger weit hast als alle meine anderen Freunde und Bekannten. Deswegen habe ich mich gefragt, ob du vielleicht einmal am Tag vorbeischauen könntest, oder jeden zweiten Tag – aber besser wäre täglich –, um die Pflanzen zu gießen und dich zu vergewissern, dass die Hütte nicht abbrennt. Bitte, bitte, bitte! Ich wäre dir so dankbar. Ich werde mich auf jede erdenkliche Weise bei dir revanchieren.«

»Das mache ich doch gerne«, antwortete ich, »kein Problem.«

»Falls dir jemand einfällt, der während meiner Abwesenheit hier wohnen möchte, wäre das natürlich auch in Ordnung.«

»Da muss ich erst überlegen.«

»Eigentlich wollte ich mich selbst darum kümmern, habe es zeitlich aber einfach nicht geschafft. Auf jeden Fall wäre das eine Option. Du hast ja dann den Schlüssel.«

»Zeig mir einfach, wo die Pflanzen sind, und ich mache es.«

»Vielleicht magst du auch meine Post ein bisschen stapeln. Am besten da drüben.« Sie deutete auf den hellen Holztisch an der Wand, auf dem eine Vase mit Blumen und ein grüner, wie eine Schildkröte geformter Stifthalter standen.

»In Ordnung, wird gemacht.«

»Du könntest selber hier wohnen.«

»Ich habe doch meine eigene Wohnung.«

»Warum quartierst du dich nicht für die Dauer der Renovierung hier ein?«

»Du weißt genau, dass ich selbst renoviere.«

»Ja, eben deswegen.«

»Liza, mach dir keine Sorgen. Ich werde deine Pflanzen liebevoll hegen und pflegen.«

Danach

»Das reicht für heute«, verkündete ich.

»Findest du?«, entgegnete Amos.

»Wieso, bist du anderer Meinung?«

»Wenn du mich fragst, war das keine Glanzleistung.«

»Vielleicht sind wir nicht in der richtigen Stimmung«, gab ich zurück.

»Ohne Hayden geht es nicht«, mischte Joakim sich ein, »dieser ganze Song ist um seinen Part herum aufgebaut.«

»Wo, zum Teufel, steckt der Kerl?«, ereiferte sich Guy. »Hat er irgendwas zu dir gesagt, Bonnie?«

Ich war auf diese Fragen nicht ausreichend vorbereitet. Was sollte ich antworten? Wie wütend sollte ich mich geben? Schließlich war ich diejenige, die die Proben organisierte und dafür sorgen musste, dass alle Zeit hatten. Sollte ich Bestürzung heucheln? Oder die Beleidigte mimen?

»Nein«, erwiderte ich, »wahrscheinlich ist ihm was dazwischengekommen.«

»Oder er hat es einfach vergessen«, mutmaßte Amos. »Ich glaube nicht, dass wir auf seiner Prioritätenliste recht weit oben stehen.«

»Möglich.«

»Wenn er noch ein anderes Projekt hat«, meinte Guy, »wäre es vielleicht ratsam, das möglichst schnell in Erfahrung zu bringen, damit wir Ersatz für ihn suchen können.«

»Für ihn gibt es keinen Ersatz!«, entgegnete Joakim.

»Jeder ist ersetzbar.«

»Wir müssten noch mal ganz von vorn anfangen.«

»Darüber brauchen wir uns vorerst noch nicht den Kopf zu zerbrechen«, mischte ich mich ein. »Ich werde ihn anrufen und in Erfahrung bringen, was los ist.«

»Ruf ihn gleich an«, sagte Amos.

»Mache ich.«

»Ich meine, jetzt gleich.«

Gehorsam zückte ich mein Telefon und wählte seine Nummer, obwohl ich genau wusste, dass er nicht rangehen würde. Nie wieder. »Hallo«, meldete sich Haydens Stimme, »wie es aussieht, bin ich gerade anderweitig beschäftigt, freue mich aber über eine Nachricht.«

»Hayden«, begann ich. Zitterte meine Stimme? Was ich da gerade tat, fühlte sich fast schlimmer an als alles andere – beinahe noch schlimmer als der Moment, als die Leiche im Wasser versank. »Hayden, hier ist Bonnie, aber wo bist du? Wir haben dich bei der Probe vermisst. Ruf mich an, ja?«

Ich klappte das Telefon zu.

»Das bringt uns auch nicht viel weiter«, meinte Guy.

»Er ruft bestimmt zurück.«

»Du hättest viel energischer sein sollen«, rügte mich Amos.

Nachdem wir die Instrumente verstaut hatten, sammelten Sonia und ich die Tassen ein, um sie in der Küche abzuspülen. Während ich den Hahn aufdrehte, sah ich sie an, aber da sie nicht reagierte, wagte ich es nicht, etwas zu sagen. Da spürte ich plötzlich jemanden hinter mir, einen Blick in meinem Rücken, und drehte mich um. Es war Neal.

»Wie geht es dir?« Er beugte sich zu mir vor.

Ich trat einen Schritt zurück. »Gut«, antwortete ich, »und dir? Alles in Ordnung?«

»Ich bin ziemlich müde.« Er sah tatsächlich sehr müde und abgespannt aus. Trotz allem empfand ich einen Anflug von Zärtlichkeit und Schuldgefühl. Er zuckte leicht mit den Achseln. »Ich konnte nicht schlafen.«

»Oje«, antwortete ich dümmlich.

»Das war nicht gerade unsere beste Probe, oder?«

Ich blickte zu Sonia hinüber, die tapfer antwortete: »Es wird bestimmt besser, wenn Hayden wieder dabei ist.«

»Ja, natürlich.« Neal musterte mich so eindringlich, dass ich mich verlegen abwandte. »Aber wie Guy so richtig gesagt hat: Jeder ist ersetzbar.«

Neal brach vor allen anderen auf, ich sah ihn mit gesenktem Kopf davoneilen. Dann verabschiedeten sich Guy und Joakim – Joakim immer noch blass und mürrisch, Guy weiterhin sauer. Sonia fragte mich, ob ich Lust hätte, mit ihr und Amos noch auf einen Drink zu gehen, aber da ich ihr nicht einmal richtig in die Augen schauen konnte, behauptete ich, keine Zeit zu haben. Sally rief mich auf dem Handy an und sagte, es wäre wunderbar, wenn ich vorbeikommen und für eine Stunde auf Lola aufpassen könnte, weil sie kurz etwas zu erledigen habe. Ich gab ihr zur Antwort, dass es leider nicht gehe, weil ich selbst auch etwas Dringendes zu erledigen hätte. Was tatsächlich stimmte. Ich spürte es schon den ganzen Nachmittag wie eine juckende Stelle in meinem Gehirn, und je länger sich der Nachmittag hinzog, desto unerträglicher wurde es, so dass ich gegen Ende der Probe kurz davorstand, unter irgendeinem Vorwand aus dem Haus zu stürzen. Ich musste mich richtig zwingen auszuharren, bis alle anderen weg waren.

Nachdem ich den Haustürschlüssel zweimal herumgedreht hatte, warf ich ihn durch den Briefschlitz ins Haus und eilte trotz der stechenden Schmerzen, die mir jede zu rasche Bewegung verursachte, im Laufschritt zur U-Bahn – mit dem Ergebnis, dass ich am Bahnsteig zwölf Minuten auf den nächsten Zug warten musste. Ungeduldig tigerte ich auf und ab.

Als ich schließlich in Kentish Town eintraf, versuchte ich mich möglichst normal zu verhalten, wurde aber das Gefühl nicht los, dass mich die Leute verstohlen beobachteten und mich bei allem, was ich tat, genau ins Visier nahmen. Womöglich verhielt ich mich doch nicht normal. Ich ging in eine Apotheke und kaufte eine Packung Plastikhandschuhe. Diejenigen, die Sonia und ich benutzt hatten, befanden sich in irgendeiner Mülltonne.

Als ich schließlich in die kleine Seitenstraße einbog, warf ich immer mal wieder einen schnellen Blick über die Schulter, um mich zu vergewissern, dass sich niemand in meiner Nähe aufhielt. An diesem Tag war die Autowerkstatt geöffnet. Draußen auf dem Hof hatten sie einen Wagen auf einer Hebebühne hochgefahren, und ein Mann, der eine schmutzige Weste trug, machte sich in liegender Haltung darunter zu schaffen. Rasch eilte ich die letzten paar Meter bis zur Haustür.

Da ich nicht wusste, ob der junge Mann aus dem ersten Stock zu Hause war oder nicht, schob ich den Schlüssel ganz vorsichtig ins Schloss, drehte ihn behutsam herum und versuchte möglichst kein Geräusch zu machen, während ich die Tür aufschob und in den Flur trat. Alles war still, kein Mensch zu sehen. Ich musste daran denken, dass gestern um diese Zeit noch gar nichts passiert war. Zwölf Stunden später aber hatten Sonia und ich Haydens Leiche in die dunklen Fluten des Stausees gleiten lassen und zugesehen, wie das Wasser ihn verschluckte. Ich nahm ein paar Handschuhe aus dem Päckchen und zog sie mir mit einem schnalzenden Geräusch über.

Als ich die Tür zu Lizas Wohnung aufstieß, ächzte sie so laut, dass ich vor Schreck zusammenzuckte. Rasch trat ich ein und zog die Tür langsam hinter mir zu. Für einen Moment rechnete ich damit, ihn wieder dort liegen zu sehen, mit seltsam abgespreizten Armen und einer dunklen Blutlache unter dem Kopf. Aber da war nur ein leerer Fleck, ein großes Nichts. Er war weg.

Die Vorstellung, ich könnte etwas vergessen haben, ließ mir schon den ganzen Nachmittag keine Ruhe: Hatte ich den Schal auch wirklich mitgenommen? (Natürlich – ich hatte ihn mir ja am Flughafen um den Kopf gebunden.) Hatte ich an die Hank-Williams-CD gedacht? Eigentlich war ich mir sicher, dass ich sie eingepackt hatte, aber was, wenn nicht? Hatte ich die Türgriffe richtig abgewischt? Was hatte ich vergessen, welches Detail übersehen? Vor allem aber, wo war mein Ranzen? Warum hatte ich ihn nicht gefunden? Vielleicht war ich in meiner Panik nicht gründlich genug gewesen. Eine andere Erklärung gab es nicht. Der Ranzen musste hier irgendwo stecken, unter dem Bett oder ganz hinten in einem Schrank, und ich musste ihn finden, bevor jemand anderer es tat. Trotzdem konnte ich mich ganz genau daran erinnern, wie ich ihn, ohne weiter nachzudenken, auf dem Boden neben dem Sofa abgestellt hatte. Ich sah ihn richtig vor mir.

Sonia und ich hatten am Vorabend unsere Fingerabdrücke weggewischt. Warum hatten wir das getan? Ein weiterer Akt paranoider Dummheit. Sollte die Wohnung jemals auf Fingerabdrücke untersucht werden, dann würde es ausgesprochen verdächtig wirken, wenn sich nicht überall welche von mir fanden. Schließlich hatte ich als Lizas Freundin viele Stunden in dieser Wohnung verbracht und darüber hinaus während der ersten paar Tage ihres Urlaubs die Pflanzen gegossen und die Post gestapelt. Deswegen eilte ich nun hektisch in der Wohnung herum und platzierte meine Hände auf Regalfächern, Stuhllehnen und dem kleinen Tisch. Obwohl mir durchaus bewusst war, dass ich es dadurch nicht besser machte, konnte ich einfach nicht aufhören.

Schließlich blickte ich mich um. Wir hatten zwar die umgefallenen Tulpen entsorgt und den Stuhl wieder aufgestellt, doch die Post lag immer noch über den Teppich verstreut. Ich sammelte alles ein und sortierte es auf dem Tisch zu einem ordentlichen Stapel. Haydens geliebte Gitarre lag ebenfalls noch auf dem Boden. Nachdem ich sie aufgehoben hatte, wiegte ich ihren eingeschlagenen Korpus einen Augenblick wie ein Kind in den Armen. Ich musste daran denken, wie Hayden immer ausgesehen hatte, wenn er sie spielte: zugleich verträumt und verzückt, völlig eins mit der Musik. Vielleicht, so dachte ich, war das sein wahres Gesicht gewesen – nicht charmant oder prahlerisch und auch nicht zornig, verächtlich oder kritisch, sondern auf eine friedliche Weise selbstvergessen, als wäre er versunken in eine Welt, in der er weder etwas beweisen musste noch etwas zu verlieren hatte.

Nachdem ich die Gitarre in ihrem Koffer verstaut hatte, hielt ich erneut Ausschau nach meinem Ranzen. Obwohl ich bereits überall nachgesehen hatte, suchte ich noch einmal alles ab – auch Orte, von denen ich schon vorher wusste, dass ich dort nicht fündig werden würde, zum Beispiel unter dem Bettzeug (wobei ich es mir nicht verkneifen konnte, kurz den Kopf auf das Kissen zu legen und seinen Duft einzuatmen), in dem Badezimmerschrank, der den Boiler beherbergte, und unter dem Waschbecken, wo Liza ihr Putzzeug aufbewahrte. Natürlich hatten Sonia und ich sämtliche Möglichkeiten bereits am Vortag abgehakt, als wir versuchten, all unsere Spuren zu beseitigen. Der Ranzen war wie vom Erdboden verschluckt. Ratlos setzte ich mich aufs Sofa und ließ den Kopf in meine schweißnassen Hände sinken. Was nun?

Ich durfte mich hier nicht mehr blicken lassen. Noch während mir dieser Gedanke durch den Kopf ging, hörte ich ein Stockwerk höher Schritte, und dann fiel mein Blick auf den rot blinkenden Anrufbeantworter. Welche Nachrichten waren darauf gespeichert? Womöglich auch meine eigene Stimme? Ich konnte im Moment nicht klar denken – und auch nicht beurteilen, ob diese Fragen überhaupt eine Rolle spielten oder nicht. Langsam wie eine alte Frau stand ich auf und schlurfte zur Tür, blieb jedoch auf halbem Weg stehen. Ich hatte tatsächlich etwas vergessen.

Nach einem kurzen Abstecher in die Küche, wo ich die winzige Gießkanne mit Wasser füllte, wanderte ich von Pflanze zu Pflanze und ließ bei jeder ein paar kleine Rinnsale in die bereits etwas ausgetrocknete Erde sickern, bis diese wieder feucht war. Schlagartig musste ich an Hayden denken. Die Erinnerung überfiel mich so heftig, dass ich das Gefühl hatte, ich müsste mich nur schnell genug umdrehen, und er wäre wieder da. Vor meinem geistigen Auge sah ich ihn nach der Gießkanne greifen, die ich in der Hand hielt, und sie auf der Küchentheke abstellen, ehe er mich an meinem Gürtel zu sich heranzog. Dabei lächelte er nicht, sondern sah mich einfach nur an, als wollte er irgendetwas Wichtiges sagen – was er jedoch nicht tat. Letztendlich hielt er nicht viel von schönen Worten, in dieser Hinsicht waren wir uns sehr ähnlich. Einmal versprach er mir zwar, einen Song für mich zu schreiben, setzte dieses Vorhaben aber nie in die Tat um.

Ich goss den letzten Rest Wasser aus der Kanne und stellte sie dann vorsichtig zurück an ihren Platz, so dass nur ein ganz leises Klicken zu hören war. Nach einer letzten Runde durch die Wohnung – einem letzten Blick auf das Bett, das ich mit ihm geteilt hatte, das Sofa, auf dem ich ihn so gerne mit Schwung nach hinten geschubst hatte, um ihn anschließend hart auf seinen schönen Mund zu küssen, und die Stelle auf dem Boden, wo am Ende seine Leiche gelegen hatte – ging ich genauso leise, wie ich gekommen war.

Davor

Hayden rief mich nicht an, und ich ihn auch nicht. Neal dagegen meldete sich mehrfach, doch ich ließ mir immer neue Ausreden einfallen. Mit einem unguten Gefühl im Magen wartete ich, während ich mich gleichzeitig selbst dafür verabscheute, dass ich wartete. Währenddessen unternahm ich einen halbherzigen Versuch, mit der Renovierung meiner Wohnung zu beginnen – beschränkte mich dabei aber hauptsächlich darauf, Sachen aus Schubladen und Regalfächern zu reißen und dann nicht weiter zu sortieren. Als eine Gruppe von Freunden mich einlud, sie zu einem neuen, dreitägigen Musikfestival in den Dales zu begleiten, ließ ich den Blick über die Tapetenfetzen an den Wänden und die Kisten voller angeschlagener Teller, bunt gemischter Gläser und unerwünschter Gerätschaften aller Art schweifen und zögerte nicht lange. Allen Mitgliedern der Band schickte ich eine Mail, dass unser nächstes Treffen ausfalle und ich mich wegen eines neuen Termins bei ihnen melden werde. Einzig und allein Sally schien zu bedauern, dass die Probe abgesagt war. Offenbar genoss sie es wirklich sehr, wenn wir bei ihr spielten. Es versetzte mir einen Stich ins Herz, als ich begriff, wie einsam und Lola-fixiert ihr Leben geworden war.

Nachdem ich Stiefel, Shorts, einen Schlafsack und ein vergammeltes, nicht mehr ganz wasserdichtes Zweimannzelt zusammengepackt hatte, traf ich mich mit den anderen am Bahnhof. Meine Stimmung besserte sich schlagartig, ich konnte richtig spüren, wie die Niedergeschlagenheit von mir abfiel. Drei heiße Sommertage lang bekam ich kaum Gelegenheit, mich zu waschen, und nur sehr wenig Schlaf, dafür aber jede Menge Musik. Während der ganzen Zeit dachte ich weder an Neal noch an Hayden und ebenso wenig an Wandfarben oder bevorstehende Hochzeiten. Ich aß Nudeln, Tofuburger und

Käsecracker und trank dazu warmes Bier oder schlechten Kaffee. Ansonsten tanzte ich oder lag faul in der Sonne, wobei ich mir Schultern und Nasenspitze verbrannte. Es war Sommer, und ich hatte Ferien. Ich wollte einfach nur Spaß haben.

Als ich wieder nach Hause kam, war mir, als würde ich vor Energie fast platzen. Ich warf fast meine ganzen alten Klamotten weg und strich den Holzboden in meinem Schlafzimmer weiß, auch wenn immer wieder Streifen der alten Holzfarbe durchschimmerten und die Wirkung überhaupt nicht so war, wie ich es mir vorgestellt hatte. Ich entsorgte, was mir in die Finger kam: alte Zeitschriften, ungeliebte Taschen und Schuhe, eingetrocknete Stifte, CDs, die ich mir nie anhörte, Lebensmittel, die ich nie verwenden würde, Fotos, die ich mir nicht mehr ansah, Briefe aus Zeiten, an die ich mich nicht erinnern wollte. Als Nächstes zog ich los und besorgte mir mehrere Kübel Farbe. Mir war selbst nicht ganz klar, ob es sich bei meiner neuen Energie um Euphorie oder Wut handelte. Ich spielte mit dem Gedanken, mir eine Tätowierung machen zu lassen, vielleicht ein ganz kleines Motiv auf der Schulter, doch leider hatte ich zu große Angst vor Nadeln. Dann klingelte das Telefon, und Neal war am Apparat. Er klang überhaupt nicht vorwurfsvoll, sondern sagte nur, ich solle doch bitte, bitte zu ihm kommen. Ich stellte mir sein schönes Gesicht vor: seine weit auseinanderstehenden Augen und die Art, wie er lächelte, wenn er mich sah.

»Also gut«, sagte ich, »dann mache ich mich gleich auf den Weg.«

Bereits in der Diele küsste er mich zuerst auf den Hals und dann auf den Mund. Im Wohnzimmer zog er mir die Schuhe aus, wobei er behutsam die Bänder löste und die Schuhe ordentlich nebeneinanderstellte. Als er mich anschließend die Treppe hinaufführte, spürte ich seine warmen Finger an meinem Rücken. Im Schlafzimmer knöpfte er mir die Bluse auf und umfasste dann mit einer Hand mein Kinn, so dass ich den Blick nicht abwenden konnte, als er flüsterte: »Warum habe ich nicht schon damals vor all den Jahren gesehen, wie wundervoll du bist?«

Doch während er mich aufs Bett legte, stieß ich hervor: »Neal, ich muss dir etwas sagen.«

»Was denn?«

»Du darfst dich nicht zu sehr auf mich einlassen.« Haydens Stimme hallte in meinen Ohren wider. »Wirklich nicht.«

»Ganz wie du meinst.« Neal hielt meine Worte für einen Scherz, und ich war selbst nicht ganz sicher, ob er damit recht hatte oder nicht. Sein eindringlicher Blick und seine leidenschaftlichen Berührungen vernebelten mir das Gehirn, so dass ich nicht mehr klar denken konnte. Ich nahm sein Gesicht in beide Hände und küsste ihn. Aus seiner Kehle drang ein Stöhnen.

Als ich am frühen Morgen erwachte, fiel durch das offene Fenster ein warmes, goldenes Licht in den Raum. Ich drehte mich um und betrachtete den schlafenden Neal, dessen Lippen sich bei jedem tiefen Atemzug leicht blähten. Während ich ihm sanft eine Hand auf die Hüfte legte, sagte ich mir, dass ich Hayden ganz schnell vergessen würde – so wie er mich bereits vergessen hatte. Das mit uns beiden war ein bizarrer, aber bedeutungsloser Fehltritt gewesen, ein Schritt in eine falsche Richtung, den ich rasch korrigiert hatte. Niemand brauchte jemals davon zu erfahren.

Danach

Ich schreckte aus dem Schlaf und lag eine Weile wie erstarrt im Bett. Meine Haut war schweißnass, mein Herz raste. Ich versuchte die Erinnerung an den Traum rasch abzuschütteln, doch er hatte von Hayden gehandelt: seinem Gesicht, das mit aufgerissenem Mund und offenen Augen unter Wasser glitt. Schaudernd setzte ich mich auf und atmete tief ein und aus, bis der Schweiß auf meiner Stirn getrocknet war und meine Haut sich kalt und klamm anfühlte. Was hatte ich getan? Was hatte ich nur getan? Ich kroch im Dunkeln aus dem Bett und schaffte es bis ins Badezimmer, wo ich mich in die Toilettenschüssel übergab. Hinterher wusch ich mir das Gesicht, putzte mir die Zähne und legte mich wieder hin, um auf den Morgen zu warten.

Als es an der Tür klingelte, sprang ich schlaftrunken aus dem Bett, zog rasch einen Bademantel über T-Shirt und Slip und stürmte hinunter zum Eingang.

»Bonnie Graham?«

»Ja.«

»Eine Eilzustellung für Sie.«

Ich unterschrieb das Formular, das mir der Mann auf einem Klemmbrett hinhielt. Anschließend reichte er mir ein braunes, in Packpapier gehülltes Päckchen, auf dem in fetten Lettern mein Name stand. Ich spürte, wie der Inhalt unter meinen Fingern ein wenig nachgab.

Oben in meiner Wohnung legte ich das Päckchen erst mal auf den Tisch und brühte mir eine Tasse Tee. Erst dann stellte ich fest, dass ich keine Milch mehr hatte. Ich nahm trotzdem einen Schluck, ehe ich mich ans Auspacken machte. Nachdem ich einen Teil der Verpackung weggerissen hatte, erstarrte ich. Was konnte das sein? Wie gelähmt stierte ich auf das Päckchen. Dann holte ich tief Luft und entfernte den Rest des Papiers. Da war er: mein Ranzen. Der Ranzen, den ich in Lizas Wohnung so verzweifelt gesucht hatte, weil ich sicher war, dass er dort sein musste. Nervös leckte ich mir über die trockenen Lippen, ehe ich die Hand nach ihm ausstreckte. Es bestand kein Zweifel: Es war mein Ranzen, und er hatte sich in

Lizas Wohnung befunden. Jemand hatte ihn dort aufgestöbert und an mich zurückgeschickt. Warum? Und wer? War das eine Nachricht? Eine Warnung?

Der Ranzen war fest verschlossen, obwohl ich genau wusste, dass ich ihn offen gelassen hatte. Zögernd zupfte ich an den Riemen herum. Irgendwie hatte ich Angst vor dem, was ich zu sehen bekommen würde. Dann dachte ich mir: Was konnte schlimmer sein als das, was ich bereits gesehen hatte?

Als ich mir schließlich ein Herz fasste, fand ich darin nur mein eigenes Zeug: das Buch, das ich gelesen, ein paar ungeöffnete Rechnungen, die ich in den Ranzen gestopft und dann völlig vergessen hatte, eine Zeitschrift, meinen kleinen Terminkalender, eine Geldbörse mit einem Fünf-Pfund-Schein und einer Handvoll Münzen, ein paar Stifte ohne Kappen und ein Notenblatt. Außerdem stieß ich auf meine ordentlich zusammengerollte Schürze und mein Kochbuch. Ganz unten lag ein kleines Samtsäckchen. Ich löste den Kordelverschluss und spähte hinein. Es enthielt eine dünne Silberkette, die mir nicht bekannt vorkam. Nachdenklich ließ ich das kühle Metall zwischen meinen Fingern hindurchgleiten.

Wer hatte mir das geschickt, und was bedeutete es? Ich betrachtete die Handschrift auf dem braunen Packpapier, doch die ordentlichen Blockbuchstaben gaben mir keinerlei Hinweis. Absender war auch auf der Rückseite keiner angegeben. Ich knüllte das Papier zusammen und stopfte es tief hinein in den Mülleimer, ehe ich mich erneut dem Ranzen zuwandte. Mein Blick wanderte über das abgewetzte braune Leder und die angelaufenen Schnallen. Wie in Trance legte ich die Kette um meinen immer noch schmerzenden Hals, schloss die Augen und presste die Fingerspitzen fest auf meine zuckenden Lider.

Davor

Eigentlich war ich der Meinung gewesen, die meisten Livemusikkneipen im Londoner Norden zu kennen, doch The Long Fiddler sagte mir nichts. Von Hayden wusste ich, dass es eine Bar an der Kilburn High Road war, aber die genaue Adresse musste ich erst im Internet nachsehen.

Beim Hineingehen wurde mir klar, dass es im Grunde gar keine Musikkneipe war, sondern ein ganz normales Pub mit einer etwas erhöhten Plattform am einen Ende des Raums. Ich blickte mich um und sah, dass Hayden bereits da war. Er stand mit zwei Männern an der Bar und hob zur Begrüßung nur lässig die Hand, als ich neben ihn trat.

»Gleich habe ich Zeit für dich«, wimmelte er mich ab. Ein paar Tage zuvor hatten wir miteinander geschlafen, und er hatte in meinen Armen geweint. Nun tat er, als wäre ich lediglich eine gute Bekannte.

Nachdem ich mir an der Theke ein Bier und eine Tüte Chips geholt hatte, suchte ich mir einen Tisch aus, der weit genug von der Bühne entfernt war und ein wenig seitlich stand, damit ich nachher nicht direkt in Haydens Blickfeld saß. Während ich auf ihn wartete, las ich die Nachrichten auf meinem Handy. Neal bat mich, ihn anzurufen, Joakim wollte wissen, wann die nächste Probe stattfand, und Liza erinnerte mich ein weiteres Mal an ihre Pflanzen. Ich stöberte kurz in meinem Ranzen herum, der zwar jede Menge Arbeitszeug aus der Schule, aber nichts Vernünftiges zu lesen enthielt, so dass mir am Ende kein anderer Zeitvertreib einfiel, als zu der Gruppe an der Bar hinüberzustarren. Einer von den Männern trug Lederstiefel, Jeans, eine Art Arbeiterjacke und als Krönung einen schwarzen Stetson. Sein bereits etwas angegrauter, zotteliger Ziegenbart passte perfekt dazu. Eigentlich war eine solche Aufmachung nur angemessen, wenn man vorhatte, per

Lasso einen Stier zu fangen … oder in einer Barband zu spielen. Der zweite Mann hatte eine braune Wildlederjacke und Jeans an. Er wirkte ein wenig unsicher, als fühlte er sich in seiner Haut nicht so ganz wohl. Worum es ging, konnte ich nicht hören, obwohl das Gespräch mehrmals etwas lauter wurde. Besonders gut schien es jedenfalls nicht zu laufen. Hayden sagte nicht viel, hatte aber eine harte, sarkastische Miene aufgesetzt. Einmal sah ich ihn mit dem Zeigefinger in Richtung Wildledermann gestikulieren, worauf dieser jedoch nicht reagierte. Neben ihm auf der Theke stand eine Flasche Bier, die er mal in die eine, mal in die andere Richtung neigte, als führte er gerade ein Experiment durch, um festzustellen, wie weit er sie neigen konnte, ehe sie kippte.

Während ich mein Bier trank, fragte ich mich, warum um alles in der Welt ich hergekommen war. Ich überlegte, ob ich einfach aufstehen und gehen solle. Vielleicht konnte ich mich hinausschleichen, wenn Hayden gerade in eine andere Richtung schaute. Er hatte mich erst vor knapp einer Stunde angerufen und gefragt, ob ich kommen wolle. Ich hatte spontan Nein gesagt.

»Egal«, hatte er geantwortet und dabei geklungen wie einer von den Teenagern aus meinen Klassen. »Ich dachte bloß, du möchtest vielleicht hören, welche Art von Musik ich spiele.«

Womit er durchaus recht hatte. Ich wollte ihn tatsächlich hören. Deswegen war ich nun hier, auch wenn mein Instinkt mir mit aller Macht davon abgeraten hatte. Während ich beobachtete, wie Hayden sich in der Welt verhielt, in der er zu Hause war, redete ich mir ein, dass ich nur ein paar Songs lang bleiben und dann wieder verschwinden würde.

Schließlich nahm der Wildledermann auf seinem Handy einen Anruf entgegen, und Hayden und der Ziegenbartmann gesellten sich zu mir an den Tisch. Hayden stellte mir seinen Begleiter als Nat, den Bassisten, vor. Nat nahm meine Gegenwart kaum zur Kenntnis, sondern wandte sich stattdessen an Hayden.

»Du hättest ruhig ein bisschen freundlicher sein können.«

»Tut mir leid«, gab Hayden zurück. »Bin ich jetzt schuld, wenn es mit unserer Karriere bergab geht? Habe ich Colonel Tom Parker beleidigt? Hat er womöglich sein Scheckheft weggesteckt?«

Ich warf einen Blick zum Wildledermann hinüber, der immer noch telefonierte.

»Ich weiß nicht, ob es eine Rolle spielt«, warf ich ein, »aber er kann wahrscheinlich hören, was ihr sagt.«

Hayden zuckte nur mit den Schultern.

»Der Typ ist hergekommen, um uns spielen zu sehen«, fuhr Nat fort. »Es ist die Rede von einem Plattenvertrag.«

»Jetzt hör aber auf!«, widersprach Hayden. »Er ist doch bloß der Assistent des Assistenten des Assistenten.«

»Er ist hier. Das ist das Einzige, was zählt.«

»Die verarschen uns nur.«

Nat sah erst mich an und dann Hayden.

»Es ist die Rede von einer Platte«, wiederholte er mit Nachdruck. »Du weißt genau, dass uns ein Vorschuss sehr gelegen käme. Vor allem dir.«

Hayden nahm einen großen Schluck von seinem Bier.

»Keine Sorge, ihr bekommt euer Geld.«

»Wollt ihr, dass ich euch alleine lasse?«, unterbrach ich ihr Gespräch.

»Weißt du, wie es ist, wenn eine Band sich auflöst?«, fragte Hayden an mich gewandt. »Da reden dann alle von künstlerischen Gegensätzen, aber in Wirklichkeit geht es immer nur um irgendwelche Streitigkeiten wegen des Geldes.«

»Mit Streitigkeiten«, erklärte Nat, »meint Hayden, dass einer das Geld nimmt, das eigentlich der ganzen Gruppe zusteht, und es für sich allein ausgibt.«

»Wenn Paare sich trennen, streiten sie um das Sorgerecht

für die Kinder«, erwiderte Hayden. »Bands streiten eben um das Sorgerecht für das Geld.«

Ich musste an Amos denken. »Auch Paare streiten manchmal um das Sorgerecht für das Geld.«

»Bei uns liegt der Fall aber anders«, meinte Nat.

Hayden lachte. »Stimmt, denn besonders viel Geld war bei uns sowieso nie da.«

»Eigentlich wollte ich euch Jungs spielen hören«, bemerkte ich.

»Wir wärmen uns bloß ein bisschen auf«, antwortete Hayden, »damit wir richtig in Stimmung kommen.«

Nachdem erst ich und dann Nat eine Runde ausgegeben hatten, begann sich der Raum allmählich zu füllen. Wobei wohl nicht die Gefahr bestand, dass er allzu voll werden würde. Der dritte Musiker, Ralph, traf mit seiner Gitarre ein. Er trug ein kariertes Hemd, eine Canvashose und Turnschuhe ohne Schnürsenkel.

»Ist er da?«, fragte er, während er sich mit einem Krug Bier am Tisch niederließ.

Nat nickte in Richtung Wildledermann, der mittlerweile dazu übergegangen war, irgendetwas in sein Blackberry zu tippen.

»Er wirkte ziemlich interessiert«, berichtete Nat. »Zumindest, bis Hayden ihn in die Mangel genommen hat.«

Ralph machte keinen allzu überraschten Eindruck. Schicksalsergeben nahm er einen großen Schluck von seinem Bier.

»Sind wir so weit?«

Sie standen auf und schoben sich zwischen den Tischen hindurch. Das Publikum schien größtenteils aus Bekannten von ihnen zu bestehen. Ein paar Männer erhoben sich zur Begrüßung. Eine Frau stieß einen Freudenschrei aus und eilte quer durch die Bar, um Hayden in die Arme zu schließen. Ihr Verhalten versetzte mir einen Stich, der sich fast nach Eifersucht anfühlte, aber das war natürlich lächerlich. Wieso sollte ich eifersüchtig sein? Statt sie ebenfalls in den Arm zu nehmen, legte er bloß eine Hand an ihren Rücken, als wollte er sie stützen. Einen Moment lang hatte ich das Gefühl, als läge seine Hand auf mir statt auf ihr, und eine Welle der Begierde erfasste mich. Genau aus diesem Grund war ich gekommen. Selbst wenn ich nicht an Hayden dachte oder den Gedanken an ihn ganz bewusst wegschob, war ich mir seiner bewusst. Mein Körper erinnerte sich ununterbrochen an ihn. Immer wieder sah ich vor meinem geistigen Auge Momentaufnahmen aus der Nacht aufblitzen, die ich mit ihm verbracht hatte. Egal, ob ich gerade ein Sandwich aß oder an einer Bushaltestelle stand, plötzlich spürte ich wieder seine Lippen an meiner Schulter oder seine Hände auf meiner Haut. Ausgerechnet in dem Moment, als ich mir das endlich eingestand, traf eine weitere Kurznachricht ein. Natürlich von Neal. Er schrieb nur: »Ich denke an dich.« Er dachte an mich, während ich krampfhaft versuchte, nicht an Hayden zu denken, der seinerseits – tja, was wohl? Er war für mich ein Buch mit sieben Siegeln.

Die drei Männer begaben sich ohne jede Ankündigung auf die Bühne. Nat trat beiseite und packte statt der Bassgitarre, die ich erwartet hatte, einen ramponierten alten Kontrabass aus. Während sie die Stühle zurechtrückten, die Höhe der Mikrofone verstellten und sich ganz allgemein für ihren Auftritt bereit machten, vollzog sich an ihnen eine spürbare Veränderung. Am Tisch waren sie nervös und angespannt gewesen, fast schon bissig, doch auf der Bühne strahlten sie plötzlich eine ungezwungene Lässigkeit aus. Alle drei wirkten auf eine Art miteinander vertraut, wie es nur Menschen können, die schon oft zusammen Musik gemacht haben. Nachdem sie kurz ihre Instrumente gestimmt hatten, nickte Hayden, woraufhin sie ohne weitere Ankündigung loslegten.

Auf diesen Moment hatte ich gewartet. Ich kannte Hayden. Ich war sogar schon mit ihm »intim gewesen«, wie man so schön sagte. Ich hatte nackt neben ihm gelegen und wusste, wie er roch und wie er schmeckte. Er war in mir gewesen, und ich kannte das Stöhnen, das er ausstieß, wenn er kam. Wir hatten uns ein paarmal unterhalten. Im Rahmen unserer Proben hatte ich ihn auch schon spielen gehört. Trotzdem hatte ich das Gefühl, ihn noch überhaupt nicht zu kennen. Selbst bei unseren Bandproben schien er als Musiker nicht in seinem Element zu sein, sondern kam mir immer vor wie ein großer Seevogel, der sich mit seinen riesigen Schwingen aufs Land verirrt hatte. Vermutlich konnte er sich gegenüber Leuten wie Amos und Neal einfach nicht anders geben. Ich aber wünschte mir, ihn in der Luft zu sehen, im freien Flug.

Die Veränderung war sofort spürbar. Obwohl die drei mit einem Countrysong begannen, den ich nicht kannte, wusste ich schon nach den ersten paar Takten, dass ich in guten Händen war. Hin und wieder verständigten sie sich mit einem Blick oder einem Nicken, aber die meiste Zeit vertrauten sie sich einfach wie Akrobaten, die sicher sein konnten, dass ihr Partner sie stets zuverlässig auffing. Nat war am Bass richtig gut. Er zupfte fröhlich vor sich hin, hatte beim Spielen sichtlich Spaß und grinste immer mal wieder zu Ralph hinüber. Gemeinsam bildeten die beiden eindeutig den Background für Hayden. Er wirkte als Frontmann ein wenig in seiner eigenen Welt gefangen. Die meiste Zeit hatte er die Augen halb geschlossen, wusste aber dennoch, dass die anderen hinter ihm standen und die Lücken füllten. Nachdem der erste Song zu Ende war, brach lauter Applaus los. Als ein paar Leute vor Begeisterung sogar zu johlen begannen, verzog sich Haydens Gesicht zu einem Lächeln. Einen Moment wirkte er sogar ein wenig schüchtern. Verstohlen spähte ich zum Wildledermann hinüber, der erneut mit seinem Blackberry hantierte. Als ich mich wieder der Bühne zuwandte, begegnete mein Blick dem von Hayden. Er schenkte mir ein kleines Lächeln, das auf mich eine sehr seltsame Wirkung hatte: Schlagartig fühlte ich mich wie ein aufgeregtes junges Mädchen, dem gerade der

Leadsänger einer Band zulächelt, als hätte er nur Augen für sie.

Während die Band den zweiten Song anstimmte, verspürte ich ein eigenartiges, undefinierbares Verlangen. Es dauerte ein paar Sekunden, bis mir klar wurde, dass ich mich nach einer Zigarette sehnte. Es fühlte sich irgendwie nicht richtig an, in einer Bar zu sitzen und Bier zu trinken, ohne einen Glimmstengel zwischen den Fingern zu halten.

Sie spielten eine Nummer nach der anderen. Die wenigen kurzen Pausen füllten sie mit scherzhaften Bemerkungen, die nach Insiderwitzen klangen und von bestimmten Tischen mit Gelächter quittiert wurden. Als sie schließlich ein paar von ihren eigenen Songs zum Besten gaben, fiel mir auf, dass Ralph nicht ganz so gut war wie die anderen zwei. Bedeutete das, dass er nur ein Ersatzmann war? Oder vielleicht ein Gründungsmitglied der Band, das Hayden nicht so einfach hinauswerfen konnte? Rein optisch machte er auf der Bühne durchaus eine gute Figur. Ich konnte mir die drei problemlos auf einem Poster vorstellen.

Die meiste Zeit aber genoss ich einfach nur Haydens Anblick. Wenn man ihn in einer normalen Umgebung erlebte, wirkte er meist ein wenig zu schlaksig und zerzaust. Hier auf der Bühne aber besaß er eine seltsame, faszinierende Ausstrahlung. Er hielt seine Gitarre, als wollte er sie umarmen, während er mit seinen langen Fingern ihre Saiten liebkoste. Genau wie der Rest des Publikums starrte ich gebannt zu ihm hinauf. Allmählich aber drang noch etwas anderes in mein Bewusstsein.

Vor vielen, vielen Jahren, als ich noch ein Teenager war, hatte ich mal eine Weile Tennis gespielt und sogar Trainerstunden genommen. Besagter Trainer war damals Mitte zwanzig, über eins achtzig groß und hatte langes Haar. Natürlich schwärmte ich für ihn. Er war der Trainer eines kleinen Klubs in meiner Gegend, und eines Tages bekam ich mit, dass er an einem Match gegen einen andern Klub teilnehmen würde. Bei den wenigen Gelegenheiten, bei denen er während unseres Trainings eine richtige Vorhand spielte, zischte der Ball jedes Mal im Abstand von höchstens einem Millimeter über das Netz, und ich hatte das Gefühl, in meinem ganzen Leben noch nie etwas derart Überwältigendes, Erotisches gesehen zu haben. Deswegen ging ich zu diesem Spiel, um ihn in Aktion zu erleben, machte dabei aber eine sehr merkwürdige Entdeckung. Plötzlich sah ich ihn da mit vollem Einsatz spielen, doch obwohl er tolle Aufschläge hinbekam und oft bis ganz vor ans Netz sprintete, verlor er das Spiel. Er trug die Niederlage mit Fassung und benahm sich auch keineswegs daneben. Weder schleuderte er seinen Schläger durch die Gegend, noch diskutierte er mit dem Schiedsrichter, noch weigerte er sich am Ende, seinem Gegner die Hand zu geben. Was allerdings nichts an der Tatsache änderte, dass er verloren hatte. Mit meinen dreizehn oder vierzehn Jahren begriff ich plötzlich, dass mein Trainer zwar gut war, aber nicht erstklassig, und dass sein Gegner etwas besser spielte als er, seinerseits aber ebenfalls noch nicht in die oberste Liga gehörte.

Ich nehme an, mit der Musik verhält es sich etwas anders. Trotzdem hatte ich nach dem siebten oder achten Song ein ähnliches Gefühl. Hayden war sehr gut, viel besser als Neal und Welten besser als Amos. Vielleicht war er sogar noch besser als »sehr gut«. Er spielte hervorragend Gitarre und hatte eine faszinierende, rauchige Stimme, die an manchen Stellen wirklich wundervoll klang. Es war auch keineswegs so, dass sich genau benennen ließ, was eigentlich fehlte. Obwohl er als Musiker definitiv besser war als mein damaliger Trainer als Tennisspieler, würde er es trotzdem nicht nach Wimbledon schaffen. Es ging dabei nicht ums Gewinnen. Musikalische Leistungen ließen sich nicht mit sportlichen Erfolgen vergleichen. Entscheidend war vielmehr jenes unvorhersehbare Element, das einen umhaut wie ein Magenschwinger oder dafür sorgt, dass sich einem die Nackenhaare aufstellen – oder wo auch immer die Musik ansetzt, wenn sie das menschliche Gehirn umgeht und einem etwas gibt, das man sich vorher nie hätte vorstellen können. Wenn sie auf diese besondere Weise wirkt, liefert sie einem die Antwort auf eine Frage, die man sich ansonsten niemals gestellt hätte. Doch genau das würde Hayden nicht schaffen, auch wenn ihm dazu nur ein ganz kleines Quäntchen fehlte. Und wenn schon? Er war gut. Reichte das denn nicht?

Der Auftritt dauerte gut eine Stunde. Als Zugabe spielten sie einen Song, den etliche Leute im Publikum bereits zu kennen schienen. Während sie ihn zum Besten gaben, hielt ich nach dem Wildledermann Ausschau, doch der war nicht mehr da. Dann endete der Song. Das Konzert war zu Ende, der Bann gebrochen und die Bühne keine Bühne mehr, sondern nur noch eine leicht erhöhte, mit irgendeinem Teppich ausgelegte Plattform. Hayden wurde sofort von einer Gruppe von Leuten umringt, die ihm auf den Rücken klopften oder ihn umarmten. Eine hochgewachsene junge Frau küsste ihn auf den Mund.

Es dauerte eine Ewigkeit, sie alle loszuwerden, doch am Ende schafften wir es hinaus auf die Kilburn High Road, die immer noch Wärme abstrahlte, obwohl es bereits nach elf war und mittlerweile ein kühler Wind ging. Ich winkte ein Taxi heran. Hayden schien davon auszugehen, dass ich ihn mit zu mir nehmen wollte. Ging er genauso automatisch davon aus, dass wir im Bett landen würden, nur weil wir zufällig am Ende des Tages nebeneinander auf der Straße standen? Falls dem tatsächlich so war, sollte er eine Überraschung erleben. Zumindest redete ich mir das ein. Er brauchte nicht zu glauben, dass ich ihm jederzeit zur Verfügung stand. Allerdings lag meine Wohnung nun mal auf seinem Weg. Ich würde ihm eine Tasse Kaffee anbieten und ihn anschließend nach Hause schicken. Definitiv. Dann würde ich Neal anrufen. Während der Fahrt war Hayden nicht besonders gesprächig. Ich kannte das Gefühl. Nach so einem Auftritt musste man meist erst ein wenig zur Ruhe kommen und verspürte nicht die geringste Lust, all seine Empfindungen in Worte zu fassen. Als wir das Chaos in meiner Wohnung betraten, lehnte er seinen Gitarrenkoffer vorsichtig an das Sofa. Plötzlich wirkte er völlig wehrlos, wie ein kleines Kind.

»Ich weiß gar nicht, was ich mit mir anfangen soll.« Obwohl er das mit einem halben Lächeln sagte, spürte ich, dass er es ernst meinte. »Ich fühle mich innerlich ganz leer«, fügte er hinzu.

Plötzlich empfand ich für ihn ein derart heftiges Gefühl von Zärtlichkeit, dass es mir den Atem raubte.

»Komm her«, sagte ich, während ich meinen Ranzen zu Boden fallen ließ.

Ich zog ihm die Jacke aus, schob beide Hände unter sein Hemd und streichelte über seine warme, feuchte Haut. Als ich mich an ihn lehnte, stellte ich fest, dass er auf eine angenehme Art nach Bier und Hefe roch. Er presste die Lippen auf meinen Scheitel und zog mich gleichzeitig fest in seine Arme. Ich spürte seinen Herzschlag und schloss die Augen. Für gewöhnlich fühlt man sich in den Armen eines anderen Menschen sicher, beschützt und getröstet. Nicht so bei Hayden – bei ihm hatte ich nie dieses Gefühl. Es war eher eine schwindelerregende Erfahrung, als umklammerten wir uns am Rand eines Abgrunds und könnten jeden Moment in die Tiefe stürzen.

Nach einer Weile lösten wir uns voneinander. Seufzend rieb er sich die Augen, als wäre er gerade aus einem Traum erwacht.

»Wie hat es dir gefallen? Ganz ehrlich.«

»Ich fand es wirklich gut«, sagte ich. »Großartig. Ich war richtig begeistert.«

Stirnrunzelnd musterte er mich.

»Raus damit, Bonnie.«

»Ein paar von den Songs waren absolut fantastisch«, fuhr

ich fort, »und vor allem mit Nat hast du richtig gut zusammengespielt.«

»Es hat dir nicht gefallen.«

»Doch. Sehr gut sogar. Ich finde, du kommst auf der Bühne ganz wunderbar rüber.«

»Sei kein Feigling.«

»Es hat mir gefallen, Hayden. Und wie!« Meine Stimme klang schwach und wenig überzeugend.

»Für wen, zum Teufel, hältst du dich eigentlich?«

»Was?«

Plötzlich spürte ich, wie ich mit voller Wucht gegen die Wand knallte, und hatte zugleich das Gefühl, mich mitten in einem Feuerwerk zu befinden. Farbige Funken stoben in verschiedene Richtungen davon. Ich fragte mich, was da gerade passiert war, und selbst dann, als ich es begriff, musste ich es mir fast laut vorsagen: Ich bin geschlagen worden. Hayden hatte mich geschlagen.

Mehrere Sekunden lang verharrten wir beide vollkommen reglos in unserer jeweiligen Position, er noch mit erhobener Hand und ich an die Wand gelehnt. Während wir uns anstarrten, hatte ich das Gefühl, in einen Bereich von ihm zu schauen, der sonst ganz tief verborgen lag. Ich konnte weder den Blick abwenden, noch brachte ich ein Wort heraus.

Dann sackte er in sich zusammen wie ein Stück Papier, das gerade Feuer gefangen hat und plötzlich seine Form verliert. Sein Gesicht legte sich in Falten, und sein ganzer Körper gab nach, so dass er einen Moment später neben mir auf dem Boden kniete.

»Das wollte ich nicht… Dein armes Gesicht!«, stammelte er, selbst völlig fassungslos.

Ich berührte mit einer Hand meine Wange und zuckte erschrocken zusammen. Sie fühlte sich breiig und wund an. Als ich die Finger wegnahm, waren sie voller Blut. Hayden streckte den Arm aus, als wollte er nach meiner Hand greifen, doch ich wich mit einem heftigen Ruck zur Seite aus.

»Wage es ja nicht, mich anzufassen!«

Betroffen rappelte er sich hoch. Sein Gesicht wirkte derart bekümmert, dass ich es kaum wiedererkannte.

»Ich habe dich gewarnt. Niemand sollte sich zu sehr auf mich einlassen«, sagte er. »Niemand. Ich tue allen weh, die ich liebe.« Er wiederholte diese Worte in einem heulenden Tonfall, der sich anhörte, als würde es ihm dabei die Kehle aufreißen. »Ich tue allen weh, die ich liebe.«

»Es geht hier nicht um irgendeinen beschissenen Liedtext«, fauchte ich. »Du hast mich geschlagen!«

»Du hast jedes Recht, mich zu hassen.«

»Dich zu hassen? Verpiss dich einfach! Auf der Stelle!«

»Bitte.«

»Verpiss dich!«

Hayden ließ sich aufs Sofa sinken, schlug die Hände vors Gesicht und begann sich leicht vor- und zurückzuwiegen.

»Lass das!« Ich stellte mich neben ihn.

»Bitte, bitte, bitte, bitte, bitte«, wimmerte er.

»Das reicht.«

Mit diesen Worten legte ich die Hand ganz sanft auf seinen Scheitel.

Meine Berührung ließ ihn sofort verstummen. Er lehnte sich vor, vergrub das Gesicht an meinem Bauch und schlang beide Arme um mich. Dabei wurde er erneut von einem derart heftigen Weinkrampf geschüttelt, dass auch ich jeden seiner Schluchzer wie ein kleines Erdbeben spürte. Als er nach einer Weile das Gesicht hob, glänzte es tränennass. Es erschien mir in dem Moment auf eine schreckliche Weise schön.

»Tut es sehr weh?«, flüsterte er.

»Das weiß ich noch nicht.«

Vorsichtig berührte er mit zwei Fingern meine Wange.

»Lieber Himmel, Bonnie!«

Er führte mich ins Bad. Wie sich herausstellte, bildete sich an meinem linken Wangenknochen gerade ein großer Bluterguss. Im Spiegel konnte ich sehen, wie er immer dunkler wurde. Meine Nase pochte, und ich schmeckte Blut. Hayden tauchte einen Wattebausch in warmes Wasser und tupfte damit ganz vorsichtig die Wunde ab. Als der stechende Schmerz mich nach Luft ringen ließ, biss er sich schuldbewusst auf die Lippe.

»Jetzt muss noch eine kalte Kompresse drauf«, erklärte er, »damit es nicht weiter anschwillt.«

»Das schaffe ich allein.«

Trotzdem ließ ich zu, dass er mich in meiner tristen kleinen Küche auf einen Stuhl drückte und im Gefrierfach des Kühlschranks herumwühlte. Nachdem er mehrere Eiswürfel aus ihrem verbogenen Plastikbehälter gedrückt hatte, umwickelte er sie mit einem ziemlich fleckigen Geschirrtuch und hielt mir das Ganze an die Wange. Seine Augen wirkten vom Weinen geschwollen, und sein Gesicht war immer noch tränennass.

»Irgendetwas ganz Schreckliches ist über mich gekommen«, erklärte er.

»Du hast dich von mir gedemütigt gefühlt«, widersprach ich, »das ist über dich gekommen. Ich habe dich nicht genug gelobt, mich nicht verhalten wie eins von deinen Groupies. Wahrscheinlich hätte ich dir sagen sollen, dass du ein Genie bist.«

»Ich kann mich nicht erinnern«, behauptete er, »es ist wie ein schwarzes Loch. In meinem Kopf war plötzlich dieses schreckliche Rauschen, und einen Moment später stand ich vor dir, und deine Wange war blau geschlagen.«

»Sehr praktisch. Das warst also gar nicht wirklich du.«

»Nein, nein, ich weiß, dass ich es war. Irgendetwas in mir. Genau das macht mir ja so Angst.«

Wäre Hayden mir mit irgendwelchen Ausreden oder Erklärungen gekommen, oder hätte er versucht, mich davon zu überzeugen, dass hinter seinem Ausbruch von Zorn und Gewalt irgendein rationaler Grund steckte, hätte ich ihn bestimmt auf Nimmerwiedersehen vor die Tür gesetzt. Zumindest redete ich mir das ein, weil ich den Gedanken, dass dem nicht so gewesen wäre, nicht ertragen kann. Doch Hayden tat nichts dergleichen. Während er neben mir saß und die Eiswürfel an meine Wange drückte, wirkte er so niedergeschlagen, dass ich das Gefühl hatte, einen ganz anderen Menschen vor mir zu sehen – jemanden, den außer mir noch nie jemand zu Gesicht bekommen hatte. Konnte es wirklich sein, dass ich Hayden erst in dem Moment so richtig verfiel – als er die Hand gegen mich erhob und hinterher weinte?

»Ich habe Hunger«, erklärte ich nach einer Weile. Es stimmte. Mir war schon ganz flau im Magen.

Hayden nahm die Kompresse weg.

»Wie wär's, wenn ich uns etwas hole? Vielleicht ein Currygericht. Ein Stück die Straße runter gibt es einen Inder.«

»Gute Idee.« Zögernd blieb Hayden einen Moment neben mir stehen. »Mein Geldbeutel ist in meiner Tasche.« Ich deutete auf den Ranzen neben dem Sofa.

Später setzten wir uns gemeinsam aufs Sofa und verschlangen wortlos und voller Heißhunger den Inhalt der Alubehälter. Anschließend stellte ich mich unter die Dusche und ließ das lauwarme Wasser über mein zerschundenes Gesicht und meinen müden Körper strömen. Als ich im Bademantel zurück ins Wohnzimmer kam, war Hayden fest eingeschlafen. Aus seinem offenen Mund drang leises Schnarchen. Er wirkte nun wieder ganz friedlich. Ich betrachtete ihn lange Zeit, kann aber noch immer nicht sagen, was ich dabei dachte oder fühlte. Ich kam mir vor wie unter Wasser, als würde ich mich durch ein mir fremdes Element bewegen – weit entfernt von der Welt, die ich kannte. Schließlich ging ich in mein Schlafzimmer, zog meinen Schlafsack aus dem Schrank und breitete ihn, nachdem ich den Reißverschluss geöffnet hatte, über den schlafenden Hayden. Wobei ich mich eigens noch vergewisserte, dass der Reißverschluss nicht gegen seine Haut drückte. Dann kehrte ich in mein Zimmer zurück und zog die Tür hinter mir zu, ehe ich in mein weiß gestrichenes Bett kroch. Mein Gesicht pulsierte, und ich fühlte mich fix und fertig. Trotzdem schreckte ich in dieser Nacht mehrfach hoch und hatte jedes Mal Schwierigkeiten, wieder einzuschlafen. Ich musste an Hayden denken, der auf der anderen Seite der Wand schlief wie ein hilfloses Baby. Am frühen Morgen ging ich dann zu ihm und nahm ihn in den Arm, um ihn zu trösten, weil er mir wehgetan hatte.

Danach

»Du bist aber nicht passend angezogen, Bonnie. Man kann eine Küche doch nicht im Schlafanzug renovieren.«

Ich hatte völlig vergessen, dass Sally an diesem Morgen kommen wollte, um mir zu helfen. Sie selbst trug genau die richtige Kleidung: eine alte Jeans mit aufgerissenen Knien und ein übergroßes T-Shirt mit einem Bärenmotiv auf der Brust. Das Haar hatte sie sich mit einem Schal zurückgebunden.

»Ich ziehe mich gleich an«, erklärte ich, krampfhaft darum bemüht, mir nicht anmerken zu lassen, wie wenig erfreut ich über ihr Erscheinen war, »aber erst gibt es Kaffee. Du magst doch eine Tasse, oder?«

»Ja, gerne. Ich bin so müde, dass ich im Stehen einschlafen könnte.«

»Hält Lola dich nachts wieder auf Trab?«

»Unter anderem. Du weißt ja, wie es ist, wenn man im Bett liegt und einem alles Mögliche im Kopf herumschwirrt.«

»Allerdings«, bestätigte ich. »Was bereitet dir denn Kopfzerbrechen?«

»Ach, das Leben im Allgemeinen«, antwortete sie ausweichend, »die üblichen Panikattacken in den frühen Morgenstunden.«

Zu jedem anderen Zeitpunkt hätte ich sie ermutigt, mir Einzelheiten zu erzählen, doch an diesem Morgen war ich dazu einfach nicht in der Lage.

»Kümmert sich heute Richard um Lola?«

»Von wegen!«, entgegnete Sally. »Meine Mum passt ein paar Stunden auf sie auf. So hat sie wenigstens mal Gelegenheit, ihre Enkeltochter ein bisschen kennenzulernen. Es ist das erste Mal, dass sie wirklich Zeit mit ihr verbringt.«

»Da solltest du es dir eigentlich richtig gut gehen lassen, dir eine Ausstellung ansehen, irgendwo schön Kaffee trinken. Ich meine, in einem richtigen Café, statt hier bei mir zu schuften.«

»Ganz im Gegenteil, Bonnie. Das ist heute genau das Richtige für mich. Endlich kann ich mal wieder einen Vormittag wie ein ganz normaler Mensch verbringen, ohne dass ich Lola füttern oder in den Schlaf lullen muss. Zu Hause komme ich nie zur Ruhe, auch wenn sie endlich schläft, weil ich mich dann ständig über sie beugen muss, um sicherzugehen, dass sie noch atmet. Habe ich dir erzählt, dass ich das immer noch mache?«

»Nein, hast du nicht.«

»Kein Mensch hat mich je vor der Mutterschaft gewarnt. Man hört jede Menge über die Schrecken der Entbindung, aber keiner sagt einem, wie es ist, sein Baby so sehr zu lieben, dass man sich freiwillig zu seinem Sklaven macht. Deswegen ist das heute eine richtige Wohltat für mich. Einfach nur normal zu sein. Ich mache jetzt Kaffee für uns, und du ziehst dich an.«

Während ich einen großen Müllsack nach irgendwelchen alten Klamotten durchwühlte, wurde mir bewusst, dass ich mich schon jetzt müde und zerschlagen fühlte. Ich kämpfte neuerdings dagegen an, mein Essen bei mir zu behalten. Insbesondere, seit der Ranzen angekommen war, hatte ich ständig ein flaues Gefühl im Magen und wackelige Knie. Als ich nun in die Küche ging und feststellte, dass Sally dort bereits mit Kaffeekochen beschäftigt war, bemühte ich mich, sie anzulächeln, obwohl mir war, als hätte ich gerade eine Magenblutung oder so etwas in der Art.

»Das tut mir so gut«, erklärte sie, während sie mir einen Kaffeebecher reichte. Sofort schämte ich mich dafür, dass ich sie am liebsten gleich wieder hinausgeworfen und die Tür hinter ihr zugeschlagen hätte. Und das, obwohl sie doch unsere Band so nett bei sich aufgenommen hatte. Ich ermahnte mich selbst, freundlich zu sein und ihr etwas Nettes zu sagen. Wobei es gar nicht nötig gewesen wäre, mir deswegen Gedanken zu machen, weil ich ohnehin kaum zu Wort kam. Sally benahm sich wie eine Gefängnisinsassin, die nach jahrelanger Einzelhaft endlich in die Freiheit entlassen worden ist. Im Grunde war das meistens so, wenn wir allein etwas unternahmen und sie zumindest kurzfristig ihrer täglichen Routine entkam, die geprägt war von Schlafmangel und der ständigen Sorge um ihr Kind. Sie redete wie ein Wasserfall. Natürlich sprach sie wie immer von ihrem frustrierenden Alltag, doch irgendwie hörte sich ihr Ton schärfer an als sonst – als ginge es nicht nur um ihre übliche Angst, als Hausfrau und Mutter noch jahrelang daheim zu sitzen, während Richard weiter arbeiten ging. Wodurch ihre Beziehung auf eine Weise aus dem Gleichgewicht geraten war, wie Sally es nicht erwartet hatte. Ich wusste, dass sie deswegen sehr unzufrieden war. Nun aber schwang in ihren Worten etwas mit, das fast nach Panik oder sogar echter Angst klang. Ich fragte sie, warum sie denn nicht wieder zu arbeiten anfange, um das ursprüngliche Gleichgewicht in ihrer Ehe wiederherzustellen, doch sie schüttelte heftig den Kopf.

»Darum geht es nicht«, entgegnete sie, »du verstehst das nicht.«

»Was verstehe ich nicht?«

»Das Problem ist gar nicht, dass ich wieder arbeiten will. Das Problem ist… dass ich nicht mehr ich selber bin. Außerdem möchte ich Lola nicht allein lassen. Das wäre, als würde mir jemand das Herz aus dem Leib reißen.«

»Aber du wünschst dir doch immer, sie öfter mal los zu sein.«

»Nein, nicht auf diese Weise. Ich muss nur… du weißt schon… hin und wieder mal kurz flüchten.«

»Läuft es zwischen dir und Richard nicht so gut?« Ich versuchte, mich so zu verhalten, wie ich es ein paar Wochen zuvor noch ganz automatisch getan hätte. Es fiel mir schwer, mich an die alte Bonnie zu erinnern, mein früheres Ich, das mir in all dem Wahnsinn wohl vorübergehend abhanden gekommen war. »Du kannst jederzeit mit mir darüber reden.«

»Hmm.« Ich hatte den Eindruck, dass sie noch etwas hinzufügen wollte, sich dann aber anders besann und stattdessen begann, in der Wohnung herumzumarschieren und mich nach meinen Renovierungsplänen zu fragen. Abgesehen von meinem Vorhaben, die alte Einbauküche herauszureißen – wobei ich keine Ahnung hatte, wie ich das praktisch anstellen sollte – und anschließend alles frisch zu streichen und ein paar Regale aufzustellen, schwebte mir nichts Konkretes vor. Sally jedoch sprühte plötzlich vor Ideen, auch wenn die meisten davon nicht besonders hilfreich waren. Währenddessen wanderte sie weiter durch die Wohnung, klopfte prüfend gegen Wände und machte schlaue Bemerkungen über Risse im Verputz. Mir war es mittlerweile egal. Ich hatte ohnehin keine Lust zu reden. Selbst das Denken fiel mir schwer, so dass ich es recht erholsam fand, einfach nur meinen Milchkaffee zu trinken und auf Durchzug zu schalten, während Sally mir Einrichtungsvorschläge unterbreitete, die ich selbst in tausend Jahren nicht würde realisieren können. Allerdings bekam mir der Milchkaffee nicht besonders. Ich fand, dass er irgendwie nach Babynahrung schmeckte. Andererseits war er warm und enthielt wahrscheinlich nützliche Vitamine und Mineralien.

Als Sally voller Tatendrang verkündete, dass wir allmählich loslegen sollten, war ich fast enttäuscht.

»Womit fangen wir an?«, fragte sie.

»Am besten, wir streichen erst mal diese Wand hier«, antwortete ich. »Mehr habe ich mir für heute gar nicht vorgenommen. Mit einer frischen Wand fühle ich mich bestimmt schon viel besser.«

Sally war eher skeptisch.

»Müssen wir die nicht erst mal grundieren?«

»Ich hab mir gedacht, wir streichen einfach so lange, bis man die Farbe darunter nicht mehr sieht.«

»Genau genommen solltest du vorher den großen Riss dort mit Spachtelmasse füllen.«

Sally fuhr mit dem Fingernagel darüber.

»Das geht auch mit der Farbe«, tat ich ihren Einwand ab. »Zumindest einigermaßen. Es muss ja nicht ewig halten. Wenn ich jemals zu Geld komme, renoviere ich richtig. Oder noch besser, ich ziehe aus.«

»Bestimmt lernst du bald wieder jemanden kennen«, meinte Sally aus heiterem Himmel. Ehe ich mich versah, waren ihre Worte unter meinen Schutzpanzer geglitten und bohrten sich wie ein Messer zwischen meine Rippen. »Du wirst sehen, dass ich recht habe«, fuhr sie fort. »Du lernst jemanden kennen und verliebst dich wieder.« Leicht wehmütig fügte sie hinzu: »Die Männer vergöttern dich.«

Ich starrte sie bestürzt an, brachte jedoch kein Wort heraus.

»Oje. Bitte sieh mich nicht so an, Bonnie. Das war doch nur nett gemeint.«

»Schon gut.«

»Ich und meine große Klappe.«

»Vergiss es.«

»Ist es wegen Amos?«

»Nein, nein.«

»Komm her. Moment, gib mir erst deinen Becher, sonst verschüttest du noch den Rest.«

Während sie ihn mir abnahm, musterte Sally mich plötzlich ganz seltsam, als wäre sie zugleich überrascht und verwirrt. Unsere Blicke trafen sich. Auf einmal wurde sie knallrot, wandte den Blick ab und verschwand fluchtartig in die Küche, wo ich eine ganze Weile das Wasser rauschen hörte. Kein Mensch brauchte so lange, um zwei Kaffeetassen zu spülen. Immerhin verschaffte sie mir dadurch ein wenig Zeit, mich zu sammeln. In einem Anfall von Professionalität breitete ich ein altes Laken unterhalb der Wand aus, die wir streichen wollten. Wobei der Teppich es kaum verdiente, geschützt zu werden. Wahrscheinlich sah er mit Farbflecken sogar besser aus. Ich zog das Laken wieder weg. Als Sally schließlich zurückkam, wirkte sie irgendwie geistesabwesend.

»Das sind die einzigen zwei Pinsel, die ich besitze.« Ich bemühte mich um einen munteren Tonfall. »Du kannst den großen oder den kleinen haben.«

Sally schien mich gar nicht zu hören.

»Ich habe gesagt …«, begann ich.

»Entschuldige«, fiel sie mir ins Wort, »ich weiß, das klingt blöd, aber ich habe vorhin zufällig auf deinen Hals geschaut …«

Ich verzog das Gesicht. Den Bluterguss hatte ich fast schon vergessen. Er war mittlerweile zu einem schmutzigen Gelbton verblasst, und die Haut wirkte an der Stelle ein wenig schwammig. »Ach, das ist nichts weiter«, stotterte ich. Mir fiel kein einziger guter Grund ein, warum ich am Hals einen Bluterguss haben sollte. »Da bin ich irgendwo angestoßen.«

»Nein, das meine ich gar nicht.« Sally blinzelte ein paarmal verlegen. »Ich möchte dir wirklich nicht zu nahe treten, aber könntest du mir vielleicht verraten, woher du diese Halskette hast?«

Überrascht blickte ich an mir hinunter. Warum um alles in der Welt hatte ich sie umgelegt? Ich konnte plötzlich keinen klaren Gedanken mehr fassen.

»Keine Ahnung«, stammelte ich. »Aus irgendeinem Laden, schätze ich.«

»Hast du etwas dagegen, wenn ich sie mir ein bisschen genauer ansehe?«

»Gibt es irgendein Problem?«, hörte ich mich fragen. Was lief da gerade ab? Hatte ich einen Fehler gemacht?

»Nein, nein, ganz und gar nicht. Ich möchte sie mir nur ansehen.«

»Tu dir keinen Zwang an.« Ich öffnete den Verschluss und hielt sie ihr hin. Sally nahm sie genau in Augenschein.

»Meinst du, sie ist was wert?«, witzelte ich schwach.

»Das Ganze ist mir ein bisschen peinlich«, antwortete Sally, »aber ich glaube, sie gehört mir.«

Die Luft kam mir plötzlich ein paar Grad kälter vor. »Du *glaubst*?«

»Nein, ich bin mir sicher. Ich habe sie geschenkt bekommen, als wir in der Türkei in Urlaub waren. Von Richard.«

Ich versuchte mein Gehirn mit Gewalt zum Denken zu bewegen. Genauso gut hätte ich versuchen können, eine eingerostete alte Maschine wieder zum Laufen zu bringen. Die Kette war in dem Päckchen mit den Sachen aus Lizas Wohnung gewesen. Wie konnte sie da Sally gehören?

»Bist du sicher?«, fragte ich. »Da sieht doch oft eine wie die andere aus.«

»Es ist die Kette, die ich immer trage.« Sally hielt sie hoch. »Sie hat einen neuen Verschluss, weil der alte kaputt war. Ich habe ihn austauschen lassen, deswegen passt die Farbe nicht ganz dazu.«

Einen Augenblick starrten wir uns nur an. Was lief da gerade ab? Beschuldigte Sally mich etwa, ihre Kette geklaut zu haben? Ich musterte sie verstohlen. Nein. Sie war genauso ratlos wie ich. Als sie schließlich das Schweigen brach, sprudelten die Worte nur so aus ihr heraus.

»So was kann leicht mal passieren«, begann sie. »Bestimmt ist es passiert, als ihr bei mir geprobt habt. Ich muss sie abgenommen haben, um sie zu reinigen. Silber läuft manchmal ein bisschen an, das weißt du ja selbst. Wahrscheinlich hast du sie gesehen und ganz automatisch umgelegt, wie man das schon mal macht, wenn man in Gedanken ist.«

Ich zermarterte mir das Gehirn. Das war doch alles Unsinn. Kein Mensch legte während einer Bandprobe versehentlich eine Halskette um, die ihm nicht gehörte. Sally versuchte gerade krampfhaft, mich von jedem Verdacht reinzuwaschen, fast als wollte sie sich bei mir entschuldigen. Dabei wusste ich mit hundertprozentiger Sicherheit, dass ich sie nicht aus ihrem Haus mitgenommen hatte.

»So was kann wirklich jedem mal passieren«, plapperte sie weiter. »Man greift aus Versehen nach der falschen Kette und legt sie sich um. Ich habe mich schon gefragt, wo sie wohl geblieben ist. Richard wäre bestimmt sehr erstaunt gewesen, wenn er dich damit gesehen hätte. Das wäre lustig gewesen.«

Ihre Miene aber verriet mir, dass sie das Ganze überhaupt nicht lustig fand. Plötzlich begriff ich. Sally selbst hatte die Kette in Lizas Wohnung liegen lassen. Sally und Hayden. Verblüfft starrte ich sie an. Sie wusste es. Und nun wusste sie auch, dass ich es wusste. Anders konnte es gar nicht sein. Was wusste sie noch über mich? Was vermutete sie? Hatte sie womöglich einen Verdacht wegen Hayden? Wo war er ihrer Meinung nach abgeblieben?

»Ja«, sagte ich langsam, »wie dumm von mir. Ich habe wohl einfach danach gegriffen, ohne nachzudenken. Du musst in Zukunft ein Auge auf mich haben. Als Nächstes vergesse ich wahrscheinlich meinen eigenen Kopf. Haha. Was für ein Glück, dass du sie gesehen hast. Aber jetzt lass uns mit dem Streichen anfangen.«

Ich stemmte mit einem Schraubenzieher den Deckel des Farbkübels auf. Sein Inhalt sah weiß aus oder so gut wie weiß, aber aus irgendeinem Grund hieß die Farbe String. Wortlos begannen wir, sie an die Wand zu klatschen. Sally war wohl auch nicht mehr nach Plaudern zumute.

Sally und Hayden. Hayden und Sally. War es möglich, auf einen Toten eifersüchtig zu sein? Sich rückblickend von jemandem verraten zu fühlen, dessen Leiche man soeben entsorgt hat? Im Grunde hatte ich ja von Anfang an keine großen Illusionen gehabt, was ihn betraf. Wenn irgendwo Musik gemacht wurde, stimmte er ein. Wenn man ihm etwas zu essen anbot, verschlang er es mit einem Heißhunger, der sich nie ganz stillen ließ. Bestimmt war es mit den Frauen das Gleiche. Eine verzweifelte Frau, die sich einsam, vernachlässigt und gelangweilt fühlte – da musste ein Mann wie er einfach Trost spenden. Er sorgte dafür, dass es ihr wieder besser ging. Dass sie sich wieder einzigartig und lebendig fühlte. Wenn er mit seinen Händen über ihren Körper strich und ihr sagte, wie schön sie war, dann wurde sie tatsächlich wieder schön. Krampfhaft versuchte ich, mir die beiden nicht im Bett vorzustellen, ihre ineinander verschlungenen Gliedmaßen, seinen vertrauten Geruch an ihrem nackten Körper. Sein Lächeln, das sich erst langsam andeutete und dann über sein ganzes Gesicht ausbreitete, ihm Wärme und Herzlichkeit verlieh. Plötzlich fühlte ich mich vor Trauer wie gelähmt, so dass ich einen Moment innehalten musste, obwohl ich den tropfenden Farbpinsel in der Hand hielt.

Als ich schließlich wieder begann, Farbe auf die triste beigebraune Oberfläche zu streichen, fragte ich mich, wann das Ganze wohl stattgefunden hatte. Wo war ich währenddessen gewesen? Vielleicht auf dem Musikfestival? Ja, so musste es gewesen sein – aber hatte er zu dem Zeitpunkt überhaupt schon in Lizas Wohnung gewohnt? Ich konnte mich nicht erinnern. Mein Kopf fühlte sich an wie mit Schlamm verstopft.

Welche Täuschungsmanöver waren nötig gewesen? Ich zermarterte mir das Gehirn, ob Sally zu mir jemals etwas über Hayden gesagt hatte, oder Hayden über Sally. So oder so war meine Eifersucht auf eine dumme, teuflische Weise unangebracht, denn welches Recht hatte ich, mich von den beiden verraten zu fühlen? Welches Recht, in so vielerlei Hinsicht?

Und was wusste Sally? Wusste sie von Hayden und mir? Höchstwahrscheinlich schon, es sei denn, sie verdrängte es mit aller Macht.

Die klebrige Konsistenz der Farbe hatte etwas Wohltuendes. Jedes Mal, wenn ich den Pinsel hineintauchte und dann rasch drehte, damit er nicht tropfte, war ein schmatzendes Geräusch zu hören. Am liebsten hätte ich beide Hände in den Eimer geschoben und die Farbe mit den Fingern an die Wand geschmiert.

Hayden und Sally. Hayden und ich. Natürlich gab es unter all diesen Fragen etwas ganz anderes, etwas viel Wichtigeres – eine Art Unterströmung unter den sich kräuselnden Wellen. Die Kette war in Lizas Wohnung gewesen. Wahrscheinlich auf dem Nachttisch. Bevor Sally Ehebruch beging, hatte sie – vielleicht aus einer Art Aberglauben heraus – die Kette abgenommen, die ihr Ehemann ihr geschenkt hatte. Sein Geschenk an ihrem Hals zu spüren, während sie in Haydens Armen lag, hätte sie womöglich aus dem Konzept gebracht. Deswegen lag die Kette dort auf dem Nachttisch, wo jemand sie entdeckte, für die meine hielt und an mich zurückschickte. Aber weswegen? Als Warnung? Als eine Art Nachricht? Ich weiß, dass du da warst. Du hast etwas von dir dort liegen lassen. Du wirst nicht ungestraft davonkommen. Niemand kommt ungestraft davon.

Währenddessen strichen Sally und ich schweigend weiter. Seite an Seite. Die Situation war so grotesk, dass ich mich schließlich zwang, das Schweigen zu brechen.

»Wie läuft's denn bei dir?«

»Ich bin mir nicht sicher, ob es richtig deckt«, antwortete sie.

»Das tut's schon.«

Davor

Neal erschien mit einer gekühlten Weißweinflasche, auf der sich lauter kleine Kondenswassertröpfchen gebildet hatten, und lächelte so erwartungsvoll und zuversichtlich, dass ich mich fühlte, als würde mir jemand ein Messer ins Herz rammen. Ich betrachtete ihn einen Moment, wie er da in der Tür stand: mit ungewohnt ordentlichem Haar und einem schönen Leinenhemd, das er wohl extra noch gebügelt hatte, ehe er das Haus verließ.

»Hallo, Neal.« Ich kam mir vor wie eine Mörderin kurz vor dem tödlichen Stoß.

»Was ist passiert?«

Vorsichtig fasste ich an meine geschwollene Wange.

»Ich bin gestürzt.«

»Du machst eher den Eindruck, als hättest du einen Boxkampf hinter dir.«

»Es sieht schlimmer aus, als es ist.« Was nicht der Wahrheit entsprach.

»Wo bist du denn gestürzt?«

»Spielt das eine Rolle?« Ich hatte mir keine passende Geschichte überlegt. Krampfhaft zermarterte ich mir das Gehirn nach einer plausiblen Erklärung. »Im Bad. Ich bin auf den Rand der Wanne gestiegen, um etwas aus dem obersten Regalfach zu holen. Dabei bin ich abgerutscht und mit dem Gesicht gegen die Kante geknallt.«

»Autsch!«, meinte Neal mitfühlend. »Wann ist das passiert?«

»Gestern Abend.«

»Dafür sieht es noch ziemlich frisch aus. Ich habe gestern Abend versucht, dich anzurufen, aber es ist niemand rangegangen.«

»Da lag ich wahrscheinlich gerade auf meinem Bett und hielt mir einen Eisbeutel an die Wange.« Das war nur eine halbe Lüge.

»Ich habe mir gedacht, wir könnten ein Picknick machen«, sagte er. »Natürlich nur, wenn du dich dazu in der Lage fühlst. Es ist so ein schöner Tag.« Er küsste mich ganz vorsichtig auf die Lippen, um ja nicht meine blutunterlaufene Wange zu berühren. Ich spürte, wie er dicht neben meinem Mund leicht lächelte, und wich ein wenig zurück.

»Lass uns erst mal hineingehen«, antwortete ich.

In der Küche setzte ich mich ihm gegenüber. Ich brauchte den Abstand des Tisches zwischen uns.

»Tee oder Kaffee?«, fragte ich, um Zeit zu schinden.

»Weder noch.« Seine Miene wirkte mittlerweile eine Spur beunruhigt, als ahnte er bereits etwas.

Während ich den Kessel füllte und dann einschaltete, wandte ich Neal den Rücken zu, um sein Gesicht nicht sehen zu müssen.

»Ich habe nachgedacht«, erklärte ich.

»Das klingt nicht gut.« Er bemühte sich trotzdem um einen gelassenen Ton.

»Über dich und mich«, fuhr ich fort.

»Ich habe mich schon seit einer Ewigkeit nicht mehr so gut gefühlt«, fiel er mir ins Wort, weil er wohl schon wusste, was kommen würde. »Das ist dir doch hoffentlich klar.«

»Ich wollte dir nicht wehtun.« Ich verzog das Gesicht, weil der Satz klang, als hätte ich ihn aus einem billigen Country- und Westernsong geklaut, aber er war genau das, was ich empfand: dass ich ihm gerade wehtat.

»Ich hatte die Schotten dichtgemacht, um nicht verletzt zu werden.«

»Ich bin einfach noch nicht so weit«, antwortete ich.

»Was soll das heißen?«

»Es ist zu schnell passiert. Ich mache selbst gerade eine seltsame Phase durch.«

»Aber ich dränge dich doch zu nichts.«

»Ich glaube trotzdem, dass es besser ist, wenn wir einfach nur Freunde sind.«

Noch während ich diese heuchlerischen Worte aussprach, schämte ich mich schon dafür.

»Was ist passiert? Ich verstehe es nicht.«

Ich wandte mich um und zwang mich, ihm in die Augen zu sehen.

»Nichts ist passiert, Neal. Ich habe nur noch einmal nachgedacht.«

»Dann habe ich das wohl alles falsch verstanden.« Er rieb sich mit der Hand übers Gesicht, als wäre es voll Spinnweben. »Ich dachte, du empfindest das Gleiche wie ich.«

»Es war wunderschön, Neal. Aber mit einer Frau wie mir kann man keine richtige Beziehung führen.«

»Ich hätte es trotzdem gerne versucht.« So schnell würde er mich nicht aufgeben.

»Es hat keinen Sinn.«

»Gibt es jemand anderen?«

»Daran liegt es nicht.«

Irgendetwas an seiner Miene veränderte sich, während er mich eindringlich musterte.

»Es gibt jemanden«, sagte er. »Und das mit deinem Gesicht war gar kein Unfall, stimmt's? Jemand hat dich geschlagen.«

»Nun reicht es aber!« Endlich hatte er mir einen Grund geliefert, wütend zu werden und ihn hinauszuwerfen, und ich nutzte die Gelegenheit. »Du solltest jetzt gehen.«

Neal stand auf und kam zu mir herüber. Nur wenige Zentimeter von mir entfernt, blieb er stehen, hob die Hand und berührte sanft mein blutunterlaufenes Gesicht.

»So leicht wirst du mich nicht los, Bonnie.«
»Du musst jetzt gehen.«
»Es ist nicht vorbei«, erklärte er.
»Glaub bloß nicht, dass ich mich nur ziere.«
»Es kann nicht einfach vorbei sein. Das lasse ich nicht zu. Ich werde warten, bis du es dir anders überlegst.«
Meine Haut begann vor Unbehagen zu prickeln.
»Du hast mir nicht richtig zugehört.«
»Doch, ich habe dir zugehört. Ich glaube dir nur nicht.«

Eine Stunde später kam Hayden. Ich öffnete die Tür und zog ihn zu mir herein. Wortlos presste er die Lippen auf meinen Bluterguss und fing dann an, mir die Bluse aufzuknöpfen. Ich kniete mich auf den Boden, um seine Schnürsenkel zu lösen. Als ich von unten zu ihm hochblickte, lag in seinen Augen eine solche Gier, dass es fast wehtat. Wir hatten im Stehen Sex, gleich neben der Tür, beide noch mehr oder weniger angezogen. Hinterher wechselten wir ins Schlafzimmer hinüber, wo er mich ganz langsam aus meinen Sachen schälte. Er starrte mich an wie ein Weltwunder und berührte mich so sanft, als wäre ich etwas höchst Kostbares, Zerbrechliches. Wir lagen stundenlang auf meinem Bett, hielten uns fest im Arm oder sahen uns einfach nur an. Es war, als könnte ich in ihn hineinblicken und dabei in Tiefen vordringen, die nur selten jemand zu sehen bekam. Als das Licht draußen immer fahler wurde und es schließlich zu dämmern begann, gingen wir duschen und dann in eine Tapasbar, die nur wenige Minuten von meiner Wohnung entfernt lag. Dort bestellten wir Kartoffelkroketten, milde grüne Peperoni, würzigen Bohnensalat, dicke Omelettstreifen und salzigen Käse und zum Hinunterspülen einen Krug billigen Rotwein. Mir war vor Hunger schon ganz flau im Magen, so dass ich gierig mit den Fingern aß und den Wein in großen Schlucken trank.
Anschließend wanderten wir Arm in Arm zur Wohnung

zurück. Hayden drückte mich fest an sich. In dem Moment war es mir völlig egal, wie alles weitergehen würde. Nichts spielte mehr eine Rolle. Nur noch das.

Danach

»Wo, zum Teufel, bleibt denn Hayden schon wieder?« Amos tigerte mit seiner Gitarre durch den Raum. Sein Gesicht war ganz rot – ob vor Hitze oder Zorn, konnte ich nicht sagen. »Das ist allmählich nicht mehr lustig.«

Es war noch immer drückend heiß, als wir uns an diesem Mittwochabend im Haus meines leidgeprüften Freundes Liam versammelten. Liam war diesmal zu Hause, hatte sich jedoch ins Schlafzimmer verzogen. Mir wäre es lieber gewesen, die Probe abzusagen, aber Joakim hatte mich entrüstet daran erinnert, dass es bis zum zwölften September – und somit bis zur Hochzeit – nur noch gut vierzehn Tage waren. Unsere bunt zusammengewürfelte kleine Gruppe aber war definitiv noch nicht bereit für einen Auftritt.

»Er kommt sicher gleich«, sagte ich. »Bestimmt hat er sich nur ein bisschen verspätet.«

Amos warf erneut einen Blick auf seine Armbanduhr. »Schon fast eine halbe Stunde.«

»Irgendwas stimmt da nicht«, bemerkte Guy.

»Wie meinst du das?« Sonia klang ganz ruhig. Sie tat, als würde seine Meinung sie wirklich interessieren.

»Hast du etwas von ihm gehört, Bonnie? Hat er auf deine Nachricht reagiert?«

»Nein.« Wenigstens das entsprach der Wahrheit.

»So geht das aber nicht.«

»Ihr wisst doch, wie er ist«, entgegnete ich. »Wahrscheinlich ist er mit seiner Band unterwegs.«

»Bei denen hat er sich auch nicht blicken lassen.« Wir drehten uns alle nach Joakim um. »Ich war vor ein paar Tagen auf einem ihrer Konzerte. Hayden war nicht da. Die anderen hatten einen ziemlich beschissenen Abend, das kann ich euch sagen«, fügte er voller Schadenfreude hinzu. »Ohne Hayden können die einpacken.«

»Ich verstehe nicht, wie du so ruhig bleiben kannst.« Das kam ausgerechnet von Sonia. Ungläubig starrte ich sie an.

»Wie lange hast du nun schon nichts mehr von ihm gehört?«

»Erst eine Woche«, antwortete ich. Dann begriff ich trotz meines vernebelten Gehirns, was Sonia gerade tat: Natürlich hätte ich unter normalen Umständen besorgt reagieren müssen. Dass ich so ruhig blieb, wirkte auf die anderen zwangsläufig befremdend. »Also vielleicht doch schon ganz schön lang«, fügte ich rasch hinzu.

»Zumindest für Leute, die ihre Verantwortung ernst nehmen!« Amos klang ziemlich laut und aufbrausend. Sonia legte ihm beschwichtigend eine Hand auf die Schulter, woraufhin er sich sofort wieder beruhigte. Dankbar lächelte er sie an, und sie erwiderte sein Lächeln. In dem Moment begriff ich, dass die beiden ein Liebespaar waren oder zumindest bald eines sein würden. Gleichzeitig wurde mir klar, dass sie einander guttaten. Auf jeden Fall tat Sonia Amos gut. Sie übte eine beruhigende Wirkung auf ihn aus und schien mit seiner reizbaren Art bestens klarzukommen. Sie würde sich um ihn kümmern – nicht nur, weil sie das besonders gut konnte, sondern auch, weil sie es einfach gerne tat. Ich hatte Amos gegenüber nicht so viel Geduld besessen, und bei meiner Affäre mit Hayden hatten Vernunft und Geduld erst recht keine Rolle gespielt. Ganz im Gegenteil, wir waren gemeinsam auf eine Wand zugerast. Trotzdem musste ich mich an den Gedanken erst mal gewöhnen: mein Expartner, mit dem ich eigentlich bis in alle Ewigkeit zusammenbleiben wollte – soweit sich jemand wie ich das überhaupt vorstellen konnte –, und meine engste Freundin. Die mir nun noch näherstand denn je, weil sie zusätzlich meine Komplizin war, durch unsere gemeinsame, geheime Schuld an mich gebunden. Mich durchzuckte ein schrecklicher Gedanke: Hat sie es ihm erzählt? Als könnte sie meine Angst spüren, wandte Sonia den Kopf in meine Richtung und bedachte mich mit einem raschen, verschwörerischen Lächeln.

»Wo auch immer Hayden abgeblieben ist, wir sollten uns besser nicht darauf verlassen, dass er zurückkommt«, erklärte ich. »Wir schaffen das auch ohne ihn. Joakim kann den Gitarrenpart übernehmen, und wir anderen füllen die Lücken.«

»Nein!«, widersprach Joakim fast panisch. Sein schmales Gesicht war vor Aufregung ganz rot geworden. »Wir können nicht einfach ohne ihn weitermachen, als wäre das keine große Sache!«

»Jo …«, begann Guy in beschwichtigendem Ton, als spräche er mit einem kleinen Kind. Zornig fuhr Joakim herum.

»Du bist froh, dass er weg ist, nicht wahr? Er hat dich in deine Schranken verwiesen und mich dazu gebracht, mein Leben auf eine Weise infrage zu stellen, wie du es nicht wolltest. Du *möchtest* gar nicht, dass er zurückkommt, stimmt's?«

»Sei nicht kindisch«, antwortete Guy, machte dabei aber einen sehr bestürzten Eindruck. Ein unangenehmes Schweigen senkte sich über den Raum.

»Lasst es uns doch mal mit dem zweiten Song probieren.« Ich versuchte, einen möglichst munteren Ton anzuschlagen.

»Joakim hat recht, wir sollten etwas unternehmen«, erwiderte Guy, sichtlich bemüht, ruhig zu bleiben.

»Was ist deine Meinung?«, wandte Sonia sich an Neal, der in ziemlich gebeugter Haltung auf einem Stuhl saß und sich eine Wange hielt, als hätte er Zahnschmerzen.

»Wie Bonnie schon gesagt hat: Wir sollten nicht mit seiner Rückkehr rechnen, sondern ohne ihn weitermachen.«

»Schwachsinn!«, widersprach Joakim. »Was für ein gottverdammter Schwachsinn!«

»Joakim!«

»Vermutlich hat er sich einfach aus dem Staub gemacht«, fuhr Neal mit so leiser, matter Stimme fort, dass wir uns anstrengen mussten, ihn zu verstehen. »Das passt zu ihm. Er sucht sich Leute aus, benutzt sie, bis er sie satt hat, und lässt sie dann wieder fallen. Am besten, wir ziehen das jetzt durch und bringen die ganze Sache hinter uns. Hayden ist weg, Schnee von gestern. Einverstanden?«

»Du bist heute nicht besonders gut drauf«, stellte Amos kampflustig fest. »Was ist los?«

»Den zweiten Song, hast du gemeint, Bonnie?«, warf Sonia ein.

»Wir sollten in seiner Wohnung nachsehen.« Joakim ließ nicht locker.

»Er hat recht«, gab Sonia sich geschlagen.

»Ja«, zwang ich mich zu sagen, obwohl mein Instinkt sich heftig dagegen wehrte, »womöglich ist ihm ja wirklich etwas zugestoßen.«

»Wo wohnt er denn überhaupt? Ich dachte, er übernachtet zurzeit bloß bei Freunden auf dem Boden.«

»Da kann uns Bonnie weiterhelfen«, erklärte Amos bereitwillig, »schließlich hat sie das Ganze arrangiert. Es ist eigentlich Lizas Wohnung, aber Liza ist gerade auf Reisen, und deswegen hat Hayden die Wohnung vorübergehend übernommen, stimmmt's, Bonnie?«

»Ja«, bestätigte ich. »Ich habe dort schon ein paarmal angerufen. Es ist niemand ans Telefon gegangen.«

»Dann müssen wir hin und nachsehen.« Joakim gab einfach nicht auf. »Wie ist die Adresse?«

»Du meinst, wir sollen jetzt gleich los?«

»Wann denn sonst?«

»Wir haben keinen Schlüssel«, wandte Sonia ein. »Wir können doch nicht einfach einbrechen.«

»Nein, ganz bestimmt nicht«, pflichtete ich ihr bei, obwohl

mein Schlüsselring mit dem Wohnungsschlüssel nur wenige Schritte von mir entfernt in meiner Tasche lag. Ich hatte fast ein bisschen Angst, er könnte jeden Moment anfangen, irgendeine Nachricht in den Raum hineinzublinken.

»Warum nicht?«, widersprach Joakim. »Womöglich ist er krank.«

»Weißt du, was?« Nach dem Ton zu urteilen, den Guy nun gegenüber Joakim anschlug, hatte er bei seinem Sohn etwas gutzumachen. »Lass uns das Ganze vernünftig anpacken.« Mit diesen Worten wandte er sich an mich. »Liza hat dir einen Schlüssel gegeben, oder?«

»Den ich Hayden ausgehändigt habe.«

»Weißt du, ob sie irgendwo einen Zweitschlüssel deponiert hat? Vielleicht bei einem Nachbarn?«

»Hmm … da bin ich mir nicht sicher.«

»Bestimmt«, meinte Joakim.

»Warum schließen wir uns nicht mit dieser Liza kurz und fragen sie, ob noch jemand einen Schlüssel hat? Wir müssen sie ja nicht gleich beunruhigen, sondern können einfach sagen, dass Hayden weggefahren ist und wir die Pflanzen gießen müssen.«

»Ihr wollt euch mit ihr *kurzschließen*?«, wiederholte ich dämlich.

»Wir schicken ihr eine SMS«, schlug Joakim vor.

»Sie befindet sich gerade auf der anderen Seite der Welt. Ich möchte nicht, dass sie sich wegen ihrer Wohnung oder verloren gegangener Schlüssel Sorgen macht.«

»Was schlägst du dann vor?«

Während ich tief durchatmete, zermarterte ich mir das Gehirn, was ich wohl geantwortet hätte, als ich noch nicht die Frau war, die Haydens Leiche in einem Läufer aus der Wohnung geschleppt hatte.

»Wahrscheinlich ist es wirklich das Beste, wir schauen dort vorbei und sehen nach dem Rechten.«

»Genau!« Joakim war aufgesprungen und fast schon auf dem Weg zur Tür.

»*Nach* der Probe, Joakim«, fügte ich hinzu. Endlich gab er klein bei.

»Und nun lasst uns endlich spielen. Den zweiten Song.«

Sonia hatte eine schöne Stimme. Sie war nie ausgebildet worden und daher keineswegs perfekt, klang aber dennoch voll und ein wenig rauchig. Ihr leicht klagender Tonfall passte genau zur Musik. Außerdem besaß sie ein gewisses Charisma, das sogar dreißig Fünfzehnjährige dazu brachte, über ihre Chemieformeln gebeugt zu bleiben. Nun sang sie von ihrem Liebsten, während Neal mit der Melodie kaum Schritt halten konnte, Joakim wie ein Wilder in die Saiten griff und Guy ständig aus dem Takt kam. Sonia schaffte es trotzdem irgendwie, die Gruppe zusammenzuhalten. Man hatte das Gefühl, dass ihre ganze Aufmerksamkeit nur noch der Musik galt.

»Großartig«, sagte ich am Ende, »so gut waren wir noch nie.«

»Dann können wir jetzt also aufbrechen?«, fragte Joakim, der bereits sein Instrument wegpackte.

»Meinetwegen.« Ich bemühte mich um einen möglichst gelassenen Tonfall. »Wie heißt es so schön? Was du heute kannst besorgen, das verschiebe nicht auf morgen.«

Davor

Ich habe mit Liza gesprochen. Du kannst die nächsten paar Wochen hier wohnen bleiben, vorausgesetzt, du gießt ihre Pflanzen«, informierte ich Hayden.

»Klar.«

»Du musst sie aber wirklich gießen, und zwar jeden Tag.

Sorg dafür, dass sie am Leben bleiben. Liza hängt sehr an ihren Pflanzen, sie sind fast so was wie ein Kinderersatz für sie.«

»Verstehe.«

»Und halte ein bisschen Ordnung.«

»Du klingst wie meine Mutter.«

»Nur, weil du wie ein Kind bist.«

»Bin ich das?«

»Ja. Hier ist der Schlüssel.« Er schob ihn ein. »Bei dem Mieter über dir ist noch ein zweiter Schlüssel hinterlegt.«

»Warum kann dann nicht der die Blumen gießen?«

»Weil Liza ihm nicht zutraut, dass er es wirklich gewissenhaft macht. Hast du keine Lust hierzubleiben?«

»Doch, natürlich. Die Wohnung ist toll. Ich werde die Pflanzen gießen, den Teppich saugen und deiner Freundin zum Dank ein Geschenk kaufen, bevor ich wieder ausziehe.«

Danach

»Was für eine seltsame kleine Straße«, bemerkte Guy, als wir in die Gasse einbogen, die zu Lizas Wohnung führte. »Als hätte die Welt sie vergessen. Hier könnte man ein paar schöne Wohnblöcke hinstellen.«

»Genau davor hat Liza Angst«, antwortete ich. »In der ganzen Straße gibt es nur einige wenige Häuser, und diese Werkstatt da.« Letztere hatte bereits zu, die Rollläden waren heruntergelassen, und das Blechschild schaukelte wie üblich im Wind. Es ging bereits auf neun Uhr zu. Das schwächer werdende Licht verlieh selbst dem harmlosen Gestrüpp zwischen den Häusern etwas leicht Gespenstisches und ließ die eigentlich eher triste kleine Gasse fast malerisch wirken. »Es ist das Haus ganz hinten, direkt an der Eisenbahnlinie.«

Ich konnte kaum glauben, dass ich ein weiteres Mal vor der

Haustür stand. Nervös drückte ich auf den Klingelknopf und wartete.

»Er macht nicht auf«, stellte Joakim fest. »Versuch's mal mit der anderen Klingel.«

Widerwillig tat ich, wie mir geheißen. Ich betete, dass niemand an die Tür kommen würde.

»Ich glaube, da ist auch keiner daheim«, sagte ich nach ein paar Sekunden.

»Lass mich mal.« Joakim drückte mehrmals auf die Klingel, wobei er sich gegen den Knopf lehnte, als könnte er dadurch noch lauter klingeln. »Ich glaube, ich höre jemanden.«

Tatsächlich näherten sich schnelle Schritte.

Der Mann, der gleich darauf die Tür öffnete, war jung und dunkelhäutig. Er trug eine riesige Brille und hatte die Haare zu einem Pony geschnitten. Obwohl wir uns schon ein paarmal begegnet waren, schien er sich nicht an mich zu erinnern.

»Hallo«, sagte ich, »bitte entschuldigen Sie die Störung.«

»Ja?«

»Ich bin eine Freundin von Liza.«

»Liza ist nicht da.«

»Ich weiß.«

»Haben Sie einen Schlüssel für ihre Wohnung?«, mischte Joakim sich ungeduldig ein.

Der junge Mann sah ihn fragend an. »Wie bitte?«

»Wir müssen unbedingt in die Wohnung. Haben Sie einen Schlüssel?«

»Selbst wenn ich einen hätte, warum sollte ich Sie hineinlassen?«

»*Haben* Sie einen?«

»Mein Sohn ist ein bisschen ungestüm«, meldete Guy sich zu Wort. »Ein Freund von uns ist vorübergehend in die Wohnung gezogen, und wir machen uns Sorgen um ihn. Wir würden gerne nachsehen, ob mit ihm alles in Ordnung ist.«

»Ein Freund?«

»Hayden«, sagte Joakim, »Hayden Booth. Vielleicht ist er krank und braucht unsere Hilfe. Jedenfalls geht er weder ans Telefon, noch kommt er zu unseren Proben. Sie müssen uns hineinlassen.«

»Haben Sie den Schlüssel?«, fragte Guy.

»Woher soll ich wissen, dass das, was Sie sagen, wirklich stimmt?«

»Mein Name ist Guy Siegel«, antwortete Guy in lächerlich großspurigem Ton, »ich bin Anwalt.«

»Anwalt? Was hat er denn angestellt, Ihr angeblicher Freund?«

»Nichts. Das ist nur zufällig mein Beruf. Wir möchten uns lediglich vergewissern, dass alles in Ordnung ist.«

»Bonnie ist Lizas Freundin«, warf Joakim ein.

»Ach, Sie sind Bonnie? Warum sagen Sie das denn nicht gleich?«

»Bitte?«

»Sie sollten doch ursprünglich Lizas Pflanzen gießen. Sie hat mir von Ihnen erzählt. Dann wissen Sie doch sowieso, dass ich den Schlüssel habe.«

»Wie kommen Sie darauf?«

»Sie hat gesagt, Sie wüssten Bescheid.«

»Oh. Das habe ich wohl vergessen.«

»Können wir jetzt den Schlüssel bekommen?« Joakim trat schon die ganze Zeit nervös von einem Bein aufs andere. Offenbar war er der Meinung, dass Hayden ganz dringend Hilfe brauchte.

»Klar. Moment.« Er rannte die Treppe hoch und kehrte binnen kürzester Zeit zurück. »Hier, bitte. Werfen Sie ihn mir einfach durch den Türschlitz, wenn Sie wieder gehen.«

Aber Joakim war noch nicht fertig.

»Haben Sie Hayden in letzter Zeit mal gesehen?«

»Hmm … ich kann mich nicht erinnern. Ist er weg? Vor ein

paar Tagen war er definitiv noch da. Ich glaube, er hatte Besuch von seiner Freundin.«

»Ich wusste gar nicht, dass er eine Freundin hat. Hast du das gewusst, Bonnie?«

»Lasst uns nachschauen, ob alles in Ordnung ist.« Mit diesen Worten wandte ich mich dem Eingang von Lizas Wohnung zu, weil ich nicht wollte, dass sie meine roten Wangen sahen.

»Wann genau war denn das?«, fragte Joakim, der sich noch immer nicht von der Stelle rührte.

»Da muss ich erst überlegen. Vor fünf Tagen? Einer Woche? Vielleicht ist es auch noch länger her. Keine Ahnung. Ich habe nicht wirklich darauf geachtet.« Mit einem Anflug von Bedauern sah er uns an.

»Schon gut. Danke für Ihre Hilfe«, antwortete ich. »Nun kommt schon, ihr zwei.«

Ich schloss Lizas Wohnungstür auf und ging hinein. Wie beim letzten Mal rechnete ich einen Moment damit, Haydens verwesende Leiche auf dem Boden liegen zu sehen. Ich spürte plötzlich ein so heftiges Brennen in der Brust, dass mir das Atmen richtig wehtat.

»Hallo!«, rief Guy, während er hinter mir die Wohnung betrat. »Hallo? Hayden? Bist du da?«

»Hayden«, wiederholte Joakim wie sein Echo. »Hallo!«

Ich schaffte es nicht, seinen Namen zu rufen. Nach allem, was ich getan hatte, wäre es nur ein weiterer kurzer Moment der Heuchelei gewesen, doch ich konnte es einfach nicht. Stattdessen blieb ich nur abwartend stehen oder tat zumindest so, als würde ich warten.

»Hier ist niemand«, stellte ich fest.

»Sehen wir uns mal um«, meinte Guy.

»Wonach denn?« Noch während ich die Worte aussprach, entdeckte ich etwas, das mir fast den Atem raubte. »Vielleicht hat er was zurückgelassen, das uns verrät, wo er hin ist. Damit wir ihn wenigstens anrufen und ausschimpfen können?«

»Ähm … wie?«, fragte ich dümmlich. Ich hatte von seiner Antwort überhaupt nichts mitbekommen, weil dort drüben, ganz lässig über den Stuhl neben der Wand drapiert, meine hellgraue Baumwolljacke hing. Von einer Sekunde auf die andere ergriff eine Art Wahnsinn von mir Besitz. Zumindest stelle ich mir vor, dass Wahnsinn sich so anfühlt: wenn es plötzlich keinerlei Übereinstimmung mehr gibt, keinen echten Zusammenhang von Ursache und Wirkung zwischen innerer und äußerer Welt. Ich begriff nicht, was da ablief. Erst wurden mir etliche Sachen, die ich in der Wohnung zurückgelassen hatte, in einem Päckchen nach Hause geschickt, und nun hing hier dieses Kleidungsstück als belastendes Indiz für jeden sichtbar in der Wohnung. Wer tat mir das an? Und warum? Es dauerte noch ein paar lange Sekunden, bis mir klar wurde, dass ich selbst die Jacke dort über den Stuhl gehängt hatte. Ich zwang mich, mich zu konzentrieren, und konnte mich daraufhin wieder genau entsinnen, wie ich die Jacke ausgezogen hatte, ehe ich Sonia beim Aufräumen half. Dann fiel mir auch wieder ein – soweit es überhaupt möglich ist, sich an etwas Fehlendes zu erinnern –, dass ich die Jacke vor dem Verlassen der Wohnung nicht wieder angezogen hatte. Zumindest wusste ich nicht mehr, dass ich sie übergezogen hatte, und den Rest der Nacht hatte ich sie definitiv nicht getragen. Das Merkwürdige an der Sache war nur, dass ich nach jenem Abend noch einmal in die Wohnung zurückgekehrt war und die Jacke trotzdem nicht gesehen hatte. Legte ich es vielleicht darauf an, überführt zu werden?

Währenddessen wanderten Guy und Joakim durch die Wohnung, die in Wirklichkeit eine von mir und Sonia arrangierte Theaterkulisse war. Guy begutachtete gerade die Post, die unterhalb des Briefschlitzes auf dem Boden lag. Mit argwöhnischer Miene blätterte er sie durch.

»Das ist alles nicht für Hayden«, verkündete er.

»Ich glaube nicht, dass ein Typ wie er viel Post bekommt«, meinte Joakim.

»Jeder bekommt Post.«

Ich hätte gerne irgendetwas Normales, Unverfängliches zu dem Thema gesagt, doch mir fiel beim besten Willen nichts ein.

»Ich bekomme keine«, entgegnete Joakim.

»Ich habe gemeint, jeder Erwachsene – aber vielleicht zählt Hayden nicht als Erwachsener.«

Ich musste mich zwingen, nicht dauernd auf die Jacke zu starren. Stattdessen heuchelte ich Interesse für irgendwelche Gegenstände, die ich selbst an die betreffenden Stellen gestellt hatte.

»Die Küche«, stieß ich plötzlich hervor.

»Was?«

»Meint ihr, es bringt etwas, wenn ihr euch da mal umseht?«, fragte ich an Guy gewandt. »Viele Leute haben dort Listen. Sie notieren alles, was zu erledigen ist, auf irgendwelchen Zetteln, die sie dann mit einem Magneten an den Kühlschrank hängen.«

Das klang sogar in meinen eigenen Ohren nach einer äußerst schwachen Theorie. Kein Wunder, dass Guy skeptisch dreinblickte. Ich zwang mich, in lässigerem Tonfall weiterzusprechen.

»Bei der Gelegenheit könntet ihr auch gleich mal checken, was er im Kühlschrank hat.«

Selbst der Gebrauch des Präsens kostete mich Kraft. »Hat«, nicht »hatte«. Im Gegensatz zu mir gingen Joakim und Guy davon aus, dass Hayden gerade irgendwo anders irgendetwas tat. Oder womöglich im nächsten Moment zur Tür hereinkam. Deswegen waren sie noch in der Lage, sich auf eine Weise über ihn zu ärgern oder zu wundern, wie man es nicht mehr kann, sobald jemand tot ist. Einen Toten kann man immer noch hassen oder lieben oder zumindest betrauern, aber man kann sich nicht mehr über ihn ärgern oder sauer auf ihn sein. Guy hingegen wirkte sogar sehr verärgert und murmelte irgendetwas Abfälliges, während er sich, wenn auch etwas widerwillig, auf den Weg in die Küche machte. Gefolgt von Joakim, den es wohl wirklich interessierte, wie es in Haydens Kühlschrank aussah.

Rasch durchquerte ich den Raum, riss die Jacke von der Stuhllehne und blickte mich dann verzweifelt um. Zu keinem klaren Gedanken fähig, konnte ich einfach nicht sagen, ob ich vielleicht ein Risiko einging, wenn ich versuchte, die Jacke irgendwo zu verstecken. Drüben in der Küche hörte ich Guy und Joakim rumoren. Da mir beim besten Willen nichts anderes einfiel, zog ich die Jacke an. Die Stimmen der beiden wurden lauter, sie kamen zurück. Entscheidend waren die ersten paar Sekunden. Ich hatte von Experimenten gehört. Demnach war es ganz erstaunlich, was man alles nicht bemerkte, wenn man abgelenkt war. Auf dem Kaminsims stand eine schlanke schwarze Vase, die sehr elegant, teuer und zerbrechlich wirkte. Ich griff danach und ließ sie genau in dem Moment fallen, als die beiden den Raum betraten. Mit einem lauten Knall zerbarst sie auf dem Steinboden vor dem Kamin.

»Mist!«, stieß ich aus.

Guy und Joakim eilten herbei.

»Was, zum Teufel, war das?«, fragte Guy.

»Eine Vase«, antwortete ich. »Mein Gott, wie ungeschickt von mir! Ich darf gar nicht daran denken, was Liza dazu sagen wird.«

Guy grinste grimmig.

»Lass dir deswegen mal keine grauen Haare wachsen. Wenn wir die Scherben entsorgen, können wir die Sache guten Gewissens Hayden in die Schuhe schieben.«

»Das klingt aber gar nicht nett.«

Während die beiden nach Schaufel und Besen suchten und anschließend die Scherben zusammenfegten, machten sie sich lautstark über meine Ungeschicklichkeit lustig. Über meine Jacke verloren sie kein Wort. Mein Ablenkungsmanöver hatte funktioniert. Was natürlich auch daran lag, dass die beiden Männer waren. Wäre Sally dabei gewesen, hätten hundert zerbrochene Vasen sie nicht davon abhalten können, mich zu fragen, woher denn plötzlich die Jacke käme.

»Bereit zum Aufbruch?«, fragte ich, nachdem sie die Scherben der Vase, die vermutlich ein wertvolles Familienerbstück gewesen war, in eine alte Einkaufstüte gekippt hatten.

»Ja, denke schon«, meinte Joakim mit einem frustrierten Blick auf seinen Vater.

Guy gab ihm keine Antwort. Während er weiter den Blick durch den Raum schweifen ließ, machte auch er einen immer unzufriedeneren Eindruck. Mir selbst wurde langsam richtig übel bei dem Gedanken, was ich getan hatte und was dadurch beinahe passiert wäre. Mühsam hatten Sonia und ich die Wohnung wieder auf Vordermann gebracht, Möbel zurechtgerückt und Beweismaterial vernichtet, und dann war ich so blöd gewesen, einfach meine Jacke über einer Stuhllehne hängen zu lassen, wo jeder sie sehen konnte. Was hatte ich noch alles vergessen? Fakt war, dass es so viele Dinge zu arrangieren, auszuklügeln und zu verheimlichen galt und ein einziger kleiner Fehler genügte, um das ganze Lügengebäude einstürzen zu lassen. Es war im Grunde nur eine Frage der Konzentration, aber wo sollte ich die Geistesgegenwart hernehmen, die ich brauchte, um herauszufinden, was ich vergessen oder übersehen hatte? Das würde nun den Rest meines Lebens so bleiben, es sei denn, das Ganze ging schief und alles kam ans Licht. Die Aussicht aufzufliegen erschien mir plötzlich fast tröstlich.

»Ihr habt in der Küche auch nichts gefunden?« Ich versuchte, mir meine Anspannung nicht anmerken zu lassen.

»Weißt du, was komisch ist?«, antwortete Guy.

»Nein, was denn?«

»Hayden ist doch bekanntlich ein wilder, spontaner Musiker, oder? Von einem Tag auf den anderen erscheint er nicht mehr zu unseren Proben und macht sich auch nicht die Mühe, uns zu informieren. Wir sollen denken, dass er einfach die Stadt verlassen hat, unterwegs zu irgendeinem Auftritt, bei dem er einfach nicht Nein sagen konnte.«

»Schon möglich.«

»Hat er wirklich hier gewohnt?«

»Wie meinst du das?«

»Natürlich war er hier. Der Instrumentenkoffer dort in der Ecke ist eindeutig seiner, und im Schrank habe ich zwischen Lizas Sachen ein paar von seinen Hemden entdeckt. Außerdem waren im Kühlschrank ein paar Dosen Bier, die ganz nach ihm aussahen. Trotzdem hat man hier nicht den Eindruck, sich in einer Wohnung zu befinden, die gerade ein Rock'n'Roller verlassen hat. Im Kühlschrank steht keine abgelaufene Milch, und es liegen auch keine alten Zeitungen herum – geschweige denn dreckige, in eine Ecke gepfefferte Hemden.«

Ich gab ihm keine Antwort. Stattdessen konzentrierte ich mich darauf, gleichmäßig weiterzuatmen. Worauf wollte er hinaus?

»Weißt du, was ich glaube?«

Ich schüttelte den Kopf, weil ich noch immer nichts zu sagen wagte.

»Ich glaube, er ist gar nicht so urplötzlich verschwunden. Meiner Meinung nach hat er das alles im Voraus geplant. Dass er es uns nicht gesagt hat, war seine Art, uns ein dickes ›Ihr könnt mich mal‹ zukommen zu lassen.«

»Dad!«, protestierte Joakim in zornigem Ton.

»Auf diese Weise wollte er uns demonstrieren«, fuhr Guy ungerührt fort, »dass wir in seinen Augen bloß ein paar armselige Amateure sind. Klingt das nicht ganz nach ihm?«

Ich betrachtete Joakim, der zutiefst verletzt wirkte, als hätte ihn gerade jemand verraten.

»Du könntest recht haben«, antwortete ich.

»Es gibt eine Möglichkeit, das herauszufinden«, meinte Guy.

»Und die wäre?«

Statt einer Antwort begann er in den Schubladen des kleinen Tisches herumzustöbern.

»Was machst du da?«

»Suchen«, antwortete er geheimnisvoll.

»Wonach?«

»Na ja, wo ist denn zum Beispiel sein Pass?«

»Wozu brauchst du seinen Pass?«

»Ich brauche ihn nicht. Aber ich würde gerne wissen, ob der Pass da ist, weil er ihn ansonsten nämlich mitgenommen hat. Was wiederum bedeuten würde, dass er tatsächlich irgendwohin abgedüst ist. Dann wüssten wir wenigstens, woran wir sind. Wo könnte er ihn denn sonst hingetan haben?«

Widerstrebend wanderte ich hinter Guy her. Er zog sämtliche Schubladen auf, lugte unter Papiere und durchwühlte sogar Haydens Jacken- und Hosentaschen.

»Kein Pass«, wandte er sich triumphierend an Joakim. »Kein Pass, keine Brieftasche, kein Telefon. Finde dich damit ab – er hat die Fliege gemacht.«

»Das würde er nie tun!«

»Und«, fuhr Guy fort, während er ins Bad ging, »keine Zahnbürste, kein Rasierer. Er ist wirklich weg, mein Sohn.« Als er sah, wie niedergeschlagen Joakim plötzlich dreinblickte, wurden seine eben noch so strengen Gesichtszüge ein wenig weicher. »Tut mir leid«, fügte er hinzu.

»Es tut dir überhaupt nicht leid! Ganz im Gegenteil, du freust dich! Du warst doch die ganze Zeit der Meinung, dass er einen schlechten Einfluss auf mich hat.«

»Hayden und ich waren nicht in allen Punkten einer Meinung. Trotzdem tut es mir leid, dass es auf diese Weise enden musste«, widersprach Guy. »Ich weiß, wie toll du ihn gefunden hast.«

Er legte Joakim eine Hand auf die Schulter, aber Joakim riss sich los und stürmte zurück ins Wohnzimmer.

»Wir sollten jetzt gehen«, sagte ich und lief ihm ein paar Schritte nach. »Wie es aussieht, kommt er nicht zurück.«

»Er hat seine Gitarre dagelassen!« Joakim deutete auf den Gitarrenkoffer, der am Sofa lehnte.

»Ist das seine?«, fragte ich dümmlich.

»Er hätte sie niemals zurückgelassen! Er hat sie geliebt!«

Joakim ging in die Knie, öffnete den Koffer und zog die Gitarre heraus. Erschrocken starrte er auf den zersplitterten Korpus und die gerissenen Saiten. Dann strich er sanft mit den Fingerspitzen darüber, als wären sie aus Fleisch und Blut, als könnte er sie heilen.

»Sie ist kaputt«, stellte er nach einer Weile fest. »Wer hat das getan?«

»Er selbst natürlich«, antwortete Guy, »wer sonst?«

»Nein. Das verstehst du nicht. Das wäre, als hätte er einen geliebten Menschen geschlagen.«

»Na und? So was passiert ständig.«

»Wir müssen gehen«, drängte ich. Meine Haut prickelte vor Angst. Ich hatte das Gefühl, es keine Minute länger an diesem Ort auszuhalten. Wenn wir nicht bald von hier verschwanden, würde ich irgendetwas ganz Schreckliches sagen oder tun.

Nachdem wir endlich draußen waren, zog ich die Tür hinter uns zu und eilte die Treppe nach oben, um den Schlüssel abzugeben.

»Fündig geworden?«, fragte der junge Mann.

»Wie es aussieht, ist er weitergezogen.«

»Es ist wahrscheinlich nicht wichtig, aber ich habe in der Wohnung seltsame Geräusche gehört.«

»Oh, tatsächlich?«

»Ich kann allerdings nicht mehr genau sagen, wann das war. Ich dachte, er hätte Besuch von seiner Freundin.«

»So war es wahrscheinlich auch.«

Tagsüber kratzte ich in meiner Wohnung Tapetenfetzen von der Wand, traf mich mit Freundinnen, ging einkaufen oder saß einfach nur faul im Park und hörte per Ohrstöpsel Musik. Nachts aber lag ich mit Hayden in Lizas Schlafzimmer, wo Autoscheinwerfer Lichtstreifen an die Zimmerdecke warfen, während wir einander eng umschlungen Lust bereiteten. Ich lebte plötzlich in zwei unterschiedlichen Welten, zwischen denen es keinerlei Verbindung zu geben schien. Manchmal fühlte ich mich seltsam benommen und unwirklich, und wenn ich dann in den Spiegel sah, erkannte ich mich selbst kaum wieder. Das machte mir Angst – aber nicht genug, um es sein zu lassen.

»Beinahe hätte ich was mit Neal angefangen.«

Ich saß in Sonias Wagen. Sie nahm mich mit zu ihrer Schwester, die in einem Dorf in Hertfordshire wohnte. Wir würden dort zu Mittag essen und anschließend auf einer nahe gelegenen Plantage eigenhändig Erdbeeren pflücken. Es war Sonias Idee gewesen – mir wäre so etwas nie in den Sinn gekommen. Sie hatte mir erzählt, dass sie dieses Jahr für alle ihre Freunde Marmelade machen wolle.

»Ich weiß«, gab sie mir zur Antwort.

»Du weißt es?«

»Na ja, ich habe es zumindest vermutet.«

»War es so offensichtlich?«

»Für mich schon. Man merkt es an der Art, wie er dich ansieht, dich kaum aus den Augen lässt. Warum ist nichts daraus geworden?«

»Ich hatte kein gutes Gefühl dabei.« Ich wollte mit Sonia reden, ohne Hayden zu erwähnen, ihr irgendwie die Wahrheit sagen, ohne Namen zu nennen. Letztendlich wollte ich ihren

Rat hören, sie aber nicht über die näheren Umstände aufklären.

»Er ist doch nett.«

»Vielleicht *zu* nett. Zu hilfsbereit. Neal ist der Typ, den man immer anrufen kann, wenn irgendwas zu reparieren ist.«

»Ist das denn so schlimm?«

»Du weißt genau, was ich meine.«

»Du meinst, irgendetwas in dir fühlt sich zu Männern hingezogen, die nicht so nett, sensibel, respektvoll und sanft sind wie Neal?«

»Mir gefällt es selbst nicht, dass ich so bin.« Es war leichter, ein solches Gespräch im Auto zu führen, wo wir beide nach vorn auf die Straße blickten. »Warum ist es nur so schwer, darüber zu sprechen?«

»War Neal der einzige Auslöser? Ich meine, liegt es nur an ihm, dass du dir diese Gedanken machst?«

»Im Grunde schon.« Durchs Beifahrerfenster starrte ich auf Hecken und Felder hinaus. Neben einem Zaun grasten friedlich ein paar Kühe. »Mein Vater hat meine Mutter immer geschlagen. Habe ich dir das jemals erzählt?« Ich wusste selbst, dass dem nicht so war – ich hatte es noch nie jemandem erzählt. Mir wurde allein schon dadurch schwindlig, dass ich die Worte laut aussprach.

Sonia warf einen raschen Blick zu mir herüber. Ich spürte, wie mein bereits verblasster Bluterguss von Neuem zu pochen begann und mir gleichzeitig die Schamesröte ins Gesicht stieg.

»Nein, das hast du nicht«, erwiderte sie leise, »aber ich bin froh, dass du es jetzt getan hast.«

»Ich erzähle dir Sachen, von denen ich dachte, ich könnte sie nie im Leben laut aussprechen.«

»Danke.« Ihre Stimme klang ernst und tröstlich.

»Du erzählst es niemandem weiter?«

»Das versteht sich doch von selbst.«

»Nicht einmal Amos?«

»Nicht einmal Amos. Es ist dein Geheimnis, nicht meines.«

»Stimmt.«

»Demnach hast du also Angst, dieses Verhaltensmuster zu wiederholen?«

»Ja, wahrscheinlich.«

»Und? Wiederholst du es?«

»Möglich.« Ich musste daran denken, wie er mir mit der Faust ins Gesicht geschlagen hatte. »Aber ich will das nicht.«

»Ich glaube sowieso nicht, dass du der unterwürfige Typ bist«, erklärte sie. »Ganz im Gegenteil, ich würde sagen, dass normalerweise du diejenige bist, die die Hosen anhat.«

Nun war es an mir, ihr einen schnellen Blick zuzuwerfen.

»Hast du mit Amos über mich gesprochen?«

»Nein.«

»Sonia?«

»Er hat dich ein paarmal erwähnt. Das lässt sich halt nicht vermeiden. Schließlich wart ihr beide lange zusammen. Du bist seine Geschichte, seine Vergangenheit, so dass er gar nicht anders kann, als hin und wieder mit mir darüber zu reden. Das verstehst du sicher. Obwohl es natürlich schon seltsam ist, weil wir beide Freundinnen sind.«

»Du und Amos ...« Ich ließ ihr einen Moment Zeit, den Satz zu Ende zu führen, aber als sie es nicht tat, machte ich es: »Seid ihr jetzt fest zusammen?«

»Würde dir das etwas ausmachen?«

»Wieso sollte es?«

»Wir brauchen keine Spielchen zu spielen. Amos und ich ...« Nun hielt sie ihrerseits einen Moment inne.

»Wenn ihr beide jetzt zusammen seid«, brach ich das Schweigen, »dann freut mich das sehr für euch.« Stimmte das? Zwar wollte ich Amos nicht zurück, aber es war trotzdem eine seltsame Vorstellung, dass eine meiner engsten Freundinnen nun etwas mit meinem langjährigen Exfreund hatte. Das schien mir wie etwas Inzestuöses.

»Meinst du das wirklich ernst?«

»Ja, wirklich.« Ich hielt ihrem skeptischen Blick stand. »Ich freue mich für euch. Es wäre mir bloß lieb, wenn ihr nicht über mich reden würdet. Oder meinetwegen, redet über mich. Das werdet ihr ja sowieso. Aber erzählt mir nichts davon.«

Ich parkte am Ende von Sallys Straße.

»Ich gehe zuerst. Du kommst ein paar Minuten später.«

»Warum?«

»Damit keiner etwas merkt.«

»Was sollen sie denn merken?«

Grinsend küsste ich ihn auf die Lippen. »Ach, nichts.«

Sie warteten alle schon.

»Wo bleibst du denn so lange?«, fragte Amos. »Immerhin leitest du die Gruppe.«

»Das klingt, als wären wir eine Abteilung der Pfadfinder.«

»Wo ist Hayden?«, fragte Joakim.

»Ich *kann* den Namen nicht mehr hören«, fuhr Guy ihn zornig an. Er hatte plötzlich einen ganz roten Hals.

»Aber …«

»Halt einfach den Mund.«

Sally kam mit einem Kuchen aus der Küche gestürmt. Sie hatte irgendetwas mit ihrem Haar gemacht und Lippenstift aufgelegt. Als sie neben mich trat, roch ich ihr Parfüm.

»Wo ist denn Hayden?«, fragte sie.

»Hier bin ich«, antwortete Hayden, der gerade den Raum betrat. »Hallo, ihr Lieben. Wartet ihr etwa schon auf mich? Sally, du siehst heute sehr hübsch aus. Oh, hallo, Bonnie!« Er tat, als würde ihn mein Anblick überraschen. »Wie geht es dir denn heute?« Ein anzügliches Grinsen breitete sich auf seinem Gesicht aus, während er mich vor allen anderen mit den Blicken auszog.

»Lasst uns loslegen«, sagte ich und wandte mich rasch von ihm ab. Neals Blick wanderte von Hayden zu mir. Ich konnte regelrecht sehen, wie ihm ein Licht aufging. Als hätte ihm jemand ein Gift gespritzt, das sich nun rasend schnell in seinem Körper ausbreitete. Unsere Blicke trafen sich. Er begriff, dass ich seinen Moment der Erkenntnis mitbekommen hatte.

»Wer möchte Kaffee-Walnuss-Kuchen?«, fragte Sally. »Bonnie?«

»Jetzt nicht, danke.«

»Ich möchte welchen«, meldete Hayden sich zu Wort. Er nahm ein großes Stück und stopfte sich gleich die Hälfte davon in den Mund. Alle sahen zu, wie er genüsslich vor sich hin mampfte. Anschließend leckte er sich die Finger ab.

»Neal?«

»Nein, danke.« Seine Stimme klang matt. Ich wandte mich ab, um sein Gesicht nicht sehen zu müssen, spürte aber seinen Blick in meinem Rücken.

»Was hast du denn mit deinem Gesicht gemacht?«, fragte Amos.

»Ach, das ist nur ein Kratzer«, antwortet ich leichthin.

»Ihr solltet mal den anderen sehen«, meinte Neal. Das war als Witz gemeint, kam aber viel zu laut und hart rüber. Plötzlich herrschte peinliches Schweigen.

»Ich bin gegen die Badewanne gefallen«, erklärte ich rasch, »inzwischen tut es kaum noch weh.«

»Es ist ganz gelb.«

»Danke für den Hinweis.«

»Sollen wir anfangen?« Joakim stimmte bereits seine Geige. Ihre reinen, hohen Töne erfüllten den Raum.

»Bist du bereit, Sonia?«

Mit einem Nicken nahm sie ihre übliche Singposition ein: Arme neben dem Körper, Handflächen leicht nach außen.

»Sonia wird uns jetzt demonstrieren, wie ›It Had to Be You‹ richtig gesungen gehört«, verkündete ich.

»Ihre Stimme klingt rauchig und samtig zugleich«, bemerkte Hayden.

»Wie nett von dir, Hayden«, meinte Sonia ironisch.

»Sehr sexy.«

Ich spürte richtig, wie Amos in der Ecke zu kochen begann. Dabei war es im Raum ohnehin schon schwülheiß. Durchs Fenster konnte ich sehen, wie Richard draußen im Garten die Rosen zuschnitt, während Lola im Gras kauerte und gebannt auf den Boden starrte. Dort draußen wirkte alles so schön kühl und sauber, während die Luft hier drin heiß und stickig war. Ich wünschte mich weit weg, an einen grünen, friedlichen Ort ohne zankende Menschen.

»Auf drei«, sagte ich. »Möge sich der Geist von Billie Holiday auf uns herabsenken!«

Danach

Neben mir läutete das Telefon. Mit einem Ruck schreckte ich aus meinen schlimmen Träumen hoch und tastete benommen nach dem Hörer.

»Ja?«

»Bonnie, ich bin's. Sally.«

»Wie spät ist es?«

»Erst kurz vor sieben.«

»Was ist los? Irgendwas mit Lola?«

»Ich habe die Polizei angerufen.«

»Was? Warum?«

»Ich habe ihnen gesagt, dass ich Hayden vermisst melden möchte.«

»Wieso denn das?«

»Weil er spurlos verschwunden ist.«

Ich versuchte, klar zu denken und wie ein normaler Mensch zu reagieren.

»Das mag ja sein, Sally, aber deswegen braucht man doch nicht gleich die Polizei zu verständigen. Wir haben in seiner Wohnung nachgesehen. Wahrscheinlich ist er einfach nur weitergezogen.«

»Nun ist es schon passiert. Ich kann es nicht mehr rückgängig machen. Kommst du mit?«

Mir fiel keine plausible Ausrede ein. Vielleicht war es sogar ratsam, sie zu begleiten und mir anzuhören, was sie zu sagen hatte. Im Anschluss an unser Gespräch versuchte ich krampfhaft, einen klaren Kopf zu bekommen, doch mein Gehirn fühlte sich an wie ein durchdrehender Reifen, der sich immer tiefer in schlammigen Boden hineingrub. Sally hatte sich an die Polizei gewandt. Was bedeutete das? Würden sie nun wegen Haydens Verschwinden ermitteln oder Sallys Bedenken als die Hysterie einer verliebten Frau abtun? Würden sie Leute befragen? Womöglich auch uns? Mich? Was sollte ich dann sagen? Würden sie die Wohnung auf Spuren untersuchen? Wenn ich es schon geschafft hatte, meine Jacke dort einfach über einer Stuhllehne hängen zu lassen, was hatte ich dann noch alles vergessen oder übersehen? Welche anderen Fehler waren mir unterlaufen? Was war mit meinen Fingerabdrücken? Ob Hayden wohl jemandem von uns erzählt hatte? Ich war der Meinung gewesen, alle Spuren verwischt zu haben, doch nun begriff ich plötzlich, wie illusorisch das war. Bestimmt würden Hinweise auftauchen, von denen ich überhaupt keine Vorstellung hatte. Bereits ein einzelnes Haar konnte einen Täter überführen. Meine Haare waren auf seinem Kopfkissen, mein Schweiß auf seinem Laken, meine Fingerabdrücke auf seinen Tassen und Gläsern, mein Bild auf irgendeiner Überwachungskamera. Vielleicht war sogar irgendein Objektiv auf uns gerichtet gewesen, als wir Haydens Leiche in das dunkle Wasser des Stausees gleiten ließen. Irgendjemand sieht einen immer. Ich würde in einer Reihe von Leuten stehen, und jemand, den ich noch nie zuvor gesehen hatte, würde mit dem

Finger auf mich deuten und sagen: »Die da. Das ist sie. Ja, ohne jeden Zweifel.«

Ich ermahnte mich, ruhig zu bleiben. Was gab es überhaupt zu entdecken? Solange Sonia dichthielt, deutete nichts auf mich hin. Aber konnte ich Sonia vertrauen? Natürlich, sie war doch meine Freundin. Außerdem würde sie sowieso nichts ausplaudern, weil sie dadurch ja nicht nur mich, sondern auch sich selbst belasten würde. Viel bedenklicher war jedoch, dass noch jemand etwas wusste. Die betreffende Person musste etwas wissen, denn warum sonst hatte sie mir meinen Ranzen zugeschickt? Den Ranzen mit all den Sachen, die ich in der Wohnung zurückgelassen hatte, plus die Kette, die Sally gehörte. Was bedeutete das? Irgendetwas ging da vor, und ich hatte keine Ahnung, was. Überall warteten Fallen auf mich, und hinter jeder Ecke, hinter jeder Tür konnte eine böse Überraschung lauern.

Ich schlüpfte in Jeansshorts und ein gestreiftes Top. Damit sah ich androgyn und unentwickelt aus, wie ein Junge kurz vor der Pubertät oder eine von den Stoffpuppen mit Flachshaar und weichen, biegsamen Beinen. Ich betrachtete mich im Spiegel. Was hatte Hayden gesehen, als er mich so eindringlich anstarrte? Wen hatte er gesehen? Warum hatte er mich so sehr begehrt?

Nachdem ich zwei Tassen schwarzen Kaffee getrunken und eine Schale mit Cornflakes gefüllt hatte, musste ich feststellen, dass die Milch sauer geworden war. Ich empfand plötzlich einen richtigen Heißhunger, hatte jedoch außer einer Dose Mais nichts Essbares mehr im Schrank. Also öffnete ich die Dose und aß ein paar große Löffel voll, auch wenn es sich dabei um kein sehr befriedigendes Frühstück handelte. Außerdem war mir trotz meines heftigen Hungergefühls irgendwie schlecht.

Als Sally schließlich bei mir eintraf, war sie gekleidet wie für ein Vorstellungsgespräch: Sie trug eine schwarze Hose, die ihr etwas zu eng war, einen schwarzen Blazer und eine weiße Bluse. Das Haar hatte sie sich hochgesteckt, und an ihren Ohrläppchen funkelten goldene Stecker.

»Du siehst schick aus.«

Sie zog eine Grimasse. »Du hältst mich bestimmt für eine Idiotin.«

»Überhaupt nicht. Komm rein. Ich kann dir leider nur schwarzen Kaffee oder Tee anbieten, Letzteren ebenfalls ohne Milch.«

»Dann bitte Kaffee.«

Nachdem wir uns an meinem kleinen Tisch niedergelassen hatten, fing sie an, etwas von einer schlaflosen Nacht zu stammeln, brach dann aber abrupt ab und sah mich mit Tränen in den Augen an.«

»Das Ganze ist eine einzige Farce. Du weißt Bescheid, oder?«

»Worüber?« Natürlich wusste ich Bescheid, aber etwas zu wissen, war nicht dasselbe, wie es ausgesprochen zu hören.

»Über Hayden.«

»Schieß los.« Obwohl mein Gesicht sich anfühlte, als wäre es zur Parodie eines normalen Ausdrucks erstarrt, bemühte ich mich um einen ruhigen Ton.

»Aus dem Grund habe ich mich an die Polizei gewandt. Es kann nicht sein, dass er sich einfach so aus dem Staub gemacht hat. Ich glaube das nicht. So etwas würde er nie tun. Ich bin mir ganz sicher, dass er es mir erzählt hätte.« Letzteres klang trotzdem eher wie eine Frage. Sie stieß ein kleines, trauriges Lachen aus. »Ich erzähle nicht sehr zusammenhängend, oder? Du musst entschuldigen, das ist alles so … ich bin völlig am Ende, wenn du es genau wissen willst. Hast du ein Taschentuch für mich?«

Ich ging ins Bad und kehrte mit einer Rolle Klopapier zurück.

»Ich wollte es dir schon die ganze Zeit sagen. Mir war

eigentlich klar, dass du mich nicht verurteilen würdest, aber ich habe mich so geschämt. Und gleichzeitig so viel Glück empfunden. Zum ersten Mal seit einer ganzen Ewigkeit habe ich mich wieder lebendig gefühlt. Er hat mich wieder zum Leben erweckt.«

»Hayden?«

»Ja. Tut mir leid. Wir hatten eine … eine Affäre. Vielleicht hast du es ja sowieso gewusst. Ich meine, schon während es lief. Ich hatte immer das Gefühl, dass alle es uns ansahen.«

»Erst nach der Sache mit der Halskette.«

»Er war so nett zu mir. Was für ein blödes Wort. ›Nett‹ passt gar nicht zu jemandem wie ihm. Gleich vom ersten Moment an hat er mir das Gefühl gegeben, etwas Besonderes zu sein. Als sähe er wirklich mich – nicht Sally, die Hausfrau, oder Sally, die Mutter, sondern *mich*. Er hat gesagt, ich sei wundervoll. Hast du eine Ahnung, wie lange es her ist, dass jemand das zu mir gesagt hat? Wenn man ein Kind hat, verschwindet man einfach. Richard geht morgens zur Arbeit, und wenn er abends zurückkommt, sind wir beide so müde, dass wir uns höchstens noch darüber unterhalten, was am nächsten Tag alles zu tun ist. Ich kann mich nicht erinnern, wann wir das letzte Mal Sex hatten. Alle meine Freundinnen dagegen – sogar du, Bonnie, was aber überhaupt kein Vorwurf sein soll – flitzen draußen in der Welt herum, verlieben sich, haben Spaß und verdienen Geld. Nur für mich scheint das endgültig vorbei zu sein. Ich laufe die ganze Zeit völlig fertig herum, mit fettigem Haar, fleckigen Pullis und dunklen Ringen unter den Augen. Plötzlich taucht da dieser Mann auf und gibt mir das Gefühl, wieder begehrenswert zu sein. Verstehst du, was ich meine?«

»Ja.« Trotzdem wollte ich nicht darüber nachdenken – mir nicht ausmalen, was die beiden miteinander gemacht hatten. Schon der bloße Gedanke trieb mich in den Wahnsinn.

»Ich liebe Lola und möchte keinen Tag mehr ohne sie sein.

Richard liebe ich auch irgendwie, aber wir nehmen uns gegenseitig überhaupt nicht mehr wahr. Da kommt plötzlich Hayden daher. Du weißt ja, wie er ist.«

Ich stieß ein undefinierbares Grunzen aus und nahm einen großen Schluck von meinem Kaffee, obwohl mir vom vielen Koffein schon ganz schwummrig war.

»Er hat meine Kuchen gegessen, meinen Tee getrunken und mir gesagt, dass ich wunderbar bin – und wunderbar *aussehe*. Er hat über meine Bemerkungen gelacht, mir Lola abgenommen und mir Fragen über meine Ansichten und Vorlieben gestellt, als würden ihn die Antworten wirklich interessieren. Da habe ich mich plötzlich wieder wie ein junges Mädchen gefühlt, du weißt schon, mit Schmetterlingen im Bauch. Bevor er auf der Bildfläche erschien, wollte ich immer nur schlafen. Ich war so erschöpft, dass ich das Gefühl hatte, mehrere Tage durchschlafen zu können und hinterher immer noch müde zu sein. Plötzlich aber platzte ich fast vor Energie.«

»Ihr hattet also eine Affäre.« Meine Stimme klang brüchig.

»Eigentlich ist das fast schon zu viel gesagt«, antwortete Sally zittrig. »›Affäre‹ klingt viel zu wichtig. Es ist nur zweimal passiert. Wobei es nicht mal einen klaren Endpunkt gab. Zwischen uns ist nichts vorgefallen, kein Streit oder so. Er hat mich immer noch angelächelt und meine Hand berührt und mir das Gefühl gegeben, etwas Besonderes zu sein, aber darüber hinaus hat er nichts mehr getan.«

»Wann ist denn das alles passiert?« Ich wollte wissen, ob unsere Beziehungen sich überschnitten hatten.

Aber Sally gab mir keine Antwort. Stattdessen erklärte sie ernst: »Ich glaube, Hayden ist ein gestörter Mensch. Irgendetwas muss ihn einmal sehr verletzt haben, und nun ist er – ich weiß auch nicht. Er kann nichts dafür. Wobei ich mir sicher bin, dass ihm das mit uns durchaus etwas bedeutet hat. Ganz bestimmt. Es kann gar nicht anders sein. Vielleicht hat er sich zurückgezogen, weil er meine Ehe nicht kaputt machen wollte.« Sie stieß ein Seufzen aus, das fast wie ein Schluckauf klang, und tupfte sich die Augen ab. »Ich habe mir eingebildet, ich könnte ihm durch meine Liebe helfen. Ihm ein besseres Gefühl geben. Lach nicht.«

»Das tue ich nicht. Und Richard?«

»Du meinst, ob er Bescheid weiß? Ich hatte solche Angst, dass er dahinterkommen könnte. Dass jemand zwei und zwei zusammenzählen und es ihm stecken würde. Seltsamerweise war am Ende ich selbst diejenige, die es ihm steckte. Ehe ich es mich versah, hatte ich es ihm einfach gesagt. Zwischen uns war es inzwischen richtig schlimm geworden, er wusste also schon, dass etwas nicht stimmte, und was Hayden betraf, war er sowieso ganz schrecklich, er nannte ihn einen … egal, das tut jetzt nichts zur Sache. Jedenfalls hatte er zumindest einen Verdacht, deswegen wollte er die Band auch nicht mehr bei uns im Haus spielen lassen – wobei er mir wohl nicht zugetraut hatte, dass ich ihm tatsächlich untreu geworden war. Nachdem er mich längst nicht mehr als sexuelles Wesen betrachtete, konnte er sich vermutlich auch nicht vorstellen, dass ein anderer mich begehrenswert fand. Vielleicht wollte ich ihm einfach wehtun, ihm einen Schock versetzen, damit er endlich aus seiner gottverdammten Selbstgefälligkeit aufwachte. Wahrscheinlich hoffte ich auch, er würde mich endlich wieder richtig ansehen, wenn ich es ihm sagte.« Sie stieß ein scharfes Lachen aus. »Was das betrifft, hat meine Taktik funktioniert.«

»Wie hat er es aufgenommen?«

Sie schauderte leicht. »Sagen wir mal, es hat ihn nicht kaltgelassen. Er hat ständig wiederholt, er verstehe einfach nicht, wie ich Lola so etwas antun konnte. O mein Gott! Dabei habe ich Lola überhaupt nichts angetan. Ich liebe Lola und könnte ihr niemals Schaden zufügen, und wenn ich gedacht hätte … Allerdings ist er nicht ganz und gar blind. Richard, meine ich. Er weiß – oder weiß zumindest halb –, dass es nicht nur an mir lag. Wäre es mit uns beiden besser gelaufen, dann wäre das Ganze nicht passiert. Ich war so *einsam*, Bonnie.«

Ich legte meine Hand auf die ihre. »Du hättest eher mit mir reden sollen.«

»Bei dir hat man immer das Gefühl, dass du alles so gut im Griff hast. Du würdest dir niemals einen Ehemann aussuchen, der dich dann behandelt, als wärst du nur zum Saubermachen und Kochen da. Dich würde auch keiner nur zweimal vögeln, nachdem er dich kennengelernt hat, und anschließend gleich wieder verlassen, ohne sich die Mühe zu machen, dich darüber zu informieren.«

»Das sieht bloß von außen betrachtet so aus«, entgegnete ich. »Innen fühlt es sich ganz anders an.«

»Die Sache mit Hayden – für mich war das Ganze sehr wichtig, und irgendwie auch für Richard. Vielleicht hat es sogar unsere Ehe ruiniert, obwohl ich glaube, dass keiner von uns beiden das wirklich will. Was aber Hayden anbelangt, habe ich mittlerweile meine Zweifel, ob es ihm viel bedeutet hat. Womöglich war ich für ihn bloß irgendeine Episode. Er wird bald keinen Gedanken mehr daran verschwenden – oder hat mich sowieso schon längst vergessen.«

Alles, was sie sagte, kam mir bekannt vor. In gewisser Weise war ihre Geschichte auch die meine – mit dem Unterschied, dass Sally jetzt versuchte, wieder mit ihrem Ehemann zusammenzukommen und ihre Schritte dorthin zurückzulenken, wo sie gewesen war, bevor sie Hayden kennenlernte. Ich jedoch hatte eine Grenze überschritten und befand mich nun in einem anderen Land, aus dem es kein Zurück mehr gab. Das Leben, das ich geführt hatte, bevor Hayden mich in seine Arme nahm und küsste, schien unendlich weit entfernt und strahlte rückblickend Sicherheit und Geborgenheit aus – die verlockende Aura von etwas unwiederbringlich Verlorenem. Nicht nur mein altes Leben, sondern auch mein altes Ich war verloren. Mir ging durch den Kopf, dass ich nie wieder dieselbe sein würde. Im Gegensatz zu Sally konnte ich das, was ich getan hatte, nicht einfach gestehen und dann auf Vergebung hoffen.

»Wir sollten noch ausführlich darüber reden, was passiert ist«, sagte ich, »und wie es mit dir und Richard weitergehen wird. Aber jetzt bist du unterwegs zu einem Polizeirevier, also erzähl mir erst mal, warum du ihn als vermisst gemeldet hast.«

»Ich hatte plötzlich solche Angst.«

»Angst?«

»Ich weiß, das klingt blöd. Vermutlich ist er nur zur nächsten Station seines Lebens weitergezogen. Ich glaube nicht, dass es in seinem Leben die gleiche Art von Kontinuität gibt wie in meinem oder deinem. Bei ihm folgt eins aufs andere, aber nichts davon baut aufeinander auf. Ehrlich gesagt habe ich sogar den Verdacht, dass es während seiner Zeit mit mir noch eine andere gab, auch wenn er das nie gesagt hat. Ich hatte nur so ein Gefühl. Vermutlich war das auch der Grund, warum er nach dem zweiten Mal kein Interesse mehr zeigte. Trotzdem ist er mir einfach nicht aus dem Kopf gegangen ... ich musste dauernd daran denken, was er mal zu mir gesagt hat.«

»Was denn?«

»Dass er nichts tauge. Dass ich mich nicht allzu sehr auf jemanden wie ihn einlassen soll.«

»Das hat er zu dir gesagt?« Die gleichen Worte hatte er auch mir gegenüber benutzt, und ich hatte sie Neal gegenüber wiederholt.

»Ja.«

»Du befürchtest, er könnte sich umgebracht haben.«

»Nein! Ja. Ich weiß nicht. Eigentlich glaube ich nicht, dass er dazu fähig ist, aber nachdem mir der Gedanke erst mal gekommen war, konnte ich an nichts anderes mehr denken. Ich habe bei ihm vorbeigeschaut, musst du wissen. Nachdem ich ihn weder übers Handy noch übers Festnetz erreichen konnte, bin ich hin und habe geklingelt. Ich hatte das Gefühl, dass er sich im Haus befand und genau wusste, dass ich vor seiner Tür stand, mich aber nicht sehen wollte. Es war schrecklich.«

Du irrst dich, dachte ich. In Wirklichkeit waren da ich und Sonia mit Haydens Leiche. Wir haben dich läuten gehört und uns gewünscht, du würdest endlich verschwinden. Die Erinnerung daran ließ meine Haut unangenehm prickeln.

»Und dann?«, hakte ich nach.

»Gestern habe ich Richard gesagt, dass ich zur Polizei gehen möchte. Selbst er hielt das für vernünftig.« Sie sah mich mit ihren vom Weinen roten Augen an. »Meinst du, ich habe das Richtige getan, Bonnie?«

»Du hast getan, was du tun musstest.«

»Mir ist klar geworden, dass ich im Grunde gar nichts über ihn weiß. Ich habe keine Ahnung, wo er aufgewachsen ist, wer seine Eltern sind, seine Freunde, nichts.«

Ich wusste auch nicht recht viel mehr. Abgesehen von ein paar Bruchstücken, irgendwelchen Details, die ihm im Gespräch herausgerutscht waren. Einmal hatte er mir erzählt, dass er Elefanten möge, weil sie sich fast geräuschlos bewegten, ganz leise und vorsichtig, und dass sie sehr intensiv trauerten, wenn ein Mitglied ihrer Familie starb. Als ich ihn fragte, woher er das wisse, behauptete er, eine Weile in Afrika gelebt zu haben. Die Vorstellung, dass Hayden in irgendeinem Wildpark saß und durchs Fernrohr Elefanten und Löwen beobachtete, erschien mir schon damals so absurd, dass ich laut lachen musste. Natürlich hatte er auch hin und wieder Frauen erwähnt – eine besonders geistreiche, eine besonders verrückte –, dabei aber nie über Namen oder Einzelheiten gesprochen. Er redete über diese Frauen, als wären sie keine realen Menschen, sondern eher Fantasien, Träume oder Mythen. Wenn er von Bands, Festivals oder gelegentlichen Auftritten in irgendwelchen Pubs erzählte, nannte er ebenfalls nie Daten oder Namen. Ich wusste, dass er irgendwo im Westen aufgewachsen war, bei einem unmöglichen Vater und einer traurigen Mutter, und dass er die Schule gehasst hatte – wo auch immer diese Schule gewesen sein mochte. Ich fragte mich, ob ihn die Frauen deswegen so vergöttert hatten: weil er aus dem Nichts zu kommen schien und von einer rätselhaften Aura des Schmerzes umgeben war. Wir Frauen wollten das Rätsel ergründen und ihn erlösen. Für einen Moment sah ich wieder sein wutverzerrtes Gesicht und seine erhobene Faust vor mir. Wie hatte ich nur so dumm sein können?

»Ich bin froh, dass du jetzt Bescheid weißt«, erklärte Sally gerade.

»Ich auch.« Wusste *sie* ebenfalls Bescheid? Hatte sie einen Verdacht? Eigentlich konnte es gar nicht anders sein. Warum fragte sie mich dann nicht, wie ich zu der Kette gekommen war? »Ich begleite dich zur Polizei.«

Mir blieb keine andere Wahl. Schließlich war es Sally – meine geheime Rivalin und älteste Freundin, die mich nun, ohne es zu wissen, bei der Polizei verpfiff.

Davor

»Sally hat angerufen und mir eröffnet, dass wir nicht mehr bei ihr proben können«, rief ich ins Bad hinüber.

»Das ist aber blöd.« Hayden lag seit etwa einer Stunde in der Wanne. Hin und wieder zog er den Stöpsel, um Wasser auszulassen und anschließend kurz den Heißwasserhahn aufzudrehen. Durch den Dampf im Raum konnte ich ihn kaum erkennen.

»Sie klang sehr aufgeregt. Ich schätze, Richard hat ein Machtwort gesprochen.«

Er reckte eine große Zehe hoch und drehte damit am Hahn. »Wir finden bestimmt einen anderen Platz.«

Danach

Ein Polizeirevier hatte ich mir ganz anders vorgestellt. Es – oder zumindest der Teil, den wir zu sehen bekamen, nachdem wir einfach von der Straße hineinmarschiert waren – erinnerte eher an eine Bank, allerdings eine nicht allzu exklusive. Der Beamte im Eingangsbereich saß wie ein Kassierer hinter einem Gitter aus transparentem Kunststoff. Vor meinem geistigen Auge sah ich irgendwelche schrägen Vögel, die Stimmen hörten oder Waffen schwangen, dort hineinstürmten und nach Gerechtigkeit, Rache oder sonst was riefen, wovon sie selbst keine genaue Vorstellung hatten. Selbst die Polizei brauchte Schutz.

Der Beamte schien gerade völlig in das Ausfüllen eines Formulars versunken zu sein und blickte kaum auf, als Sally zu sprechen begann. Er hatte vor Konzentration die Stirn gerunzelt, und auf seinem schon recht kahlen Kopf glänzte der Schweiß. Nachdem Sally erklärt hatte, dass sie gekommen sei, um jemanden vermisst zu melden, hob er zumindest kurz den Kopf, aber als sie dann anfing, weitschweifig zu erzählen, was passiert war und warum sie es für so wichtig hielt, erlahmte sein Interesse.

»Nehmen Sie jetzt unsere Aussage auf?«, fragte Sally abschließend.

»Wann haben Sie ihn denn das letzte Mal gesehen?«, wollte der Beamte wissen.

»Vor neun Tagen.« Sally wandte sich an mich. »Weißt du noch das genaue Datum, Bonnie?«

»Ich glaube, es war der achtzehnte … ja, das dürfte in etwa hinkommen.«

»*Dieses* Monats?«, fragte der Polizist.

»Ja«, antwortete Sally. »Vor rund zehn Tagen. Er ist ohne ein Wort verschwunden. Ich bin mir sicher, dass ihm etwas zugestoßen ist.«

Der Beamte klopfte ein paarmal mit seinem Stift auf den Schreibtisch, machte ansonsten aber keine Anstalten, sich etwas zu notieren.

»Wir gehen erst wieder«, erklärte Sally, »wenn sich jemand um die Sache kümmert.«

Der Mann blickte von ihr zu mir. Ich machte ein Gesicht, von dem ich hoffte, dass es eine gewisse Solidarität mit Sally ausdrückte, gleichzeitig aber nicht zu drängend wirkte.

»Bitte nehmen Sie dort drüben Platz«, sagte er, »ich schicke Ihnen jemand hinaus.«

Wir ließen uns auf einer Holzbank nieder und betrachteten die Plakate an der Wand, die uns über unsere Rechte informierten und uns rieten, unsere Türen zu verschließen und unsere Wertsachen registrieren zu lassen. Immer wieder erschienen Leute und beschwerten sich bei dem Beamten über Akte von Vandalismus, Fälle von Kleinkriminalität oder andere Vorkommnisse, die zum Teil kaum zu verstehen waren. Mir schien, als müssten die meisten Leute einfach nur ihre Geschichte loswerden, wobei nicht ganz klar war, ob sie wirklich einen Polizisten oder eher einen Arzt oder Priester brauchten – oder einfach jemanden, der ihnen zuhörte. Manchmal vermerkte der Beamte etwas auf einem Formular, aber die meiste Zeit nickte er geduldig oder murmelte etwas, das wir nicht hören konnten.

Schließlich ertönte ein Summen. Die gesicherte Tür schwang auf, und eine uniformierte Polizistin betrat den Raum. Nachdem sie sich neben uns gesetzt und sich als WPC Horton vorgestellt hatte (»aber nennen Sie mich einfach Becky«), erklärte sie, ihr Kollege habe ihr gesagt, wir hätten ein Anliegen.

»Ein Anliegen?«, wiederholte Sally leicht entrüstet, ehe sie ein weiteres Mal ihre Geschichte erzählte. Nach ein paar Sätzen aber hielt sie abrupt inne. »Wollen Sie sich denn nichts aufschreiben?«

Die Polizistin lehnte sich vor und legte Sally beschwichtigend eine Hand auf den Arm.

»Erzählen Sie doch erst mal, was Ihnen solche Sorgen bereitet.«

Sally musterte sie argwöhnisch.

»Hat man Sie als eine Art Therapeutin zu uns geschickt? Ich würde wirklich gern wissen, ob Sie mich nur beruhigen wollen oder vorhaben, wegen Hayden Booth etwas zu unternehmen!«

»Erst müssen wir uns Klarheit darüber verschaffen, was eigentlich passiert ist«, erwiderte Becky. Sie kam mir tatsächlich eher vor wie eine Becky und nicht wie eine WPC Horton. Sie tat, als wäre sie unsere Freundin. Was wohl genau ihre Aufgabe war. »Danach entscheiden wir, was zu tun ist.«

Sally erzählte also erneut ihre Version von Haydens Auftauchen und Verschwinden und erklärte abschließend mit Nachdruck, sie sei sicher, dass ihm etwas Schlimmes zugestoßen sei.

»Verstehen Sie denn nicht?«, beschwor sie die Beamtin, sah dabei aber mich an, als erwartete sie von mir eine Bestätigung. »Erst probt er die ganze Zeit für ein bevorstehendes Konzert, und dann ist er plötzlich spurlos verschwunden, und kein Mensch weiß, wo er abgeblieben ist.«

»Haben Sie irgendwelche Versuche unternommen, ihn zu finden?«

»Natürlich. Meine Freundin Bonnie hier ist mit ein paar anderen Leuten in seine Wohnung gegangen, um nachzusehen, was mit ihm los ist.«

»Was haben Sie herausgefunden?«, wandte sich die Beamtin an mich.

Plötzlich kam ich mir vor wie eine Schauspielerin, die gerade jemand auf die Bühne geschubst hat. Ich kannte nicht nur meinen Text nicht richtig, sondern hatte noch nicht mal entschieden, welche Rolle ich eigentlich spielen wollte. Bestimmt war es wichtig, dass ich mich mit Sally solidarisch zeigte und sie entsprechend unterstützte. Noch viel wichtiger aber war, dass ich es nicht übertrieb: Auf keinen Fall durfte ich meine Rolle so überzeugend spielen, dass sich die Beamtin dadurch genötigt fühlte, eine große Suche nach Hayden einzuleiten. Leider hatte ich keine Zeit gehabt, mir das alles vorher in Ruhe zu überlegen.

»Er ist zu einer Probe nicht erschienen, und wir konnten ihn auch nicht erreichen, deswegen sind wir in seine Wohnung, um nachzusehen, ob er dort irgendetwas zurückgelassen hat, das vielleicht Aufschluss darüber gibt, wo er abgeblieben ist.« Mir kam ein Gedanke. »Wenn ich *seine* Wohnung sage, meine ich damit nicht, dass sie ihm gehört. Er hatte kein... er ist nicht der Eigentümer«, korrigierte ich mich, »und auch nicht der Mieter. Eine Freundin von mir ist zurzeit auf Reisen, deswegen hat er vorübergehend dort gewohnt.«

»Was haben Sie in der Wohnung gefunden?«

»Eigentlich nichts. Keinen Pass, kein Handy, keine Brieftasche. Wir sind zu dem Schluss gekommen, dass er alles mitgenommen hat.«

»Bei der Gelegenheit haben sie aber entdeckt, dass seine Gitarre kaputt ist«, mischte Sally sich ein. »Finden Sie das nicht seltsam? Er ist Profimusiker. Seine einzige Gitarre ist zertrümmert und er selbst spurlos verschwunden.«

»Es ist nicht wirklich seine *einzige* Gitarre«, stellte ich richtig.

»Aber seine liebste.«

»Haben Sie sich mit seinem Arbeitgeber in Verbindung gesetzt?«, fragte Becky.

Ich gab ihr keine Antwort, sondern überließ es Sally, ihre eigenen Argumente zu untergraben.

»Er hat keinen Arbeitgeber«, erklärte sie. »Er ist Musiker.«

Becky sah sie verwirrt an.

»Was für eine Art Musiker? Spielt er regelmäßig mit einer Gruppe oder auf einer bestimmten Bühne?«

»Das weiß ich nicht so genau«, antwortete Sally, »ich glaube nicht.«

»Wie lange wohnt er denn schon … na ja, wo er zurzeit eben wohnt?«

»Ein paar Wochen, würde ich sagen.«

»Und davor?«

Sally wurde vor Verlegenheit rot.

»Keine Ahnung. Weißt du das, Bonnie?«

»Nein«, antwortete ich. »Bevor er in Lizas Wohnung gezogen ist, hat er bei irgendwelchen Leuten auf dem Boden übernachtet.«

»Auf dem Boden?«

»Oder auf dem Sofa. Davor hat er außerhalb von London gespielt, glaube ich. Wo genau, weiß ich nicht.«

»Vielleicht ist er dorthin zurück«, mutmaßte Becky.

»Nein, bestimmt nicht«, widersprach Sally, »da bin ich mir ganz sicher. Er wäre nicht einfach gegangen. Das hätte er mir gesagt. Hören Sie, ich verstehe das alles nicht. Wenn jemand auf dieses Revier kommt und eine Person vermisst meldet, dann ist es doch Ihre Aufgabe, nach der betreffenden Person zu suchen. So wie im Fernsehen, wenn Scharen von Polizisten einen Wald durchkämmen oder einen See absuchen.«

Sallys letzte Worte versetzten mir einen Stich, als hätte mich jemand tief in meinem Inneren mit etwas Spitzem gepiekst. Becky antwortete in sehr sanftem Ton, als müsste sie ein hysterisches Kind beruhigen.

»Der Begriff ›vermisst‹ kann recht unterschiedliche Dinge bezeichnen. Wenn ein Kleinkind eine halbe Stunde abgängig ist, handelt es sich bereits um einen Notfall. Bei einem Erwachsenen ist das ein bisschen schwieriger. Erwachsene haben das Recht, einfach zu verschwinden, wenn ihnen danach ist. Das kann für die Menschen, die sie lieben, sehr schmerzhaft sein. Wir hören oft schreckliche Geschichten von Ehemännern, die einfach ihre Familien verlassen. Solange aber nichts auf ein Verbrechen hindeutet, können wir nicht viel tun.«

»Aber es deutet doch eine ganze Menge auf ein Verbrechen hin«, widersprach Sally. »Haben Sie mir denn nicht zugehört?«

»Wenn ich Sie richtig verstanden habe, ist der Mann so eine Art Rockmusiker, nicht wahr?«

»Ja.«

»Ich kenne mich damit nicht so gut aus, aber soweit ich weiß, führen solche Leute oft ein recht unstetes Leben. Sie touren durch die Lande, ergattern plötzlich irgendwo einen neuen Job, kommen und gehen.«

»Er ist nicht einfach gegangen«, entgegnete Sally, »sondern spurlos verschwunden.«

Beckys Miene wirkte plötzlich argwöhnisch.

»Hatten Sie irgendeine Art von Beziehung mit diesem Mann?«

Ich sah das nervöse Flackern in Sallys Augen. Wie weit würde sie gehen?

»Wir waren befreundet.«

Nun folgte eine lange Pause. Offensichtlich fragte Becky sich gerade, ob sie uns einfach zum Teufel jagen solle, überlegte es sich dann aber doch anders.

»Wenn Sie mir Ihre Adresse geben, kommen meine Kollegen oder ich in den nächsten Tagen bei Ihnen vorbei. Dann können wir noch einmal über die Sache reden und entscheiden, ob es eine Basis für weitergehende Ermittlungen gibt.«

»Danke«, sagte Sally, »mehr verlange ich ja gar nicht.«

»Aber bedenken Sie«, fuhr Becky fort, »dass vielleicht gar nichts Schlimmes dahintersteckt. Womöglich wartet er schon auf Sie, wenn Sie nach Hause kommen.«

Manchmal läuft alles schief, und man kann nichts dagegen tun. Da keine Zeit blieb, irgendetwas auch nur ansatzweise Akzeptables zu arrangieren, fand die nächste Probe in meinem Wohnzimmer statt, wo wir im Grunde gar nicht genug Platz hatten. Ich war gezwungen, gleich am Anfang zu verkünden, dass wir so leise wie möglich spielen müssten, weil ich nicht riskieren konnte, es mir mit meinen neuen Nachbarn zu verderben.

Guy tauchte nicht auf, was in diesem Fall aber eher von Vorteil war. Zum einen hätten wir ihn und sein Schlagzeug sowieso nicht untergebracht, zum anderen hätte er sich katastrophal auf den Lärmpegel ausgewirkt. Was Hayden betraf, fühlte ich mich in meinen eigenen vier Wänden besonders befangen. Wir waren erst kurz vor Beginn der Probe aus dem Bett gekommen, und obwohl ich noch schnell geduscht und mich von Kopf bis Fuß abgeschrubbt hatte, bildete ich mir irgendwie ein, die anderen könnten ihn an mir riechen. Außerdem hatte er eine so einnehmende Art: Er sah sich alle meine Sachen an, zog Bücher aus den Regalen, ließ Klamotten herumliegen. Natürlich verhielt er sich überall so. Er schien grundsätzlich den ganzen zur Verfügung stehenden Raum für sich zu beanspruchen, doch meine Wohnung schien mittlerweile regelrecht von ihm durchdrungen. Bestimmt fiel das jedem sofort auf.

Ich überlegte, ob ich ihn bitten sollte, kurzfristig das Haus zu verlassen und dann wiederzukommen, aber vermutlich hätte er die Idee völlig absurd gefunden oder auf meine Kosten für eine spontane Lachnummer ausgenutzt. Die Türklingel riss mich aus meinen Gedanken. Es war Joakim, der auffallend rote Wangen hatte. Zum Teil lag das wahrscheinlich an dem wohligen Schauer, den die meisten Schüler empfanden, wenn sie die Privaträume einer Lehrkraft betraten. Außerdem war er in Haydens Gegenwart immer ein wenig nervös, wenn auch nicht mehr als ich im Moment.

Amos in meiner Wohnung zu haben, behagte mir nicht besonders. Ständig blätterte er irgendwelche Bücher durch, um herauszufinden, ob es vielleicht seine waren.

»Wir müssen das alles noch mal genau auseinandersortieren«, erklärte er.

»Aber nicht jetzt«, gab ich ihm zur Antwort.

Er zückte seinen Kalender und schlug einen Termin nach dem anderen vor, bis ich ihn schließlich genervt anfauchte, woraufhin er den Beleidigten mimte. Am schlimmsten war das Spielen selbst. Woran es eigentlich lag, kann ich nicht sagen. Vielleicht an der Enge des Raums oder meiner eigenartigen, Hayden-bedingten Nervosität. So ähnlich fühlt man sich manchmal, wenn ein Gewitter bevorsteht und man hofft, es möge endlich losbrechen und schnell vorüberziehen. Sonia war ebenfalls nicht in Bestform. Sie litt an Heuschnupfen und brachte nur noch ein heiseres Gekrächze heraus. Leider klang es nicht so sexy wie das von Nina Simone, sondern einfach nur falsch. Frustriert zwängte sie sich an uns vorbei in die Küche, um sich ein warmes Getränk zuzubereiten.

Ich probierte einen neuen Song mit ihnen aus. Er hieß »Honky Tonk« und war meiner Meinung nach gut geeignet, um die Leute auf der Hochzeit zum Tanzen zu animieren. Leider lief es nicht so, wie ich mir das vorgestellt hatte. Neal war schlechter Laune. Er hatte mit seinem Bass eine Art Arpeggiomuster zu spielen – sozusagen als Fundament, auf dem der ganze Song ruhte –, bekam es aber einfach nicht hin. Nachdem wir es dreimal versucht hatten und jedes Mal die Basslinie – und damit die ganze Nummer – eingebrochen war, wechselten wir verlegene Blicke.

»Lass dir deswegen keine grauen Haare wachsen«, versuchte ich Neal zu trösten. »Vielleicht sollten wir erst mal zu etwas anderem übergehen.«

»Nein«, entgegnete Neal eine Spur zu laut, »das bekomme ich schon hin. Gestern Abend ging es völlig problemlos. Noch mal. Eins, zwei, drei …«

Wir legten also ein weiteres Mal los und blieben gleich wieder hängen, wie ein Motor, der kurz nach dem Start abstirbt. Eigentlich war es fast schon lustig, auch wenn keiner von uns darüber lachen konnte. Ich hörte Neal erst leise und dann zunehmend lauter über sich selbst fluchen. Er fing an, die Stelle immer wieder durchzuspielen, bekam sie aber nach wie vor nicht auf die Reihe.

»Tut mir leid«, sagte er, »jetzt klappt es überhaupt nicht mehr. Es wird nur noch schlimmer statt besser.«

»Das haben wir gleich«, sagte Hayden.

Mit diesen Worten legte er seine Gitarre weg, kam herüber und nahm Neal, der vor lauter Überraschung überhaupt nicht reagierte, den Bass aus der Hand.

»Hör zu«, sagte Hayden.

Er spielte die Basslinie, die vom ersten Moment an so locker dahinfloss und swingte, dass ich automatisch lächeln musste. Ich hoffte, dass Neal es nicht gesehen hatte. Hayden spielte währenddessen weiter, als hätte er uns völlig vergessen. Mit geschlossenen Augen und einem Lächeln auf den Lippen begann er allmählich zu variieren, bis es noch viel besser klang. Dann schien ihm plötzlich klar zu werden, wo er sich befand. Abrupt hörte er auf und gab den Bass an Neal zurück.

»So in der Art«, sagte er.

Neals Augen funkelten vor Wut.

»Warum spielst du es eigentlich nicht gleich selbst?«, fragte er.

»Gerne, aber was spielst dann *du*?«, gab Hayden zurück.

Ein unverzeihlicher Fauxpas.

Neal sah aus, als könnte er kaum fassen, was Hayden da gerade gesagt hatte. Ungläubig starrte er ihn an – ungläubig und sehr wütend.

»Das klang jetzt schlimmer, als es gemeint war«, versuchte Hayden ihn zu beschwichtigen. »Wenn du magst, kann ich den Basspart für dich durchsehen. Ihn ein bisschen vereinfachen.«

Einen Moment befürchtete ich, Neal würde Hayden eine verpassen. Oder durch spontane Selbstverbrennung in Flammen aufgehen, wie es angeblich manche Viktorianer getan hatten.

»Klar«, antwortete er in gepresstem Ton, »das wäre toll.«

Danach

In dieser Nacht schlief ich sehr unruhig und wachte erst spät auf. Noch ganz im Bann eines schlechten Traums, an dessen Einzelheiten ich mich nicht erinnern konnte, starrte ich eine Weile zur fleckigen Zimmerdecke empor und versuchte, in die Realität zurückzufinden. Es war ein heißer, windstiller Tag; der wolkenlose Himmel leuchtete in einem metallischen Hellblau, und die Sonne brannte herunter wie eine Lötlampe. Das Laub der Bäume vor meiner Wohnung hatte einen dunklen, schmutzigen Grünton, und auf dem kleinen Platz, der ein paar Häuser weiter lag, war die Grasfläche zu einem blassen Gelb verblichen. Bei dieser Hitze konnte man sich nur müde und schlapp fühlen. Wir hatten schon Ende August, so dass die Tage des Sommers gezählt waren. Als ich mich schließlich aus dem Bett kämpfte, um einen Blick nach draußen zu werfen, sah ich, wie sich der Nachbarshund im übernächsten Garten auf seinem kleinen Fleckchen Rasen räkelte. Im Haus gegenüber drückte sich ein nacktes kleines Kind gegen ein Fenster im ersten Stock, als wollte es seinen rosig leuchtenden Körper am Glas kühlen. Ich sagte mir, dass ich längst damit beschäftigt sein müsste, das Bad zu streichen oder in meinem Schlafzimmer weiterzumachen, wo Reste der

Tapete wie abgestorbene Hautfetzen herabhingen, als hätte dort jemand die Wand ausgepeitscht. Aber es war zu heiß. Eigentlich sollte ich mich gar nicht hier in dieser tristen Wohnung aufhalten, wo sich bei jedem Geräusch sowohl mein Herz als auch mein Magen zusammenkrampften. Ich hätte den ganzen Sommer wegfahren sollen, vielleicht auf eine griechische Insel. Einen Augenblick lang malte ich mir aus, wie es wäre, jetzt in einem Boot zu sitzen, den Meereswind im Gesicht zu spüren und die Füße in dem klaren türkisblauen Wasser baumeln zu lassen, während sich hinter mir ein unvorstellbar schönes, weiß gestrichenes Dorf erhob. Ich würde Ouzo trinken, tanzen, schwimmen, lange Spaziergänge über weiße Sandstrände machen und mich wunderbar frei fühlen – statt hier festzusitzen, gefangen von dem, was ich getan hatte, und krampfhaft bemüht, mit meinen Lügen, Halbwahrheiten und Ängsten klarzukommen.

Als ein Polizeibeamter anrief und mir mitteilte, sie wollten vorbeikommen und mit mir sprechen, wäre ich am Telefon fast zusammengebrochen. In dem Moment hätte ich es beinahe als Erleichterung empfunden zu gestehen, was ich getan hatte. Stattdessen erklärte ich mich bereit, sie gegen zwei Uhr nachmittags bei mir in der Wohnung zu empfangen. Sie würden mich nicht lange aufhalten, meinte der Beamte.

Ich rief sofort bei Sonia an. Seit jener schrecklichen Nacht hatte ich nicht mehr richtig mit ihr geredet. Wir hatten Blicke gewechselt, einander tröstend die Hand auf die Schulter gelegt, uns beruhigend oder warnend angelächelt, aber während der ganzen Zeit kein einziges Wort über das verloren, was wir getan hatten. Es lag wie eine tiefe Kluft zwischen uns. Ich erklärte ihr, wir müssten uns treffen.

»Nicht jetzt«, antwortete sie, »ich bin gerade auf dem Weg zu Amos.«

Ich erzählte ihr von Sally und der Polizei.

»Ich weiß«, sagte sie, »mich haben sie auch angerufen,

ebenso Amos. Sally hat ihnen etliche Namen genannt. Bestimmt ist das alles nur reine Formsache.«

»Wir müssen aufpassen, dass wir die gleiche Geschichte erzählen.«

»Bonnie.« Ihre Stimme klang streng. »Wir haben keine Geschichte zu erzählen. Fass dich einfach kurz.«

»Du meinst nicht, wir sollten uns treffen?«

»Das ist nicht nötig.«

Nervös wanderte ich in der Wohnung umher. Ich riss ein paar weitere Tapetenfetzen von der Wand und entfernte die erste Tür eines Schranks, der an der Wand festgeschraubt war, den ich aber abbauen wollte, sobald ich mir das richtige Werkzeug dafür besorgt hatte. Keine Schränke mehr, hatte ich beschlossen, sondern nur noch offene Regalfächer und frei hängende Kleiderstangen. Ich trank lauwarmen Kaffee und machte mich daran, im Internet nach billigen Stangen Ausschau zu halten. Fündig geworden, bestellte ich drei Stück, obwohl ich höchstens für eine einzige Platz hatte. Anschließend durchforstete ich meinen Kleiderschrank, fand aber nichts, was mir für ein Polizeiverhör passend erschien. Gab es für eine solche Gelegenheit überhaupt passende Kleidung? Im Geist übte ich bereits meine Antworten. »Nein, ich weiß eigentlich nicht viel über ihn ...« – »Ja, ich habe ihm eine Wohnung besorgt, um einer Freundin einen Gefallen zu tun ...« – »Nein, er hat mir nicht gesagt, dass er wegwollte ...« – »Wann ich ihn das letzte Mal gesehen habe? Lassen Sie mich nachdenken. Das muss bei der Probe gewesen sein. Brauchen Sie das genaue Datum? ...« – »Ich glaube, er ist einfach weitergezogen. Er war dieser Typ ...« Am besten, ich wirkte hilfsbereit und leicht bedauernd, aber nicht ernstlich beunruhigt.

Das Telefon riss mich aus meinen Gedanken. Es war Neal.

»Hallo«, begrüßte ich ihn lässig, obwohl ich vor Beklemmung eine Gänsehaut bekam, »wie geht's dir? Alles in Ordnung?«

Am anderen Ende der Leitung herrschte einen Moment Schweigen.

»Möchtest du reden?«, fragte er schließlich.

»Nein. Nein, möchte ich nicht.«

»Ich dachte, dir wäre vielleicht danach zumute.«

»Nein, ich glaube nicht, dass das etwas bringen würde. Falls du mir aber etwas zu sagen hast, dann raus damit. Aber vergiss nicht, dass sich manches nicht mehr zurücknehmen lässt, wenn es erst einmal ausgesprochen ist.«

»Du hast vielleicht Nerven, Bonnie Graham.«

»Geht es darum, dass die Polizei mit uns reden möchte?«

»Natürlich geht es um die Polizei. Was glaubst du denn?«

Ich musste an Sonias Ratschlag denken.

»Fass dich einfach kurz. Dann wird es schon gehen.«

»Ach ja? Möchtest du, dass ich ihnen irgendetwas Bestimmtes erzähle – oder nicht erzähle?«

Ich seufzte. »Nein, Neal«, antwortete ich langsam, »meinetwegen kannst du ihnen erzählen, was du willst.«

»Bist du sicher?«

»Ja.«

»Wenn du mich brauchst ...«

»Danke, ich komme schon zurecht.«

Nachdem er aufgelegt hatte, bekam ich schlagartig wacklige Knie, und meine Hände zitterten derart, dass ich kaum den Wasserhahn aufdrehen konnte. Ich kühlte Gesicht und Hals und trank anschließend zwei Gläser Wasser. Dann setzte ich mich an den Küchentisch, ließ den Kopf auf die Hände sinken und wartete.

Becky Horton kam in Begleitung eines männlichen Kollegen, der vom ersten Moment an gelangweilt wirkte, als wollte er das Ganze möglichst schnell hinter sich bringen. Sofort fühlte ich mich besser. Beide lehnten ab, als ich ihnen Kaffee anbot.

»Wir halten Sie nicht lange auf«, meinte Becky.

»Ich bin mir sicher, dass kein Anlass zur Sorge besteht«, erklärte ich. »Bestimmt wird er bald in Newcastle, Cardiff oder sonst wo auftauchen. In irgendeinem schrägen Musikschuppen.«

»Wie kommen Sie auf Newcastle?«, fragte Beckys Kollege, plötzlich interessiert.«

»Das war doch nur ein Beispiel.«

»Ein Beispiel?«

»Ich habe auch Cardiff genannt.«

Letztendlich erzählte ich ihnen nur, was ich schon am Vortag zusammen mit Sally gesagt hatte: dass ich Hayden zum letzten Mal vor etwa zehn Tagen gesehen hätte und in seiner Wohnung auf Anzeichen dafür gestoßen sei, dass er sich davongemacht habe, wobei ich keine Ahnung hätte, wohin, deswegen aber nicht ernstlich beunruhigt sei.

»Wie gut kennen Sie Mr. Booth?«, fragte Becky.

»Nicht besonders gut. Wir haben uns rein zufällig kennengelernt. Er hat dann eine Weile in unserer Band gespielt.«

»Sie waren nicht mit ihm befreundet?«

Ich überlegte einen Moment, weil ich mich nicht bei einer Lüge ertappen lassen wollte.

»Nur so, wie man eben befreundet ist, wenn man zusammen in einer Band spielt.« Das konnte eine ganze Menge bedeuten.

»Kennen Sie irgendwelche Freunde von ihm?«

»Nein«, antwortete ich.

Davor

Ich war nicht betrunken genug, oder die Jungs waren es zu sehr oder beides. Dinge, die sie zum Schreien komisch fanden, erschienen mir überhaupt nicht lustig – insbesondere, als sie auf all die verschiedenen Orte zu sprechen kamen, die sie während ihrer gemeinsamen Touren verwüstet hatten. Neben Nat und Ralph – den beiden, die ich an dem Abend im Long Fiddler kennengelernt hatte – waren noch ein paar andere da, mit denen Hayden in der Vergangenheit gespielt hatte und auf Tour gewesen war.

»Weißt du noch, wie du den Mülleimer in Brand gesteckt hast?«, fragte Jan. Zumindest glaube ich, dass er Jan hieß – ein großer, dünner, schlaksiger Typ mit strähnigem blondem Haar und blassblauen Augen. Er trug lehmverkrustete Stiefel, die gerade zwischen mehreren Alubehältern mit den Überresten eines Currygerichts auf Lizas schönem Tisch ruhten.

»Und du versucht hast, das Feuer mit einer Flasche Whisky zu löschen?« Das war Mick, der dunkelrotes Haar und eine wellige Narbe an der Lippe hatte.

Sie brüllten vor Lachen. Jan wollte seine Bierdose nehmen, griff jedoch daneben, so dass sie stattdessen auf dem Boden landete, wo sich ihr hellgelber Inhalt auf den Teppich ergoss, während Jan einfach nach einer anderen Dose griff.

»Erinnert ihr euch an die Wohnung in Dublin?«, fragte Ralph und löste damit eine weitere Welle der Heiterkeit aus.

»Oder die Kakerlaken, die uns aufs Gesicht gefallen sind, während wir schliefen?«

Ich hob die Dose auf und stieß Jans Füße vom Tisch. Er schien es kaum zu bemerken. Wütend lief ich nach nebenan, um ein Handtuch zu holen. Erzählungen über Gekotztes, Glasscherben, Drogenexzesse und scharfe Frauen drangen zu mir herüber, während ich wie eine missmutige Ehefrau in der Küche stand und mir Sorgen machte – nicht nur wegen der Flecken auf dem Teppich und der Abdrücke auf dem Tisch, sondern auch wegen der edlen schwarzen Glasvase auf dem Kaminsims und all der anderen kostbaren Kleinigkeiten, die bei Liza herumstanden.

Als ich zurückkam, kicherte Hayden gerade wie ein Teenager. Seine Augen tränten, und seine Schultern bebten vor

Lachen. Ein so ansteckendes Kichern war mir noch bei keinem Mann untergekommen. Es klang fast wie ein Schluckauf. Mittlerweile hatte er schon ziemlich viel Whisky und Bier intus, und seine Bewegungen wurden langsam ein wenig schlaff.

»Ich glaube, ich verschwinde jetzt«, erklärte ich, nachdem er sich wieder beruhigt hatte.

Er packte mich am Arm.

»Geh nicht!«

»Doch, ich möchte wirklich nach Hause.«

»Bitte. Du kannst jetzt nicht gehen. Die Jungs sind gleich weg.«

»Ach ja?«, bemerkte Nat.

»Bonnie?«

»Erst lädst du uns ein, und dann wirfst du uns wieder raus, weil du plötzlich was Besseres zu tun hast.« Das kam von Jan. Ich starrte ihn einen Moment entrüstet an, was ihn jedoch nicht zu stören schien.

»Jetzt gehe ich aber wirklich«, erklärte ich kühl.

»Hör nicht auf diese Rüpel.« Mühsam rappelte Hayden sich hoch und schlang die Arme um mich. Ich spürte das Gewicht, die Hitze seines Körpers und seinen Atem an meiner Wange. Die anderen brachen in Gejohle aus.

»Verpisst euch!«, sagte Hayden. Er küsste mich aufs Kinn, doch ich spürte, wie die Atmosphäre um uns herum gefror, und löste mich von ihm.

»Erinnert ihr euch an die Sache mit Hayden und der Tigerkatze?«, versuchte Mick den alkoholseligen, nostalgischen Ton von vorhin wieder aufzugreifen.

»Erinnert ihr euch an die Sache mit Hayden und dem Geld, das auf geheimnisvolle Weise verschwand?«, konterte Jan. »Das war richtig lustig, oder?«

Hayden tat, als hätte er ihn nicht gehört. Ohne Jan eines Blickes zu würdigen, griff er nach meiner Hand und begann an meinem Daumenring herumzuspielen.

»Nicht jetzt, Mann«, wandte sich Mick beschwichtigend an Jan.

»Du hast leicht reden. Du hast kein Geld verloren und keine Schulden abzuzahlen.«

Hayden spielte weiter mit meinem Ring.

»Willst du dazu denn gar nichts sagen?« Jan ließ nicht locker.

Hayden blickte auf. Plötzlich wirkte er überhaupt nicht mehr betrunken.

»Was willst du von mir hören?«, erwiderte er in verächtlichem Tonfall. »Wenn du Wert auf Sicherheit legst, dann lass dich doch zum Buchhalter ausbilden. Du bist Musiker. Oder zumindest so was in der Art.«

»Hört, hört!«, sagte Mick.

»Dein Selbstmitleid macht mich krank.« Haydens Stimme klang beängstigend liebenswürdig. Kurz hob er meine Hand an sein Gesicht.

Jan war vor Zorn rot angelaufen. »Du hast den Vorschuss genommen – unseren Vorschuss – und einfach ausgegeben! Für mich klingt das nach Diebstahl!«

»Schon mal was von Unkosten gehört?«

»Du meinst, du hast es verplempert.«

»Ich habe getan, was am besten für die Band war«, entgegnete Hayden achselzuckend. »Finde dich damit ab.«

»Dass ich mein Geld und mein Mädchen an dich verloren habe? Damit soll ich mich abfinden, ja?«

»Für mich war es in Ordnung.«

Ich hatte den Eindruck, dass Hayden um eine Abreibung bettelte. Jedenfalls rührte er sich nicht von der Stelle, als Jan quer durch den Raum auf ihn zustürmte, und stieß auch nur ein kleines, zustimmendes Grunzen aus, als Jans Faust schließlich in seinem Magen landete. Ich packte Jan am Arm, doch er schüttelte mich ab und holte noch zweimal aus. Einmal traf er Hayden am Kopf, das zweite Mal ziemlich unglücklich am

Hals. Dann zerrten Mick und Nat ihn weg. Hayden lehnte sich zurück und lächelte mich an. Obwohl es ein sehr liebes Lächeln war, machte es mir Angst. In seinen Augen schimmerten Tränen.

»Geht jetzt«, sagte ich zu den vier Männern, die daraufhin wortlos abzogen. Die Wohnung sah aus wie ein Schlachtfeld. »Du bist ein Idiot«, sagte ich zu Hayden.

»Ja«, antwortete er.

»Hast du das Geld gestohlen?«

»Natürlich nicht.«

»Aber du hast es ausgegeben?«

»Plötzlich war es weg. Wie das mit Geld halt so ist.« Er rieb sich das Gesicht. Als er die Hand wieder sinken ließ, war von seinem Lächeln nichts mehr übrig. Er wirkte nur noch müde. »Wenn du mich jetzt für einen hoffnungslosen Fall hältst, hast du natürlich recht. Ich habe dir von Anfang an gesagt, dass du dich nicht allzu sehr auf mich einlassen sollst.«

»Und ich habe dir gesagt, dass da keine Gefahr besteht.«

»Nein?«

»Nein. Du bist nur meine Sommeraffäre.«

Er stieß ein leises Lachen aus.

»Meinst du?«

Danach

Mit einem Ruck fuhr ich hoch. Was war das? Befand sich jemand in der Wohnung? Ein paar Sekunden lang lauschte ich angestrengt. Ein Wagen fuhr vorbei. Außerdem hörte ich Stimmen, aber die waren weit weg, irgendwo draußen auf der Straße. Nein, die hatten mich nicht geweckt. Es war irgendetwas aus meinem Traum, etwas Wichtiges. Plötzlich flog es mich aus der Dunkelheit an: der Schlüssel. Haydens Wagenschlüssel. Warum hatte ich ihn behalten? Wie unglaublich dumm von mir. Die Tatsache, dass ich mir ein gutes Versteck dafür ausgedacht hatte, machte das Ganze nur noch schlimmer. Falls die Polizei meine Wohnung durchsuchte und ihn dort irgendwo herumliegen sah, konnte ich vielleicht noch so tun, als hätte Hayden mir während unserer Affäre einen Zweitschlüssel geliehen. Fanden sie ihn aber auf dem Grund einer Zuckerdose, war keine harmlose Erklärung mehr möglich. Und finden würden sie ihn bestimmt. Ich war eine von Panik getriebene, in der Kunst des Versteckens völlig unerfahrene Amateurin, während diese Leute es zu ihrem Beruf gemacht hatten, Verborgenes aufzuspüren. Sie kannten sämtliche Plätze, an denen Schwachköpfe wie ich Dinge versteckten, und selbst raffiniertere Verstecke waren vor ihnen nicht sicher, denn wenn sie etwas unbedingt finden wollten, rissen sie einfach alles auseinander. Wobei die Zuckerdose ohnehin kein besonders brillanter Einfall gewesen war. Was, wenn jemand, der zu mir kam, plötzlich etwas Süßes mit sehr viel Zucker machen wollte, zum Beispiel Limonade oder einen Kuchen, und beim Leeren der Dose auf den Schlüssel stieß? So dumm das auch klang, aber was sollte ich dann sagen?

Ich sprang aus dem Bett, rannte in die Küche, kletterte auf die Arbeitsplatte und versenkte eine Hand in der Dose. Plötzlich schoss mir ein Gedanke durch den Kopf: Was, wenn er nicht mehr da ist? Aber natürlich war er noch da. Ich legte ihn auf den Tisch, setzte mich und starrte ihn gedankenverloren an. Er erschien mir wie ein Talisman, ein Symbol für meinen Kontakt mit Hayden und für meine Schuld. Er strahlte fast so etwas wie Energie ab, weshalb ich ihn kaum zu berühren wagte. Ich dachte so intensiv über ihn nach, dass mir beinahe schwindlig wurde. Ich musste sowohl den Autoschlüssel als auch den Wohnungsschlüssel, den ich noch besaß, schleunigst entsorgen, und zwar irgendwo, wo ihn nie jemand vermuten würde. Warum um alles in der Welt hatte ich das nicht gleich getan? Ich versuchte die Motive dieser anderen Person zu verstehen – dieser früheren Bonnie, die den Wagen am Flughafen abgestellt hatte. Bestimmt gab es dafür einen Grund, selbst wenn ich mir dessen zu dem Zeitpunkt nicht bewusst gewesen war.

Ich zwang mich, über all das nachzudenken, obwohl es in der Vergangenheit lag und ich es eigentlich nur verdrängen wollte. Ja, es gab einen Grund, warum ich den Schlüssel behalten hatte. Hätte ich ihn weggeworfen, dann hätte ich dadurch meine letzte Chance verloren, etwas an der Situation zu verändern. Wäre mir im Nachhinein bewusst geworden, dass mir ein Fehler unterlaufen war oder noch etwas von mir im Wagen lag, dann hätte ich deswegen nichts mehr unternehmen können. War es wirklich eine so gute Idee gewesen, den Wagen am Flughafen abzustellen? Sollte die Polizei tatsächlich nach dem Fahrzeug suchen, wäre ein Flughafenparkplatz dann nicht einer der ersten Orte, der dafür infrage kam? Sie mussten ja keineswegs all die tausend Autos einzeln überprüfen. Vermutlich reichte es, wenn sie die Registriernummer in eine Datenbank eingaben. Auf diese Weise ließ sich die genaue Ankunftszeit des Fahrzeugs feststellen und somit auch zeitlich eingrenzen, wann Hayden verschwunden war. Sie würden anfangen, nach Alibis zu fragen. Konnten wir uns wirklich darauf verlassen, dass wir im Wagen keinerlei Spuren hinterlassen hatten? Selbst wenn dem tatsächlich so war, existierte mit Sicherheit eine Videoaufnahme, die eine Frau am Steuer zeigte. Es gab zu viele Schwachstellen. Ich zwang mich, weiter nachzudenken. Als ich schließlich begriff, in welche Richtung meine Gedanken mich lenkten, wurde mir ganz flau im Magen. Ich kam mir vor wie jemand, der an Höhenangst litt, sich aber trotzdem zwang, an den Rand einer sehr steilen Klippe zu treten, um sich dort so weit wie möglich vorzubeugen und in die Tiefe zu starren.

Ich wusch mich rasch und zog mich dann an, doch es war noch zu früh, um die Wohnung zu verlassen. Ich musste warten, bis die Läden öffneten. Schließlich wollte ich, dass viele Leute unterwegs waren, wenn ich am Flughafen eintraf. Der Schlüssel lag vor mir auf dem Tisch und schien ein Loch in die Platte zu brennen, während ich eine Tasse Kaffee nach der anderen trank und durchs Telefonbuch blätterte, bis ich fand, was ich brauchte. Ich riss eine Ecke von einer Zeitung ab und notierte die Adresse. Gegen halb neun verließ ich endlich die Wohnung. Zuerst ging ich zum Bankautomaten und hob dreihundert Pfund ab. Damit war ich jetzt schon zweihundertdreiundreißig Pfund im Minus. Wie sollte ich nächste Woche meine Hypothekenrate zahlen oder mir etwas zu essen kaufen? Ich ging die High Street entlang, bis ich einen Laden erreichte, an den ich mich vage erinnerte, obwohl ich ihn noch nie zuvor betreten hatte. Es gab dort seltsame Klamotten zu unglaublich günstigen Preisen. Ich erstand eine hässliche kastanienbraune Hose für fünf Pfund, ein absolut schreckliches Sweatshirt für zwei Pfund, auf das der Slogan »Spalsboro Sports Club« und ein Adler aufgedruckt waren, sowie ein Paar Baumwollhandschuhe für zwei Pfund fünfzig. Anschließend kehrte ich mit den Sachen zurück in die Wohnung, schlüpfte hinein und betrachtete mich im Spiegel. Ich sah darin seltsam aus, irgendwie arm. Aber das spielte keine Rolle. Hauptsache, ich hatte das Bargeld und den Schlüssel.

Ich fuhr mit dem Zug nach Stansted, umgeben von lauter Leuten mit Gepäck, die gerade in den Urlaub aufbrachen. Durchs Fenster starrte ich auf die Kanäle hinaus, die großen Bauprojekte, das mit Gestrüpp bewachsene Ödland, das für einen kurzen Moment in eine ländliche Gegend überging. Aus heiterem Himmel durchfuhr mich ein neuer Schreck. Der Parkschein. Was hatten wir damit gemacht? Eigentlich war ich mir fast sicher, ihn im Wagen gelassen zu haben. Ich spielte mit dem Gedanken, Sonia anzurufen, entschied mich dann aber dagegen. Wahrscheinlich musste ich ihr sowieso sagen, was ich getan hatte, doch das sparte ich mir lieber für später auf. Befand sich der Schein im Auto? Was, wenn nicht? In diesem Fall würde ich den Wagen am Flughafen lassen, bei Plan A bleiben und mir deswegen den Rest meines Lebens Sorgen machen müssen.

Als ich aus dem Terminalgebäude trat und in den Shuttlebus zum Parkplatz steigen wollte, wurde mir klar, dass ich vorher wissen musste, zu welchem Parkplatz ich wollte. Insgesamt gab es sechsundzwanzig, für jeden Buchstaben einen. Ich hatte schon öfter dort geparkt und mir den Buchstaben immer eingeprägt, indem ich ihn mit irgendetwas verknüpfte, das mir vertraut war: einem Namen, einem bestimmten Ort, einem Haustier. Diesmal aber hatte ich das nicht getan, weil ich ja nicht wiederkommen wollte. Im Geist ging ich das Alphabet durch. Keiner der Buchstaben löste irgendetwas in mir aus. A, B, C, D, E, F, G … Das war es. G für »Gott«. Allwissend, allmächtig und nicht existent. Zumindest hoffte ich das. Entschlossen bestieg ich den Bus.

Als ich den Wagen erreichte, fand ich den Parkschein schon beim ersten Griff ins Handschuhfach. Alles ging ganz einfach. Zwar musste ich in ein Büro, um achtzig Pfund zwanzig zu zahlen, aber das Mädchen hinter dem Tresen schaute kaum hoch, und bei der Ausfahrt konnte ich an der Schranke keine Überwachungskamera entdecken. Sobald man den Flughafen verließ, interessierte sich niemand mehr für einen, vorausgesetzt, man hatte bezahlt.

Wieder in London, bog ich in die Walthamstow ein und hielt nach der von mir notierten Adresse Ausschau. Zum Glück war alles genau so, wie ich es mir vorgestellt hatte. Dort, wo jetzt der SupaShine Rund-um-die-Uhr-Autowasch-Service untergebracht war, hatte früher wohl einmal eine Tankstelle oder ein Autosalon gestanden. Als ich auf das Gelände einbog, sah ich eine große Schar von jungen Männern in Overalls, die mit Schläuchen und Schwämmen eine Reihe von Wagen bearbeiteten. Bevor ich ausstieg, streifte ich noch rasch meine Handschuhe ab, weil ich damit wie eine Irre wirkte. Ein extrem fetter Mann mit einem Klemmbrett steuerte sofort auf mich zu.

»Standardwäsche und Abledern?«

»Was haben Sie denn sonst noch im Angebot?«

Er deutete auf das Schild an der Wand.

»Was gehört alles zu einer Innenreinigung?«

Er schnaubte ungeduldig.

»Saugen und Shampooreinigung sämtlicher Teppiche einschließlich des Kofferraumteppichs. Reinigung aller Oberflächen, Entfernung von Müll, Leerung der Aschenbecher.«

Argwöhnisch betrachtete er den Wagen, der richtig verdreckt aussah.

»Was ist mit außen?«, fragte er.

Das war mir nicht so wichtig, aber natürlich wollte ich vermeiden, dass der Mann sich an mich erinnerte. Mit ziemlicher Sicherheit war ihm in seinem ganzen Leben noch niemand untergekommen, der einen Wagen nur von innen, nicht aber von außen gereinigt haben wollte.

»Außen natürlich auch«, antwortete ich.

Der Mann trat näher und nahm Haydens schäbigen alten Rover etwas genauer unter die Lupe. Ich sah, wie sein Blick an den Roststellen und den abgefahrenen Reifen hängen blieb.

»Das volle Programm mit Innenreinigung wird sonst fast nur bei Firmenwagen gewünscht«, bemerkte er.

»Ich habe mir das Auto ausgeliehen«, erklärte ich, »und versprochen, es gründlich reinigen zu lassen, bevor ich es zurückbringe.«

»Das macht dann neunzig Pfund«, meinte er achselzuckend.

»In Ordnung.« Ich zählte ihm das Geld in die Hand.

»Es wird etwa eine halbe Stunde dauern«, informierte er mich. »Wir haben einen Warteraum.«

»Ich finde mich schon zurecht.«

Während der nächsten halben Stunde ließ ich mich in einem Teil von London, in dem ich noch nie gewesen war, von der

Morgensonne wärmen und sah die jungen Männer erledigen, was eigentlich Sonia und ich hätten tun sollen, nämlich jede Oberfläche schrubben, alle Teppiche saugen und jede Menge Müll entsorgen, den zum Teil wohl wir – oder wahrscheinlich eher ich – zurückgelassen hatten, ohne es zu merken. Noch besser war, dass sich die Männer in einer Sprache unterhielten, die ich nicht verstand. Vielleicht waren es sogar mehrere verschiedene Sprachen. Ich kannte Orte wie diesen: Hier arbeiteten nur Einwanderer, die sich erst seit Kurzem im Land aufhielten. Die Löhne waren niedrig, niemand stellte Fragen, und das Personal wechselte ständig. Kein Mensch würde sich an mich erinnern. Falls die Polizei jemals hier auftauchte und Fragen stellte, waren diese Männer längst nicht mehr da. Niemand würde sich der Frau aus dem nicht existenten Spalsboro Sports Club entsinnen.

Ich zog meine Handschuhe wieder an und fuhr weg, bog aber bereits nach ein paar hundert Metern links in eine belebte Straße mit etlichen heruntergekommenen Internetcafés, kleinen Läden, die billige Schirme verkauften, Gemüsehändlern, die Schälchen mit Früchten anboten, deren Namen ich nicht kannte, einem sehr schäbig wirkenden Tierpräparator, einem Friseur, einer Eisenwarenhandlung und einem Laden, in dessen Schaufenster sich Käfige mit Hamstern, Kanarienvögeln und Wellensittichen stapelten. Es war eine arme, aber sehr belebte Gegend – und somit perfekt für meine Zwecke. Ich parkte hinter einem weißen Lieferwagen, aus dem gerade Kisten mit Limonade ausgeladen wurden. Nachdem ich mich erneut vergewissert hatte, dass keinerlei belastende Indizien mehr auf den Sitzen herumlagen, stellte ich den Motor ab, ließ jedoch den Schlüssel stecken. Rasch stieg ich aus und eilte so lässig wie möglich davon. Nun brauchte nur noch jemand kommen und das Auto stehlen. Das würde bestimmt nicht lange dauern.

Eigentlich hatte ich vorgehabt, sofort nach Hause zu fahren, stellte aber plötzlich fest, dass ich mich schrecklich erschöpft fühlte. Außerdem war mir vor Hunger oder Angst derart schwummrig, dass ich kaum noch einen Fuß vor den anderen setzen konnte. Mühsam stolperte ich die Straße entlang, bis ich ein Café mit zwei Fenstertischen und einer Theke voller Doughnuts und anderem Gebäck entdeckte. Nachdem ich mir dort eine Tasse Tee und einen Blaubeermuffin bestellt hatte, ließ ich mich an einem der Tische nieder. Der Tee war lauwarm und so abgestanden, dass ich ihn in schnellen kleinen Schlucken hinunterstürzte. Der Muffin schmeckte wie Sägemehl, doch der Zucker darin verlieh mir neue Kraft.

Draußen vor dem Fenster ging das Leben weiter. Ich sah Frauen mit Kleinkindern im Schlepptau, kichernde Teenager und Männer, von denen manche ganz gemächlich dahinschlenderten, während andere schnell und zielstrebig ihrer Wege gingen. Auf der Straße drängten sich so viele Autos, dass der Verkehr stockte. Natürlich befanden sich auch Motorräder und Lastwagen darunter und – ich blinzelte überrascht, doch es bestand kein Zweifel – ein Abschleppwagen, der einen rostigen alten Rover aufgeladen hatte: Haydens Rover. Den Rover, den ich mit dem Schlüssel in der Zündung zurückgelassen hatte, damit ihn jemand stahl. Wie war das möglich? Sie hatten nicht mal eine halbe Stunde gebraucht, um ihn abzuschleppen. Hatte ich ihn etwa im absoluten Halteverbot stehen lassen? Das konnte doch wohl nicht sein. Statt von einem Dieb ein falsches Nummernschild verpasst zu bekommen, wurde der Wagen nun von der Verkehrspolizei abgeschleppt. War damit alles zunichte gemacht? Vielleicht nicht, dachte ich plötzlich. Vielleicht hatte ich sogar eine besonders gute Möglichkeit gefunden, den Wagen loszuwerden. Oder war das Ganze eine Katastrophe? Ich konnte es nicht sagen, und ändern konnte ich es auch nicht mehr. Dafür war es nun zu spät.

Ich brauchte etwa eine Stunde bis nach Hause. Dort zog ich meine schrägen Klamotten aus, schlüpfte in etwas Anständiges und machte anschließend einen Spaziergang durch Camden, wo ich Hose, Sweatshirt und Handschuhe in vier verschiedenen Mülltonnen versenkte. Dann rief ich äußerst widerstrebend Sonia an und erklärte ihr, wir müssten uns dringend sehen, aber sie solle sich keine Sorgen machen. Als Treffpunkt vereinbarten wir ein Pub ganz in der Nähe ihrer Wohnung.

Nachdem ich uns zwei Gläser Wein geholt hatte, setzten wir uns draußen in die Sonne, und ich erzählte ihr alles. Sonia schwieg erst einmal.

»Und?«, fragte ich.

»Du Vollidiotin!«, fuhr sie mich laut an.

»Sonia!«, zischte ich, während ich mich erschrocken umblickte. An einem der Picknicktische, die entlang des Gehsteigs aufgestellt waren, saß ein Paar. Der Mann starrte bereits zu uns herüber.

»Du gottverdammte Vollidiotin!«, wiederholte sie, wenn auch dieses Mal in einem wütenden Flüsterton. »Was, zum Teufel, soll das?«

»Ich fand es zu riskant, ihn einfach auf dem Parkplatz stehen zu lassen«, erklärte ich. »Womöglich haben wir Spuren hinterlassen. Wir hätten ihn erst säubern sollen. Sämtliche Hinweise wegwaschen. Wir haben zwangsläufig irgendwelche Hinweise hinterlassen. Fasern ... keine Ahnung ... was auch immer. Jedenfalls wäre ein Wagen, der dort so lange herumsteht, bestimmt bald aufgefallen.«

»Woher willst du das wissen?« Sonia hatte Mühe, ihre Stimme zu beherrschen. »Das kannst du doch überhaupt nicht wissen!«

»Bestimmt haben sie eine Methode, herrenlose Wagen nach ein paar Wochen aufzuspüren«, antwortete ich. »Ansonsten würden doch alle möglichen Leute ihre alten Autos auf Flughafenparkplätzen entsorgen.«

»Was, wenn du eine Panne gehabt hättest«, meinte Sonia, »oder einen Unfall? Oder wenn sie dich geblitzt hätten oder du in eine Polizeikontrolle geraten wärst?«

»Ich weiß, es klingt verrückt…«

»Du hast Haydens Wagen also einfach der Polizei überlassen? War das dein Plan?«

»Ursprünglich hatte ich etwas anderes im Sinn«, entgegnete ich, »und außerdem war es nicht direkt die Polizei. Mir ist schon öfter mal ein Wagen abgeschleppt worden. Er landet bloß auf einem Parkplatz.«

»Ach ja«, stieß Sonia wütend hervor, »und dann?«

»Darüber habe ich auch schon nachgedacht. Ich nehme an, er bleibt erst einmal dort stehen«, mutmaßte ich, »und wahrscheinlich schicken sie eine Mitteilung los, und dann noch eine, aber nachdem es in diesem Fall keine feste Adresse gibt, kann es weiß Gott wie lange dauern, bis sie fündig werden. Was also soll daran verdächtig sein? Jedenfalls bringt nun nichts mehr den Wagen mit dem Zeitpunkt von Haydens Verschwinden in Verbindung.«

Sonia nahm erst einen kleinen und dann einen großen Schluck Wein.

»Irgendwo gibt es einen Haken«, meinte sie. »Bestimmt bist du von irgendeiner Überwachungskamera aufgenommen worden.«

»Es war die richtige Entscheidung«, widersprach ich.

»Überall sind Kameras. Du weißt doch, dass wir in einem Überwachungsstaat leben, oder?«

»Ja«, räumte ich ein, »aber ich hielt es trotzdem für wichtig, den Wagen reinigen zu lassen. Zumindest das ist mir gelungen.«

»Wir hatten einen Plan«, fuhr Sonia fort. »Ich habe mir das bisher verkniffen, aber jetzt sage ich es dir: Du hast mich da hineingezogen. Ich habe dir geholfen. Du kannst nicht einfach mitten in der Nacht mit einer Schnapsidee aufwachen, alles anders machen und mir erst hinterher davon erzählen.«

»Unser Plan war falsch.«

»Er war nicht falsch. Und wenn doch, dann war es noch

viel falscher, ihn rückgängig zu machen und durch einen anderen falschen zu ersetzen. Wenn sie den Wagen am Flughafen gefunden hätten, wären sie vermutlich davon ausgegangen, dass Hayden das Land verlassen hat. Was werden sie jetzt denken?«

»Keine Ahnung«, antwortete ich niedergeschlagen. »Egal. Wahrscheinlich werden sie gar nichts denken. Ich glaube, abgesehen von uns interessiert sich sowieso niemand dafür.« In dem Moment musste ich wieder an meinen Ranzen denken, der mit der Post gekommen war, und vor Angst und Entsetzen durchfuhr mich erneut ein Adrenalinstoß. »Oder fast niemand.«

Davor

»Miss Graham! Miss Graham! Ich hab's geschafft!«

Ich sah zuerst das Blatt Papier und dann sie an. Sie grinste breit, und zwei dicke Freudentränen kullerten ihr übers Gesicht. Ich nahm sie in den Arm und küsste sie.

»Fantastisch, Maud!«, gratulierte ich ihr. »Du hast es wirklich verdient.«

»Ich kann es noch gar nicht fassen. Ich bin so glücklich. So unglaublich glücklich!« Und weg war sie – im Laufschritt unterwegs zu einer Gruppe von Mädchen, die sich quiekend umarmten und mit ihren Handys Fotos schossen. Ich ließ den Blick über all die jungen Leute schweifen, die gerade mit angespannter Miene in die Schule marschierten oder mit ihrem Umschlag in der Hand wieder herauskamen, entweder in Grüppchen oder allein. Lauter ehemalige Schüler von mir.

Ich hasse den Tag der Notenbekanntgabe. Egal, wie viele von ihnen ihr Ziel erreichten, es gab immer welche, deren Hoffnungen sich zerschlugen. Am schlimmsten war es, wenn – wie in der kommenden Woche – die Resultate der Sekundarstufe bekanntgegeben wurden und ganze Scharen von Schülern, die nicht genug gearbeitet hatten und bei denen man im Grunde vom ersten Tag an wusste, dass sie die Schule ohne höheren Abschluss verlassen würden, dieses Ritual der öffentlichen Demütigung über sich ergehen lassen mussten. Doch auch die heutige Bekanntgabe der Abiturergebnisse war schlimm genug. Wenn ich mir so die herumstehenden Grüppchen anschaute, sah ich sofort, wem es schlecht ergangen war: nicht nur Amy, die gerade bitterlich an der Schulter ihrer besten Freundin weinte, sondern auch Steven Lowe, der lachend mit den Achseln zuckte und so tat, als wäre es ihm egal, auch wenn ihm das keiner abnahm. Ein schüchterner junger Mann namens Rob wirkte, als hätte er gerade einen Magenschwinger verpasst bekommen und könnte sich kaum noch auf den Beinen halten, während zwei Leidensgenossen von ihm, Lorrie und Frank, verbissen an ihren Zigaretten zogen.

Zusammen mit neun anderen Lehrern befand ich mich bereits seit acht Uhr dreißig vor Ort. Mittlerweile war es zehn. In der Regel wurde es gegen Ende immer schlimmer: Die Schüler, die mit guten Ergebnissen rechneten, tauchten meist als Erste auf. Andere kamen später und langsamen Schrittes, als wäre ihnen das Ganze völlig egal, während sie in Wirklichkeit nur den Moment der bitteren Wahrheit, die sie bereits ahnten, ein wenig hinauszögern wollten.

Dann entdeckte ich plötzlich eine vertraute Gestalt. Joakim hatte die Hände lässig in die Taschen seiner Jeans geschoben und eine Zigarette im Mundwinkel hängen. Als er mich erkannte, hob er grüßend die Hand, blieb jedoch nicht stehen. Ich beobachtete, wie er auf den Tisch mit seinem Umschlag zusteuerte. Noch wirkten sein Nacken und seine Schultern steif und verspannt, doch einen Moment später entspannten sie sich sichtlich. Das war seine ganz persönliche, eher verhaltene Art, Erleichterung oder Freude auszudrücken. Nachdem er lässig seinen Notenbogen zusammengerollt hatte, blieb er noch kurz stehen, um ein paar Worte mit einem Klassenkameraden zu wechseln und sich von einem Mädchen mit blonden Zöpfen mehrere Lippenstiftabdrücke verpassen zu lassen. Dann schüttelte er die Hand von Joe Robbins, dem Schuldirektor, und wandte sich zum Gehen.

»Zufrieden?«, fragte ich, als er an mir vorbeikam.

»Ja. Alles bestens.« Um seinen Mund zuckte ein Lächeln. Er reichte mir den Ausdruck.

»Großartig«, lobte ich ihn und legte dabei eine Hand auf seinen Arm. Er bekam vor Freude ganz rote Wangen. »Du kannst sehr stolz auf dich sein.«

»Danke.«

»Dann zieh los und feiere schön«, sagte ich, während ein anderer Junge ihn lautstark aufforderte, sich ihnen anzuschließen. »Wir sehen uns ja heute Abend bei dem Grillfest.«

»Kommst du auch?«

»Ja, zu unserem Probeauftritt. Das hast du doch selbst arrangiert.«

»Ach, das.«

»Es bleibt dabei, oder?«

»Klar. Ich bin ja sowieso auf der Party. Das wird ein richtiges Besäufnis. Die einen werden feiern, die anderen ihre Sorgen ertränken. Unser Auftritt ist bloß als kleine Unterbrechung des Gelages gedacht.«

Als wir zu spielen begannen, sah es ganz danach aus, als würde es jeden Moment zu regnen anfangen. Es waren mindestens hundertfünfzig junge Leute da. Die meisten hatten schon bei ihrer Ankunft einen sitzen, und alle anderen beeilten sich nachzuziehen. Sie schütteten Dosenbier in sich hinein, rauchten Joints und aßen verbrannte Würstchen und graue Burger. Ich beobachtete einen Jungen, den ich mehrere Jahre unterrichtet hatte, dabei, wie er unter heftigem Keuchen und Weinen ins Gebüsch kotzte. Von unserer Musik nahm kaum jemand Notiz, lediglich Joakim wurde hin und wieder mit Jubelrufen oder Gejohle bedacht. Sonia und mich kannten viele der Anwesenden zumindest vom Sehen, so dass es zu ein paar lustigen Situationen kam, weil die Leute erstaunt die Augen aufrissen und erst ein zweites Mal hinschauen mussten, ehe sie begriffen, wer da auf der Bühne stand. Dann aber vergaßen sie uns schnell wieder. Der ehemalige Schulsprecher verschwand mit einem Mädchen aus der zwölften Klasse hinter dem Schuppen, weil er sich wohl einbildete, dort vor neugierigen Blicken sicher zu sein. Der Leiter der Schülervertretung warf mit einem Stein nach einer Katze. Die Band spielte weiter.

»Hast du schon von Joakims Prüfungsergebnissen gehört?«, fragte mich Guy während der Pause. Aus seiner Miene sprach eine kaum verhohlene Selbstgefälligkeit. »Hat er es dir erzählt?«

»Ja. Fantastisch.«

»Er ist ein richtiger Star«, fügte Sonia hinzu.

»Ich bin hauptsächlich erleichtert.«

Hayden hatte sich zu einer Gruppe von Teenagern gesellt, zu denen auch Joakim gehörte. Sie standen am Ende des Gartens und ließen einen Joint herumgehen. Gelegentlich drang lautes Gelächter zu uns herüber. Ich sah, dass Guy ständig in ihre Richtung spähte.

»Er geht nach Edinburgh, oder?«, fragte ich, um ihn abzulenken.

»Ja. In knapp sechs Wochen. Er wird seiner Mutter sehr fehlen.«

»Und dir?«

»Als Vater empfindet man das anders«, antwortete Guy. Ich öffnete den Mund, um zu widersprechen, klappte ihn aber gleich wieder zu. »Außerdem haben wir uns in letzter Zeit so viel gezankt, dass ein bisschen Abstand uns beiden guttun wird«, fügte er hinzu. »Er brennt richtig darauf, von zu Hause wegzukommen. Ich habe gerade gesagt«, erklärte er etwas lauter, damit sein Sohn und Hayden, die durch den Garten auf uns zusteuerten, es ebenfalls hören konnten, »dass du richtig darauf brennst, von zu Hause wegzukommen.«

»So würde ich es eigentlich nicht ausdrücken.« Joakim warf Hayden einen flehenden Blick zu.

»Ich kann es dir nicht verdenken«, fuhr Guy fort, »vielleicht war ich in letzter Zeit ein bisschen hart zu dir.«

»Schon in Ordnung.« Joakim trat verlegen von einem Fuß auf den anderen.

»Ich habe gerade zu Bonnie und Sonia gesagt, dass du deiner Mutter sehr fehlen wirst. Und mir natürlich auch.«

»Ihr braucht euch ja noch nicht so schnell zu verabschieden«, meinte Hayden in fröhlichem Ton.

»Bis dahin sind es nur noch sechs Wochen.«

»Sechs Wochen oder sechs Monate«, antwortete Hayden, »wer weiß das schon in dieser verrückten alten Welt?«

»Was soll das heißen?«

»Es geht um Edinburgh, Dad.«

»Was ist mit Edinburgh?«

»Ich habe mir überlegt, dass ich mir vielleicht doch noch ein Jahr Zeit lasse.«

»Wozu?«

»Ich glaube, wir sollten jetzt weiterspielen«, mischte Amos sich ein.

Guy ignorierte ihn. »Wann hast du das entschieden?«

»Ich denke schon die ganze Zeit darüber nach.«

»Aber du weißt doch genau, was du willst. An der Uni studieren.«

»Und was ist mit der Universität des Lebens?« Der Einwand kam von Hayden.

»Ist das auf deinem Mist gewachsen?«

»Wir haben darüber gesprochen«, gestand Hayden mit einem leichten Grinsen, als würde er die Wirkung, die seine Worte auf Guy hatten, genießen.

»Hast du dich erkundigt, ob du den Studienplatz in Edinburgh nächstes Jahr überhaupt noch bekommst?«, fragte Sonia Joakim.

»Ich habe das doch gerade erst entschieden«, gab er ihr zur Antwort.

»Entschieden?« Guys Stimme hatte plötzlich einen schrillen Unterton.

»Ihr solltet das lieber später besprechen«, schlug ich vor, »unter vier Augen.«

»Vielleicht schaffe ich ja als Musiker den Durchbruch und muss nirgendwohin zum Studieren«, wandte sich Joakim über meinen Kopf hinweg an seinen Vater. »Keine Ahnung. Ich fange bei null an.«

»Den Durchbruch?« Guys Stimme war nur noch ein Krächzen. »Was meinst du mit ›Durchbruch‹?«

»Hayden hat gesagt, dass er mir hilft.«

Hayden hob bescheiden die Hände.

»Ich werde tun, was ich kann. Joakim hat auf jeden Fall Potenzial.«

»Du hältst dich da raus!«, fuhr Guy ihn an, ehe er sich erneut an seinen Sohn wandte: »Tu das nicht, Jo. Bitte. Wirf nicht einfach alles weg.«

»Es ist mein Leben«, erwiderte Joakim.

»Ist es das, was du möchtest? Willst du auch als Versager enden, der auf anderer Leute Boden schläft und bei Freunden von Freunden schmarotzt, während er auf den *Durchbruch* wartet?«

»Jetzt reicht es aber«, mischte Sonia sich ein, »wir wollen weiterspielen.«

»Mir ist die Lust vergangen«, murmelte Joakim.

Ich lehnte mich zu ihm hinüber. »Du willst als Musiker

den Durchbruch schaffen, Joakim? Dann lernst du am besten gleich, dass dazu ein gewisses Maß an Professionalität nötig ist. Spiel jetzt, wir reden später.«

»Ich bin so weit.« Hayden griff nach seiner Gitarre.

»Dafür wirst du mir noch Rede und Antwort stehen«, wandte Guy sich an ihn.

»Ich muss mich vor niemandem rechtfertigen.« Haydens Lächeln war wie weggewischt, in seiner Miene lag unverhohlene Antipathie. »Weil ich nämlich frei bin. Genau das kannst du nicht ertragen, stimmt's?«

Die Katze, der ein Junge zuvor einen Stein nachgeworfen hatte, strich an Guys Beinen vorbei, woraufhin er ihr einen derart heftigen Tritt versetzte, dass sie mit einem hohen Schmerzenlaut davonsauste.

»Dad!«

»Eins – und – zwei – und – drei«, zählte ich. Von Neuem erfüllte die Musik den Garten, und es begann zu regnen.

»Das war doch gar nicht so schlecht«, meinte Hayden hinterher fröhlich. »Und jetzt lasst uns feiern gehen.«

»Sollen wir uns was zu trinken holen?«

»Nein. Das hier ist was für Kinder. Lasst uns irgendwohin gehen, wo die Erwachsenen feiern.«

Ich hatte sofort ein ungutes Gefühl: Seine Pupillen waren geweitet, und er sprach ein wenig undeutlich.

»Ich fahre nach Hause.« Guys Stimme klang feindselig. »Meine Frau wartet bestimmt schon. Außerdem haben sie und ich einiges zu besprechen.« Aus irgendeinem Grund nannte er Celia in Haydens Anwesenheit immer »meine Frau«, als müsste er sich seine eigene Unerschütterlichkeit auf diese Weise ins Gedächtnis rufen.

Hayden zuckte mit den Achseln. »Ganz, wie du meinst. Aber einer von meinen Kumpels schmeißt eine Party. Da könnten wir vorbeischauen. Mal sehen, was da abgeht. Es ist nicht weit von hier, zu Fuß brauchen wir höchstens zehn Minuten.«

»Was für eine Art von Party?«, wollte Amos wissen.

»Eine für Erwachsene.« Hayden grinste ihn an. »Du siehst aus, als hättest du Bedenken.«

»Wieso sollte ich?«

»Keine Ahnung. Wieso solltest du?«

»Ich habe keine Bedenken.«

»Dann kommst du also mit?«

»Ja.«

»Ich dachte, wir wollten gemeinsam essen«, mischte Sonia sich ein. Mir war klar, dass sie versuchte, ihm einen Vorwand zu liefern, Haydens Einladung abzulehnen.

»Ich bin gar nicht hungrig«, entgegnete Amos. »Außerdem hatte ich schon einen Burger.«

»Du kommst besser auch mit, Sonia«, wandte Hayden sich in gönnerhaftem Ton an sie. »Dann kannst du ein Auge auf ihn haben und dafür sorgen, das er nicht über die Stränge schlägt.«

Sonia bedachte ihn mit einem eisigen Blick. Sie war die Einzige von uns, vor der Hayden hin und wieder kuschte, aber nicht an diesem Abend. Stattdessen tätschelte er ihr die Schulter und meinte: »Ist das deine Art, Ja zu sagen?«

»Wenn du es möchtest, komme ich mit«, wandte Sonia sich an Amos, ohne Hayden eines weiteren Blickes zu würdigen.

»Großartig. Neal?«

»Nein.«

»Nein?«

»Ich bin nicht in der Stimmung«, erklärte Neal.

»Na gut. Dann gehen eben wir vier.«

»Mit deiner Rechnung stimmt etwas nicht«, sagte ich zu Hayden.

»Du, Sonia, Amos und ich. Ich schätze mal, unser Jungspund Joakim bleibt lieber bei seinen Kumpels.«

»Mich hast du nicht gefragt. Du gehst einfach davon aus, dass ich mitkomme.«

»Es wird dir bestimmt gefallen.« Er strich über meinen Handrücken. »Du bist doch eine richtige Partymaus.«

»Eine müde und genervte Partymaus.«

»Bitte!« Er lehnte sich vor und flüsterte mir ins Ohr: »Ich brauche dich heute Nacht.«

Ich war froh, dass in dem schwachen Licht niemand sehen konnte, wie rot ich wurde. »Meinetwegen, aber nur für eine Stunde.«

»Also gut.« Neal versuchte, möglichst beiläufig zu klingen, was ihm jedoch nicht gelang. »Wenn ihr alle geht, komme ich auch mit. Vielleicht wird es ja doch ganz nett.«

»Bestimmt«, antwortete Hayden mit einem breiten Grinsen. »Je mehr wir sind, desto mehr Spaß werden wir haben.«

Es war eine große Party und ein winziges Haus. Überall drängten sich die Leute, sie standen sogar auf der Treppe und bis in den schmalen Garten hinaus. Die Musik dröhnte so laut, dass die Bodendielen vibrierten und man das Gefühl hatte, als würden die Wände wackeln. Soweit ich das im verrauchten Halbdunkel beurteilen konnte, hatte sich hier eine bunte Mischung zusammengefunden: Einige waren noch so jung wie Joakim, andere sehr viel älter: Männer mit grauem Haar, das sie zum Pferdesschwanz gebunden hatten, Frauen mit tätowierten Schultern und Moschusduft. Man kam sich vor wie in einem Musikzelt in Glastonbury, nur dass es das Bier hier kostenlos, kalt und in rauen Mengen gab.

Hayden wurde sofort von der Schar der Feiernden verschluckt. Die meisten schienen ihn zu kennen. Ich verfolgte, wie eine Frau mit schönem rotem Haar die Arme um seinen Hals schlang. Sonia und Amos gingen zusammen in den Garten hinaus. Später sah ich sie unter einem kleinen, abgestorbenen Baum im hohen Gras sitzen. Sie teilten sich ein Glas Wein und sprachen mit einer Frau, die hochschwanger war. Neal blieb mir dicht auf den Fersen, während ich mir einen Weg durch den Raum bahnte und nach einem Platz Ausschau hielt, wo ich mich niederlassen und die Menge beobachten konnte. Als Teenager hasste ich es, auf einer Party zu sein, wo ich niemanden kannte: Es war so schrecklich peinlich, ohne Begleitung in einem Raum voller wildfremder Menschen zu stehen, die sich alle umarmten, küssten oder angeregt unterhielten. Was soll man in einer solchen Situation mit sich anfangen? So tun, als ginge einen das alles nichts an? Eine Ewigkeit im Bad verbringen, während andere, die tatsächlich hineinmüssen, verzweifelt an der Türklinke rütteln? Oder zielstrebig herumwandern, als hielte man nach einem Freund Ausschau, der in Wirklichkeit gar nicht vorhanden war? Ich weiß nicht, wann ich aufhörte, das Ganze peinlich zu finden, und lernte, mich einfach zurückzulehnen und die Dinge auf mich zukommen zu lassen.

»Wohin gehen wir eigentlich?«, fragte Neal.

»Ich glaube, ich setze mich ein bisschen auf die Treppe.«

Ziemlich weit oben fanden wir eine freie Stufe. Ich nahm einen Schluck Bier aus der Dose, die ich mir aus der mit Eiswürfeln gefüllten Badewanne genommen hatte. Von meinem Platz aus hatte ich Hayden im Blick. Er hätte mich auch sehen können, wenn er hochgeschaut hätte, was er jedoch nicht tat. Stattdessen konzentrierte er sich wie üblich auf seine jeweiligen Gesprächspartner, in diesem Fall zwei Frauen und einen Mann, die gerade laut lachten. Mir war klar, dass Hayden und ich uns bald trennen würden. Zwar spielte sich zwischen uns beiden etwas Schwindelerregendes ab, als säßen wir auf einer Schaukel, die weit nach oben schwang, doch schon bald den höchsten Punkt erreichen würde, ab dem es wieder abwärtsginge.

»Ist diese Stufe noch frei?«, fragte eine Frau mit einem schönen Gesicht und vorzeitig ergrautem Haar.

Ich lächelte sie an, woraufhin sie sich unterhalb von Neal

und mir niederließ und den Kopf an mein Knie lehnte, als wären wir alte Freundinnen.

»Ich bin Bonnie«, stellte ich mich vor, »und das ist Neal. Wir kennen hier niemanden.«

»Ich bin Sarah. Wenn ihr niemanden kennt, wieso seid ihr dann hier?«

»Hayden hat uns mitgeschleppt.«

»Hayden?«

»Genau.«

»Ich wusste gar nicht, dass er hier ist.«

»Er steht da unten.« Ich nickte in seine Richtung. Er hatte irgendwo eine Flasche Whisky aufgetrieben, aus der er gerade sich und seiner Gesprächspartnerin einschenkte.

»In der Tat. Und bezirzt die nächste arme Närrin.«

»Kennst du hier viele Leute?«, wandte Neal sich an sie. Seine Stimme klang undeutlich. Obwohl er kaum etwas getrunken hatte, wirkte er seltsamerweise ziemlich betrunken.

»Nicht so viele, wie ich dachte. Ich meine, in Anbetracht der Tatsache, dass es meine Party ist.«

»Oh! Dann ist das also dein Haus?«

»Ja. Und ich bin todmüde, aber in meinem Bett liegt schon jemand. Zwei Personen, um genau zu sein. Hallo, Hayden.«

Er kam samt seiner Whiskyflasche die Treppe herauf. Die Frau, mit der er sich zuvor unterhalten hatte, folgte ihm dicht auf den Fersen. Sie hatte große, kajalumrandete Augen und eine Zigarette im Mund.

»Das ist Miriam Sylvester«, stellte Hayden sie vor. »Sie ist auch Lehrerin.«

»Hallo.« Ich hob eine Hand. Sie musterte mich neugierig.

»Du bist die Freundin von Sonia«, stellte sie fest.

»Klingt, als wäre das etwas Schlimmes«, entgegnete ich lachend. »Eigentlich war ich der Meinung, hier niemanden zu kennen, aber wie es aussieht, kennen alle Hayden, und nun treffe ich auch noch eine alte Freundin von Sonia.«

»Wir waren in Sheffield Kolleginnen.«

»Du musst mir irgendetwas Peinliches über sie verraten«, fuhr ich fort. »Etwas, das ich eines Tages gegen sie verwenden kann.« Miriam zog gierig an ihrer Zigarette. Die Aschesäule wurde immer länger, bis sie sich schließlich löste und zu Boden fiel.

»Und unsere Sarah hier«, ergriff Hayden das Wort, »kennt eine Exfreundin von Amos.«

Ich betrachtete sie mit neuem Interesse.

»Du meinst Jude?«, fragte ich.

»Wir sind zusammen zur Schule gegangen«, antwortete Sarah. »Du kennst sie?«

»Bonnie war die Freundin danach«, klärte Hayden sie auf.

»Das ist ja Wahnsinn!«, stöhnte ich. »Könnt ihr mir bitte jemanden vorstellen, der nicht meinen ganzen Bekanntenkreis kennt?«

Miriam zündete sich eine weitere Zigarette an.

»Du kennst also Sonia«, bemerkte sie mit jenem beunruhigenden Glitzern in den Augen, das manche Leute bekamen, wenn sie etwas über einen wussten. »Und ich kenne eine Macke von dir.«

»Von mir?«

»Das Banjo«, meinte sie in triumphierendem Ton.

»Dafür schäme ich mich nicht«, erwiderte ich, »ganz im Gegenteil.«

Da ich gerade Amos und Sonia aus dem Garten kommen sah, hob ich eine Hand, um die beiden auf uns aufmerksam zu machen. Sonia blickte hoch und zog eine Grimasse. Ich winkte ihr, aber nach kurzem Zögern schüttelte sie den Kopf, nahm Amos an der Hand und führte ihn in Richtung Ausgang. Ich konnte mir in etwa vorstellen, wie sie sich fühlte. Irgendwie war es amüsant, Leute zu treffen, die alle möglichen Freunde von mir kannten, aber gleichzeitig verursachte es mir leichte Beklemmungen. Was für ein Glückspilz Liza doch war, ging mir plötzlich durch den Kopf. Auf Reisen in einem fernen Land, wo sie niemanden kannte. Wobei ich bei meinem Glück wahrscheinlich sogar auf dem Gipfel des Mount Everest noch eine Exfreundin von Hayden treffen würde.

Es gab einen weiteren Grund, warum Sonia sich nicht zu uns gesellen wollte. Amos' Haltung verriet mir, dass er schon ganz schön betrunken war. Ich konnte mich noch genau an die verschiedenen Stadien erinnern, die er dann durchmachte: Erst wurde er noch einen Tick streitlustiger, als er es ohnehin schon war. Als Nächstes folgte seine gefühlsduselige, mitteilsame Phase. Vielleicht würde er Sonia sagen, dass sie heiraten und Kinder bekommen sollten, einen ganzen Stall voller Kinder mit ihrem Haar und seinen Augen. Dann verfiel er in einen Zustand der Depression, ehe er schließlich in voller Montur einschlief.

Miriams Kopf ruhte mittlerweile auf Haydens Schoß, und er hatte eine Hand auf ihr Haar gelegt, als wäre sie ein kleines Kind. Ihre Augen waren geschlossen. Er lächelte mich an, zog entschuldigend die Schultern hoch und formte mit den Lippen ein Wort, das ich nicht verstand. Da ich sein Lächeln nicht erwiderte, wurde auch er schnell wieder ernst. Wir starrten uns an. Neben mir stieß Neal ein leises Schnarchen aus. Ich spürte, wie sein Kopf auf meine Schulter sank. Während rundherum immer mehr Leute einschliefen, saß ich weiter mit Hayden auf der Treppe und wartete.

Danach

Am Montagmorgen klingelte bereits um zwanzig nach sieben das Telefon. Es war Danielle. Sie klang so atemlos, als käme sie gerade vom Joggen. Bestimmt war ihr klar, dass sie mich geweckt hatte.

»Falls es um die Band geht«, murmelte ich schlaftrunken,

»brauchst du dir keine Sorgen zu machen. Ich habe alles im Griff.«

»Na ja, in gewisser Weise geht es tatsächlich um die Band.«

»Ist es dir lieber, wenn wir doch nicht spielen? Das wäre für mich völlig in Ordnung.« Mehr als völlig in Ordnung, dachte ich. *Wundervoll.* Aber das behielt ich für mich.

»Nein, nein. Ich lechze danach, euch spielen zu hören. Jetzt erst recht.« Sie klang aufgeregt. »Auch wenn ihr das wahrscheinlich anders seht.«

»Wovon sprichst du?«

»Von Hayden Booth«, antwortete sie. »Er hat doch bei euch mitgespielt, oder nicht?«

»Oh, hast du davon gehört? Keine Sorge, wir kommen auch ohne ihn klar.«

»In Anbetracht der Umstände klingt das ganz schön hartherzig, Bonnie.«

Ich setzte mich auf und nahm den Hörer ans andere Ohr.

»Wie meinst du das?«

»Du weißt es noch nicht?«

Ich hörte mich selbst fragen: »Was denn?« Woraufhin Danielle mir berichtete, am Vorabend sei im Langley Reservoir eine Männerleiche gefunden und als die von Hayden Booth identifiziert worden. Das habe sie vor ein paar Minuten im Radio gehört.

Was würde eine Person, die nichts weiter wusste, in dieser Situation sagen?

»Oh. Mein Gott!«

»Ist das nicht fürchterlich?«

»Fürchterlich. Ja. Das ist es. Absolut fürchterlich. Mein Gott.« Mir schoss durch den Kopf: Sonia anrufen. Und Neal? Ob Joakim es schon erfahren hatte? Guy? Oder Sally? Wusste die arme Sally schon Bescheid?

»Ich kann mir vorstellen, wie es dir jetzt geht. Ich meine, ich habe ihn zwar nie persönlich kennengelernt, aber es ist trotzdem ein großer Schock. War er nicht einer deiner besten Leute?«

»Er hat in einer ganz anderen Liga gespielt.«

»Seid ihr denn trotzdem in der Lage … du weißt schon?«

»Ich lasse es dich rechtzeitig wissen. Aber ich denke schon.«

»Es sind nur noch ein paar Tage.«

»Wir werden da sein«, entgegnete ich ein wenig lauter.

»Ich bin nur der Bote, Bonnie«, erwiderte sie.

Davor

Er trieb auf dem Rücken im Wasser, die Arme weit ausgebreitet. Mein einziger Ausflug. Mein winziger Schnipsel Sommerurlaub. Geschaukelt von sanften Wellen, die anschließend mit kleinen Schaumkronen ans Ufer schwappten, bewegte sein Körper sich gemächlich dahin. Ich schwamm zu ihm hinüber. Obwohl er die Augen geschlossen hielt, weil ihn sonst die Sonne geblendet hätte, streckte er plötzlich einen Arm aus und zog mich an sich, so dass wir beide keuchend untergingen. Ich spürte, wie er die Beine um mich schlang, und berührte mit einer Hand sein langes, nasses Haar, seinen kühlen Nacken. Dann tauchte ich wieder auf und blickte in sein lachendes Gesicht – ein lachendes Gesicht, das plötzlich ernst wurde, als er mich in seine Arme zog und fest an sich drückte. Während wir eng umschlungen versuchten, Wasser zu treten, brannte das Salz auf unserer Haut, und das Licht wurde wie unzählige blendende Pfeile von der Meeresoberfläche zurückgeworfen. Ich spürte Haydens Lippen an meiner Schulter, meinen Augenlidern, meinem Mund. Mehrmals gingen wir unter und kamen wieder hoch, bis wir schließlich das Ufer erreichten, wo niemand war, der uns sehen konnte. Wir ließen uns in den rauen Sand sinken, begleitet vom Kreischen der Möwen und dem Klatschen der Wellen. Abgebrochene Muschelstückchen gruben sich in unsere Haut. Hinterher rannten wir wieder ins Wasser und wuschen uns ab. Hayden rieb mich mit seinem Hemd trocken und entfernte sogar den Sand zwischen meinen Zehen.

Anschließend bestand er darauf, an einer Bretterbude an der Küstenstraße ein Dutzend Austern zu essen. Wir setzten uns draußen an einen sauber geschrubbten Holztisch und pressten Zitronensaft auf die wabbeligen, schleimigen Kreaturen. Er aß sieben, ich eine. Für meinen Geschmack waren sie zu lebendig, zu schleimig und zu salzig.

Hayden wirkte an dem Tag richtig glücklich. Wahrscheinlich hatte er ebenfalls Urlaub.

Danach

Ich versuchte Sonia anzurufen, aber es war aussichtslos. Bestimmt riefen sich gerade alle gegenseitig an und genossen dabei jenes prickelnde Gefühl, das viele Menschen verspüren, wenn etwas wirklich Schreckliches passiert. Eine der größten Freuden des Lebens besteht offenbar darin, anderen schlimme Nachrichten zu überbringen. *Hast du es schon gehört? Hast du es schon gehört?* Ich sprach ihr aufs Band: Ruf mich zurück. Dann schaltete ich meinen Anrufbeantworter ein und hörte benommen zu, wie eine Nachricht nach der anderen hinterlassen wurde. Zweimal war es Joakim. Beim ersten Mal klang er wie betäubt, beim zweiten Mal schrie er vor Kummer. Schließlich hörte ich nach dem Piepton Sonias Stimme, die zögernd zu sprechen begann. Ich sprang auf und schnappte mir das Telefon.

»Sonia, ich bin da.«

»Ich habe deine Nachricht erhalten.«

»Ja? Und?«

»Ich habe es schon gehört.«

Mir war klar gewesen, dass ich unbedingt mit Sonia reden musste, hatte mir aber gar nicht richtig überlegt, was ich ihr eigentlich sagen wollte.

»Tja«, begann ich, »das war nicht Teil des Plans.« Am anderen Ende der Leitung herrschte Schweigen. »Bist du noch da?«

»Ja.«

Ich wusste nicht, ob ihr Schweigen ein Zeichen von Angst, Wut oder Schock war oder einfach nur typisch Sonia.

»Nun wird die Polizei ermitteln.«

»Natürlich wird sie ermitteln«, antwortete sie. »Man hat eine Leiche gefunden, die in einem Stausee versenkt wurde. Es steht schon in der Zeitung. Das ist ein Fall für die Kripo.«

Ich holte tief Luft.

»Es tut mir so leid, dass ich dich da mit hineingezogen habe, Sonia. Wenn du zur Polizei gehen möchtest …«

»Dafür ist es nun zu spät.«

»Du hast vermutlich recht.«

»Versuch bloß nicht wieder, besonders schlau zu sein.«

»Da besteht im Moment keine große Gefahr«, entgegnete ich kleinlaut.

»Ich meine das ernst, Bonnie. Keine von deinen brillanten Improvisationen mehr. Wir unternehmen gar nichts und sagen so wenig wie möglich.«

»Ich habe Angst.«

»Natürlich. Reiß dich trotzdem zusammen.«

Ich legte auf. Bevor ich wieder den Anrufbeantworter einschalten konnte, klingelte es erneut.

»Hier ist Nat. Haydens Freund. Der Bassist.« Seine Stimme klang belegt – ob vom Alkohol oder vor Trauer, konnte ich nicht sagen.

»Ich weiß, wer du bist.«

»Du hast es schon gehört?«

»Ja.«

»Es ist furchtbar. Wir müssen reden.«

»Das tun wir doch gerade.«

»Ich meine unter vier Augen. Ich bin in einer halben Stunde in Camden Lock.«

Nachdem ich mich widerwillig zu einem Treffen bereit erklärt hatte, beschrieb er mir ausführlich, wo ich ihn finden würde. Als Anhaltspunkte nannte er mir unter anderem einen Falafelstand und einen Korbflechter. Danach schaltete ich den Anrufbeantworter wieder ein und mein Handy aus. Ich schaute in meine E-Mails. Vierunddreißig Nachrichten, darunter nur ganz wenig Werbung. Während ich den Blick über die lange Liste schweifen ließ, trafen Nachricht Nummer fünfunddreißig, sechsunddreißig und siebenunddreißig ein. Ich überflog die Namen der Absender. Vier der Nachrichten waren von Sally. O Gott, Sally. Ich schaltete den Computer aus und schlug die Hände vors Gesicht, als könnte ich auf diese Weise die Welt aussperren.

Alles war ausgeschaltet, die Tür verschlossen. Trotzdem fühlte ich mich wie an einem der Tage, an denen ich ein Konzert hatte. Ich machte dann immer ganz normale Sachen, doch währenddessen wusste ein Teil von mir, dass ich später an diesem Tag auf einer Bühne stehen würde, wo es entweder gut oder schlecht lief, ohne dass ich noch großen Einfluss darauf nehmen konnte. Ich machte mir eine Tasse Tee und schlüpfte in eine Jeans und einen Pulli, der lässig, aber nicht schlampig aussah. Erst als ich mich anschließend im Spiegel betrachtete, wurde mir bewusst, dass mir unangenehm heiß war, so dass ich den Pulli wieder auszog und stattdessen in ein leichtes Shirt schlüpfte. Obwohl ich keinen Hunger hatte, aß ich ein Stück warmen Toast mit Butter. Dann legte ich einen Hauch von Make-up auf, um nicht ganz so mitgenommen auszusehen. Als ich gerade aufbrechen wollte, klingelte es an der Tür. Draußen standen zwei Personen, ein Mann und eine Frau, beide sehr korrekt gekleidet. Sie wären durchaus als Versicherungsvertreter durchgegangen, doch noch ehe sie ein Wort sagten, wusste ich, dass sie von der Kriminalpolizei waren. Sie zückten ihre Ausweise.

»Ich bin Detective Inspector Joy Wallis«, stellte die Frau sich vor, »und das hier ist mein Kollege Detective Inspector Wade. Wir haben schlechte Nachrichten für Sie.«

»Ich habe es schon gehört«, erklärte ich. »Jemand hat mich angerufen.«

Ich fragte mich, ob das schon alles gewesen war. Wollten sie mir nur die Nachricht überbringen? Wohl kaum. Ich war schließlich nicht seine Ehefrau.

»Ich bin gerade am Aufbrechen.«

»Wir hatten gehofft, dass Sie vielleicht einen Moment Zeit für uns hätten«, entgegnete die Frau.

Ich ließ sie eintreten und setzte mich auf den einzigen Stuhl, während sie auf dem einzigen Sofa Platz nahmen. Angesichts des fürchterlichen Durcheinanders in der Wohnung hielten sie mich wahrscheinlich für eine Irre. Detective Inspector Wallis hatte eine Aktenmappe unter dem Arm, die sie nun vor sich auf den Tisch legte. Ich war versucht, wie jeder normale Mensch in dieser Situation loszuplappern, wie schrecklich das doch alles sei, rief mir aber Sonias Ermahnung ins Gedächtnis und zwang mich, den Mund zu halten.

»Das muss ein Schock für Sie sein«, begann DI Wade.

»Ja«, antwortete ich, »ein schrecklicher Schock.«

DI Wallis lehnte sich vor und schlug mit einem Fingerschnippen die Akte auf.

»Sie haben bereits mit einer Kollegin von uns gesprochen«, stellte sie fest. »Das war letzte Woche. Sie haben Bedenken wegen Mr. Booth geäußert. Ihn als vermisst gemeldet.«

»Dazu sind wir eigentlich gar nicht gekommen«, stellte ich richtig. »Ich war mit meiner Freundin dort, Sally Corday, aber man hat uns wieder weggeschickt. Ihre Kollegen meinten, wir sollten uns keine Sorgen machen.«

»Waren Sie denn sehr besorgt?«

»Eine Gruppe von uns soll demnächst ein Konzert geben – am zwölften September. Hayden hat bei uns mitgespielt. Plötzlich erschien er nicht mehr zu den Proben. Sally hat sich die meisten Sorgen um ihn gemacht. Ich war eher der Meinung, dass er nur das Weite gesucht hatte.«

»Wieso waren Sie dieser Meinung?«

»Er ist Musiker. Ich habe ihn immer für den Typ gehalten, der einfach weiterzieht, wenn sich etwas Besseres ergibt.«

»Stattdessen hat ihn jemand ermordet.«

»Sind Sie sicher?«, fragte ich.

Die beiden Detectives sahen sich an.

»Wie meinen Sie das?«, fragte DI Wallis.

»Könnte es nicht ein Unfall gewesen sein?«

»Wir stehen erst am Anfang«, antwortete sie, »aber wenn jemand tot und mit Steinen beschwert auf dem Grund eines Stausees gefunden wird und alles darauf hindeutet, dass der Betreffende einen heftigen Schlag auf den Kopf erhalten hat, gehen wir von einem Gewaltverbrechen aus und leiten entsprechende Ermittlungen ein.«

Ich konnte nicht anders. Ich musste es wissen.

»Wie wurde die Leiche denn gefunden?«, fragte ich. »Wenn sie doch auf dem Grund eines Stausees lag.«

»Obwohl sie sich in der Mitte des Sees befand, war das Wasser dort nicht besonders tief«, erklärte sie. »Wenn ich richtig informiert bin, hat sich die Leine eines Fischers daran verfangen.«

Mir schoss durch den Kopf, wie ich als Kind während eines Urlaubs in Schottland mit meinem Dad geangelt hatte und die Schnur sich an irgendetwas verhakt hatte. Dann war sie gerissen, und wir hatten die ganze Sache schnell wieder vergessen.

»Was für ein glücklicher Zufall«, sagte ich.

»Ein Kollege von uns hat bereits mit Ihrer Freundin Mrs. Corday gesprochen, und sie meinte, wir sollten uns an Sie wenden. Sie könnten uns vielleicht ein paar Leute nennen, die Hayden Booth kannten.«

»Ich kenne tatsächlich ein paar«, antwortete ich, »aber nicht viele.«

DI Wallis ließ den Zeigefinger sanft über den Rand der Akte gleiten.

»Waren Sie eng befreundet?«

Die Frage kam mir zu schnell. Wie viele Leute wussten über mich und Hayden Bescheid? Was würden sie der Polizei sagen? Während ich krampfhaft überlegte, begann erneut das Telefon zu klingeln, und meine Ansage schaltete sich ein.

»Die Neuigkeit spricht sich schnell herum«, bemerkte ich. »Sie müssen entschuldigen. Das alles ist ein ziemlicher Schock für mich. Im Grunde kannte ich ihn erst seit ein paar Wochen. Ich hatte mich bereit erklärt, auf der Hochzeit einer Freundin zu spielen, und brauchte ein paar Musiker. Ich habe ihn durch einen Freund kennengelernt und begreife einfach nicht, was nun passiert ist.«

»Es tut mir sehr leid«, sagte DI Wade. »Das ist bestimmt schwer für Sie. Aber Sie könnten uns eine große Hilfe dabei sein, denjenigen zu finden, der das getan hat.«

»Natürlich«, antwortete ich. »Darf ich Ihnen eine Tasse Tee oder Kaffee anbieten?«

Sie nahmen mein Angebot an und gaben mir dadurch Gelegenheit, eine Weile in der Küche herumzuhantieren und mich zu sammeln. Nachdem ich mit Kaffee und Keksen zu ihnen zurückgekehrt war, holte ich mein Adressbuch, mein Handy und meinen Laptop und las ihnen ein paar Telefonnummern, Adressen und E-Mail-Adressen von Leuten vor, die Hayden selbst oder Freunde von ihm gekannt hatten. DI Wade notierte sich alles höchst gewissenhaft auf einem Blatt Papier. Technisch waren sie nicht gerade auf dem neuesten Stand.

»Erzählen Sie mir von ihm«, forderte DI Wallis mich auf, nachdem die Liste vollständig war.

»Was wollen Sie hören?«

»Alles, was Ihnen einfällt.«

Also lieferte ich ihnen einen stark verkürzten und zensierten Bericht über meine erste Begegnung mit Hayden, seine Zeit bei uns in der Band und die wenigen Male, die ich mit Freunden von ihm zusammengetroffen war. Währenddessen blätterte DI Wallis ihre Akte so langsam durch, dass ich ihr am liebsten geholfen hätte. Schließlich schien sie gefunden zu haben, was sie suchte.

»Sie haben mit einer Kollegin von mir gesprochen«, stellte sie fest.

»Becky Sowieso.«

»WPC Horton. Meinen Unterlagen zufolge haben Sie ihr gegenüber angegeben, keine Freunde von ihm zu kennen.« Sie blickte hoch. »Stimmt das?«

Mir wurde schlagartig heiß. Lief ich womöglich auch rot an? Wahrscheinlich merkten Polizisten sofort, wenn man etwas zu verbergen suchte.

»Ich habe ein paar Leute kennengelernt, mit denen er in einer Band spielte. Keine Ahnung, ob das Freunde im engeren Sinn waren.«

»Was können Sie uns über sein Privatleben erzählen?«, fragte DI Wade.

»Ich weiß nicht genau, was Sie damit meinen«, antwortete ich. »Er war nicht der Typ, der sein Leben in Schubladen aufteilte. Er spielte Musik, und ansonsten hing er herum. Das war es im Grunde schon.«

»Hatte er eine Beziehung?«

»Ich glaube nicht, dass er ein Mensch war, der feste, dauerhafte Beziehungen einging. Falls es das ist, was Sie meinen.«

»Er hatte also keine Freundin?«

»Nicht dass ich wüsste.« Was im Grunde stimmte oder zumindest keine richtige Lüge war. Ich hätte mich zu keinem Zeitpunkt als seine Freundin bezeichnet.

»Können Sie sich vorstellen, wer das getan haben könnte?«, fragte DI Wade.

»Wenn Sie mit den Leuten reden, werden Sie feststellen, dass Hayden ein Händchen dafür hatte, es sich mit seinen Mitmenschen zu verderben. Er konnte zwar sehr charmant sein, aber auch ... nun ja, ziemlich schwierig.«

»Fanden *Sie* ihn schwierig?«

»Ich glaube, da ging es allen gleich. Er war nicht bösartig, aber er hat sich von jedem genommen, was er wollte, und ist dann einfach weitergezogen. Damit hat er ein paar Leute ganz schön verärgert – wie Sie sicher feststellen werden.«

»Er muss jemanden mehr als verärgert haben«, entgegnete Wade. »Jemand hat ihm den Kopf eingeschlagen und sich dann große Mühe gegeben, die Leiche loszuwerden.«

»Das ist mir auch schon durch den Kopf gegangen«, stimmte ich ihm zu. »Ich kann mir das nicht erklären.«

»Hatte er Geldprobleme?«, fragte DI Wallis.

»Natürlich hatte er die«, antwortete ich. »Er war schließlich Musiker. Alle Musiker sind mehr oder weniger pleite. Außer Sting und Phil Collins.«

»Führte das zu Konflikten?«

»Bei ein paar von den Namen, die ich Ihnen genannt habe, handelt es sich um Leute, mit denen er Musik machte. Soweit ich weiß, gab es irgendeinen Streit wegen Geld. Die Betreffenden werden Ihnen sicher davon erzählen.«

»Einen ernsten Streit?«

»Alle Bands machen mal so was durch. Dabei geht es immer ums Geld. Entweder es kommt nicht an oder gerät in die falschen Hände oder wird einfach irgendwie verplempert. Das ist ganz normaler Bandalltag. Wir reden hier nicht von der Mafia. Kein Grund, deswegen jemanden umzubringen.«

»Sie werden gar nicht glauben, weswegen Menschen morden«, meinte DI Wade. »Da geht es oft um Dinge, die es eigentlich gar nicht wert sind.«

»Was für eine sinnlose Verschwendung«, brach ich das kurze Schweigen.

DI Wallis blätterte ein weiteres Mal ihre Notizen durch, als suchte sie etwas Bestimmtes. Dann sah sie mich an.

»Haben Sie ihn gemocht?«

»Gemocht?«

»Ja«, antwortete sie. »Haben Sie ihn gemocht?«

Ihre einfache Frage zog mir komplett den Boden unter den Füßen weg.

»Für jemanden wie Hayden scheint mir das nicht das richtige Wort zu sein«, sagte ich schließlich. »Es klingt zu normal.«

Ich hatte das Gefühl, bereits zu viel preisgegeben zu haben. Ich war der Wahrheit zu nahegekommen.

Nachdem sie gegangen waren, rief ich sofort Sally an. Ich fürchtete mich vor dem Gespräch, doch wider Erwarten ging Richard ran. Er erklärte mir, Sally und Lola seien für eine Weile zu ihrer Mutter gefahren. Auf meine Frage, wann sie denn zurückkomme, antwortete er mir, das wisse er nicht. Er hörte sich sehr niedergeschlagen an. Allein schon der Klang seiner Stimme bewirkte, dass ich mich richtig mies fühlte. Ich wusste, warum Sally weg war, und vermutlich wusste er, dass ich es wusste, doch wir sprachen beide nicht darüber.

Als ich hinterher versuchte, Sally auf dem Handy zu erreichen, ging nur ihre Mailbox an. Ich hinterließ ihr die Nachricht, dass ich jederzeit für sie da sei, wenn sie mit mir reden wolle. Das war das Mindeste, was ich tun konnte.

Davor

Als wir am Abend nach unserem Ausflug ans Meer zusammen in Lizas Bett lagen, brannte unsere Haut von der Sonne. Müde und erschöpft küssten und liebten wir uns. Hinterher blieben wir eng umschlungen liegen. Ich schlief halb ein, und als ich wieder erwachte, blickte er mich an. Vielleicht spielte es gar keine Rolle, wie lange das mit uns noch ging. Wir hatten Sommer. Was im Sommer geschah, war wie ein Traum. Losgelöst von allem, gehorchte es seinen eigenen Regeln. Ich durfte mich ruhig bis September in dieser Sache verlieren – bis die Arbeit und das wahre Leben wieder begannen.

Danach

Ich bahnte mir einen Weg durch den Camden Market, indem ich mich zwischen den Punks hindurchzwängte, die mit ihren Irokesenfrisuren wie Karikaturen aussahen, und dann an Gruftis und Touristen vorbeischob. Nats Wegbeschreibung entpuppte sich als ziemlich ungenau, weshalb ich eine Weile brauchte, bis ich den Treffpunkt fand. Dort musste ich dann erst nach ihm Ausschau halten, ehe ich ihn schließlich in einiger Entfernung entdeckte. Er lehnte an einem Poller in der Nähe des Kanals. Beim Näherkommen sah ich, dass Jan bei ihm war. Letzterer stand in jener typischen, leicht gebückten Haltung da, die man bei hochgewachsenen Menschen oft sieht. Als hätten sie einen zu großen Teil ihres Lebens damit verbracht, in niedrigen Räumen den Kopf einzuziehen.

»Wo bleibst du denn?«, fuhr Nat mich an.

»Tut mir leid. Als ich aufbrechen wollte, standen zwei Leute von der Polizei vor der Tür.«

»Lieber Himmel!«

»Warum wolltest du mich sehen? Hat das einen bestimmten Grund?«

»Ein Freund von uns ist gerade aus einem Stausee gezogen worden«, antwortete Nat. »Das ist doch wohl Grund genug.«

»So habe ich es nicht gemeint.«

Nat fummelte an seiner Jacke herum und zog eine Zigarettenschachtel und ein Feuerzeug heraus. Er hielt mir die Schachtel hin.

»Ich habe damit aufgehört«, erklärte ich.

»Dann wäre das jetzt ein passender Zeitpunkt, wieder anzufangen.«

Während er und Jan sich eine anzündeten, verspürte ich den starken Drang, ihrem Beispiel zu folgen, doch statt diesem Bedürfnis nachzugeben, schob ich beide Hände in die Hosentaschen, als könnte das mich davon abhalten, nach einer Zigarette zu greifen.

»Also«, hakte ich nach, »warum wolltet ihr mich unbedingt sehen?«

Nat schaute erst Jan an und dann mich.

»Sag mal, bist du schwer von Begriff? Hayden ist tot, verdammt noch mal! Jemand hat ihn in einen Stausee geworfen!« Mittlerweile schrie er fast.

»Eine schreckliche Sache.«

»Das kann man wohl sagen.« Jans Stimme klang seltsam gedämpft. Er hatte bisher noch kein Wort gesagt.

»Wie seid ihr an meine Telefonnummer gekommen?«, fragte ich.

»Hayden hat sie mir mal gegeben«, antwortete Nat. »Im Lauf der Zeit hat er mir bestimmt an die dreißig verschiedene Nummern genannt, unter denen er jeweils zu erreichen war. Ich habe in meinem Notizbuch eine lange Liste stehen. Die meisten der Nummern sind längst wieder durchgestrichen. Ich schätze, jetzt kann ich sie alle streichen. Sollen wir einen Spaziergang machen? Vom Herumstehen wird mir bloß kalt.«

»Es ist ein warmer Sommertag«, entgegnete ich.

»Mir wird trotzdem kalt, wenn ich hier rumstehe.«

Also setzten wir uns in Bewegung und schoben uns langsam durch die Menge.

»Was ist nur mit diesen Punks los?«, jammerte Jan. »Als das mit dem Punk damals losging, war ich noch ein Kind. Damals liefen die Leute nicht so herum. Die echten Punks sahen gar nicht aus wie Punks.«

»Was soll das heißen, sie sahen gar nicht aus wie Punks?«, fragte Nat.

»Sieh dir doch die alten Fotos von den Sex Pistols an. Die haben nicht wie Punkrocker ausgesehen. Die Uniform kam erst später.«

»Wir tragen alle Uniformen«, meinte Nat. »*Du* nicht«, fügte er mit einem Blick auf mich hinzu. »Warst du nie Mitglied eines Stammes?«

»Ich glaube nicht«, antwortete ich. »Mir ist es immer nur um die Musik gegangen.«

»Kein Wunder, dass du mit Hayden zusammengekommen bist.«

»Wir waren nicht richtig zusammen …«, begann ich.

»Ich bin genau wie diese Punks«, fiel Nat mir ins Wort. »Was wir spielen – oder sollte ich besser sagen, spielten – ist so eine Art alte Countrymusik, deswegen ziehe ich mich an, als wäre ich in Texas geboren. Dabei komme ich in Wirklichkeit aus Norfolk. Mein Gott! Hayden war nie so. Er hätte keinen Sinn darin gesehen.« Er blieb stehen und schaute sich um. »Wir müssen auf ihn anstoßen.«

Ich warf einen Blick auf meine Armbanduhr.

»Es ist erst zehn nach zwölf.«

»Wir müssen trotzdem auf ihn anstoßen.«

Jan sah mich achselzuckend an. Wortlos folgten wir Nat zu einem Pub am Kanal. Während Jan und ich uns draußen an einem Tisch niederließen, ging Nat hinein. Als er kurze Zeit später wieder herauskam, trug er ein Tablett mit drei kleinen Gläsern, die eine dunkle Flüssigkeit enthielten, und drei Päckchen Chips.

»Bourbon«, verkündete er. Nachdem er alles verteilt hatte, griff er nach seinem Glas, betrachtete es einen Moment und sah dann mich an. »Möchtest du ein paar Worte sagen, Bonnie?«

Nun folgte eine lange Pause, weil ich nicht die geringste Lust verspürte, irgendetwas zu sagen. Ich hatte auch keinen Bock, am helllichten Tag mit zwei Musikern, die ich kaum kannte, Bourbon zu trinken.

»Ich weiß nicht, was ich sagen soll«, erklärte ich schließlich. »Ich kannte Hayden nicht so gut wie ihr.«

»Das stimmt«, bestätigte Jan in einem Ton, bei dem mir fast übel wurde.

»Hayden war ein großartiger Musiker«, sagte ich. »Irgendwie hat es bei ihm wohl nie so ganz geklappt, vermute ich. Es hätte nicht auf diese Weise enden sollen.«

»Natürlich hätte es nicht auf diese gottverdammte Weise enden sollen!«, schnaubte Nat. »Das ist kein besonders toller Trinkspruch!«

Ich warf einen Blick zu Jan hinüber.

»Fällt dir etwas Besseres ein?«

Jan tauchte einen Finger in den Bourbon und berührte damit seine Zunge. Dann hob er das Glas hoch.

»Zum Gedenken an Hayden Booth. Er hat mir mein Geld abgeluchst, meine Karriere zerstört und mir mein Mädchen ausgespannt. Eines aber muss man ihm lassen: Er tat zwar jedem irgendetwas Schreckliches an, aber damit war die Sache dann auch gegessen. Er trug einem nichts nach. Auf Hayden und das Kurzzeitgedächtnis!«

»Das war auch kein besonders toller Trinkspruch«, meinte Nat.

»Als ich euch beide das letzte Mal zusammen gesehen habe, wart ihr am Raufen«, stellte ich fest.

Statt einer Antwort grunzte Nat nur.

»Wie heißt es immer so schön: Das Einzige, was zählt, ist der Rock'n'Roll. Auf Hayden, der seinen Weg gegangen ist.«

»Das stimmt doch gar nicht«, widersprach Jan. »Er hat bloß gottverdammte Reden geschwungen, aber seinen gottverdammten Weg ist er nicht gegangen.«

»Trinken wir jetzt auf ihn oder nicht?«, fragte Nat.

»Ich will bloß nicht irgendwelchen Scheiß über den Kerl hören.«

»Schon gut, schon gut. Wie wär's damit? Auf Hayden. Er ist jung gestorben. Zumindest einigermaßen jung. Er ist jung gestorben und hat uns eine schöne Leiche hinterlassen. Was meinst du, Bonnie? Würdest du das bestätigen? Hat er eine schöne Leiche hinterlassen?«

Bis zu diesem Moment hatte ich mich seltsam unbeteiligt gefühlt und es fast als wohltuend empfunden, zur Abwechslung mal mit Leuten zusammen zu sein, die ich kaum kannte und die mir völlig egal waren. Das Wort »Leiche« aber traf mich wie ein Schlag, und plötzlich sah ich ihn wieder in dieser unnatürlichen Haltung in einer Blutlache auf dem Boden liegen. Fast kam es mir vor, als stiege mir auch wieder dieser ganz bestimmte Geruch in die Nase, den ich schon völlig vergessen zu haben glaubte. Ich zwang mich zu nicken.

»Ja«, stieß ich mit krächzender Stimme hervor, »wahrscheinlich schon.«

»Gut«, meinte Nat, »dann also auf Hayden!«

Ich hob das Glas und kostete erst mal vorsichtig, doch dann kippte ich das brennende Zeug entschlossen hinunter. Ehe ich's mich versah, stand ein weiterer Bourbon vor mir. In meiner Verzweiflung riss ich ein Päckchen Chips auf und stopfte mir ein paar in den Mund, empfand ihre süßsaure Würze aber als so eklig, dass ich mich zwingen musste, sie hinunterzuschlucken.

»Warum ich?«, fragte ich. »Warum habt ihr ausgerechnet mich angerufen?«

»Was wollte die Polizei denn von dir wissen?«, fragte Jan.

»Als dein Anruf kam, hatte ich doch noch gar nicht mit der Polizei gesprochen.«

»Aber es war klar, dass sie bei dir auftauchen würden, oder etwa nicht? Du warst mit ihm zusammen. Deswegen bist du natürlich die Erste, mit der sie reden.«

»Ich war nicht mit ihm zusammen.«

»Du hast ihn in deine Band aufgenommen«, argumentierte Nat, »und ihm eine Unterkunft besorgt.«

»Ich habe ihm bloß einen Tipp gegeben«, widersprach ich, »weil zufällig gerade eine Freundin von mir jemanden brauchte, der auf ihre Wohnung aufpasst.«

»Ich habe euch beide beobachtet«, insistierte Nat. »Allein schon die Art, wie er dich immer anschaute. Er hat sich ganz und gar auf dich verlassen.«

»Er hat dich vergöttert«, warf Jan ein.

»Die Polizei wollte nichts Besonderes von mir wissen. Sie ermitteln wegen Mordes. Ich vermute mal, sie haben mir nur die üblichen Routinefragen gestellt.«

Jan griff nach seinem Glas und stellte es dann ganz sanft wieder ab, ohne daraus zu trinken.

»Und die wären?«, hakte er nach.

»Hatte er Feinde, hatte er besonders enge Freunde, hatte er Geldprobleme – so in der Art.«

»Hast du uns erwähnt?«

»Hätte ich das nicht sollen?«

»Das heißt also, du hast uns erwähnt?«

»Wenn ihr es ganz genau wissen wollt, haben sie mich gefragt, was für ein Leben er geführt hat und was für Leute er kannte. Ich habe ihnen gesagt, dass ich darüber kaum etwas wisse, aber natürlich habe ich die Musiker erwähnt, mit denen er gespielt hat – also euch. Ist das für euch ein Problem?«

»Nein«, antwortete Nat, »kein Problem. Dann werden sie sich wohl bald bei uns melden.«

»Ich habe ihnen keine Telefonnummern von euch gegeben, wenn ihr das meint, aber vermutlich finden sie euch auch so. Das ist schließlich ihr Job. Außerdem habe ich ihnen gesagt, dass sie auf eine lange Liste von Leuten stoßen werden, mit denen Hayden es sich verdorben hat. Sie wollten von mir wissen, wer unter Umständen sauer auf Hayden sein könnte.«

»Nur die Leute, die ihn kannten«, meinte Jan.

»So in etwa habe ich es auch ausgedrückt.«

Wir schwiegen alle einen Moment. Verzweifelt starrte ich auf mein Glas hinunter. Ich konnte auf keinen Fall noch mehr von dem Zeug trinken. Am Nebentisch saß eine größere Gruppe von Leuten mit Tätowierungen, pinkfarbenen Haaren, hohen Stiefeln und Dschungelmusterkleidung. Was sie wohl während der Woche taten? Ob sie dann brav in Banken und Grundschulen arbeiteten?

»Was hat Hayden denn so über uns erzählt?«, wollte Nat wissen.

»Nichts«, antwortete ich, »zumindest nichts, woran ich mich erinnern kann. Warum?«

»Die paar Male, die wir uns getroffen haben, muss dir doch aufgefallen sein, dass wir unsere Differenzen mit ihm hatten. Wir wollten nur sicherstellen, dass du daraus keine falschen Schlüsse ziehst.«

Unter anderen Umständen hätte ich mir ein Lächeln wohl kaum verbeißen können. Nicht so heute. An diesem Tag war mir nicht im Geringsten nach Lächeln zumute.

»Habt ihr mich deswegen angerufen?«, fragte ich. »Ihr beide habt die halbe Stadt durchquert, um mich auf einen Drink einzuladen und mir zu sagen, dass ihr und Hayden trotzdem die besten Kumpels wart?«

»Nein«, entgegnete Jan, »wir waren nicht die besten Kumpels. Wir hatten tatsächlich unsere Differenzen mit ihm. Wie du ja selbst sehen konntest. Aber das war nichts Neues. So lief es mit Hayden immer. Bei allen.«

»Schön«, sagte ich, »das glaube ich euch gern.«

Nat musterte mich argwöhnisch.

»Du hast Hayden nicht gefragt, was zwischen ihm und uns abgelaufen ist?«

»Ich weiß, was abgelaufen ist. Zumindest weiß ich alles, was ich wissen wollte. Vermutlich wart ihr so dumm, Hayden Geld anzuvertrauen, und er hat es ausgegeben. Und bestimmt sind auch noch andere Sachen vorgefallen. Falls es jemals Momente gab, in denen ihr Aussicht auf Erfolg hattet, war euch Hayden vermutlich keine große Hilfe.«

»Um es mal vorsichtig auszudrücken«, gab Nat mir recht. »Was glaubst du, war der Grund dafür?«

»Du meinst, warum Hayden so ist, wie er…« Abrupt hielt ich inne. »Warum Hayden so war, wie er war? Wollt ihr jetzt von mir hören, dass er als Kind missbraucht wurde? Dass er unter irgendeinem verdrängten Trauma litt und deswegen das Gefühl hatte, keinen Erfolg zu verdienen?«

»So würde ich es nicht ausdrücken«, meinte Jan. »Ich würde eher sagen, dass Hayden sich mit keinem noch so großen Erfolg jemals ganz zufriedengeben konnte.«

»Ich war nicht seine Therapeutin«, erwiderte ich.

Jan grinste. »Nein, das warst du nicht.«

Langsam hatte ich wirklich die Nase voll. Am liebsten wäre ich auf der Stelle gegangen, doch als ich sie mir so ansah – zwei mäßig erfolgreiche Musiker mittleren Alters –, taten sie mir zu meiner eigenen Überraschung fast ein wenig leid.

»Das wird eine große Sache«, sagte ich.

»Was meinst du?« Nat sah mich fragend an.

»Die polizeilichen Ermittlungen. Sie fangen gerade erst an. Für alle, die Hayden kannten, wird das bestimmt ziemlich unangenehm.«

»Insbesondere für die zwielichtigen Musiker, mit denen er gearbeitet hat«, fügte Jan hinzu, »und damit meine ich uns, nicht dich.«

»Aber damit haben wir kein Problem, oder?«, sagte Nat. »Schließlich wollen wir doch alle, dass die Person, die das verbrochen hat, gefasst wird.«

»Natürlich«, bestätigte ich.

»Erst dachte ich, es war ein Überfall«, fuhr Nat fort. »Ein ganz normaler Raubüberfall, bei dem irgendetwas schiefgelaufen ist. Aber dann hörte ich von dem Stausee. Ein Straßenräuber beschwert einen nicht mit Steinen, um einen anschließend in einem Stausee zu versenken.«

»Ich kenne mich mit Straßenräubern nicht so gut aus«, bemerkte ich.

»Eins noch«, sagte Jan.

»Ja?«

»Du hast vorhin behauptet, Hayden hat unser ganzes Geld ausgegeben.«

»Das war nur so dahingesagt. Ich habe keine Ahnung.«

»Dir hat er nicht zufällig Geld gegeben? Zur Aufbewahrung oder als Geschenk?«

»Mir?«, wiederholte ich überrascht.

»Es sind nicht nur wir«, klärte Jan mich auf. »Hayden schuldete vielen Leuten Geld. Viele Leute waren ziemlich wütend auf ihn.«

»Ich habe wirklich keine Ahnung, wo das Geld hingekommen ist«, antwortete ich, »und ich kann mich auch nicht daran erinnern, das Hayden jemals etwas ausgegeben hat. Ganz bestimmt nicht für mich.«

Ich stand auf.

»Du hast noch gar nicht ausgetrunken«, stellte Nat fest.

»Trink du für mich aus«, gab ich ihm zur Antwort. »Bei der Gelegenheit könnt ihr ja noch mal auf ihn anstoßen. Tut mir leid, das ist jetzt irgendwie blöd rübergekommen.«

»Du glaubst also, die Polizei wird mit uns reden wollen?«

»Ich glaube, sie werden mit allen reden wollen.«

»Wir können ihnen nicht viel sagen.«

»Umso besser, dann habt ihr es schnell hinter euch.«

»Weißt du, wie du mich erreichen kannst?«, fragte Nat.

»Meinst du, das wird nötig sein?«

Er schrieb seine Nummer auf einen Bierdeckel und reichte ihn mir.

»Du könntest uns auf dem Laufenden halten«, meinte er. »Uns anrufen, wenn es etwas Neues gibt, das wir wissen müssen.«

Auf dem Heimweg ließ ich im Geist Revue passieren, was ich zur Polizei gesagt hatte. Wie dumm von mir. Ich war davon ausgegangen, dass kaum jemand etwas von Hayden und mir mitbekommen hatte. Dass unsere Affäre quasi unbemerkt geblieben war. Dabei hatten eine Menge Leute Bescheid gewusst, vielleicht sogar alle. Bald würde die Polizei davon erfahren und von mir hören wollen, warum ich ihnen nicht die ganze Wahrheit gesagt hatte. Ich musste mir eine plausible Erklärung einfallen lassen.

Davor

Energisch klopfte ich an die Tür, die einmal meine eigene gewesen war, und setzte eine möglichst coole Miene auf.

»Bonnie!«

»Hallo. Tut mir leid, ich bin ein bisschen spät dran.«

»Spät dran?«

»Hast du es vergessen?«

»Nein … das heißt, ähm … was?«

»Ich möchte meine Sachen abholen. Das haben wir doch bei unserer letzten Probe so vereinbart.«

»War das heute?«

»Sonntagvormittag, weil du da sicher warst, zu Hause zu sein. Darf ich reinkommen?« Ich trat einen Schritt vor, so dass ich bereits auf der Türschwelle stand.

»Ich bin noch nicht ganz so weit. Tut mir leid. Vielleicht können wir es auf einen anderen Tag verschieben. Es eilt ja nicht, oder?«

»Du hast leicht reden.« Ich war selbst erschrocken über meinen scharfen Ton. »Das Problem ist, dass ich mir extra Sallys Wagen ausgeliehen habe. So viel ist doch gar nicht mehr da, und du hast gesagt, du hättest es schon in Kartons gepackt.« Ich unternahm einen weiteren kleinen Vorstoß, der Amos zum Zurückweichen zwang. Er trug weite, fleckige Shorts und ein altes T-Shirt, das bereits an mehreren Stellen ausfranste. Mit seinem stoppeligen Bart und den wild abstehenden Haaren sah er aus, als wäre er gerade erst aus dem Bett gekrochen.

»Dann ist es wohl doch besser, du kommst herein«, meinte er und rieb sich mit dem Handrücken übers Gesicht, während er sich umdrehte und vor mir die Treppe zur Wohnung hinaufging. Ich musste daran denken, wie wir sie damals das erste Mal zusammen besichtigt hatten, als Amos jetzt die Tür aufschob. Gemeinsam waren wir in den großen Hauptraum getreten, der ohne Möbel wunderbar kühl und leer wirkte. Durch die zwei großen Fenster schien die Sonne und zauberte zwei leuchtende, leicht schräge Vierecke auf den grauen Teppich. Bei mir war es Liebe auf den ersten Blick gewesen. Ich konnte mir sofort vorstellen, wie ich in dem Zimmer sitzen und Musik hören oder abends durchs Fenster auf die Straße hinausschauen würde. Ich wollte mein Leben dort verbringen und den leeren Raum langsam mit Erinnerungen und Krimskrams füllen. Nun war ich hier wieder eine Fremde, die kam, um besagten Krimskrams abzuholen. Ich blickte mich um. Mittlerweile sah alles ein bisschen anders aus. Das Sofa stand nicht mehr an seinem gewohnten Platz, und der kleine Couchtisch wirkte neu. Die Tassen, die ich auf dem Tisch entdeckte, hatte es zu meiner Zeit ebenfalls noch nicht gegeben.

»Kaffee?«, fragte Amos verlegen. Offenbar wusste er nicht

so recht, wie er mich behandeln solle. Wie einen Gast? Oder wie einen Eindringling?

»Das wäre nett.«

»Mit oder ohne Milch?« Er wurde rot. »Natürlich weiß ich noch, wie du ihn immer getrunken hast, aber das könnte sich inzwischen ja geändert haben.«

»Schon gut. Ich habe mich nicht geändert. Zumindest nicht, was meinen Kaffee betrifft.«

In der Stille, die nun folgte, war eine Klospülung zu hören und dann Wasserrauschen.

»Ich … ähm. Ich hätte etwas sagen sollen.«

Gedämpfte Schritte. Die Tür schwang auf.

»Hallo, Bonnie.« Sonia trug schwarze Boxershorts und ein schwarzes T-Shirt mit dem Aufdruck: »Legastheniker leben leichter.« Sie war barfuß. Ihre Zehennägel waren dunkelrot lackiert.

»Das Oberteil gehört mir«, stellte ich fest.

»Du bekommst es frisch gewaschen zurück.« Sie lächelte mich gutmütig an. Aus irgendeinem Grund hatte ich das Gefühl, von den beiden auf dem falschen Fuß erwischt worden zu sein. Vor nicht allzu langer Zeit war ich in dieser Wohnung zu Hause gewesen, doch plötzlich fühlte ich mich hier schrecklich unwohl.

»Wie geht es dir?«, fragte mich Sonia.

»Gut. Bestens. Ich hole nur meine Sachen ab. Ich bin gleich wieder weg.«

»Es besteht kein Grund zur Eile. Lass uns erst Kaffee trinken. Danach kannst du in Ruhe alles durchsehen.«

»Ich bin schon unterwegs.« Rasch entschwand Amos in die kleine, ans Wohnzimmer grenzende Küche. Dabei hatte er es so eilig, dass er fast gestolpert wäre.

»Ich wusste nicht, dass du hier bist.«

»Und ich wusste nicht, dass du kommst. Aber das ist kein Problem. Oder doch?«

»Seltsam ist es schon.«

»Ich weiß.«

»Du und Amos ...« Ich brach abrupt ab.

»Ja?«

»Das ist auch seltsam.«

»Du hast gesagt, es sei in Ordnung.«

»In Ordnung, aber trotzdem seltsam.«

»Stimmt.«

»Am liebsten würde ich jetzt davonlaufen.«

»Ich kann mir vorstellen, wie komisch es für dich sein muss. Dass ich jetzt hier mit Amos bin und du quasi zu Besuch in deiner alten Wohnung. Noch dazu ohne männliche Begleitung.«

»Das ist es nicht«, widersprach ich, obwohl sie natürlich recht hatte. In dem Moment fühlte ich mich ihr hoffnungslos unterlegen.

»Bestimmt findest du bald wieder jemanden.«

»Wie bitte?«

Die Tür ging auf, und Amos kam mit drei Tassen Kaffee herein.

»Du wirst jemand Neuen kennenlernen«, fuhr Sonia fort. Obwohl sie leise sprach, füllte ihre kräftige Stimme den ganzen Raum. Sie zählte zu den Leuten, die man auch in einer Menschenmenge noch laut und deutlich hören konnte.

Meine Wangen brannten vor Scham. Ich versuchte, sie mit einem bösen Blick zum Schweigen zu bringen, doch sie schien mich nicht zu verstehen. Nachdem Amos die Tassen vorsichtig auf dem Couchtisch abgestellt hatte, bedachte er mich mit einem mitleidigen Blick.

»Sie hat recht«, sagte er.

»Ich möchte niemanden kennenlernen. Ehrlich gesagt bin ich ganz froh, wenn mir so schnell keiner mehr über den Weg läuft. Nett von dir, dass du dir Sorgen um mich machst, Amos, aber allein geht es mir viel besser. Es tut gut, sich endlich wieder frei und unabhängig zu fühlen.« Irgendwie konnte ich gar nicht mehr aufhören. »Glaub mir, ich genieße diesen wunderbaren Sommer in vollen Zügen. Ich wollte nur schnell meine Sachen holen.«

»Wenn ich meinen Kaffee getrunken habe, ziehe ich los und kaufe ein bisschen was zu essen ein, ja?«, verkündete Sonia, an Amos gewandt.

»Ja, eine gute Idee.«

»Bleib ruhig hier, wenn du willst. Du kannst unsere Schiedsrichterin spielen.«

»Ich fürchte, das ist genau das, was ich nicht möchte, Bonnie.« Sie grinste mich an.

»Tja, das könnte tatsächlich ein bisschen schwierig werden. Das Bild da gehört übrigens mir.« Ich deutete auf eine Schwarz-Weiß-Aufnahme von ein paar Schwänen auf einem Fluss.

»Da bin ich aber anderer Meinung«, widersprach Amos. »Ich kann mich noch genau daran erinnern, dass wir es gemeinsam gekauft haben.«

»Ja, mit meinem Geld.«

»Das habe ich anders in Erinnerung.«

»Du hast es doch sowieso nie besonders gemocht.«

»Schon möglich, aber darum geht es ja wohl nicht. Außerdem freunde ich mich langsam damit an.«

Sonia stand seufzend auf. »Das ist kein Wettbewerb, Amos«, erklärte sie in ruhigem Ton, woraufhin Amos sofort rot anlief. »Es geht nicht um Gewinnen oder Verlieren. Warum willst du das Bild behalten, wenn es dir gar nicht gefällt?« Sie nahm das Foto von der Wand, wischte mit einem Zipfel ihres Shirts – meines Shirts – den Staub vom Glas und drückte es mir in die Hand. Was für eine wunderbare Gelegenheit für sie, mir zu demonstrieren, wer hier das Sagen hatte. »So, jetzt ziehe ich mir was an und verschwinde. Bis bald mal wieder, Bonnie.« Sie beugte sich zu mir herunter – ich hatte mich inzwischen auf der Sofakante niedergelassen – und legte einen Moment ihre Hände auf meine verspannten Schultern. Dann küsste sie mich auf beide Wangen, so dass ich ihren sauberen, frischen Duft riechen und ihr volles Haar an meinen Wangen spüren konnte. »Tut mir leid«, sagte sie.

»Ist schon gut.«

»Ja«, bestätigte sie mit so viel Nachdruck, dass es fast wie ein Befehl klang, »das ist es.«

Sobald wir nicht mehr ihrem erwachsenen, kritischen Blick ausgesetzt waren, lief es besser, denn nun konnten wir uns aufführen wie zankende Kinder, ohne uns dafür schämen zu müssen. Ich bekam die Glasvase, musste ihm jedoch den Wok überlassen, den keiner von uns beiden je benutzt hatte. Die vier Champagnerflöten, die uns ein gemeinsamer Freund zum Einzug geschenkt hatte, wurden mir zugesprochen. Dafür behielt Amos die Schnapsgläser. Ich luchste ihm die Patchwork-Tagesdecke ab, indem ich auf die Badezimmermatten verzichtete. Wir stritten uns um etliche Bücher, und wegen einer CD von Crosby, Stills and Nash kam es fast zu Handgreiflichkeiten. Es ist wirklich erstaunlich, was man im Lauf der Zeit alles ansammelt. Ich hatte mir immer eingebildet, zu den Leuten zu gehören, die mit leichtem Gepäck reisten, doch anderthalb Stunden später war Sallys Wagen bis obenhin vollgepackt mit Druckertinte, DVDs, zwei Lautsprechern, alten Ausgaben von Musikzeitschriften, abgewetzten Wanderschuhen, Bettlaken und Kissenhüllen, einem Sitzsack, einem Hocker, etlichen kleinen Kissen, einem Standspiegel, einer Kaffeekanne und einer angeschlagenen Teekanne, mehreren Windspielen, Postern, Lampenschirmen, Topfpflanzen, Tellern, Tassen, einem großen Hammer, einer kleinen, rostigen Säge, einer Tüte voller Knöpfe, dem Wandkalender vom letzten Jahr, einem Christbaumständer sowie einer Schachtel mit einer kaputten Christbaumbeleuchtung. Hinzu kam jede Menge Müll, den man im

Leben so ansammelte: Handyakkus, Adapter, Stifte, Socken, Fadenspulen, diverse Schminkutensilien. Solange ich keinen Zugang zu diesen Dingen gehabt hatte, waren sie mir ungemein begehrenswert erschienen, und der Gedanke, dass sie sich in Amos' Besitz befanden, hatte mich mit Wut und Selbstmitleid erfüllt. Nun, da sie sich hinter mir im Wagen stapelten, wurden sie wieder nutzlos und überflüssig. An einem Müllcontainer hielt ich an und warf mehrere Taschen hinein, wobei ich mir nicht mal die Mühe machte, genau nachzusehen, was sie enthielten. Anschließend erstand ich in einem Blumenladen in Camden einen riesigen Blumenstrauß, um damit die Vase zu füllen, um die ich so verbissen gerungen hatte, und fuhr mit meiner Beute nach Hause.

Danach

Ich führte ein weiteres Gespräch mit Joy Wallis und DI Wade, diesmal allerdings nicht in meiner Wohnung, sondern auf dem Polizeirevier, und es handelte sich auch keineswegs um eine ungezwungene Unterhaltung, sondern um eine offizielle Befragung, bei der sogar ein Kassettenrekorder lief. Mittlerweile hatte niemand mehr ein Lächeln oder eine beruhigende Bemerkung für mich übrig. Meine Hände zitterten derart, dass ich sie auf den Schoß legen musste, damit niemand sie sah. Außerdem hatte ich das Gefühl, dass meine Stimme in dem kleinen, kahlen Raum unangenehm widerhallte. Das Licht war dort so grell, dass bestimmt jedes noch so kleine Zucken in meinem Gesicht auffiel und jede Lüge umso deutlicher von meinen Zügen abzulesen war. Ich ermahnte mich, so wenig wie möglich preiszugeben und einfach zu wiederholen, was ich bereits gesagt hatte – wobei ich mich daran kaum noch erinnern konnte. Meine Geschichte, wenn es denn überhaupt eine war, schien im panischen Wirrwarr meiner Gedanken verloren gegangen zu sein. Nur winzige Bruchstücke waren übrig geblieben und schwirrten in einem Durcheinander aus Erinnerungsfetzen und Ängsten umher. Ich kam mir vor wie eine Schauspielerin, die sich nur an ein paar unzusammenhängende Zeilen ihres Textes erinnern konnte, aber noch ein ganzes Theaterstück vor sich hatte.

Den Vormittag hatte ich damit verbracht, in dem Café, das ein Stück die Straße entlang lag, bei einem Kännchen Kaffee die Morgenzeitungen zu lesen. Den Kaffee hatte ich so schnell getrunken, dass ich mir die Lippen verbrannte, das Mandelcroissant hingegen kaum angerührt, weil mir derart flau im Magen war, dass ich befürchtete, mich gleich übergeben zu müssen. Sämtliche Zeitungen brachten Berichte über Hayden Booth, den begabten Musiker mit den vielversprechenden Zukunftsaussichten, dessen Leiche in einem Stausee gefunden worden war. Die Schlagzeilen kündeten sensationslüstern von einem Geheimnis, einer Tragödie, dem Kummer der Angehörigen. Welchen Angehörigen? Hatte er eine Mutter, einen Vater oder Geschwister? Vielleicht sogar kleine Neffen und Nichten, die auf ihm herumgeklettert waren, wie Lola es getan hatte? In fast allen Zeitungen prangte ein Foto von ihm, das mehrere Jahre zuvor aufgenommen worden war und ihn mit seiner Gitarre auf einer Bühne zeigte. Sein Gesicht lag halb im Schatten, sein Blick wirkte verschleiert. Er sah aus wie ein Star, berühmt und schön. Sein bloßer Anblick raubte mir den Atem. Ich wusste mir keinen anderen Rat, als die Arme um meinen Oberkörper zu schlingen und zu warten, bis mein Herzschlag sich etwas beruhigt hatte.

Ich wollte nichts über ihn lesen, konnte aber nicht damit aufhören. Verzweifelt überflog ich jede Zeile, darauf gefasst, jeden Augenblick auf meinen Namen oder irgendeine belastende Information zu stoßen, doch da stand nichts, was ich nicht schon wusste, abgesehen von seinem Alter – demnach war er achtunddreißig gewesen – und dem Namen seines ehemaligen Managers, Paul Boland. Sämtliche Artikel waren am Vortag auf die Schnelle zusammengeschustert worden, so dass die Polizeibeamten, die mir nun gegenübersaßen, sich längst auf einem viel neueren Stand befanden. Sie wussten beispielsweise, dass ich ihnen nicht die ganze Wahrheit gesagt hatte.

Nachdem ich auf dem Plastikstuhl, der unangenehm an meinen schweißnassen Beinen klebte, Platz genommen hatte, informierten sie mich als Erstes über mein Recht auf einen Anwalt.

»Wenn Sie keinen haben, können wir Ihnen einen besorgen.« DI Wade wartete auf meine Antwort.

»Ich weiß nicht. Ich glaube nicht …«

Bedeutete die Tatsache, dass sie mir einen Anwalt anboten, dass ich – wie drückten sie das im Fernsehen immer aus – zum Kreis der Verdächtigen gehörte? Mein erster Impuls war, Ja zu sagen. Vor meinem geistigen Auge sah ich abwechselnd einen seriösen Herrn mit silbergrauem Haar, einem grauen Anzug und einer edlen Lederaktentasche oder eine schlanke, gepflegte Frau mit feinsinniger Intelligenz und Ironie neben mir sitzen und mich sicher durch alle die gefährlichen Untiefen lotsen, die womöglich vor mir lagen. Aber was sollte ich ihm oder ihr erzählen? Ich begriff, dass ich dann ein weiteres Mal gezwungen wäre zu lügen und mich an die genauen Einzelheiten der Geschichte zu erinnern, die ich bereits erzählt hatte. Schon bei dem bloßen Gedanken, dem ohnehin wackligen Lügengebäude noch weitere Unwahrheiten hinzufügen zu müssen, wurde mir vor Panik ganz schlecht.

»Nein«, stieß ich schließlich hervor, »ich brauche keinen Anwalt.« Um etwas entspannter und selbstbewusster zu klingen, sagte ich noch: »Warum sollte ich?«

»Tja«, antwortete DI Wade, »das ist genau die Frage. Also …«

Also legten wir los, und natürlich fingen wir mit der Tatsache an, dass ich mit Hayden Booth viel besser bekannt gewesen war, als ich zunächst zugegeben hatte.

»Sie haben zu uns gesagt …«, begann Wade, während er in seinem Notizbuch herumblätterte. »Ja, Sie haben gesagt, er habe keine Freundin gehabt.«

»Stimmt«, bestätigte ich. »Ich meine, es stimmt, dass ich das zu Ihnen gesagt habe.«

»Möchten Sie diese Aussage revidieren?«

»Wie meinen Sie das?«

»Wollen Sie weiterhin behaupten, er habe keine Freundin gehabt?«

Mir wurde schlagartig sehr heiß. Mein Gesicht brannte wie Feuer.

»Er hatte tatsächlich keine. Ich meine, das ist nicht das richtige Wort dafür.« Beide starrten mich erwartungsvoll an. Joy Wallis klopfte mit ihrem Stift leicht auf die Tischplatte, tap, tap, tap. »Mit Hayden war das nicht so.« Ein Abgrund des Schweigens tat sich vor mir auf, und einen Moment lang hätte ich mich am liebsten hineingestürzt und alles ausgeplaudert, damit das Ganze endlich vorbei wäre. Ich schluckte krampfhaft und blickte dann hoch. »Er war nicht der Typ Mann, der einen feste Freundin hatte.«

»Das haben Sie beim letzten Mal auch schon gesagt.«

»Na also.«

»Sie haben uns in die Irre geführt.«

»Das war mir nicht klar.«

»Was war Ihnen nicht klar?

»Ich weiß nicht …« Ich versuchte es noch einmal. »Es tut mir leid. Ich wollte Sie nicht in die Irre führen. Es stimmt, dass ich nicht Haydens Freundin war.«

»Wie das?«, hakte DI Wade nach.

»Wir hatten keine richtige Beziehung«, erklärte ich. »Ich kannte ihn doch erst ein paar Wochen. Wie Sie bereits wissen, habe ich ihn durch die Band kennengelernt.«

»Hatten Sie sexuellen Kontakt mit Mr. Booth?«

»Ja.«

»Aha. Demnach waren Sie also nicht seine Freundin, hatten aber sexuellen Kontakt mit ihm?«

»Ja.«

»Sie haben mit ihm geschlafen.«

»Das bestreite ich ja gar nicht.«

»Wie viele Male?«

»Bitte?«

»Können Sie uns in etwa sagen, wie viele Male Sie Sex mit Hayden Booth hatten?«

»Ist das wichtig?«

»Um das entscheiden zu können, müssen wir erst wissen, wie oft.«

»Ich bin mir nicht sicher.«

»Einmal? Zweimal? Dreimal? Öfter.«

»Ja, das kommt eher hin.«

»Öfter als dreimal?«

»Ja.«

»Wie oft ungefähr?«

»Ich weiß es nicht. Ein paarmal.«

»Sie haben innerhalb von knapp zwei Wochen mehrere Male mit ihm geschlafen und waren nicht seine Freundin?«

»So ist es. Ich war nicht seine Freundin.«

»Sie wollten Ihre Beziehung geheim halten?« Die Frage kam von Joy Wallis.

»Mehr oder weniger.«

»Warum?«

»Einfach so. Wir wollten nicht, dass die Leute Bescheid wussten – und falsche Schlüsse zogen.«

»Zum Beispiel den Schluss, dass Sie beide ein Paar waren?«

»So in der Art.«

»Es wusste also niemand davon.«

»Ich schätze mal, Jan und Nat wussten es. Die Typen aus

seiner Band. Sie wussten, dass wir … dass zwischen uns etwas lief.«

»Dieses *etwas.*« Wade sprach das Wort ganz vorsichtig aus, als handelte es sich dabei um eine genaue Beschreibung dessen, was sich zwischen Hayden und mir abgespielt hatte. »War es noch im Gange, als er starb?«

»Vermutlich.«

»Wie bitte? Sie vermuten es?«

»Es war noch im Gange.«

»Wo haben Sie sich getroffen?«

»In meiner Wohnung. Oder in seiner. Eigentlich gehört sie einer Freundin von mir, die zurzeit verreist ist – aber das habe ich Ihnen ja schon gesagt.«

»Kam es zwischen Ihnen zu Streitigkeiten?«, meldete Joy Wallis sich erneut zu Wort. Ihre Stimme klang weicher als die von Wade, und im Gegensatz zu ihm sah sie mich nicht an, wenn sie mir eine Frage stellte, sondern blickte auf ihr Notizbuch hinunter, ohne irgendetwas aufzuschreiben.

Ich war bei ihren Worten leicht zusammengezuckt. Einen Moment lang sah ich Haydens Faust auf mein Gesicht zukommen. Mittlerweile starrten mich beide Detectives erwartungsvoll an. Ich hatte das Gefühl, als finge der längst verblasste Bluterguss an meinem Hals erneut zu pochen an. Bestimmt konnten sie es sehen oder spüren.

»Nein. Natürlich haben wir uns hin und wieder angefaucht. Sie wissen schon, was ich meine.«

»Nein, das weiß ich eigentlich nicht. Erklären Sie es mir ein bisschen näher.«

»Er war nicht besonders ordentlich.«

»Sie haben sich gestritten, weil er keine Ordnung hielt?«

»Manchmal. Gestritten ist fast schon zu viel gesagt.«

»War er Ihnen treu?«

»Ich habe Ihnen doch gesagt, dass ich nicht seine Freundin war. Er hatte gar keinen Grund, treu zu sein.«

»Demnach war er es also nicht.«

»Das Wort ist in seinem Fall völlig unangebracht.«

»Es gab andere Frauen?«

Ich musste an Sally denken, die er erst in seinen Bann gezogen und dann verlassen hatte. »Keine Ahnung«, antwortete ich.

Wir kauten noch eine ganze Weile auf diesem Thema herum. Im Raum herrschte eine derart drückende Hitze, dass mir langsam der Kopf dröhnte. Ich hatte schweißnasse Hände. Da fragte DI Wade plötzlich: »Besaß Mr. Booth ein Auto?«

»Ja.« Meine Antwort klang wie ein Krächzen. Ich schlang die Finger ineinander und versuchte, meiner Stimme mehr Festigkeit zu verleihen. »Er besaß ein Auto. Ich bin einmal mit ihm mitgefahren.« Das sagte ich für den Fall, dass trotz der Reinigung des Innenraums Spuren von mir zurückgeblieben waren.

»Erinnern Sie sich an die Marke?«

»Er war blau. Mehr weiß ich nicht mehr. Alt und blau.«

»Ein blauer Rover, dreizehn Jahre alt.« Er warf einen Blick in seine Unterlagen und las mir auch noch das Kennzeichen vor.

»Ja, kann sein.«

»Wissen Sie, wo er ihn parkte?«

»Vor Lizas Wohnung, die ja vorübergehend die seine war.«

»Verstehe.« Er lehnte sich zurück und verschränkte die Hände im Nacken. »Ich erzähle Ihnen jetzt mal etwas über den Wagen, Miss Graham. Mittlerweile steht er nämlich nicht mehr vor seiner Wohnung.« Ich murmelte irgendetwas Unverständliches. »Er wurde in Walthamstow gefunden, wo ihn jemand am Sonntag, dem dreißigsten August, in der Fountain Road im Halteverbot geparkt hat.« Erneut warf er einen Blick in sein Notizbuch. »Der Strafzettel wurde um sieben nach drei ausgestellt, und zwanzig Minuten später schleppte man das Fahrzeug ab.«

Nun folgte eine längere Pause.

»Jemand muss ihn gestohlen haben«, sagte ich schließlich.

»Der Schlüssel steckte noch.«

»Und?«

»Finden Sie das nicht seltsam?«

»Ich möchte wirklich nicht unhöflich klingen«, erwiderte ich, »aber was spielt es für eine Rolle, wie ich das finde?«

»Haben Sie eine Ahnung, wo sich der Wagen davor befand?«

»Nein.«

»Er stand am Flughafen Stansted, auf dem Langzeitparkplatz.«

»Wie ist er denn dahin gekommen?«

»Er wurde am zweiundzwanzigsten August kurz nach vier Uhr morgens dort abgestellt. Der Fahrer trug einen Schal um den Kopf und eine Sonnenbrille, obwohl es zu dem Zeitpunkt noch stockfinster war.«

»Glauben Sie, dass es Hayden war?«, fragte ich.

»Vermutlich nicht. Wir gehen davon aus, dass eine Frau am Steuer saß.«

»Aha«, sagte ich.

»Eine noch ziemlich junge Weiße.«

Das Geräusch, das ich von mir gab, klang anders als von mir beabsichtigt – fast wie ein ersticktes Krächzen.

»Am dreißigsten August fuhr der Wagen am frühen Nachmittag auf der M11 in Richtung London. Dann bog er in westlicher Richtung auf die North Circular ein und kurz danach wieder ab.« Joy Wallis warf einen Blick in ihre Akte. »Später wurde der Wagen wie gesagt mit steckendem Zündschlüssel abgestellt.«

»Klingt seltsam.«

In meinem Kopf hörte ich Sonias Stimme: du *Vollidiotin*.

»Ja, nicht wahr? Können Sie sich erklären, warum jemand den Wagen eine Woche am Flughafen parkt und dann wieder abholt, um ihn anschließend einfach irgendwo in der Stadt stehen zu lassen?«

»Vielleicht ist er gestohlen worden.«

»Das halte ich für äußerst unwahrscheinlich. Ich habe den Wagen gesehen. Vielleicht wurde er benutzt, um irgendetwas zu liefern. Etwas Wertvolles.«

»Haben Sie etwas gefunden?«

»Nein, absolut nichts. Wann haben Sie denn Mr. Booth das letzte Mal gesehen?«

»Das wissen Sie doch schon. Es muss bei der Probe gewesen sein. Am Mittwoch, glaube ich. Sie können die anderen fragen.«

»Und wo waren Sie, Bonnie?«

»Wann?«

»Wo waren Sie zwischen dem Morgen des einundzwanzigsten August und dem Morgen des zweiundzwanzigsten August?«

»Das ist einfach«, antwortete ich. »Da war ich bei Neal. Neal Fenton.«

»Den ganzen Tag.«

»Ja.«

»Und die ganze Nacht.«

»Ja. Er ist mein Freund, müssen Sie wissen.«

Sie behielten mich gut sechs Stunden da. Wir gingen meine Aussage immer wieder durch. Anschließend wurde ich in einen anderen Raum gebracht, wo eine Frau meine Fingerabdrücke nahm und mir dann einen Wattestab in den Mund schob, weil sie auch noch eine DNA-Probe von mir brauchten. Erst dann durfte ich gehen. Benommen trat ich auf die sonnige Straße hinaus. Mittlerweile war bereits Spätnachmittag. Am liebsten hätte ich mich auf dem Gehsteig zusammengerollt und losgeheult, aber da ich befürchtete, jemand könnte mich sehen, ging ich weiter und versuchte mich wie ein normaler, unschuldiger Mensch zu benehmen, bis das Polizeirevier außer Sichtweite war. Dann holte ich mein Handy heraus und tippte mit zittrigen Fingern die Nummer ein.

»Neal. Bleib, wo du bist. Ich komme gleich vorbei.«

Davor

»In ungefähr zwei Minuten bin ich bei dir.«

»Nein, Neal.«

»Ich muss dir etwas sagen.«

»Das bringt doch nichts.«

»Zwei Minuten«, wiederholte er.

Tatsächlich stand er zwei Minuten später vor meiner Haustür.

»Worum geht es?«

»Kann ich reinkommen?« In dem Moment begriff er, und seine Miene versteinerte. »Er ist da, stimmt's?«

Ich tat gar nicht erst so, als wüsste ich nicht, wovon er sprach. »Ja.« Ich betrachtete sein Gesicht, das vor Kummer ganz starr wirkte. »Hör zu, es tut mir leid – das alles. Wirklich.«

»Ich wollte dir sagen«, begann er, als hätte er meine Worte nicht gehört, »dass du meiner Meinung nach gar nicht weißt, was du da tust.«

»Möglich.« Er setzte zu einer Erwiderung an, doch ich kam ihm zuvor. »Aber vielleicht mag ich es ja so.«

»Wenn es vorbei ist, werde ich immer noch da sein.«

Ich wusste nicht, was ich ihm darauf antworten sollte. Einerseits fand ich sein Verhalten etwas beängstigend, andererseits aber auch rührend. Aber vielleicht war Liebe immer so, wenn sie nicht erwiderte wurde – erdrückend, unangemessen und ein wenig peinlich, fast schon beschämend.

»Danke.«

»Ich bin immer für dich da.«

Verlegen trat ich von einem Fuß auf den anderen. Sein eindringlicher Blick war mir unangenehm.

»Vergiss das nicht, Bonnie.«

Danach

Als ich bei Neal eintraf, schien es mir, als wären wir zwei von Angst und Panik erfüllte Fremde, die nicht wussten, wie sie miteinander umgehen sollten. Er fragte mich, ob ich ein Bier oder ein Glas Wein wolle, doch ich lehnte ab. Mir war schwindlig, und alles fühlte sich seltsam unwirklich an, so dass es mir schwerfiel, gerade zu stehen und deutlich zu sprechen. Ich wollte es einfach hinter mich bringen und möglichst schnell wieder verschwinden.

»Ich war gerade im Begriff, mir einen zu genehmigen.« Er warf einen Blick auf die Uhr. »Es ist fast schon sechs. Vielleicht brauchst du etwas Stärkeres. Ich habe auch Whisky da. Und eine Flasche Wodka, die ich in Krakau gekauft habe.«

»Ein Glas Wasser, bitte«, antwortete ich, »einfach aus der Leitung.«

Er füllte zwei große Gläser und reichte mir eines. Ich trank es sofort aus und gab es ihm zurück. Offenbar sah er mir an, dass ich immer noch Durst hatte, denn er reichte mir prompt das zweite Glas, das ich ebenfalls zur Hälfte leerte.

»Geht es dir nicht gut?«, fragte er.

»Ich habe mit der Polizei gesprochen.«

»Ich weiß.«

»Nein, sie haben mich ein weiteres Mal befragt. Mich den ganzen Tag in die Mangel genommen.«

Neal verzog keine Miene.

»Gibt es irgendein Problem?«

Ich rang nach Luft.

»Als ich das erste Mal mit ihnen gesprochen habe, war ich ein wenig zurückhaltend, was mein… mein Verhältnis zu Hayden anging… du weißt schon.«

»Du meinst die Tatsache, dass du mit ihm geschlafen hast?«

Nachdem ich bereits stundenlang mit der Polizei gesprochen hatte und dabei ständig auf der Hut gewesen war, um eine möglichst stimmige Geschichte zu erzählen, fühlte ich mich nun schrecklich erschöpft. Weiteren Wortklaubereien war ich einfach nicht mehr gewachsen.

»Sie wollten von mir wissen, ob er eine Freundin hatte, und ich habe gesagt, dass er keine hatte – weil ich nicht seine Freundin *war*, jedenfalls nicht wirklich. Als sie dann andere Leute befragten, die mich wohl doch als seine Freundin bezeichneten, dachten sie vermutlich, ich hätte sie angelogen, und folgerten daraus, dass ich einen *Grund* haben musste, sie anzulügen, woraufhin sie mir eine Menge Fragen stellten. Dabei sind sie ganz schön hart mit mir umgesprungen. Ich komme gerade vom Polizeirevier.«

»Das tut mir leid«, sagte Neal, »aber was erwartest du jetzt von mir, Bonnie? Ich meine, schließlich hattest du wirklich einen Grund, sie anzulügen, stimmt's?«

Sein letzter Satz irritierte mich. Ich brauchte ein paar Augenblicke, bis ich ihm darauf antworten konnte.

»Wir haben nie darüber gesprochen, was eigentlich passiert ist, Neal. Irgendwie war uns wohl beiden nicht danach zumute. Manche Dinge lässt man tatsächlich besser ungesagt. Trotzdem muss ich dir jetzt etwas Wichtiges sagen, und zwar bevor du mit irgendjemand anderem redest.«

Wir schwiegen beide einen Moment. Viele Tage lang hatte ich die Worte, die ich gleich aussprechen würde, immer wieder hinuntergeschluckt. Nun aber war ich gezwungen, damit herauszurücken.

»Die Polizei hat wohl Verdacht geschöpft«, begann ich. »Ganz besonders haben sie sich für den Abend des einundzwanzigsten August interessiert. Sie wollten sogar von mir wissen, wo ich da war.«

»Das wundert mich gar nicht. Was hast du gesagt?«

Am liebsten hätte ich mich hingesetzt und den Kopf in den Händen vergraben, um diese ganze laute, brutale Welt einfach auszublenden. Meine Beine versagten mir fast den Dienst. »Genau darüber wollte ich mit dir reden. Ich habe gesagt, dass ich bei dir war. Dass du mein Freund bist.« Ich schaute Neal an. Seine Miene wirkte kalt und ausdruckslos. »Verstehst du, Neal? Ich habe dir ein Alibi gegeben.«

Neal wandte sich von mir ab und fasste sich mit einer Hand an den Kopf. Ich sah ihm an, dass er krampfhaft überlegte. Dabei machte er den Eindruck, als wäre es für ihn mit einer enormen körperlichen Anstrengung verbunden, seine Gedanken zu ordnen. Als er sich schließlich wieder umdrehte und zu sprechen begann, tat er das extrem langsam und bedächtig.

»Du möchtest, dass ich dir ein Alibi gebe? Habe ich das jetzt richtig verstanden?«

»Nein. Was soll das? Ich weiß *Bescheid*, Neal. Du weißt es, und ich weiß es. Die große Scharade ist vorbei. Wir können aufhören, uns gegenseitig etwas vorzumachen.«

»Was genau willst du mir eigentlich sagen?«

»Neal?« Nun begriff ich gar nichts mehr. »Hast du mir nicht zugehört? Ich habe dir für den Abend, an dem Hayden gestorben ist, ein Alibi gegeben.«

»Du hast *mir* ein Alibi gegeben?«

Ich brachte ihn mit einer Handbewegung zum Schweigen. »Du brauchst nichts zu sagen. Eigentlich will ich gar nicht darüber reden. Am liebsten wäre mir, der ganze Albtraum würde sich in Luft auflösen. Nimm es einfach an, ja?«

»Ich glaube, ich werde die Frage bereuen, aber… warum genau hast du mir ein Alibi gegeben?«

»Jetzt hör aber auf, Neal, das weißt du doch! Mach es nicht noch schwieriger, als es ohnehin schon ist.«

»Nein, Bonnie, ich weiß es nicht. Was, zum Teufel, versuchst du mir zu sagen?«

»Du möchtest wirklich, dass ich es laut ausspreche?«

»Tu dir keinen Zwang an.«

Ich holte tief Luft und sah ihm in die Augen, während ich die Worte endlich aussprach: »Weil du Hayden getötet hast.«

So. Nun hatte ich es gesagt. Ich rechnete mit einer heftigen Reaktion. Mit einem Wutanfall oder einem Nervenzusammenbruch. Womöglich würde er in Tränen ausbrechen und mir versichern, dass es keine Absicht war, sondern ein Unfall, ein Augenblick der Gewalt, der sein ganzes Leben in einen Albtraum verwandelt hatte. Stattdessen aber starrte er mich nur mit offenem Mund an. Er wirkte völlig perplex.

»Was?«

»Du hast mich gezwungen, es zu sagen. Ich hatte es eigentlich gar nicht vor.«

»Ich habe Hayden umgebracht?«

»Ja.«

»Was soll das? Ich habe ihn nicht umgebracht.«

»Ich weiß, dass du es warst, Neal. Du brauchst dich nicht länger zu verstellen.«

»Nein, Bonnie. Das ist ... das ist wirklich der Gipfel der ...« Zu meiner großen Überraschung brach er plötzlich in lautes Gelächter aus. »Was, zum Teufel, führst du im Schilde?«

»Ich?«

»Nun komm schon, Bonnie.«

»Ich verstehe nicht«, stammelte ich. »Was? *Was?*«

»Das alles ist so ... Du weißt ganz genau, dass ich Hayden nicht getötet habe, und du weißt auch ganz genau, wer es in Wirklichkeit war.«

»Wie bitte?«

»Du hast mich schon verstanden.«

»Nein. Ich begreife einfach nicht ... Warum tust du das? Willst du mich in den Wahnsinn treiben?«

»Und das sagst ausgerechnet du!«

»Neal. Hör auf. Hör endlich damit auf. Es ist vorbei, du brauchst nicht mehr zu lügen. Das Spiel ist aus.«

»Moment.« Er brachte mich mit einer Handbewegung zum Schweigen. »Halt mal für einen Moment den Mund.«

Er stand auf und begann ziellos im Raum umherzuwandern, als hätten seine Beine sich selbständig gemacht. Vor Jahren hatte ich miterlebt, wie nach einem Unfall ein Mann aus seinem Auto stieg und im Schock wie betrunken über die Fahrbahn torkelte. Genauso kam Neal mir jetzt vor.

»Du willst also wirklich behaupten, du hast ihn nicht umgebracht?« Die Wucht seiner Worte traf mich wie ein Schlag. Plötzlich war mir, als würde der Boden unter meinen Füßen nachgeben. Da ich mich nirgendwo festhalten konnte, ließ ich mich rasch auf den Sessel sinken und schlug eine Hand vor den Mund.

»Sag jetzt nichts«, fuhr er fort, »lass mich nachdenken. Warum haben sie dich befragt? Was haben sie gegen dich in der Hand?«

»Sie haben gar nichts gegen mich in der Hand«, antwortete ich, »zumindest nicht, soweit ich weiß. Aber sie glauben wie gesagt… Ich meine, sie wissen, dass ich etwas mit Hayden hatte. Und in der fraglichen Nacht ist sein Wagen mit einer Frau am Steuer fotografiert worden. Deswegen verdächtigen sie mich.«

Wir schwiegen beide einen Moment

»Ich habe gerade das Gefühl«, meinte Neal schließlich, »als würden wir beide wie zwei Idioten im Dunkeln herumtappen. Ich weiß nicht mal, welche Frage ich dir als Nächstes stellen soll. Doch, mir fällt eine ein: Wie ist Haydens Leiche am Ende in einem Stausee gelandet, der gut hundert Kilometer nördlich von London liegt? Und warum? Das begreife ich einfach nicht.«

»Vorher würde ich gern auf die Frage zurückkommen, wer Hayden getötet hat. Du kannst es mir wirklich sagen. Ich bin die einzige Person auf der Welt, bei der dein Geheimnis sicher ist.«

Er lehnte sich zu mir herüber und packte mich so fest an den Schultern, dass es fast schon wehtat.

»Hör zu, Bonnie, ich sage es dir noch einmal, laut und deutlich: Ich habe Hayden nicht getötet.«

»Du musst es aber gewesen sein. Ich habe dich sogar weggehen sehen.«

»Ich war es nicht. Natürlich nicht. Und das weißt du auch, also hör endlich mit diesem Schwachsinn auf. Du bist die einzige Person auf der Welt, die mit Sicherheit weiß, dass ich Hayden nicht getötet habe. Du verdrehst die Tatsachen.«

»Was soll das heißen? Ich weiß nicht, worauf du hinauswillst.«

»Was soll das heißen?«, äffte er mich nach. Sein Gesicht erschien mir plötzlich älter und weicher. Er wirkte fast ein wenig benommen, als hätte er einen heftigen Schlag abbekommen. »Beantworte endlich meine Frage!«

»Warum stellst du mir diese Frage überhaupt?« Ich wurde allmählich lauter. »So etwas passiert eben mit Mordopfern. Sie werden in Kanälen, Flüssen oder Stauseen versenkt und manchmal auch wieder gefunden. Ich bin nicht gerade die genialste Detektivin der Welt, aber meiner Meinung nach gibt es nur einen einzigen plausiblen Grund, warum du mir diese Frage stellst: Du hast Hayden in seiner Wohnung getötet und seine Leiche dort zurückgelassen. Das würde erklären, warum du es so überraschend findest, dass die Leiche nicht dort gefunden wurde.«

»Nein«, widersprach Neal, »das ist nicht der einzige plausible Grund.«

»Ich kann im Moment nicht besonders klar denken«, gestand ich, »ganz im Gegenteil, in meinem Kopf geht alles drunter und drüber. Also klär mich auf. Welchen anderen Grund sollte es dafür geben?«

»Du willst wirklich, dass ich es dir sage?«

»Lieber Himmel, bringen wir es endlich hinter uns. Nun sag schon!«

»Also gut, Bonnie. Dann ist diese Scharade aber wirklich zu Ende. Die Nachricht, dass Haydens Leiche im Langley Reservoir gefunden wurde, hat mich deswegen so überrascht, weil ich sie auf dem Boden seiner Wohnung liegen gesehen habe.«

»Du hast die Leiche gesehen?«

»Ja.«

»Natürlich hast du sie gesehen! Du hast ihn schließlich –«

»*Nein*. Ich habe Hayden nicht umgebracht.« Er hielt kurz inne, weil ich entnervt die Hände vors Gesicht schlug und ein langes, leises Wimmern ausstieß. »Ich war dort und habe seine Leiche gefunden«, fuhr er fort, »das ist alles.«

»Ich verstehe das nicht. Du hast seine Leiche gefunden und nicht die Polizei gerufen?«

»Stimmt.«

»Warum nicht?«

»Weil ich wusste, dass du es warst.«

»Was?«

»Ich wusste, dass du es warst.«

»Und wie kommst du darauf?«

»Mir war klar, dass er dich wieder schlagen würde. Ich hatte das Gefühl, verrückt zu werden, wenn ich ihm das weiter durchgehen ließ. Nachdem du mir erzählt hattest, dass du zu ihm wolltest, beschloss ich, dir zuvorzukommen und ihn zu warnen – ihm zu sagen, was passieren würde, wenn er dich noch ein einziges Mal anrührte. Ich meine, auf *diese* Weise. Vorher habe ich mir einen Drink genehmigt, um ein bisschen lockerer zu werden. Hayden brachte mich immer auf die Palme, aber diesmal war ich fest entschlossen, mich nicht von ihm provozieren zu lassen. Als ich, etwa eine halbe Stunde, nachdem ich deine Wohnung verlassen hatte, bei ihm eintraf, stand die Tür offen, also bin ich einfach rein. Mir war sofort klar, was passiert sein musste. Als nach jener schrecklichen Probe alle aufgebrochen waren, bist du zu ihm, und ihr seid euch in die Haare geraten. Vielleicht ist er wieder handgreiflich geworden. Du hast nach irgendetwas gegriffen, einer Bronzefigur, die zufällig ziemlich schwer war. Ich schätze, ein Schlag hat ausgereicht. Für mich sah es allerdings so aus, als hätte er zwei Schläge abbekommen. War der zweite die Rache für das, was er dir angetan hatte? Oder wolltest du ihm dadurch den Rest geben? Es klingt schrecklich, aber ein Teil von mir hat sich gefreut. Das war meine erste Reaktion. Die Wahrheit ist, dass ich ihn gehasst habe. Ich hasste ihn sogar so sehr, dass ich ihm den Tod wünschte. Erst spannte er dich mir aus, und dann behandelte er dich wie Dreck, und mich behandelte er … tja, wie eigentlich? Von oben herab und leicht amüsiert, als wäre das alles nur ein interessantes Spiel. Ich wünschte ihm den Tod, und nun war er tot. Gestorben durch deine Hand. Erst in dem Moment fing ich zu denken an. Du hattest ihn getötet, und dafür würde man dich zur Rechenschaft ziehen. Aber das wollte ich nicht. Es war eigentlich gar keine richtige Entscheidung, sondern eher eine Art Erkenntnis. Ich wusste einfach, was ich zu tun hatte. Ich würde dafür sorgen, dass es aussah, als hätte in der Wohnung eine heftige Rauferei stattgefunden. Als wäre dort noch ein anderer Mann oder eine Gruppe von Männern gewesen. Ich stieß mehrere Sachen um und verrückte ein paar Möbel. Dann drehte ich eine Runde durch die Wohnung und suchte alles zusammen, was dir gehörte. Dann ging ich. Du hast deinen Ranzen doch bekommen, oder?«

Das Päckchen mit dem Ranzen. Es war also nicht als Drohung gedacht gewesen. Neal hatte es mir geschickt. Um mir zu helfen. Ich konnte ihn nur wortlos anstarren.

»Aber ich habe ihn nicht getötet.«

Er packte mich fest am Unterarm. Sein Gesicht erschien mir plötzlich ganz fremd.

»Das kannst du dir sparen«, sagte er, »du brauchst mich nicht mehr anzulügen.«

»Ich schwöre dir, dass ich es nicht war. Ich dachte die ganze Zeit, dass *du* es warst.«

»Ich verurteile dich nicht, Bonnie. Meine erste Reaktion war sogar, dass es ihm recht geschah. Als du mich dann aber immer angesehen hast, als würdest du mich hassen …«

»Ich habe ihn nicht getötet«, wiederholte ich. »Ich wollte tatsächlich zu Hayden, bin aber erst nach dir eingetroffen. Ich habe ihn gefunden … ihn und vermutlich das Ergebnis deiner Verwüstungsaktion.«

Neal starrte mich benommen an.

»Was hast du dann gemacht?«

»Wir …« Abrupt brach ich ab.

»Warum bist du nicht einfach gegangen?«

»Ich war der Meinung, du hättest es für mich getan«, antwortete ich. »Ich hatte das Gefühl, dass es meine Schuld sei. Da konnte ich dich doch nicht einfach hängen lassen.«

»Aber ich war es nicht.«

»Woher hätte ich das wissen sollen?«

Neal sah aus, als hätte er gerade eine schlimme Nachricht erhalten, dicht gefolgt von einer noch schlimmeren. Wahrscheinlich fühlte er sich wie ein schwer angeschlagener Boxer.

»Wer war es dann?«, fragte er im Flüsterton. »Wer hat ihn umgebracht? Verdammt!«

»Keine Ahnung. Ich weiß überhaupt nichts mehr. Lieber Himmel, nun läuft da draußen ein Mörder frei herum. Dich habe ich nicht als Mörder betrachtet, ich bin davon ausgegangen, dass es ein Unfall war. Nun sieht die Sache natürlich ganz anders aus.«

»Bonnie, Bonnie, Bonnie.« Neals Stimme klang wie ein Stöhnen. »Als die Leiche nicht gefunden wurde, wäre ich fast durchgedreht.« Er sah mich an. »Und das warst du?« Ich gab ihm keine Antwort. »Du dachtest, ich hätte ihn getötet, und wolltest mich schützen?«

»Ich habe mich irgendwie verantwortlich gefühlt.« Ich beugte mich vor und legte meine Hand auf seine.

»Du wolltest mich schützen und ich dich. Dadurch ist jemand anderer ungestraft davongekommen.«

»Ja, ich weiß. Aber die Polizei wird denken, dass ich es war. Oder du. Oder wir beide zusammen.«

Er ließ den Kopf in die Hände sinken, wiegte sich leicht vor und zurück und murmelte vor sich hin. Nach einer Weile schaute er wieder hoch.

»Also gut, wir müssen über das Alibi reden. Ich habe einen Tatort verändert, und du hast noch viel mehr gemacht als nur das. Zwar hast du niemanden umgebracht – ich schätze, das ist schon mal als positiv zu werten –, aber weiß Gott wie viele andere Gesetze gebrochen. Ich frage mich, wie lange dein Plan noch funktionieren wird. Der Wagen, Haydens Wagen – was ist damit passiert?«

»Er wurde in Walthamstow gefunden.«

»Wie ist er denn da hingekommen?«

»Ich habe ihn dort abgestellt.«

»Warum denn das?«

»Das weiß ich selbst nicht so genau. Vielleicht wollte ich die ganze Geschichte noch ein bisschen verwirrender gestalten.«

»Was für eine geniale Idee.«

Ich glaube nicht, dass Neal wirklich dieser Meinung war. Wir sahen uns an, und plötzlich hatte ich das eigentümliche Gefühl, in einen Spiegel zu blicken. Zu meiner eigenen Überraschung stieß ich ein schnaubendes Lachen aus, das gar nicht nach mir klang. Ich beobachtete, wie Neal das Gesicht zu einem schockierten Grinsen verzog, obwohl er gleichzeitig Tränen in den Augen hatte. Mir selbst war eigentlich auch mehr nach Heulen zumute, doch stattdessen quoll dieses schreckliche Kichern aus mir hervor. Mir war, als würde es mich vor lauter Heiterkeit und Entsetzen zerreißen. Im Grunde schien alles, was wir getan hatten, eine einzige schreckliche Farce zu sein.

»Und währenddessen«, bemerkte Neal, »läuft der wahre Mörder da draußen frei herum. Ohne es zu wissen, haben wir beide die Sache für ihn vertuscht. Bestimmt fragt er sich schon die ganze Zeit, was, zum Teufel, da eigentlich passiert ist und ob er deswegen etwas unternehmen soll.«

»Ja, du hast recht. Daran hatte ich noch gar nicht gedacht.«

»Was sollen wir denn jetzt tun, Bonnie? Hast du noch so einen genialen Plan?«

»Kann ich erst einen Schluck von deinem Wodka bekommen?«

Davor

Ich legte die mitgebrachte CD von Hank Williams ein. Wir tranken jeder ein Glas von dem Weißwein, den ich ebenfalls mitgebracht hatte, und Hayden rauchte dazu eine Zigarette. Nach der fünften oder sechsten Nummer über Einsamkeit, Liebeskummer, Scheidung und Entwurzelung schien mir die Scheibe plötzlich keine so gute Wahl mehr zu sein, so dass ich Hayden fragte, ob ich lieber etwas anderes auflegen solle.

»Wozu?«

»Ist das nicht ein bisschen deprimierend? In jedem Song geht es um irgendeine Art von Unglück. *Mein Baby hat mich verlassen, und ich bin so einsam, dass ich heulen könnte.*«

»Wenn etwas so gut ist«, entgegnete Hayden, »kann es gar nicht deprimierend sein. Der Mann ist unser aller Daddy. Vergiss Dylan und Buddy Holly. Hank war der erste große Sänger und Songschreiber in einer Person. Er hat über seine eigenen Erfahrungen gesungen. Er ist losgezogen und hat das alles selbst durchgemacht, und dann hat er schöne Songs darüber geschrieben.«

»Und ist mit fünfunddreißig gestorben«, fügte ich hinzu, »weil ihm alles zu viel wurde.«

»Er war neunundzwanzig, als er starb«, stellte Hayden richtig. »Genauso alt wie Shelley. Und ein besserer Poet.«

»Ich hatte immer ein Problem mit den Fransenhemden.«

»Er ist auf dem Rücksitz eines Wagens gestorben, auf dem Weg zu einem Konzert«, erklärte Hayden. »Das ist genau die richtige Art abzutreten.« Lachend sah er mich an. »Du bist da anderer Meinung, oder? Das ist die Frau in dir. Du findest es traurig, wenn jemand nicht mit siebzig oder achtzig im Kreis seiner Familie stirbt, nachdem er vorher möglichst viel Haushaltskram und sonstige Besitztümer angesammelt hat. Und natürlich jede Menge Geld auf der Bank.«

»Steck mich nicht einfach in eine Schublade.«

»Hab ich denn nicht recht?«

»Was ist so schlimm daran, alt zu werden und ein paar Dinge zu besitzen?«, fragte ich.

»Du meinst die Art Dinge, um die man sich dann streiten kann, wenn man sich von jemandem trennt?«

»Immerhin trinkst du gerade Wein, den ich mitgebracht habe. Und du wohnst in einer Wohnung, die ich dir besorgt habe.«

»Du versuchst mich zu provozieren«, meinte er, »aber das wird dir nicht gelingen. Nicht heute.«

»Liza hat für diese Wohnung hart gearbeitet«, erklärte ich. »Gleich nach dem College hat sie sich einen Job gesucht, und schon ein Jahr später eine Anzahlung geleistet und sich diese Wohnung gekauft, und seitdem zahlt sie die Raten ab.«

»Und was genau willst du mir damit sagen?« Hayden lehnte sich vor und griff nach der kleinen Metallskulptur auf dem Couchtisch. »Die hat sie wahrscheinlich in irgendeiner Galerie entdeckt und für fünfzig Pfund erstanden. Oder jemand hat sie ihr geschenkt. Und wenn sie dann eines Tages stirbt, wird irgendein Verwandter einen Blick darauf werfen und fragen: Was in Gottes Namen sollen wir damit anfangen? Dann endet das Ding als Türstopper oder in einem Müllcontainer.«

Hayden drückte seine Kippe in einem von Lizas Aschenbechern aus und machte Anstalten, mich zu küssen, doch ich schob ihn weg, wenn auch nur für einen Moment. Nachdenklich betrachtete ich Lizas Bilder, Skulpturen und Bücher.

»Wenn ich mich in diesem Raum umschaue, sehe ich eine Frau, die ihre Sachen mag und sich daran erfreut, auch wenn es keine großen Kunstwerke sind und sie vielleicht eines Tages in einem Müllcontainer landen.«

»Tu nicht, als wärst du auch so«, sagte er. »Du weißt es besser.«

»Besser? Besser, Hayden? Würdest du wirklich lieber auf dem Rücksitz eines Autos sterben, ohne irgendetwas zu besitzen?«, fragte ich. »Ohne einen Menschen, dem du etwas bedeutest?«

»Wieso sollte es so einen Menschen nicht auch für mich geben? Frei zu sein, heißt nicht automatisch, einsam zu sein.«

Ich wusste, dass Hayden seine Freude an mir hatte. Manchmal vergötterte er mich sogar, wenn auch auf seine ganz eigene Art. Letztendlich aber war ich nur die Frau, die gerade da war. Vor mir hatte es andere geben, und nach mir würde es auch wieder welche geben. Mir kam ein Gedanke. Bevor ich mich am Riemen reißen konnte, hatte ich ihn schon ausgesprochen.

»Was, wenn man auf dem Rücksitz eines Autos stirbt, aber nicht Hank Williams ist? Macht das einen Unterschied?«

Er hob die Hand, in der er immer noch die Metallskulptur hielt, und berührte damit meine Schulter. Die Geste hatte fast etwas Spielerisches. Aber nur fast.

»Pass auf, was du sagst«, flüsterte er.

»Also, lass uns nachdenken. Wobei mir das im Moment sehr schwerfällt. Irgendwie funktioniert mein Gehirn nicht richtig.«

»Daran ist der Wodka schuld.« Ich hob die Flasche hoch, die mittlerweile nur noch halb voll war.

»Nein. Der Wodka macht alles klarer. Oder zumindest langsamer«, widersprach Neal.

»Mir kommt es eher so vor, als würde mich das Ganze nicht mehr so berühren. Ich fühle mich wie in Watte gepackt. Eigentlich ist es richtig wohltuend, quasi neben mir zu stehen und mein Leben von der Seite zu betrachten – als würde das alles jemand anderem passieren. Wobei ich natürlich weiß, dass dem nicht so ist.«

»Wir müssen nachdenken, Bonnie.«

»Ja. Aber worüber? Ich meine, worüber sollen wir als Erstes nachdenken?«

»Ich hätte da eine Frage.«

»Noch eine.«

»Ich bin schließlich nicht blöd. Ich mag ja verliebt in dich sein – schau mich nicht so an, das weißt du doch ganz genau –, und vielleicht bin ich auch ein bisschen betrunken oder stehe unter Schock, und wahrscheinlich habe ich etwas unglaublich Dummes getan, aber ich bin trotzdem nicht blöd.«

»Ich weiß.«

»Dann sag es mir.«

»Was?«

»Wer hat dir geholfen?«

»Wie bitte?«

»Nun komm schon, Bonnie. Hayden war ein großer Mann. Du willst mir doch wohl nicht weismachen, dass du seine Leiche ganz allein in den Wagen und dann in den Stausee geworfen hast?«

Ich schloss die Augen und versuchte, das Durcheinander in meinem Kopf zu ordnen. Durfte ich Neal von Sonia erzählen, oder war das ein weiterer Verrat an der Person, die mir so bedingungslos geholfen hatte? »Ich weiß nicht, was ich sagen soll.«

»Du meinst, du weißt nicht, ob du es mir sagen sollst oder nicht?«

»Genau.«

»Du warst also in Begleitung, als du ihn gefunden hast?«

»Nicht direkt.«

»Aber du hast jemanden angerufen und um Hilfe gebeten?«

»Ja.«

»Eine Person, deren Namen du mir nicht verraten willst. Aber warum?«

»Weil ich versprochen habe, den Mund zu halten.«

»Vielleicht wäre die betreffende Person sogar erleichtert, wenn noch jemand eingeweiht wäre.«

»Ich glaube, die betreffende Person möchte das Ganze einfach nur vergessen«, antwortete ich vorsichtig. Ich musste aufpassen, was ich sagte. Schon ein kleines Wort konnte mich ins Stolpern bringen oder gar verraten, wenn ich nicht achtgab.

Neal sah mich an. »Bist du denn nicht der Meinung, dass wir uns mit dieser Person zusammensetzen und besprechen sollten, wie wir weiter vorgehen wollen?«

»Ich weiß nicht. Ich kann im Moment keinen klaren Gedanken fassen.«

»Zum Beispiel stellt sich die Frage, ob wir die Polizei informieren sollen.«

»Die Polizei!«

»Genau. Mein Gott, jemand hat Hayden ermordet.«

»Ja. Das vergesse ich schon nicht.«

»Aber von uns beiden war es keiner.«

»Nein.«

»Nachdem wir das jetzt wissen, sollten wir vielleicht doch besser zur Polizei gehen.«

»Aber überleg doch mal, was wir getan haben.«

»Wir müssen zumindest über die Möglichkeit nachdenken.«

»Ich denke schon die ganze Zeit nach. Ich denke darüber nach, wann ich endlich aufwache und feststelle, dass das alles nur ein schlimmer Traum war.«

»Ohne die andere Person können wir keine Entscheidungen treffen. Deinen dritten Mann. Oder ist es eine Frau?«

»Die Person, von der wir sprechen, hat das alles mir zuliebe getan«, antwortete ich niedergeschlagen. »Weil ich sie darum gebeten habe. Wie können wir da zur Polizei gehen?«

»Wie gut habt ihr eure Spuren verwischt?«

»Ich weiß es nicht. Nacht für Nacht wache ich schweißgebadet auf, weil mir wieder irgendetwas eingefallen ist, das ich anders hätte machen sollen.«

»Du hast gesagt, dass sie dich bereits verdächtigen.«

»Weil ich mit ihm im Bett war und es ihnen verschwiegen habe – genau wie eine Menge anderer Sachen, aber das wissen sie natürlich nicht. Zumindest *noch* nicht. Was sollen wir also tun?«

»Möchtest du etwas essen?«

»Keine Ahnung. Habe ich Hunger?« Ich legte eine Hand auf den Bauch. Ich konnte mich nicht daran erinnern, wann ich das letzte Mal etwas zu mir genommen hatte. Die Tage hatten ihre normale Struktur verloren. Ein unaufhörlich kreisendes Rad hatte mich mit sich gerissen und mein Leben in bruchstückhafte, zeitlose Episoden aus Angst und Schuldgefühlen zersplittert. Ich hatte das dumpfe Gefühl, dass ich zwar die ganze Zeit verzweifelt versuchte, vor allem wegzulaufen, in Wirklichkeit aber schnurstracks in mein Verderben rannte.

»Wie wäre es mit einem pochierten Ei auf einem Muffin? Das ist eine von meinen Notfallmahlzeiten.«

»Klingt gut.«

Ich verfolgte, wie er das Essen für uns zubereitete. So häuslich war Hayden nie gewesen. Mir ging durch den Kopf, wie leicht doch alles ganz anders hätte kommen können. Ich hätte bei Neal bleiben und meinen Frontalzusammenstoß mit Hayden vermeiden können. Vielleicht wäre er jetzt trotzdem tot, aber die Geschichte wäre jemand anderem passiert, nicht mir – nicht uns. Während wir schweigend aßen, war nur das Schaben unseres Bestecks auf dem Teller zu hören. Hinterher machte Neal uns eine Kanne starken Kaffee. Nachdem ich zwei Tassen getrunken hatte, verkündete ich: »Ich rufe sie an.«

»Die dritte Person?«

»Ja.«

Neals Garten war in warmes Dämmerlicht getaucht und die Luft erfüllt vom fernen Gurren wilder Tauben.

»Sonia, ich muss dir etwas sagen.« Ich hörte sie leise seufzen, als hätte sie diesen Moment bereits kommen sehen. »Neal weiß, was wir getan haben.«

»Neal!«

»Er weiß nur, dass mir jemand geholfen hat, aber nicht, dass du es warst.«

»Was hast du denn nun schon wieder angestellt, Bonnie?« Ihre Stimme klang müde.

»Das ist am Telefon schwer zu erklären. Es hat sich eine Menge getan. In Wirklichkeit liegen die Dinge ganz anders, als ich dachte. Ich würde mich gern so bald wie möglich mit dir treffen.«

»Wo bist du?«

»Bei ihm zu Hause.«

Nun folgte ein langes Schweigen, das ich nicht brechen wollte. Schließlich sagte sie: »Ich komme vorbei.«

»Er braucht nicht zu wissen, dass du es warst.«

»Ich komme vorbei, habe ich gesagt. Gib mir seine Adresse.«

Als ich ins Haus zurückkehrte, hob Neal den Kopf.

»Bevor du jetzt irgendetwas sagst«, erklärte er, »muss ich noch etwas wissen.«

»Lass hören.«

»Hast du ihn geliebt?«

Ich antwortete so schnell, dass mir keine Zeit blieb, die Bremse zu ziehen. »Das weiß ich selbst nicht so genau, aber manchmal fehlt er mir so sehr, dass ich es kaum ertragen kann.«

Davor

Ich folgte Hayden den Hügel hinauf. Durch den dünnen Stoff seines Shirts zeichneten sich seine Muskeln ab. Er hatte breite, kräftige Schultern. Als könnte er meinen Blick spüren, drehte er sich um. Ein Lächeln breitete sich auf seinem Gesicht aus und ließ es gleich viel weicher erscheinen.

Die Leute sagen oft, es sei »nur Sex«. Nur Sex, nur Verlangen, nur etwas Körperliches. Ich weiß nicht, was das heißen soll. Verlangen durchströmte mich von Kopf bis Fuß, der Sex verwandelte mich und gab mir das Gefühl zu leben, und jeder Nerv in meinem Körper surrte vor purer körperlicher Lust.

Ich beschleunigte meine Schritte, bis ich auf einer Höhe mit ihm war. Wir berührten uns nicht, doch der Raum zwischen uns vibrierte. Meine Sommertage, kein Davor und kein Danach – nur jetzt, nur er.

Danach

Anfangs waren wir ein wenig befangen, fast schon verlegen – als brächten wir es nicht fertig, uns dem Ausmaß und dem Wahnsinn unserer Taten zu stellen, so dass wir uns stattdessen in eine Art Förmlichkeit flüchteten. Keiner von uns wusste so recht, wie er sich verhalten sollte: Neal, der schon einen sitzen hatte, hüllte sich in Schweigen, Sonia gab sich ihm gegenüber kühl und distanziert, und ich konzentrierte mich darauf, weitere dieser peinlichen Kicheranfälle zu unterdrücken.

Trotzdem hatte unser Dreiergespann etwas seltsam Tröstliches. Ich wusste, dass wir damit ein Risiko eingingen. Vielleicht würde es zur Folge haben, dass unser Geheimnis durch irgendeine undichte Stelle sickerte. Vorerst aber – zumindest, solange wir hier in Neals gemütlichem Haus saßen – fühlte ich mich meiner Angst weniger ausgeliefert. Ich betrachtete die beiden: Sonia, die eine graue Baumwollhose und ein weißes T-Shirt trug und keine Miene verzog, und Neal, der den Kopf auf eine Hand gestützt hatte und mit den Fingern Strähnen seines dunklen Haars zu seltsam abstehenden Büscheln zwirbelte. Ich musste daran denken, was diese beiden für mich getan hatten – wobei Neal ja nur irrtümlich geglaubt hatte, es für mich zu tun.

Als Sonia eingetroffen war, hatte ich das Ausmaß ihrer Emotionen fast spüren können. Dass sie ihnen keinen freien Lauf ließ, verstärkte die Wirkung nur noch. Es schien mir, als stünde ihr ganzer Körper unter Strom.

»Schieß los«, sagte sie, als ich ihr die Tür öffnete.

Ich nahm sie mit hinaus in den Garten, weil ich es ihr unter vier Augen sagen wollte. Durch das hell erleuchtete Fenster konnte ich Neal im Wohnzimmer sitzen sehen. Ich erzählte Sonia die ganze Geschichte, ohne irgendetwas auszulassen: von meiner kurzen Episode mit Neal, über die sie ohnehin schon halb Bescheid wusste, von der Affäre mit Hayden, die von Gewalt und Obsession geprägt gewesen war, und von dem Moment, als ich seine Leiche fand und automatisch annahm, dass Neal es getan hatte, und zwar für mich. Mein Bericht war kurz, und als ich ihn beendet hatte, herrschte zwischen uns für eine Weile Schweigen.

»Ich wollte dich schützen«, erklärte sie schließlich.

»Ich weiß.«

»Du hast mich in dem Glauben gelassen, du hättest ihn getötet.«

Ich widersprach ihr nicht, denn letztendlich stimmte es.

»Du hast mich absichtlich in die Irre geführt, Bonnie.«

»Das war nicht meine Absicht, aber ich konnte es dir doch nicht sagen. Du verstehst, warum, oder?«

»So einigermaßen.« Sie klang immer noch sehr beherrscht. »Demnach habe ich das alles also für Neal getan? Den ich kaum kenne.«

»Es tut mir leid, Sonia.«

Sie sah mich einen Moment an. In der Dämmerung wirkte ihre Miene verschlossen und unergründlich. Dann stand sie auf.

»Ich schätze, wir müssen reden.«

»Ihr wollt zur Polizei gehen?«

»Ich weiß nicht«, antwortete ich. »*Wollen* ist das falsche Wort. Aber vielleicht wäre es in jeder Hinsicht das Beste – vor allem könnte die Polizei sich dann auf den wahren Mörder konzentrieren. Wir behindern ihre Ermittlungen. Mich verdächtigen sie ohnehin schon. Sie wissen, dass ich sie angelogen habe. Besser, ich sage ihnen, wie es wirklich war, bevor sie es selbst herausfinden. Besser für uns alle, meine ich. Ihr braucht dabei ja gar nicht in Erscheinung zu treten. Ich sage einfach, dass ich die Leiche gefunden und dann weggeschafft habe, weil ich in Panik geraten bin.«

Sonia schüttelte den Kopf.

»Wie willst du ihnen das im Einzelnen erklären? Dass du das ganz allein gemacht hast, glauben sie dir bestimmt nicht.«

»Wir können sagen, dass ich ihr geholfen habe«, meldete Neal sich zu Wort. »Das entspricht ja fast der Wahrheit.«

»Ihr macht euch Sorgen wegen der Lügen, die ihr ihnen erzählt habt, und plant gleichzeitig jede Menge neue. Das wird nicht funktionieren.«

»Was schlägst du vor, Sonia?«

Sie schwieg eine ganze Weile mit nachdenklich gerunzelter Stirn.

»Nichts«, antwortete sie schließlich.

»Nichts?«

»Ich möchte nicht, dass ihr es der Polizei erzählt. Das wäre bloß eine neue Methode, euch noch weiter in das Schlamassel hineinzureiten. Und mich auch.«

»Es wäre keine neue Methode, sondern einfach die Wahrheit. Wir dürfen ihre Ermittlungen nicht behindern. Jemand hat Hayden getötet, und sie müssen herausfinden, wer.«

»Solange du Neal für den Täter gehalten hast, warst du anderer Meinung.«

»Weil ich davon ausging, dass es irgendeine Art von Unfall war – und dass Neal es für mich getan hatte«, antwortete ich niedergeschlagen.

»Das ist so kompliziert«, entgegnete sie. »Und ich habe Angst.«

Erstaunt starrte ich sie an. Irgendwie war ich der festen Überzeugung gewesen, dass Sonia Angst gar nicht kannte. Sie war mein Fels in der Brandung, auf den ich mich stützte, weil ich davon ausging, dass dieser Fels niemals nachgeben würde.

»Das alles tut mir so leid«, erwiderte ich kläglich. »Jede Nacht wache ich auf mit dem Gefühl, auf meiner Brust liege ein riesiger Stein und hindere mich am Atmen. Ich weiß nicht, ob ich das noch lange aushalte.«

»Natürlich möchte ich die Polizei nicht daran hindern, den wahren Mörder zu finden«, sagte sie, »aber ich möchte auch nicht für euch ins Gefängnis wandern.«

»Das musst du bestimmt nicht.«

»Woher willst du das wissen, Bonnie?«

Neal stand auf und trat an das Fenster, das auf seinen Garten hinausging. »Lasst uns das Ganze mal aus einem anderen Blickwinkel betrachten«, sagte er. »Ich habe den Tatort verändert, und anschließend habt ihr beide nicht nur das Beweismaterial manipuliert, sondern es komplett entsorgt. Samt der Leiche.«

»Das ist kein anderer Blickwinkel«, erwiderte Sonia, »sondern lediglich eine erneute Zusammenfassung unserer Situation.«

»Was haben wir gesehen?«, fragte Neal, ihren Einwand ignorierend.

»Wir haben Hayden gesehen.« Dass ich ihn immer noch sah, behielt ich lieber für mich. Sein Geist ließ mir keine Ruhe. Wenn ich nachts aufwachte, stand er am Fußende meines Betts und blickte auf mich herab.

»Wir haben nicht das Gleiche gesehen.«

»Ich verstehe nicht, wie du das meinst.«

»Was ihr gesehen habt, war nicht das, was ich gesehen habe. Ich habe alles durcheinandergebracht und dafür gesorgt, dass es anders aussah. Ihr habt nicht den echten Tatort zu Gesicht bekommen, sondern einen künstlich geschaffenen.«

»Das stimmt.«

»Und warum ist das so wichtig?«, fragte Sonia.

»Keine Ahnung, aber mir erscheint es durchaus wichtig. Irgendwie kommt es mir vor, als hätten wir uns alle die ganze Zeit das falsche Bild angesehen.«

»Es gibt kein Bild mehr«, entgegnete ich. »Dafür haben Sonia und ich gesorgt.«

Davor

Guy erschien mal wieder nicht zur Probe. Als ich Joakim fragte, wo sein Vater denn bleibe, murmelte er irgendetwas Unverständliches und wich dabei verlegen meinem Blick aus.

Amos war gar nicht so schlecht. Ich merkte, dass er geübt hatte. Zumindest machte er nicht mehr ganz so viele Fehler und setzte auch nicht mehr so oft falsch ein. Trotzdem spielte er sein Instrument, als würde er ein Formular ausfüllen – langsam und angestrengt. Neal schien an diesem Tag zwei linke Hände zu haben, er spielte richtig schlecht. Allem Anschein nach war er wütend auf Hayden und wollte irgendetwas klarstellen, doch was auch immer das sein mochte, seiner Musik tat es gar nicht gut. Dass Hayden nicht reagierte, machte die Sache auch nicht besser. Er gab weder sarkastische Kommentare ab, noch wies er die anderen auf ihre Fehler hin. Verbesserungsvorschläge machte er auch keine mehr. Offensichtlich hatte er resigniert – was für seine Mitspieler natürlich die schlimmste Beleidigung war. Er wirkte gelangweilt, als befände er sich in Gedanken ganz woanders. Nur ein einziges Mal zeigte er echtes Interesse: als er und Joakim sich in eine Ecke zurückzogen und zusammen an einem Stück feilten, das offenbar nichts mit dem zu tun hatte, was wir anderen spielten. Ich überließ die beiden ihrer Musik.

Danach

Nachdem Sonia gegangen war, wollte ich ebenfalls aufbrechen, aber Neal schenkte mir ein weiteres Glas Wodka ein. Wir setzten unsere Diskussion nicht fort, dazu war ich einfach nicht mehr in der Lage. Ich wollte nur noch weg, am liebsten auf irgendeine Insel, wo ich über alles nachdenken und in meinem Kopf für Ordnung sorgen könnte. Ich wollte Diagramme zeichnen und Verbindungen herstellen, um mir auf diese Weise endlich Klarheit darüber zu verschaffen, was ich eigentlich getan hatte. Wenn das erst einmal geklärt war, konnte ich vielleicht anfangen, mir Gedanken darüber zu machen, was am Vernünftigsten wäre oder am Richtigsten – falls das nach diesen vielen falschen Entscheidungen überhaupt noch eine Rolle spielte. Während ich das letzte Glas leerte, scharwenzelte Neal fürsorglich um mich herum. Ob er sich wohl einbildete, dass uns das alles doch noch irgendwie zusammenbringen würde?

Meine Zunge kam mir plötzlich doppelt so groß vor wie sonst und schien mir nicht mehr zu gehorchen. Langsam und mit größter Mühe versuchte ich ihm die Situation zu erklären.

»Ich glaube, ich bin ein bisschen betrunken«, begann ich, »und außerdem stehe ich unter Schock. Ich weiß nicht so recht, ob sich der Schock auf meinen betrunkenen Zustand negativ oder positiv ausgewirkt hat. Jedenfalls werde ich mich jetzt ein bisschen aufs Sofa legen, und wenn du das Licht ausschalten und mich allein lassen könntest, wäre das wunderbar. Sobald ich mich wieder berappelt habe, gehe ich.«

Er schaltete tatsächlich das Licht aus und verließ den Raum, kam aber gleich darauf mit einer Decke zurück, die er über mich breitete, ehe er endgültig verschwand. In einem Anfall von Rührseligkeit fragte ich mich, wieso ich mich eigentlich mit Hayden eingelassen hatte und nicht mit Neal, obwohl Neal doch in jeder Hinsicht der bessere, geeignetere und anständigere Mensch war. Während ich so in der Dunkelheit lag und meinen Gedanken nachhing, kamen mir fast die Tränen. Nach einer Weile begann ich mich zu fragen, ob ich wohl jemals einschlafen würde, doch dann fuhr ich plötzlich mit einem Ruck hoch, warf einen Blick auf meine Uhr und stellte fest, dass es fast schon halb sieben war.

Ich fühlte mich schrecklich – viel schlimmer als vorher. Der Kopf schmerzte, ich hatte einen trockenen Mund, mein Gehirn kam mir vor wie eingerostet, und meine Klamotten fühlten sich unangenehm und kratzig an. Neals Anblick konnte ich jetzt auf keinen Fall ertragen. Ich wollte nur noch weg. Rasch flüchtete ich aus der Wohnung und machte mich auf den Heimweg. Angesichts des morgendlichen Sonnenlichts und der vielen Leute, die schon auf dem Weg zur Arbeit waren, fühlte ich mich noch unwohler und schmutziger. Zu Hause angekommen, stellte ich mich sofort unter die Dusche. Dann kroch ich ins Bett und zog mir die Decke über den Kopf. Dabei folgte ich keinerlei Plan, sondern eher einem Urinstinkt, der mir nun befahl, erst mal einen ganzen Tag und eine ganze Nacht durchzuschlafen.

Ich hatte einen Traum, in dem ich einen bestimmten Zug erreichen wollte, aber es einfach nicht schaffte, meine Sachen zu packen. Als es mir dann doch gelungen war, brauchte ich eine Ewigkeit, um mir eine Fahrkarte zu lösen und anschließend den richtigen Bahnsteig zu finden. Ein lautes Pfeifen kündigte die Ankunft oder Abfahrt des Zuges an, doch ich fand einfach den Bahnsteig nicht. Außerdem waren mir mittlerweile sowohl mein Gepäck als auch meine Fahrkarte abhanden gekommen. Langsam verwandelte sich das Pfeifen in ein anderes Geräusch, das mir seltsam bekannt vorkam, bis ich schließlich begriff, dass es sich um die Türklingel handelte. Immer noch halb in meinem Traum gefangen, hoffte ich einen Moment, jemand anderer würde aufmachen, vielleicht meine Mutter oder Amos, doch dann zog ich mir die Decke vom Gesicht und erinnerte mich daran, dass meine Mutter über dreihundert Kilometer entfernt war und Amos nicht mehr bei mir wohnte. Obwohl mir das Licht in den Augen wehtat, kämpfte ich mich aus dem Bett und ging zur Tür. Draußen standen zwei uniformierte Beamte.

»Muss das unbedingt jetzt sein?«, fragte ich.

Joy Wallis kannte ich inzwischen schon recht gut, doch den anderen Detective hatte ich noch nie gesehen. Sie stellte ihn mir als Detective Chief Inspector James Brook vor.

»Nennen Sie mich Jim«, sagte er, während er seine Jacke auszog und über eine Stuhllehne hängte. Er war um die vierzig und trug sein Haar zu kurzen grauen Stoppeln geschoren. Er bedachte mich mit einem Lächeln, das mir wohl sagen sollte, dass er auf meiner Seite stand und wir das mit vereinten Kräften schon durchstehen würden. Er vermittelte mir sofort ein Gefühl von Sicherheit. Joy Wallis nahm ein Stück von uns entfernt Platz. Offenbar führte Brook heute das Kommando. Ich vermutete, dass er einer von jenen Detectives war, die sich darauf verstanden, das Vertrauen der Leute zu gewinnen und sie zum Reden zu bringen. Er erinnerte mich an die Typen am College, denen man besonderen Erfolg bei den Frauen nachsagte. In gewisser Weise war das ein Selbstläufer: Man wollte fast nur mit ihnen schlafen, um herauszufinden, worin ihr Geheimnis bestand. Eigentlich ärgerte mich so etwas, und es ärgerte mich auch jetzt. Ich wünschte nur, ich wäre nicht so müde gewesen und mein Kopf nicht so benebelt, dass ich kaum richtig denken konnte.

»Geht es Ihnen nicht gut?«, fragte Joy Wallis.

»Ich hatte keine so tolle Nacht.«

»Gibt es etwas, das Sie uns erzählen möchten?«

»Was sollte das bringen?«, antwortete ich. Einen Moment herrschte Schweigen, dann fügte ich rasch hinzu: »Entschuldigen Sie. Das war nicht so gemeint. Ich wollte damit nur sagen, dass es nichts zu erzählen gibt.«

Brook lehnte sich zurück und verschränkte die Arme.

»Mir ist klar, dass Sie sich in einer schwierigen Lage befinden«, bemerkte er.

Selbst in meinem völlig benebelten Zustand begriff ich, was er im Schilde führte: Er versuchte mich in ein Gespräch zu verwickeln und hoffte, dass ich mich dabei zu unbedachten Äußerungen hinreißen ließ oder Themen anschnitt, die ich gar nicht anschneiden wollte. Da es jedoch kein einziges Thema gab, über das ich mich mit ihm unterhalten wollte, und ich mich außerdem in diesem völlig verwirrten Zustand befand, blieb mir definitiv nichts anderes übrig, als mich einfach dumm zu stellen. Was mir nicht allzu schwerfiel. Brook begann auf die übliche Art, indem er zu bedenken gab, dass ich mit einem Anwalt vielleicht besser beraten wäre, worauf ich lediglich erwiderte, dass ich keinen wolle. Er wirkte ein wenig enttäuscht, aber auch leicht befremdet. War mein Verhalten womöglich ein Hinweis darauf, dass ich unschuldig war? Oder nur dumm? Oder beides? Schließlich zuckte er mit den Achseln, als hätte er gerade zu seinem Bedauern begriffen, dass er für mich nichts weiter tun konnte.

»Ich weiß, was Sie gerade durchmachen«, stellte er fest. »Es ist nicht leicht, in einen solchen Fall verwickelt zu sein und mit Leuten wie uns sprechen zu müssen. Die ganzen Umstände, und dann auch noch die Medien …«

»Ich bin nicht darin verwickelt«, fiel ich ihm ins Wort.

Brook starrte mich verblüfft an.

»Natürlich sind Sie das«, widersprach er, »immerhin hatten Sie eine Affäre mit dem Opfer. Oder dachten Sie, dass ich etwas anderes meine?«

»Ich hatte das Gefühl, dass Sie mir irgendetwas unterstellen«, entgegnete ich.

Nun setzte er eine noch überraschtere Miene auf, als stünde er auf einer Bühne und müsste für die Zuschauer ganz hinten den Verblüfften mimen.

»Was sollte ich Ihnen denn unterstellen?«

Vermutlich versuchte er mich gerade dazu zu bringen, ihm seine Arbeit abzunehmen, indem ich von mir aus damit herausrückte, welches Verbrechen er mir meiner Meinung nach unterstellte. Ich murmelte nur irgendetwas Unverständliches vor mich hin. Dabei konnte ich dem Drang, die Wahrheit aus mir heraussprudeln zu lassen und endlich wieder Leere und Frieden in mir zu verspüren, kaum noch widerstehen. Nur der Gedanke an Sonia und Neal brachte mich dazu, weiter den Mund zu halten.

»Ich habe die Akte gelesen«, informierte mich Brook, »und mir die Zeugenaussagen angesehen. Darüber hinaus habe ich selbst mit mehreren Leuten gesprochen. Ihr Hayden war ein schwieriger Typ, wenn auch mit einer gewissen Wirkung, zumindest auf Frauen.«

Ich biss die Zähne zusammen, um ja nichts zu sagen. Freiwillig würde ich bestimmt keine Informationen oder Meinungen preisgeben, es sei denn, ich wurde ausdrücklich dazu aufgefordert.

»Dass er eine schwierige Seite hatte, steht außer Zweifel«, fuhr Brook fort. »Jedermanns Fall war er definitiv nicht.«

Immer noch keine Frage.

»Beim Durchgehen der Akte«, fuhr er fort, »habe ich den Eindruck gewonnen, dass die Leute bezüglich seiner Person sehr geteilter Meinung waren. Die einen liebten ihn, die anderen hassten ihn. Oder waren wütend auf ihn. Sehr wütend.« Er sah mich an. »Waren Sie jemals wütend auf ihn?«

Alles im Raum kam mir plötzlich ein wenig verschwommen vor, als würden sowohl die Gegenstände als auch die Menschen ihre Konturen verlieren. Wie lange hatte ich letzte Nacht geschlafen? Eine Stunde? Oder noch weniger? So wurden Leute vor Verhören gefoltert. Man ließ sie nicht schlafen. Ich hatte das selbst erledigt und mich in diesem Zustand der Polizei ausgeliefert.

»Warum fragen Sie mich das?«, wandte ich mich an Brook. »Warum stellen Sie mir überhaupt all diese Fragen? Worauf wollen Sie hinaus? Er ist tot. Was spielt es jetzt noch für eine Rolle, welche Gefühle ich für ihn hatte? Das ist alles vorbei. Aus und vorbei.«

Mir war klar, dass ich entweder leicht betrunken oder leicht wahnsinnig klang. Als würde ich demnächst die Kontrolle verlieren. Brook nickte nur und lächelte mich mitfühlend an.

»Es geht mir dabei um Verhaltensmuster«, erklärte er. »Jedes Detail könnte wichtig sein.« Er legte eine Pause ein, als erwartete er von mir eine Antwort, die jedoch nicht kam. Allmählich wirkte seine Miene etwas besorgt. »Haben Sie uns wirklich alles gesagt, was Sie wissen?«

»Mir ist nicht so ganz klar, wie Sie das meinen«, entgegnete ich. »Ich werde jede Frage beantworten, die Sie mir stellen.«

»Meine Kollegin hat recht«, meinte er daraufhin, »Sie sehen ziemlich mitgenommen aus. Schlafen Sie nicht gut?«

»Doch, eigentlich schon.«

Er beugte sich so weit über den Tisch, dass er mir unangenehm nahe kam. Ich konnte nicht nur die feinen Lachfalten rund um seine Augen sehen, sondern auch die winzigen geplatzten violetten Äderchen an seinen Wangen.

»Ich arbeite nun schon seit zwanzig Jahren in dem Job«, erklärte er, »und dabei habe ich eines gelernt: Wenn man endlich reinen Tisch macht und sich alles von der Seele redet, fühlt man sich hinterher unsäglich erleichtert. Das bekomme ich von den Leuten danach immer zu hören. Sie danken mir und sagen, dass sie sich zum ersten Mal seit Ewigkeiten wieder sauber fühlen.«

Ich wusste, dass er recht hatte. Am liebsten hätte ich ihm auf der Stelle die ganze Geschichte erzählt – und zwar so, wie ich sie bisher noch niemandem erzählt hatte. Doch damit hätte ich Neal und Sonia ins Verderben gestürzt, die beide nur in diese missliche Lage geraten waren, weil sie mir hatten helfen wollen – auch wenn sie dabei jeweils von falschen Voraussetzungen ausgegangen waren.

»Ich habe alle Fragen beantwortet«, stieß ich hervor, »mehr kann ich dazu nicht sagen.«

»Sie waren diejenige, mit der er eine Affäre hatte«, erwiderte Brooke, »und zwar angeblich eine recht stürmische.«

»Wer behauptet das?«

»Allem Anschein nach sind da zwei Menschen aufeinandergetroffen, die beide ihren eigenen Kopf hatten und ein gewisses Temperament. Ihre Beziehung hatte ihre Höhen und Tiefen, nicht wahr?«

»Eigentlich war es gar keine richtige Beziehung«, widersprach ich.

»Wollten Sie mehr?«

Mir war klar, dass er immer noch versuchte, mich in ein Gespräch zu verwickeln und mir vielleicht sogar eine unbedachte Äußerung zu entlocken, die mich verriet. Statt einer Antwort zuckte ich nur mit den Achseln.

»Ich könnte mir vorstellen, dass es zwischen Ihnen zum Streit kam«, sagte er, »oder fast schon zu einem Kampf. Er geht auf Sie los, Sie greifen nach etwas und schlagen damit nach ihm. Falls Sie etwas in dieser Art zugeben und sich eine gute feministisch eingestellte Anwältin besorgen, könnten Sie mit einem milden Urteil wegen Totschlags davonkommen.« Als ich noch immer nicht antwortete, verfinsterte sich seine Miene.

»Aber wenn Sie nicht gestehen und man Ihnen am Ende doch etwas nachweisen kann, dürfte es eher nach vorsätzlichem Mord aussehen.«

»Es ist mir völlig egal, wonach es aussieht«, gab ich ihm zur Antwort. »Ich habe ihn nicht getötet. Warum sollte ich etwas gestehen, das ich nicht getan habe?«

»Hören Sie, Miss Graham, Sie sind nur noch einen Fingerabdruck oder eine Faser von einer Anklageerhebung entfernt. Und lassen Sie sich von mir gesagt sein, dass ich mich nicht mit einer Anklage wegen Totschlags zufriedengeben werde. Ich finde es höchst interessant, welche Anstrengungen in diesem Fall unternommen wurden, um die Leiche zu entsorgen. Genauso interessant finde ich die Tatsache, dass wir keinen eindeutigen Tatort lokalisieren können. Wir wissen also noch nicht mal genau, wo das Opfer getötet wurde. Am meisten aber interessiert mich, was mit dem Wagen passiert ist. Warum hat jemand den Wagen zum Flughafenparkplatz gefahren, und warum ist dieser Jemand – oder eine andere Person – nach einer Woche dorthin zurückgekehrt, um ihn wieder abzuholen und damit in die Stadt zu fahren? Dieses Rätsel müssen wir lösen.« Er beugte sich über den Tisch und legte mir eine

Hand auf den Unterarm. »War Ihr Freund in Schwierigkeiten?«

»Er war nicht mein Freund. Das habe ich Ihnen schon gesagt. Ich war mit Neal Fenton zusammen. Sie können ihn gerne fragen.«

»Auf Ihr Alibi kommen wir noch zu sprechen.« Er setzte das Wort in imaginäre Anführungszeichen und musterte mich dabei eindringlich. Ich versuchte, seinem Blick standzuhalten. »Aber vorher«, fügte er hinzu, »lassen Sie uns noch einmal auf die Frage zurückkommen, wo er getötet wurde.«

»Wissen Sie das wirklich noch nicht?«, fragte ich. Dabei hämmerte mein Herz wie wild. Ich war sicher, dass er es hören konnte.

»Als Erstes haben wir uns natürlich die Räume angesehen, in denen er sich zuletzt aufgehalten hat – die Wohnung Ihrer Freundin. Moment, hier steht es: Liza Charles, zurzeit auf Reisen und nicht zu erreichen.«

Ich brachte nicht einmal ein zustimmendes Grunzen heraus.

»Selbstverständlich hat unsere Spurensicherung dort alles genauestens unter die Lupe genommen. Sie glauben nicht, was sich alles als Beweismittel sicherstellen lässt. Ein einzelnes Haar, ein winziger Tropfen Blut.«

Ich musste daran denken, wie Haydens Leiche mit dem Gesicht nach unten auf Lizas Läufer gelegen hatte. Wie sich neben seinem eingeschlagenen Kopf eine Blutlache gebildet hatte. Aber wir hatten den Läufer entfernt.

»Was haben Sie gefunden?«, zwang ich mich zu fragen.

»Das Problem bestand natürlich darin, dass er dort gewohnt hat. Es finden sich überall Spuren von ihm. Das macht die Sache schwieriger.«

»Heißt das, bei Ihrer Suche ist nichts herausgekommen?«

»O nein, so würde ich es nicht ausdrücken. Ich werde Ihnen sagen, was wir gefunden haben.«

»Nämlich?« Ich grub meine Finger in die weiche Haut meiner Handflächen und wartete.

»Für einen lässigen Musiker, der es gewohnt war, die meiste Zeit bei anderen Leuten auf dem Boden zu schlafen, hat Ihr Freund ziemlich gründlich sauber gemacht.«

»Oh.«

»Seltsam, finden Sie nicht?«

Davor

»Guy, die Probe ist vorbei!«, rief ich überrascht, aber Guy war schon mitten im Satz – anscheinend hatte er bereits zu sprechen begonnen, als er auf die Klingel drückte.

»... wenn du uns also bitte hineinlassen würdest«, schloss er mit eisiger Höflichkeit und fegte an mir vorbei, ohne mir Zeit für eine Antwort zu lassen, so dass ich mich plötzlich einer großen, dünnen Frau gegenübersah, die normalerweise wohl eine ruhige Eleganz ausstrahlte, an diesem Tag jedoch den Eindruck erweckte, als würde sie vor ohnmächtiger Wut gleich platzen.

»Hallo«, begrüßte ich sie, »Sie sind bestimmt ...«

»Ich bin Guys Frau, Celia. Joakims Mutter.«

»Und seinetwegen sind wir auch hier«, verkündete Guy, der mittlerweile am Fuß der Treppe stand.

»Hallo, Celia«, sagte ich, »ich glaube, wir haben uns beim Elternsprechtag kennengelernt.« Ich streckte ihr die Hand entgegen, doch sie reagierte nicht. Plötzlich begriff ich, dass sie mit den Tränen kämpfte. »Bitte kommen Sie doch herein. Bei mir herrscht ein ziemliches Chaos, die anderen sind gerade erst gegangen, und ich habe noch nicht aufgeräumt. Außerdem bin ich gerade am Renovieren.« Ich zwang mich, mit dem Geplapper aufzuhören.

»War dieser Hayden da?«, fragte Celia.

»Ja, der war da.«

»Und Joakim?«

»Der auch.«

»Natürlich.« Sie verzog den Mund, als hätte sie in eine Zitrone gebissen. »Er würde nie eine Gelegenheit verpassen, Zeit mit seinem geliebten Hayden Booth zu verbringen.«

»Celia ist etwas aufgebracht«, erklärte Guy.

»Ja, das sehe ich«, antwortete ich vorsichtig. »Darf ich Ihnen irgendetwas anbieten, Celia? Tee? Kaffee?«

»Ich bin nicht *etwas* aufgebracht. Ich bin sehr, sehr aufgebracht.«

»Das tut mir leid.« Ich ließ mich in den Sessel sinken, aber nachdem die beiden stehen blieben, stand ich auch wieder auf.

»Sehr!«, wiederholte sie.

»Er hat einen Studienplatz in Edinburgh«, sagte Guy.

»Ja, ich weiß.«

»Aber er will dort nicht hin.«

»Er springt so grob mit mir um.« Celia konnte ein Schluchzen nicht mehr unterdrücken. »Er behandelt mich, als hätte er nur noch Verachtung für mich übrig.«

»Teenager«, begann ich aufs Geratewohl.

»Womit habe ich das verdient?«

»Mich würde interessieren«, mischte Guy sich ein, »was du dagegen zu unternehmen gedenkst?«

»Ich?«

»Ja.«

»Ich bin schon sein ganzes Leben lang für ihn da«, fuhr Celia fort, »und trotzdem reichen ein paar Tage mit diesem … diesem schmierigen Typen …«

»Was erwartest du von mir, Guy? Natürlich verstehe ich, dass ihr enttäuscht seid …«

»Du bist seine Lehrerin.«

»Ich *war* seine Lehrerin. Er hat die Schule schon vor Monaten verlassen.«

»Du bist seine Lehrerin, du hast ihn in deine gottverdammte Band geholt, und nun hat ihm dieser zweitklassige Musiker alles madig gemacht, wofür er so lange gearbeitet hat.«

»Das Ganze kommt mir vor wie eine Gehirnwäsche«, mischte Celia sich ein.

Ich enthielt mich einer Antwort.

»Es heißt nur noch: Hayden sagt dies und Hayden tut jenes, und ich will so aussehen wie Hayden und so reden wie Hayden und den ganzen Tag herumhängen wie Hayden. Er entgleitet mir.«

»Lass uns doch versuchen, rational zu bleiben, Celia«, wandte Guy sich an sie.

»Du hast leicht reden! Ich bin seine Mutter!«

»Und ich sein Vater!«

Einen Augenblick hatte ich das Gefühl, mitten in einen Ehekrach geraten zu sein, doch Guy fiel schnell wieder ein, dass ich auch noch da war.

»Der Typ ist ein Schaumschläger«, wandte er sich an mich, »und mein Sohn lässt sich von ihm blenden. Dafür trägst du die Verantwortung!«

»Joakim ist achtzehn«, entgegnete ich.

»Sie haben keine eigenen Kinder«, meinte Celia. »Wie soll man von so jemandem Verständnis erwarten? Mir war von Anfang an klar, dass sie es nicht verstehen würde.« Aus ihrem Blick sprach so viel Missbilligung, dass ich mir plötzlich auf unangenehme Weise meines stacheligen Haars, meines Nasensteckers und meines löchrigen T-Shirts bewusst war.

»Ich verstehe nur nicht, was Sie von mir erwarten. Joakim ist erwachsen.«

»Er ist nicht erwachsen. Er hat keine Ahnung, was er da gerade tut und welche Konsequenzen es für ihn haben wird.«

»Haben Sie versucht, mit ihm darüber zu sprechen?«

»Vielen Dank, aber wir sind nicht hier, um dich wegen Joakim um Rat zu bitten!«, ergriff Guy wieder das Wort. Seine

Stimme klang vor Wut ganz gepresst, und an seiner Stirn pulsierte eine kleine Ader. »Wir sind gekommen, um dir zu sagen, dass du den Schaden, den du angerichtet hast, wiedergutmachen musst.«

Allmählich reichte es mir.

»Glaubst du nicht, dass das Problem zumindest teilweise mit der Art zu tun hat, wie du deinen Sohn siehst?«

»Nein«, brüllte er mich an, »das glaube ich nicht! Das Problem ist dieser gottverdammte Hayden Booth! Besser, du kümmerst dich darum, bevor ich es tue. Kapiert?«

Danach

Langsam und mit wackeligen Knien verließ ich das Polizeirevier. Im ersten Moment wusste ich gar nicht, wohin. Das gleißende Sonnenlicht schmerzte in den Augen, und binnen kürzester Zeit dröhnte mir von der Hitze der Schädel. Ich verspürte das dringende Bedürfnis, mich schlafen zu legen und erst nach einem Jahr wieder aufzuwachen, wenn all das endlich vorbei war. Wobei es natürlich nie vorbei sein würde, zumindest nicht richtig. Wäre das alles doch bloß nicht passiert! Ich wollte nicht mehr in meiner Haut stecken, gefangen im Hier und Jetzt. Meine Gedanken schweiften zurück zum Ende des Schuljahrs, zurück zu jenem Gefühl, dass der ganze Sommer noch vor mir lag – wunderbar leer und voller Möglichkeiten. Ich wollte die Uhr zurückdrehen und alles noch einmal von vorn beginnen. Ich würde mich nicht breitschlagen lassen, Danielles Wunsch zu erfüllen, und ich würde auch nicht durch irgendeinen irrwitzigen Zufall Hayden Booth kennenlernen und dadurch diese Bonnie Graham werden – diejenige, die gerade voller Angst aus dem Polizeirevier gewankt war –, sondern die Bonnie Graham aus der Zeit davor bleiben, sorglos und vom Schicksal verschont. In dem Moment sah ich sein Gesicht.

Fast eine halbe Titelseite groß, starrte es mir vom Zeitungskiosk entgegen. Darüber prangte die Schlagzeile: »Tod auf der Überholspur«. Es war nicht das Foto, das die Zeitungen bisher immer verwendet hatten, sondern allem Anschein nach ein älteres. Zumindest sah er darauf ein paar Jahre jünger aus, trug das Haar lang und hatte so stoppelige Wangen, dass man fast schon von einem Bart sprechen konnte. Er lächelte in die Kamera und hob dabei leicht die Augenbrauen, was ihm einen halb fragenden, halb süffisanten Ausdruck verlieh, als teilte er mit der Person hinter der Kamera ein Geheimnis. Mich hatte er auch so angesehen – als würde er mich verstehen und in mir eine verwandte Seele erkennen –, und Sally ebenfalls. Wen noch? Bestimmt Hunderte von Frauen, die zwar wussten, dass man sich auf ihn nicht verlassen konnte, seinem Charme aber trotzdem erlagen. Dann hatte ihn eines Tages jemand getötet. War es vielleicht doch ein Fremder gewesen? Oder eine Person, die ihn kannte? Eine Person, die ihn hasste oder liebte – oder die ihn hasste, weil sie ihn liebte?

Ich sagte mir, dass ich die Zeitung nicht kaufen würde, doch ehe ich es mich versah, zählte ich das Geld ab, nahm die Zeitung entgegen und versuchte im Gehen die Titelseite zu lesen. Die Bildunterschrift forderte mich auf, bis Seite sieben weiterzublättern. Im ersten Café, das mir unterkam, machte ich halt und bestellte mir einen Cappuccino und ein Stück Karottenkuchen. Ich brauchte ganz dringend eine Dosis Kohlenhydrate und Zucker. Erst nachdem ich den halben Kuchen verdrückt und ein paar große Schlucke von meinem Kaffee getrunken hatte, nahm ich mir Seite sieben vor, wo mir ein weiteres Foto ins Auge sprang: Es zeigte einen viel jüngeren Hayden, Arm in Arm mit einer Frau, die vor Glück regelrecht strahlte. Sie hatte eine zierliche Figur, eine dichte Mähne kastanienbraunen Haars und einen breiten, lächelnden Mund. Der Bildunterschrift zufolge hieß sie Hannah Booth.

Ich schloss einen Moment die Augen, doch als ich sie wieder aufschlug, war die Frau immer noch da. Irgendwie gefiel sie mir. In einem anderen Leben hätte ich mir vorstellen können, sie zur Freundin zu haben. Ich warf erneut einen Blick auf die Bildunterschrift. Demnach war das Foto 2002 aufgenommen worden. Hayden musste damals um die dreißig gewesen sein. Sein Gesicht wirkte schmäler und weicher als das, das ich gekannt hatte, vielleicht auch glücklicher. Oder lag es einfach daran, dass er seine Frau im Arm hielt? Warum überraschte mich das so? Warum spürte ich plötzlich diesen Schmerz in der Brust und dieses Brennen in den Augen?

Ich überflog die Geschichte, indem ich den Blick von Absatz zu Absatz springen ließ. Der Anfang des Artikels bestand größtenteils aus einer etwas schwülstig geschriebenen Wiederholung dessen, was bereits durch die Presse gegangen war: talentierter Musiker, mysteriöser Tod, schockierte Freunde, Leichenfund im Stausee, Polizei auf Spurensuche. Im Mittelpunkt aber stand das Interview mit Hannah Booth, die dem Reporter erzählt hatte, wie traurig sie über die Ermordung ihres Mannes sei (»auch wenn ich schon immer damit gerechnet habe, dass er jung sterben würde«), wobei sie allerdings bereits seit längerem getrennt gelebt hätten. Getrennt – ich klammerte mich an das Wort und ließ mich davon ein wenig trösten, bis mein Blick an einem anderen Wort hängen blieb: »Kind«. Plötzlich war mir, als hätte mir jemand einen heftigen Schlag in die Magengrube verpasst. Hayden hatte ein Kind gehabt, einen Sohn, der gerade mal sechseinhalb war und »seinen Daddy« vor ein paar Monaten zum letzten Mal gesehen hatte. Sein Name lautete Josiah. Hayden hatte Hannah und Josiah bereits vor vier Jahren verlassen, als sein Sohn noch ein Kleinkind war. Hannah Booth schilderte, wie es mit ihrer Ehe, die so hoffnungsvoll begonnen hatte, zunehmend bergab gegangen war. »Ich glaube, Hayden wusste einfach nicht, was Zufriedenheit ist«, erklärte sie. »Diese Art von Solidität war ihm seit jeher fremd. Meiner Meinung nach hat er sich das, was wir gemeinsam besaßen, durch seine ehrgeizigen Ziele und Träume kaputt machen lassen. Außerdem kam er mit dem Älterwerden nicht zurecht. Tief in seinem Herzen ist er immer ein Kind geblieben, ein großes, liebenswertes Kind. Aber mit einem Kind kann man nicht verheiratet sein – insbesondere, wenn man selbst Nachwuchs in die Welt setzt.«

Ich legte die Zeitung für eine Weile beiseite und trank meinen Cappuccino aus. Dabei bemühte ich mich ganz bewusst, kleine Schlucke zu nehmen und mich ganz auf die milchige Süße unter dem Schaum zu konzentrieren. Mir gegenüber hatte Hayden behauptet, er wolle niemals Vater werden. Dabei war er die ganze Zeit einer gewesen. Zu mir hatte er gesagt, er wolle sich nie festbinden lassen. Trotzdem war er verheiratet gewesen. Zwar mit einer Frau, die er nie sah, aber dennoch verheiratet. Sie hatte sogar seinen Namen angenommen. Warum hatte er mir das nicht erzählt? Dann musste ich an seine hastige, dringende Nachricht denken, meinen letzten Kontakt mit ihm – was hatte er mir sagen wollen?

Als ich mich wieder dem Artikel zuwandte, las ich von seiner Mutter, der zufolge Hayden ein ungezogener Junge und ein schwieriger Mann gewesen war. Nein, mit seinem Lebensstil sei sie nicht einverstanden gewesen, aber eine Mutter sollte trotzdem niemals gezwungen sein, eines ihrer Kinder zu Grabe zu tragen. Laut seiner drei Jahre älteren Schwester hatte er große Lebenslust verspürt. Sein enger Freund Mac war völlig am Boden zerstört: Er hatte ihn etwa eine Woche vor seinem Tod noch gesehen und den Eindruck gehabt, dass Hayden recht aufgedreht und glücklich war, erfüllt von neuer Lebensfreude. Ich aber hatte von der Existenz all dieser Leute nicht das Geringste geahnt. Natürlich war mir klar gewesen, dass Hayden eine Vergangenheit besaß, zu der Freunde, Beziehungen und komplizierte Verwicklungen gehörten – aber erst jetzt begriff ich, welch winzigen Teil seines Lebens ich eingenommen und wie wenig er mir anvertraut hatte. Es schien, als hätte er nur in einer fortwährenden Gegenwart leben können und alles ausgeblendet, was zuvor war oder danach noch kommen würde.

Ich faltete die Zeitung so zusammen, dass ich sein Gesicht nicht mehr sehen musste. Er hinterließ eine Mutter und eine Schwester, eine verlassene Ehefrau, einen Sohn und enge Freunde, denen er fehlen würde. Vermutlich hatte er sich im Lauf der Zeit auch Dutzende von Feinden gemacht: Leute, die ihm den Tod gewünscht hatten – so, wie es auch die meisten Mitglieder unserer Band hin und wieder mal taten, ich selbst nicht ausgenommen. Mehrmals hatte ich mich bei dem Wunsch ertappt, er möge, wenn schon nicht tot, dann zumindest nicht existent sein, spurlos aus meinem Bewusstsein getilgt, so dass ich nicht nur ihn vergessen könnte, sondern auch die Person, die ich in seiner Gegenwart war.

Als ich ging, ließ ich die Zeitung auf dem Tisch liegen und machte mich auf den Heimweg, ohne irgendetwas um mich herum wahrzunehmen. Ich wusste nicht, was ich mit mir anfangen sollte, wenn ich wieder zu Hause war.

Sally lag wie ein Häufchen Elend auf meinem Sofa und weinte. Der Rock war ihr bis über die Knie hochgerutscht, die Bluse verknittert und ebenfalls hochgeschoben. Das Haar hing ihr ins Gesicht und klebte an ihren nassen Wangen. Noch nie hatte ich jemanden so heftig weinen sehen, außer vielleicht meine Mutter an ihren schlimmsten Tagen. Der Kummer schien von ihrem ganzen Körper Besitz ergriffen zu haben: Schluchzend rang sie nach Luft, während ihr die Tränen übers Gesicht liefen. Hin und wieder stieß sie Töne aus, die halb nach Gewimmer, halb nach Schluckauf klangen, weil sie gar nicht genug Luft bekam, um irgendetwas Verständliches hervorzubringen. Ihr Weinen erinnerte eher an einen unkontrollierbaren Würgeanfall, als wollte sie ihren ganzen Kummer aus sich herauskotzen. Die ganze Zeit über stand Lola neben ihr und streckte ein paarmal zögernd die Hand aus, um vorsichtig Sallys Schulter oder Bauch anzustupsen.

Die Kleine wirkte nicht allzu bekümmert, eher neugierig und ein wenig nervös. »Mummy?«, fragte sie ab und zu, woraufhin Sally nur noch lauter heulte. Anfangs versuchte ich sie zu beruhigen, indem ich mich neben sie kauerte und eine Hand auf ihren zuckenden Körper legte oder ihr fürsorglich den Rotz und die Tränen von den Wangen wischte, aber nach einer Weile gab ich auf und konzentrierte mich stattdessen auf Lola.

»Möchtest du einen Keks?« Sie starrte mich an. »Oder Saft? Ach, nein, tut mir leid, ich habe gar keinen Saft, aber dafür Milch. Glaube ich zumindest. Oder vielleicht…« Ich überlegte. Worauf hatte ein kleines Mädchen wie Lola wohl Lust? »Du könntest etwas zeichnen«, schlug ich vor. »Soll ich dir einen Stift und Papier bringen? Dann könntest du ein Bild für Sally zeichnen, damit sie nicht mehr so traurig ist.«

Lola starrte mich weiter wortlos an und kaute dabei auf ihrer Unterlippe herum.

»Bald geht es ihr wieder besser«, fuhr ich fort. »Jeder muss mal weinen. Du doch bestimmt auch, oder?«

Lola trat von einem Bein aufs andere. Ihr Gesicht wirkte plötzlich sehr angespannt.

»Musst du pinkeln?«

Sie nickte.

»Komm.« Ich griff nach ihrer kleinen Hand und eilte mit ihr ins Bad.

»Brauchst du Hilfe?«

Wieder nickte sie.

Ich zog ihr die Unterhose herunter und hob sie auf den Toilettensitz. Ihre Beine baumelten in der Luft. Sie trug rote Schuhe mit gestreiften Bändern. Wir warteten. Lola schob sich einen Daumen in den Mund und betrachtete mich nachdenklich. Von nebenan drang Sallys lautes Schluchzen zu uns herüber. Es klang mittlerweile ein wenig regelmäßiger, so dass ich mich fragte, ob ihr Heulkrampf sich langsam seinem Ende näherte.

»Fertig?«, fragte ich.

Lola schüttelte entschieden den Kopf. Drüben wurde Sallys Schluchzen schwächer, bis es schließlich ganz aufhörte. Ich hob Lola vom Toilettensitz, wischte sie trocken, zog ihr die Unterhose wieder hoch und wusch ihr anschließend mit kaltem Wasser die Hände. Als wir ins Wohnzimmer zurückkehrten, hatte Sally sich bereits aufgesetzt, den Rock über die Knie gezogen, die Bluse glatt gestrichen und sich das Haar hinter die Ohren geschoben. Ihr Gesicht wirkte vom Weinen aufgedunsen, und auf ihren Wangen prangten ein paar rote Flecken.

»Geht's wieder?«

»Ich glaube schon. Tut mir leid. Lola?« Sie breitete die Arme aus, doch Lola, die schon wieder an ihrem Daumen lutschte, wich vor ihr zurück und drückte sich an mich. »Lola, kommst du und nimmst mich in den Arm?« In Sallys Stimme schwang eine Spur von Panik mit.

»Ich mache uns eine Kanne Tee«, verkündete ich und ließ die beiden allein.

In der Küche starrte ich durchs Fenster auf den wolkenlos blauen Himmel hinaus. Dabei fühlte ich mich so unendlich müde, dass für Gedanken oder Gefühle gar kein Raum mehr war. Nebenan hörte ich Sally und Lola murmeln. Als das Wasser im Kessel zu kochen begann, goss ich es über ein paar Teebeutel. Ganz hinten im Schrank fand ich sogar noch eine Packung Kekse. Ich trug sie zusammen mit dem Tee ins Wohnzimmer und setzte mich neben Sally aufs Sofa. Lola hockte inzwischen auf ihrem Schoß, hatte den Kopf an ihre Schulter gelegt und war bereits am Einschlafen.

»Sehe ich schlimm aus?«, fragte Sally.

»Du hast schon mal besser ausgesehen.«

Sie grinste müde. »Du auch. Man könnte meinen, du hättest die Nacht kein Auge zugetan.«

Ich wollte schon sagen, dass dem tatsächlich so war, riss mich dann aber am Riemen. Ich durfte Sally jetzt auf keinen Fall mein Herz ausschütten, denn womöglich würde ich dadurch den ersten kleinen Stein aus der Mauer ziehen und die ganze Wand zum Einsturz bringen.

Lola gab ein langes, gurgelndes Schnarchgeräusch von sich. Ich konnte richtig spüren, wie ihr Körper sich entspannte. Seufzend ließ Sally das Kinn auf den Kopf ihrer Tochter sinken.

»Ist es wegen Hayden?«, fragte ich.

»Ach, Bonnie! Wegen Hayden, Richard, dem ganzen verdammten Schlamassel ... wenn du verstehst, was ich meine. Wobei ich es eigentlich selbst nicht verstehe. Das Leben ist wirklich zum Kotzen. Was habe ich da nur für ein Chaos angerichtet!«

»Es tut mir alles so leid«, antwortete ich ziemlich unpassend.

»Ich war eine Weile bei meiner Mum, aber da ging es mir ganz schrecklich. Ich konnte ihr nichts erzählen, wusste einfach nicht, wie. Dann hat die Polizei angerufen, und ich musste noch einmal zur Befragung. Mein Gott, Bonnie, das war so fürchterlich!«

»Was war daran denn so fürchterlich?«

»Die Art, wie sie mit mir geredet haben. Die ganzen Fragen. Ich habe ihnen alles erzählt.«

»Über dich und Hayden?«

»Mir blieb nichts anderes übrig. Sie taten so, als wüssten sie ohnehin schon Bescheid, und plötzlich ging mir durch den Kopf, wie kleinkariert und gefühllos es doch von mir war, mir wegen meines dummen kleinen Geheimnisses Sorgen zu machen, nachdem man ihn doch ermordet hatte. Also habe ich ihnen alles erzählt – wobei es ja nicht viel zu erzählen gab.

Auf einmal waren sie sehr interessiert. Sie taten so, als wäre ich es gewesen. Dann stellten sie mir Fragen über Richard. Ob er Bescheid gewusst, wie er reagiert habe und ob er der eifersüchtige Typ sei. Vermutlich werden sie ihn jetzt auch befragen. Ich weiß, dass ich etwas Schreckliches getan und deswegen Strafe verdient habe – aber nun ist es, als würde um mich herum die ganze Welt einstürzen. Dass ich mit einem anderen Mann geschlafen habe, macht mich doch noch nicht zu einem Monster!« Sie stieß ein lautes Schniefen aus. Beschwichtigend legte ich ihr eine Hand auf die Schulter.

»Gut, dass du es ihnen gesagt hast«, erklärte ich. »Geheimnisse sind gefährlich.«

»Sie glauben, dass ich es war.«

»Das kann ich mir nicht vorstellen.«

»Oder Richard.«

»Nein, sie gehen nur sämtlichen Spuren nach.«

»Ach, Bonnie, ich weiß gar nicht, was ich ohne dich täte.«

»Ohne mich hättest du Hayden nie kennengelernt, und das alles wäre gar nicht passiert.«

»Dann wäre irgendetwas anderes passiert. Ich hätte auf keinen Fall so weitermachen können.«

»Wie läuft es denn jetzt mit Richard?«

»Keine Ahnung. Manchmal ist er ganz süß zu mir, und dann habe ich wieder das Gefühl, dass er mich nicht mal richtig ansehen kann. Als hätte ich irgendeine schlimme Krankheit.«

Ich nickte nur.

»Manchmal weint er sogar. Allerdings nicht vor mir, sondern im Bad. Er glaubt wohl, dass ich ihn dort nicht hören kann.«

»Das wird bestimmt bald besser.«

»Meinst du wirklich?« Schaudernd drückte sie Lola einen Kuss auf den Scheitel.

»Ich hoffe es zumindest.«

»Ja, ich auch.« Sie rieb sich mit dem Handrücken über die

Stirn. »Manchmal kommt mir Richard fast ein bisschen verrückt vor.«

»Verrückt?«, wiederholte ich bestürzt.

»Nun ja, zumindest sehr unberechenbar.« Sie blickte auf Lola hinunter. »Weißt du, was das einzig Gute an der Sache ist?«

»Was?«

»Mein Gefühl für Lola. Ich bin ihr gegenüber gar nicht mehr ungeduldig. Ich möchte nur noch mit ihr zusammen sein und sie nie wieder loslassen. Wie konnte ich nur so dumm sein, das alles aufs Spiel zu setzen?«

»So etwas passiert eben manchmal«, antwortete ich lahm, »ohne dass wir darauf vorbereitet sind.«

Davor

Wenn man sich von jemandem trennt, dauert es oft recht lange, bis der oder die Betreffende es schafft, von alten Rechten Abstand zu nehmen. Trotzdem war ich im Fall von Amos der festen Überzeugung, dass er sofort auf all diese Rechte hätte verzichten müssen – insbesondere das Recht, unangekündigt bei mir vorbeizuschauen und in meine Wohnung zu stürmen, als würden wir immer noch zusammenleben.

»Ist es dringend?«, fragte ich. »Ich wollte nämlich gerade gehen.«

»Wohin?«

»Weißt du, das sind genau die Sachen, die du mich nicht mehr fragen solltest«, antwortete ich, »weil wir nämlich nicht mehr zusammen sind.«

Amos zog einen Zettel aus seiner Jeanstasche und faltete ihn umständlich auseinander.

»Das ist jetzt nicht als Vorwurf gedacht«, begann er.

»Was?«

»Wenn zwei Menschen längere Zeit zusammengewohnt haben, ist es eine ziemlich schwierige Angelegenheit, genau auseinanderzusortieren, was wem gehört.«

»Das ist doch schon geschehen«, entgegnete ich, »oder hast du das vergessen? Es gibt nichts mehr zu sortieren.«

»Nur noch ein paar Kleinigkeiten«, widersprach er. »Ich habe es mir jedes Mal aufgeschrieben, wenn mir wieder etwas eingefallen ist.«

»Willst du damit sagen, dass ich Sachen behalten habe, die mir nicht zustanden?«

»Nein, nein«, antwortete er rasch, »es ist nur alles so schnell gegangen.«

»Wir müssen endlich einen Schlussstrich ziehen«, erklärte ich.

Er warf einen Blick auf seinen Zettel.

»Der einbändige Shakespeare«, las er vor. »Ich habe ihn in der sechsten Klasse als Preis bekommen. Den hast du nicht versehentlich eingepackt, oder?«

»Nein, ganz bestimmt nicht«, gab ich zurück, »denn wie du sehr genau weißt, war in dem Buch ein riesiger Aufkleber mit deinem Namen drauf, den du mir immer wieder gezeigt hast. Und bei der Gelegenheit hast du mir jedes Mal erzählt, wie du den Band gekriegt hast.«

»Und die Box mit meinen Steely-Dan-CDs?«

»Die habe ich auch nicht«, erwiderte ich, »weil ich nämlich eine Frau bin.«

Amos wirkte verletzt.

»Gehören die Scheiben von Steely Dan zu den Dingen, die Frauen nicht mögen?«

»Offensichtlich.«

»Dann habe ich die Kiste wohl jemandem geliehen.« Er wandte sich wieder seiner Liste zu.

»Außerdem vermisse ich eine kleine Radierung.«

»Wie soll die denn aussehen?«

»Das weiß ich nicht mehr so genau. Sie war schon ziemlich verblasst. Ich glaube, es waren unter anderem eine Windmühle und ein Pferd oder ein Esel drauf. Ein Geschenk von einer Tante.«

»Daran kann ich mich überhaupt nicht erinnern.«

Er richtete den Blick wieder auf seinen Zettel.

»Meine Mutter hat mir mal eine blaue Schale geschenkt. Ich hatte keinen großen Bezug dazu, aber anscheinend stammt sie von irgendjemand Berühmtem.«

Ich wollte erneut verneinen, als mir plötzlich wieder einfiel, dass ich die Schale in einen Pappkarton gepackt hatte. Ich wäre nie auf die Idee gekommen, dass sie Amos gehören könnte. Er war einfach nicht der Typ Mann, der eine dekorative Obstschale besaß. Aber vielleicht lag es auch nur daran, dass ich die Einzige war, die besagte Schale jemals aus dem Schrank geholt und mit Obst gefüllt hatte. Jedenfalls war ich davon ausgegangen, dass sie mir gehörte. Bedauerlicherweise folgte auf die erste Erinnerung gleich eine zweite, und ich sah mich die Schale in einen Müllcontainer werfen.

»Ich habe sie nicht«, antwortete ich wahrheitsgemäß.

»Dann taucht sie bestimmt wieder auf«, meinte Amos. »Sonia hat ein Faible für Obstschalen. Ständig schleppt sie Äpfel, Birnen und Orangen an, für die sie dann kein passendes Gefäß hat. Meiner Meinung nach gehört Obst ja in den Kühlschrank, wenn man schon unbedingt welches kaufen muss. Was bringt es, das Zeug auf den Tisch zu stellen?«

»Sonst noch was?«, fragte ich, um möglichst schnell das Thema zu wechseln.

»Die grünen Handtücher. Waren die wirklich von dir?«

Ich überlegte einen Moment.

»Weißt du, was?«, erwiderte ich schließlich. »Ich bin mir nicht ganz sicher, ob sie dir oder mir gehören. Ich dachte, wir hätten das alles längst geklärt, aber wenn du sie möchtest, dann nimm sie doch einfach mit. Eins davon hängt über der

Wanne, du wirst es also vermutlich waschen müssen, bevor du es benützen kannst.«

»Und du hast wirklich einen Blick in alle Bücher geworfen, die du mitgenommen hast? Meistens schreibe ich meinen Namen hinein.«

»Und genau deswegen habe ich extra bei jedem nachgesehen«, entgegnete ich, »aber wenn du trotzdem noch welche von dir findest, kannst du sie gerne mitnehmen.« Der Gedanke an die Schale bereitete mir Gewissensbisse. »Solltest du hier sonst noch etwas entdecken, woran dein Herz hängt, nimm es bitte ebenfalls mit, aber möglichst *gleich*. Und dann lass uns endgültig einen Schlussstrich ziehen. Wir brauchen so etwas wie... du weißt schon, so eine Regelung wie bei Verbrechen, die ab einem bestimmten Zeitpunkt nicht mehr strafrechtlich verfolgt werden können.«

»Eine Verjährungsfrist.«

»Genau. Es gab da diese seltsame Phase in unserem Leben, in der wir unsere Sachen gemeinsam benutzt und zum Teil auch gemeinsam besessen haben, aber diese Phase ist endgültig vorbei.«

Amos faltete seinen Zettel zusammen und steckte ihn wieder in seine Tasche.

»Du kannst die Handtücher behalten«, erklärte er großmütig, »sie sind sowieso schon ein bisschen rau.«

»Und deswegen hast du dich extra herbemüht? Wegen ein paar Handtüchern, die du jetzt doch nicht willst?«

»Und wegen der Kiste mit dem Steely-Dan-Set. Bist du sicher, dass du die nicht doch hast?«

»Steckt da nicht etwas ganz anderes dahinter?«, fragte ich.

Amos tat, als hätte er mich nicht gehört, wanderte im Raum herum und betrachtete die erst teilweise gestrichenen Wände, die Schachteln voller Bücher, die allgemeine Tristesse.

»Du solltest jemanden kommen lassen, der das alles in die Hand nimmt.«

»Das meiste wollte ich eigentlich selber machen. Deswegen bin ich diesen Sommer nicht weggefahren.«

»Sieht aus, als wärst du nicht ganz im Zeitplan.«

»Ich glaube, ich habe mir da tatsächlich ein bisschen zu viel vorgenommen«, räumte ich ein.

»Was ist mit uns passiert?«, fragte er unvermittelt.

»Amos …«

»Was für ein Durcheinander. Während du versuchst, dich hier wohnlich einzurichten, stehe ich mit meinem blöden Zettel da, und wir streiten darüber, wer welches Taschenbuch gekauft hat.«

»Wir haben nicht gestritten, höchstens ein bisschen gezankt.«

»Ich kann gar nicht fassen, wo wir mal angefangen haben und wo wir am Ende gelandet sind. Erinnerst du dich an unsere erste Zeit? Als wir vorhatten, am Kanal entlang bis aufs Land zu radeln, und dann umkehren und mit dem Zug zurückfahren mussten, weil es uns doch zu weit wurde? Damals fanden wir sogar die Dinge, die nicht klappten, irgendwie gut, aber später waren wir dann sogar mit dem, was *gut* lief, nicht mehr zufrieden. Wie konnten wir es nur so weit kommen lassen? Wieso?«

Eigentlich war mir von Anfang an klar gewesen, dass es bei diesem Besuch keineswegs nur um ein paar Gegenstände ging, die mir seiner Meinung nach nicht zustanden.

»Das haben wir doch alles schon viele Male durchgekaut«, antwortete ich. »Ich dachte, darüber sind wir längst hinaus. Schließlich bist du jetzt mit Sonia zusammen. Sie ist eine ganz besondere Frau.«

Er lächelte. »Soll das heißen, du hältst dich selbst *nicht* für eine ganz besondere Frau?«

»Ich gebe offen zu, dass Sonia viele besondere Eigenschaften besitzt, die ich nicht habe. Ansonsten möchte ich zu dem Thema lieber nichts sagen, weil das nämlich genau die Art Gespräch ist, die du und ich nicht mehr führen sollten.«

Amos runzelte die Stirn. Eine Weile herrschte Stille.

»Es funktioniert nicht«, erklärte er schließlich.

»Wie meinst du das? Ich hatte ja keine Ahnung!«

»Was?« Amos starrte mich verblüfft an. »Nein, ich spreche nicht von Sonia und mir. Das läuft gut. Ob es etwas Ernstes ist und Bestand haben wird, muss sich erst noch zeigen.«

»Hör auf«, unterbrach ich ihn, »das will ich gar nicht hören. Du hast kein Recht, mir davon zu erzählen.«

»Mit wem soll ich denn sonst darüber reden?«

»Nicht mit mir«, antwortete ich. »Mit wem du willst, aber nicht mit mir.«

Meine Worte schienen ihn zu verletzen. Wollte er Sonia haben und mich in irgendeiner Form trotzdem behalten?

»Wie auch immer, ich hatte sowieso nicht vor, dieses Thema aufs Tapet zu bringen. Ich habe die Musik gemeint, unseren Auftritt.«

»Wo liegt dein Problem?«

»*Mein* Problem?«, wiederholte er mit einem sarkastischen Lachen. »Ich empfinde es lediglich als meine Pflicht, dich darauf hinzuweisen, dass das Ganze nicht gut läuft.«

»Haben die anderen dich geschickt?«, fragte ich. »Ist es das?«

»Nein, natürlich nicht«, entgegnete Amos. »Wir haben es hier nicht mit der Meuterei auf der dämlichen Bounty zu tun. Ich dachte nur, ich sollte dich auf ein paar Tatsachen hinweisen, die eigentlich klar auf der Hand liegen. Du hast da wirklich einen schlimmen Haufen zusammengetrommelt. Ich gebe ja zu, dass Joakim ein netter Junge ist, auch wenn ich mir nicht sicher bin, ob er mehr in dich oder in Hayden verknallt ist. Jedenfalls hast du ihm keinen Gefallen damit getan, dass du ihn mit in diese Höhle des Löwen gebracht hast. Aber sein Dad kann einem wirklich den letzten Nerv rauben.«

»Das ist eben nicht sein Milieu.«

»Ich habe keine Ahnung, was er in der Gruppe überhaupt

verloren hat – mal abgesehen davon, dass er seinem eigenen Sohn nachspioniert und dann nicht zu den Proben erscheint, wenn er etwas Besseres vorhat. Wobei er sich ja immer recht herablassend über andere äußert, die es genauso machen. Was Neal betrifft, ist er wohl einfach Neal, obwohl ich in seinem Fall genauso wenig weiß, was er bei uns zu suchen hat. Es sei denn, dein Hauptanliegen war, dich mit Bewunderern zu umgeben.«

»Verpiss dich, Amos!« Er lachte. »Nein, wirklich, ich meine das ernst«, fuhr ich fort. »Was soll das alles? Du selbst warst doch derjenige, der unbedingt mitmachen wollte.«

Er ignorierte meinen Einwand. »Wie du allerdings auf die Idee kommen konntest, Hayden auf uns loszulassen, ist mir ein völliges Rätsel.«

»Du magst ihn also nicht? Wie schlimm für dich! Glaub mir, du packst das schon. Nun brauchst du ihn ja nur noch ein paarmal zu ertragen.«

»Ich begreife einfach nicht, was du dir dabei gedacht hast. Warum hast du ihn überhaupt angeheuert? Wenn mir jemals ein Typ untergekommen ist, der bis zum Hals in der Scheiße steckt, dann er.«

»Ich habe ihn nicht angeheuert. Er hat mir von sich aus seine Hilfe angeboten. Gott sei Dank! Er ist ein echter Musiker.«

»Auf jeden Fall ist er ein echter Quertreiber«, konterte Amos, »und trotzdem, ich bin mir gar nicht so sicher, dass ich ihn nicht mag. Was eigentlich unglaublich ist, weil mich, solange ich denken kann, noch kein Mensch so behandelt hat wie er. Mein einziger Trost ist, dass er mit anderen noch schlimmer umspringt. Wenigstens betrachtet er mich nicht als sein Spielzeug. Wenn es hier nur um mich ginge, fände ich es sogar ganz interessant, ihm dabei zuzusehen, wie er die Leute manipuliert.«

»Was er gar nicht tut.«

»Oh, entschuldige«, meinte Amos sarkastisch, »habe ich da gerade einen wunden Punkt berührt?«

»Falls das heißen soll, dass du aussteigen möchtest, kann ich dich nicht davon abhalten.«

»Nein, das soll heißen, dass wir meiner Meinung nach nur zwei Möglichkeiten haben: Entweder Hayden geht, oder wir blasen das Ganze ab. Es ist doch nur eine Hochzeit. Im Telefonbuch stehen jede Menge andere Tanzkapellen. Ich glaube, das Brautpaar hätte mehr davon, wenn wir alle zusammenlegen und den beiden einen Karton Weingläser schenken.«

Ich widerstand der Versuchung, ihm sofort eine wütende Antwort an den Kopf zu knallen, denn ein Teil von mir musste ihm leider recht geben. Ich hatte mich nur auf die Sache eingelassen, weil ich der Meinung gewesen war, es würde keine große Mühe machen und auch nicht viel Zeit in Anspruch nehmen. In beiden Punkten hatte ich mich geirrt.

»Nein«, widersprach ich, »dafür ist es nun zu spät. Genau wie beim Poker. Weißt du noch, wie du mir das damals beigebracht hast? Wenn man erst mal sein ganzes Geld gesetzt hat, darf man nicht mehr passen, sondern muss schauen, wer am Ende die besseren Karten hat. Verstehst du, was ich meine?«

Amos schüttelte bloß den Kopf.

»Ich glaube, mir ist gerade zum ersten Mal klar geworden, warum es mit uns nicht funktioniert hat. Ich war nicht gut genug beim Musizieren und du nicht gut genug beim Poker.«

Danach

In Zeiten wie diesen war ich früher immer in die Musik abgetaucht – an einen Ort, wo weder Worte noch Gedanken existierten und auch keine Notwendigkeit bestand, besonders klug zu tun. Inzwischen aber bot mir die Musik keine derartige Zuflucht mehr. Sie war wie eine Droge, die ihre Wirkung verloren hatte. Der Klang einer Gitarre oder eines Keyboards spendete mir keinen Trost mehr, sondern erinnerte mich schmerzhaft an all die Dinge, die so schrecklich schiefgelaufen waren.

In normalen Krisenzeiten – oder zumindest in Zeiten, die auf normale Weise abnormal waren – wäre ich losgezogen und hätte mich mit Freunden getroffen. Nun aber wusste ich, dass sie mich nur nach ihm fragen würden. Alle wollten meine Seite der Geschichte hören, mir irgendwelche Erinnerungen entlocken, um auf diese Weise an dem zweifelhaften Ruhm teilzuhaben, eine Person zu kennen, die ihrerseits jemanden gekannt hatte, der einem Mord zum Opfer gefallen war. Mich quälte das Gefühl, dass nur ein einziger Versprecher nötig war, ein falscher Unterton oder eine unüberlegte Antwort, um Argwohn zu erregen und alles zu vermasseln. Ich malte mir aus, wie ich zu irgendjemandem etwas sagte und der oder die Betreffende antwortete: Aber du hast doch gesagt … aber wie ist das möglich … aber bedeutet das nicht, dass … aber warst du nicht …? Wie viele Lügen man auch erzählte, letztendlich lag darunter nur eine einzige Wahrheit verborgen.

Sally rief mich an und teilte mir mit, dass sie und Richard miteinander wegfahren wollten, um zu versuchen, die Dinge wieder ins Lot zu bringen. Dabei heulte sie die ganze Zeit, so dass ich sie kaum verstehen konnte, ihrem Geschluchze aber zumindest entnahm, dass sie erneut bei der Polizei gewesen war, und Richard ebenfalls. Außerdem bekam ich ständig E-Mails und Textmitteilungen von allen möglichen Freunden. Hatte ich schon von der Band gehört, in der er gespielt hatte? Wer konnte ihn umgebracht haben? Sie schickten mir ungemein hilfreiche Links zu Internetberichten über seine Auftritte bei Festivals in Deutschland, Holland und Suffolk. Ihm war sogar ein Wikipedia-Eintrag gewidmet. Darin stand, dass seine Karriere vielversprechend begonnen habe und er in den Neunzigern als großes junges Talent gehandelt worden sei, sich aber von Anfang an als Freigeist mit einem Hang zur Selbstzerstörung erwiesen habe, so dass er am Ende auf keine allzu großen Erfolge zurückblicken konnte. Damit war ich gemeint. Ich war mit ein Grund, wieso er am Ende auf gar nichts mehr zurückblicken konnte.

Was ich wusste, war schlimm genug, aber noch schlimmer war, was ich nicht wusste. Ich kam mir vor wie ein völlig unbedeutender Soldat in einer großen Schlacht, eine Randfigur, die nicht mal wusste, worum gekämpft wurde oder wer am Gewinnen war oder welche Taktik zur Anwendung kam, sondern nur hin und wieder in der Ferne Explosionen hörte. Ich hatte nicht die geringste Ahnung, was sie bedeuteten. Und wenn dann plötzlich eine Kampfpause eintrat, wusste ich genauso wenig, was *das* zu bedeuten hatte. Ich war inzwischen der festen Überzeugung, dass die Polizei tatsächlich keinen blassen Schimmer hatte, wo Hayden getötet worden war. Hegten sie zumindest einen Verdacht? Durchkämmten sie die Wohnung nach Spuren? Selbst wenn, konnte ich mir nicht vorstellen, dass sie irgendetwas Relevantes finden würden. Aber was war mit seiner Leiche? Reichte nicht ein einzelnes Haar von mir oder eine Faser meines Pullis? Andererseits wussten sie ja, dass wir etwas miteinander gehabt hatten. Wenn ich einfach bei meiner Geschichte blieb und alles leugnete, was sie mir zur Last legten, war ich bestimmt auf der sicheren Seite. Wobei ich natürlich Neal und Sonia nicht vergessen durfte. Wir waren nur so stark wie unser schwächstes Glied, und das war zum Glück zweifellos ich selbst.

Ich wusste, dass die Polizei bereits mit den anderen gesprochen hatte. Was hatten sie gesagt? Spielte das überhaupt eine Rolle? Ich konnte nicht einschätzen, ob die Polizei bei ihrer Arbeit von einer Theorie ausging oder einfach nur alle Leute befragte, die Hayden einst gekannt hatten, und hoffte, dass dabei etwas herauskam. Ich vermutete, dass ich ihnen ein bisschen suspekt war, aber hielten sie mich deswegen gleich für Haydens Mörderin? Oder für die Frau, die den Wagen gefahren hatte? Oder für beides? Vielleicht trauten sie mir ja das eine zu, nicht jedoch das andere? Und wie sahen solche Ermittlungen langfristig aus? Wurden sie endlos weitergeführt, oder verliefen sie irgendwann einfach im Sande? Ich hatte mal irgendwo gehört oder gelesen – oder vielleicht auch in einem Fernsehkrimi gesehen –, dass ein Mord entweder in den ersten vierundzwanzig Stunden aufgeklärt wurde oder aller Wahrscheinlichkeit nach gar nicht. Entsprach das der Wahrheit, oder handelte es sich dabei nur um eine Legende? Letztendlich wusste ich nicht allzu viel, und das meiste von dem, was ich zu wissen glaubte, entpuppte sich als Irrtum, sobald ich irgendwo genauer nachhakte.

Vor allem – oder unter allem – gab es da ja noch die Person oder die Personen, durch deren Hand Hayden gestorben war und deren Spuren wir verwischt hatten. Was ihr oder ihnen wohl durch den Kopf gegangen war, als die Leiche nicht in der Wohnung, sondern erst viel später in einem Stausee auftauchte? Wie verhielten sich solche Menschen in einer derartigen Situation? Unternahmen sie etwas, oder ließen sie den Dingen einfach ihren Lauf? Handelte es sich womöglich um eine Person aus Haydens Vergangenheit, von der ich nie etwas gehört hatte? Oder um jemanden, den ich kannte? Starrte mir die Wahrheit die ganze Zeit ins Gesicht, ohne dass ich es merkte? Dabei war die Frage, wer Hayden getötet haben könnte, noch die am wenigsten rätselhafte von all den Fragen, die ich mir stellte. Die Antwort lautete, dass als Mörder jeder infrage kam, der ihn gekannt hatte, weil das in Haydens Fall als Mordmotiv schon ausreichte. Das war genau das Problem. Ich hätte es tun *können*. Im richtigen Moment, nach dem richtigen Streit und mit dem richtigen schweren Gegenstand in der Hand wäre das keineswegs ausgeschlossen gewesen. Was würde Gott dazu sagen? Vielleicht war die Tatsache, dass ich dazu in der Lage gewesen wäre – falls man das überhaupt eine Tatsache nennen konnte –, genauso schlimm, als hätte ich es wirklich getan.

So saß ich also in meiner unfertigen – beziehungsweise erst ansatzweise renovierten – Wohnung und stellte mir Fragen, die ich nicht laut auszusprechen wagte. In die Musik konnte ich mich nicht mehr flüchten, weil sie mittlerweile einen Teil des Problems darstellte, und Alkohol war auch keine Option, da ich nicht sicher sein konnte, was ich in betrunkenem Zustand tun oder sagen würde.

Am Ende konnte ich die quälenden Gedanken in meinem Kopf einfach nicht mehr ertragen. Ich musste mit jemandem sprechen, sonst würde ich noch durchdrehen. Natürlich waren die einzigen Menschen, mit denen ich reden konnte, meine beiden Komplizen und Mitverschwörer, Sonia und Neal.

Sonia befand sich bestimmt bei Amos, und wenn es jemanden gab, dem ich im Moment aus dem Weg gehen wollte, dann war das Amos. Ehe ich es mich versah, saß ich im Bus nach Stoke Newington und eilte kurze Zeit später die hübschen kleinen Straßen entlang, die zu Neals Haus führten. Es war so ein schöner Tag: die Luft weich und warm, der Himmel tiefblau, mit kleinen Wolkenschleiern am Horizont. Mir begegneten nur glücklich aussehende, sommerlich gekleidete Menschen mit offener, freundlicher Miene.

Ich war gar nicht auf die Idee gekommen, dass er nicht da sein könnte, doch als ich schließlich bei ihm klingelte, machte mir niemand auf. Ich spähte durch den Briefschlitz, sah aber nur einen Streifen der Holzdielen, über die man zur Treppe gelangte. Was sollte ich nun mit mir anfangen – mit meinem wild klopfenden Herzen und der brennenden Angst? Ich setzte mich auf die Haustreppe, ließ den Kopf in die Hände sinken und schloss die Augen.

»Bonnie?«

Blinzelnd blickte ich hoch. »Neal?«
»Wie lange sitzt du da denn schon?«
»Erst seit ein paar Minuten.«
»Geht es dir nicht gut?«
»Doch, alles in Ordnung. Glaube ich zumindest.« Ich zwang mich zu einem Lächeln. »Ich weiß selbst nicht so genau, warum ich gekommen bin. Vermutlich wollte ich einfach nicht allein in meiner Wohnung herumhängen. Wie geht es dir? Ist bei dir denn alles in Ordnung?«
»Bei mir? Also, ehrlich gesagt kann ich mich im Moment auf gar nichts konzentrieren. Ich bin richtig nervös. Deswegen war ich auch unterwegs – weil ich es zu Hause nicht mehr ausgehalten habe. Aber in der Stadt habe ich es genauso wenig ausgehalten, es zog mich sofort wieder nach Hause, als müsste ich mich vor allen verstecken. Mein Gott, ich würde einen lausigen Verbrecher abgeben!«
Er verzog die Lippen zu einem verzweifelten Lächeln. Sein verzerrter Mund erschien mir plötzlich wie ein dunkles Loch in seinem sonst so attraktiven Gesicht. »Aber letztendlich bin ich ein Verbrecher, stimmt's? Ich bin einer! Ich! So ein verdammter Mist. Wer hätte das gedacht? Ein langweiliger, gesetzestreuer Einsiedlerkrebs wie ich, der sich selbst dann an die Geschwindigkeitsbeschränkungen hält, wenn er schrecklich in Eile ist.«
»Sollen wir hineingehen?«
»Ich muss die ganze Zeit daran denken, dass ich es bestimmt nicht für mich behalten kann. Wie der alte Seemann aus Coleridges Ballade. Ich werde auf der Straße irgendeinen wildfremden Menschen aufhalten und ihm erzählen, was ich getan habe.«
»Lass uns reingehen, Neal.«
»Ja. Tut mir leid. Moment.« Mit zitternden Fingern versuchte er den Schlüssel ins Schloss zu fummeln und begann leise zu fluchen, als es ihm nicht gleich gelang.

»Gib her, lass mich das machen!«

Nachdem wir es ins Haus geschafft hatten, machte ich erst mal eine Kanne Kaffee und verordnete uns als zusätzliche Aufmunterung ein paar Scheiben Toast mit Marmite. Wir ließen uns damit am Küchentisch nieder. Neal trank einen großen Schluck Kaffee, biss ein riesiges Stück von seinem Toast ab und fragte dann mit vollem Mund: »Sind wir eigentlich Idioten?«

»Was?«

Er nahm einen weiteren Bissen. »Sie werden uns auf die Schliche kommen, nicht wahr?«

»Nein, das glaube ich nicht.« Ich begriff, dass ich Neal würde trösten müssen. Dabei war ich doch selbst in der Hoffnung gekommen, bei ihm so etwas wie Trost zu finden, oder zumindest die Gesellschaft eines Menschen, der mein Geheimnis mit mir teilte.

»Ich habe es für dich getan.«

»Ich habe dich nicht darum gebeten«, antwortete ich hilflos.

»Ich weiß. Du hast mich nicht darum gebeten und ich dich nicht. Wenn ich daran denke, was wir beide füreinander getan haben, fühle ich mich manchmal richtig euphorisch.«

»So war das aber nicht.«

»Und manchmal fühle ich mich richtig schrecklich.«

»Ich weiß. Ich auch.«

»Glaubst du, Sie verdächtigen uns?«

»Keine Ahnung. Meiner Meinung nach wissen sie noch nicht mal, dass er in der Wohnung gestorben ist. Was ihn und mich betrifft, wissen sie allerdings Bescheid. Und von dir und mir habe ich ihnen auch erzählt.«

»Wobei es da ja nicht viel zu berichten gab«, erwiderte er. »Nur die eine Nacht.«

»Ich hab gesagt, wir seien zu dem Zeitpunkt zusammen gewesen. Solange wir dabei bleiben, kann uns nichts passieren.«

»Ja. Wir waren zusammen.«

»Den ganzen Abend und die ganze Nacht.«

»Ja.«

»Er war verheiratet.«

»Was?«

»Hayden war verheiratet.«

»Er hatte eine Frau?«

»Eine Frau und einen Sohn.«

Er schob sich den Rest seines Toasts in den Mund. »Was bedeutet das für uns?«

»Ich habe keinen blassen Schimmer, Neal. Ich weiß nur, dass Hayden ein kompliziertes, chaotisches Leben führte und die Polizei das alles ebenfalls genau unter die Lupe nehmen wird. Es gab da eine Ehefrau, die er verlassen hatte, einen Sohn, den er nur ganz selten sah, Freunde, die er enttäuscht hatte, und etliche Leute, mit denen er zusammenarbeitete und die er ebenfalls des Öfteren im Stich ließ. Aber du vergisst etwas Wichtiges.«

»Was denn? Was vergesse ich?«

»Wir haben ihm nichts getan. Ich meine, natürlich haben wir wichtige Spuren verwischt.« Er stieß ein heftiges Schnauben aus. »Besser gesagt, du hast Spuren verwischt, wohingegen ich und Sonia – nun ja, keine Ahnung, wie ich das nennen soll. Trotzdem haben wir ihn weder getötet noch ihm sonst irgendwelchen Schaden zugefügt. Das ist eine andere Art von Verbrechen. Irgendjemand da draußen hat ihn getötet.«

»Und wir haben das Ganze für ihn oder sie vertuscht.«

»Genau.«

»Was die betreffende Person jetzt wohl denkt?«

»Tja, was hast du denn gedacht, nachdem die Leiche verschwunden war?«

»Ich dachte ... so was wie: Oh, verdammt, du lieber Himmel, ist das jetzt ein Traum oder ein Albtraum? O mein Gott, werde ich jetzt verrückt? Ich war ... ich war ... ich weiß auch nicht, es war völlig surreal, und ich schwöre bei Gott, dass ich in meinem ganzen Leben nichts auch nur annähernd Vergleichbares durchgemacht habe. Noch dazu gab es keinen Menschen, mit dem ich darüber hätte reden können …« Er raufte sich die Haare.

»Genau. Vermutlich denkt der oder die Betreffende genau das Gleiche. Wer auch immer es sein mag.«

»Glaubst du, es ist jemand, den wir kennen?«

»Vermutlich nicht. Vielleicht war es irgendein Fremder. Womöglich werden wir es nie erfahren – wir nicht und auch sonst niemand.«

»Und was dann?« Mit diesen Worten schob er seine Tasse und seinen Teller von sich weg, ließ den Kopf auf den Tisch sinken und brach in Tränen aus. Seine Schultern bebten, und aus seiner Kehle drangen wimmernde Laute. Ich beugte mich zu ihm hinüber und legte ihm eine Hand auf den Rücken.

»Nicht weinen«, sagte ich. »Bitte nicht, Neal. Es wird schon alles gut werden. Du hast ihn doch nicht getötet. Du hast nur versucht, mir zu helfen. Deine Beweggründe waren ehrenwert. Genau wie die meinen. Wir haben es füreinander getan und sind auch jetzt füreinander da. Gemeinsam schaffen wir das schon. Also hör bitte auf zu weinen.«

Ich betrachtete ihn, wie er da über dem Tisch hing und sein ganzer Körper vor Kummer bebte, und wünschte, ich wäre an seiner Stelle und jemand würde mir die Hand auf den Rücken legen und beruhigend flüstern, es würde schon alles gut werden. Einen Moment tauchte Haydens Bild vor mir auf. Sein Gesicht wirkte offen, und ich sah die vielen Lachfältchen rund um seine Augen, als er zu mir sagte: »Du bist hart im Nehmen, Bonnie.« Das stimmte. Ich wollte gar nicht weinen und mich trösten lassen. Zumindest noch nicht, und nicht von Neal.

Plötzlich begann das Telefon zu klingeln, und Neal fuhr hoch. Sein Gesicht war tränenüberströmt.

»Du brauchst nicht ranzugehen«, sagte ich.

Aber er hatte bereits die Hand ausgestreckt. »Ja?« Plötzlich wirkte seine Miene angespannt, und er zog die Stirn in Falten. »Ja, am Apparat. Ja. Ähm, ich glaube, das schaffe ich. Gut, ich werde da sein.«

Er legte auf.

»Die Polizei?«, fragte ich.

Er nickte.

»Wann?«

»In einer Stunde.«

»Du weißt, was du ihnen sagen wirst?«

»Ich glaube schon.«

»Wir sind ein Paar. Wir waren zusammen.«

»Gut.«

»Die ganze Zeit.«

»Ja.«

»Was alles andere betrifft – sämtliche Geschehnisse rund um Hayden –, sagst du einfach die Wahrheit. Du kannst ruhig zugeben, dass du ihn nicht gemocht und von unserer Affäre gewusst hast und selbstverständlich ein bisschen eifersüchtig warst. Du kannst ihnen auch von den Spannungen in der Band erzählen. Im Grunde brauchst du ihnen nichts zu verheimlichen – abgesehen von dem, was an jenem besagten Abend passiert ist. Alles klar?«

»Ich bin ein schrecklich schlechter Lügner.«

Davor

Nachdem Amos gegangen war, schaute ich mich in meiner Wohnung um. Ich versuchte sie durch die Augen eines Besuchers zu sehen, der sie zum ersten Mal betrat. Kein hübscher Anblick. Der Grund, warum ich mir dieses Jahr keinen Urlaub gegönnt hatte, war – neben akutem Geldmangel – mein Vorhaben gewesen, sie zu renovieren und wohnlicher zu gestalten, doch bisher hatte ich es lediglich fertiggebracht, sie so aussehen zu lassen, als würde dort eine gestörte Person leben. Ich hatte die Hälfte der Schränke ausgeräumt und ihren Inhalt in Schachteln gepackt, um diese anschließend auf jede freie Fläche und zum Teil auch auf den Boden zu leeren, weil ich irgendetwas Bestimmtes suchte. Die Wände hatte ich teilweise gestrichen, dann aber mittendrin aufgehört. Anderswo hatte ich begonnen, die Tapeten zu entfernen, war aber auch davon wieder abgekommen. In der Küche hatte ich ein paar von den hässlichen grünen Linoleumfliesen herausgerissen, unter denen ebenso hässliche Holzdielen zum Vorschein gekommen waren. Wie ich nun erkannte, bestand mein Problem darin, dass ich mich nicht auf je einen Raum konzentriert hatte. Stattdessen war ich nach dem Prinzip verfahren, dass ich, wenn ich überall für Chaos sorgte, wohl oder übel gezwungen wäre, mich hinterher damit zu befassen. Wider Erwarten aber hatte ich festgestellt, dass man sich an ein solches Chaos auch einfach gewöhnen konnte.

Während ich nun von Raum zu Raum wanderte, begriff ich, dass es noch ein zweites Problem gab: Ich hatte keine wirkliche Vorstellung davon, was ich eigentlich wollte. Im Grunde wusste ich nur, was ich *nicht* mehr wollte: diese Schäbigkeit, diese Enge, die triste Küchenzeile, den schmutzigbeigen Teppich, die Plastikbadewanne. Ich trat ins Schlafzimmer und blickte mich um. Die gemusterte Tapete sah aus, als stammte sie noch aus den Sechzigern, der abgewetzte grüne Teppich war um den Heizkörper herum nicht richtig eingepasst, und alles in allem machte der Raum den Eindruck, als wäre eine wild zusammengewürfelte Mischung aus gebraucht erstandenen Möbeln hineingepfercht worden – was der Wahrheit ziemlich nahekam. Nichts passte zusammen. Hier würde ich anfangen.

Ich schaffte es, den Schrank aus dem Raum zu zerren, auch wenn er dabei vorübergehend in einem unmöglichen Winkel in der Tür klemmte und ich ihn nur freibekam, indem ich ein kleines Stück Verputz herausschlug, so dass in der Wand eine hässliche Kerbe zurückblieb. Als ich mich anschließend daranmachte, auch die Kommode hinauszuziehen, entdeckte ich dahinter jede Menge Zeug: Stifte, ein altes Handyladegerät, das ich längere Zeit erfolglos gesucht hatte, eine verkratzte CD mit Folkmusik. Wenig später stellte ich fest, dass ich nun jedes Mal, wenn ich aus dem Schlafzimmer in den Rest der Wohnung gelangen wollte, mehr oder weniger über die Kommode klettern und mich am Schrank vorbeizwängen musste. Beispielsweise, um den Schaber zu holen, der in der Küche lag. Die nächsten zwei Stunden brachte ich damit zu, die Tapete von der Wand zu reißen und zu schaben. Schon nach etwa zehn Minuten wünschte ich, ich hätte sie einfach ein paarmal übermalt, bis das Muster verschwunden wäre, doch zu dem Zeitpunkt erschien es mir zu spät aufzuhören. Außerdem wurde mir klar, dass es ratsam gewesen wäre, vorher darüber nachzudenken, welches Chaos ich wieder anrichten würde. Überall lagen Papierfetzen herum, und der ganze Raum war mit kleinen Schnipseln übersät, die mich an Haarschuppen erinnerten. Da ich es versäumt hatte, mein Bett abzudecken, lag das Zeug auch darauf. Unter dem Tapetenmuster kam ein weiteres Muster zum Vorschein – weniger geometrisch, aber dafür blumiger. Wie weit sollte ich dieses Ausgrabungsprojekt fortführen, auf das ich mich da eingelassen hatte? Wie viele Schichten musste ich abtragen, bis ich endlich auf eine schlichte Wand stoßen würde?

Ich war schweißgebadet, schmutzig und durstig. Meine Kopfhaut juckte, und meine Augen tränten. Ich riss das Fenster weit auf, so dass mit der warmen Luft auch die Geräusche von der Straße hereinfluteten: Gesprächsfetzen und fröhliches Lachen, Vogelgesang und Verkehrslärm. Ich legte den Schaber beiseite, kletterte über die Kommode und ergriff die Flucht.

Danach

Sie stand dicht vor der Tür, als ich von drinnen hinausspähte, so dass wir uns einen Moment aus nächster Nähe anstarrten, nur durch eine Glasscheibe voneinander getrennt. Ich wusste sofort, wer sie war, auch wenn sie inzwischen anders aussah als auf dem Foto: natürlich ein gutes Stück älter und nicht mehr so strahlend und lebendig. Sie hatte auffallend grüne Augen, und ihr kastanienbraunes Haar, das sie hinter die Ohren gekämmt trug, war inzwischen von grauen Strähnen durchzogen. In ihrer cremefarbenen Baumwollhose, dem leichten braunen Shirt und den Espandrillos wirkte sie frisch, sauber und souverän. Ich fragte mich, ob sie lange überlegt hatte, in welcher Aufmachung sie mir gegenübertreten wollte. Hatte sie vor ihrem Schrank gestanden und sich Gedanken darüber gemacht, wie sie sich der Geliebten ihres toten Ehemannes präsentieren sollte? Mir wäre es jedenfalls lieber gewesen, wenn sie ihren Besuch angekündigt hätte, damit ich ihr ein bisschen besser angezogen als nur mit dem übergroßen Herrenhemd gegenübertreten hätte können, das noch dazu – wie mir zu meinem großen Entsetzen bewusst wurde – aus Haydens Beständen stammte. Womöglich hatte sie es ihm mal zu Weihnachten geschenkt. Ich schloss den obersten Knopf und sagte: »Sie sind Hannah Booth.«

»Richtig, ich war mit Hayden verheiratet. Und Sie sind Bonnie Graham.«

»Ja.«

»Wie ich gehört habe, kannten Sie meinen Mann?«

»Ja.« Zögernd fügte ich hinzu: »Möchten Sie nicht hereinkommen? Allerdings herrscht bei mir gerade ein fürchterliches Chaos. Alles liegt herum.«

»Kein Problem.« Sie bedachte mich mit einem zurückhaltenden Lächeln. »Das ist mir völlig egal.«

Ich führte sie in die Küche und bot ihr Tee an. Als sie sich setzte und ihre schmalen Hände auf den Tisch legte, sah ich, dass sie keinen Ehering trug.

»Das mit Hayden tut mir so leid«, erklärte ich.

»Danke.«

»Ich habe das Interview mit Ihnen gelesen.«

»Oh, das. Ich glaube nicht, dass ich irgendetwas davon tatsächlich gesagt habe. Außer dass es ein Schock für mich war.«

»Wie haben Sie davon erfahren?«

»Sie meinen, von Ihnen? Ich habe mit Nat gesprochen. Er hat mir erzählt, dass Sie und Hayden …« Sie hielt kurz inne und verzog das Gesicht. »Dass Sie sich wohl recht nahestanden. Was auch immer das in Haydens Fall heißen mag.« Sie beugte sich vor. »Ich bin nicht gekommen, um Sie zu verurteilen. Darum geht es mir nicht. Hayden und ich haben schon seit Jahren nicht mehr zusammengelebt. Natürlich hat es auch vorher schon andere Frauen gegeben. Wahrscheinlich Dutzende, auch, als er noch mit mir zusammen war.«

»Warum … warum sind Sie dann gekommen?«

Sie starrte auf ihre Hände und verschränkte sie dann. »Ich glaube, ich wollte einfach sehen, wie Sie so sind.«

»Na, dann viel Spaß. Mein Haar gehört dringend gewaschen, und normalerweise kleide ich mich auch ein wenig besser.«

»Sie sind nicht so, wie ich erwartet habe.«

»Ich weiß nicht, wie Sie das meinen.«

»Ich wollte herausfinden, was aus ihm geworden war, seit er mich und Joe verlassen hatte. Was nicht heißen soll, dass ich eifersüchtig auf Sie bin, ganz und gar nicht. Ich wollte ihn nicht zurück. Ich kann nicht mal sagen, dass ich ihn noch geliebt oder sonst viel für ihn empfunden habe, außer vielleicht Wut, aber selbst die war nicht mehr allzu groß. Durch seinen Tod ist nun alles wieder hochgekommen. Sie haben ihn so gekannt, wie er war, als er starb, während ich ihn eigentlich gar nicht mehr kannte.«

»Ich glaube, Sie machen sich eine falsche Vorstellung davon, wie nah wir uns standen. Es war eigentlich bloß eine Sommeraffäre. Etwas ganz Lockeres.«

»Darin war Hayden gut«, bemerkte sie.

Ich begriff, dass sie gefährlich war: Sie gab mir das Gefühl, als könnte ich ihr alles anvertrauen. Tatsächlich empfand ich einen fast schon überwältigenden Drang, genau das zu tun. Ich versuchte, mich zu beherrschen, und setzte mich aufrechter hin. »Was genau wollen Sie von mir hören?«

»Keine Ahnung. Sie müssen entschuldigen. Wahrscheinlich war es für Sie genauso schlimm wie für mich. Haben Sie ihn sehr gemocht?«

»Er hat mich geschlagen.« Ich war selbst überrascht von meinen Worten. Mein Gesicht glühte vor Scham, und ich fühlte mich total entblößt.

»Sie Arme«, sagte Hannah. Dabei musterte sie mich mit einem Blick, aus dem fast so etwas wie Sehnsucht sprach. In ihren Augen schimmerten Tränen. Ihr Mitleid war mir unangenehm.

»Es ist nur zweimal passiert.«

»Bestimmt haben Sie ihn dafür gehasst«, sagte sie mit leiser, sanfter Stimme.

»Nein, gehasst habe ich ihn nicht«, entgegnete ich, »ich war nur sehr erschrocken.«

»Das hatte mit Ihnen gar nichts zu tun«, erklärte sie. »Es lag an ihm.«

»Als er mit Ihnen zusammen war, hat er Sie da auch …?«

»Nein. Aber ich spürte den Zorn, der bei ihm unter der Oberfläche brodelte. Er konnte wie ein kleiner Junge sein – und das meine ich nicht in einem positiven Sinn. Er hatte Wutanfälle. Wie Joe mit zwei Jahren.« Nach einer kurzen Pause fügte sie hinzu: »Außerdem war er ein richtiger Unruhestifter, stimmt's?«

»Wie meinen Sie das?«

»Er genoss es, Zwietracht zu säen – sozusagen die Katze zwischen die Tauben zu setzen und sich dann zurückzulehnen und zu beobachten, was passiert.«

Ich musste an Hayden und die Band denken. Daran, wie geschickt er wunde Punkte berührt und mit blank liegenden Nerven gespielt hatte. »Ja«, gab ich ihr recht.

»Vielleicht hat ihn das letztendlich auch das Leben gekostet.«

»Vielleicht.«

»Die Polizei vermutet, dass Drogen im Spiel waren.«

»Tatsächlich?«

»Das ergäbe einen gewissen Sinn. Wobei in seinem Fall so ziemlich alles einen Sinn ergäbe. Er hat sich so viele Feinde gemacht. Ich habe früher immer zu ihm gesagt, dass es mir fast so vorkam, als würde er sich richtig ins Zeug legen, um es sich mit möglichst vielen Leuten zu verderben – als wäre das für ihn ein Zeichen von Authentizität oder so was in der Art. Diese gottverdammten Musiker!«

»Demnach sind Sie selbst keine Musikerin?«

»Was das betrifft, ist bei mir Hopfen und Malz verloren. Als Kind bin ich sogar an der Blockflöte gescheitert. Ich arbeite als Logopädin. Kein Wunder, dass es mit uns nicht geklappt hat – eine völlig unmusikalische Teilzeitlogopädin, verheiratet mit einem verantwortungslosen, aber sehr charmanten Sänger, der jede Art von Bindung als tödlichen Kompromiss betrachtete.«

Wir schwiegen beide einen Moment.

»Bitte erzählen Sie es niemandem.«

»Was?«

»Dass er mich geschlagen hat.«

»Wem sollte ich davon erzählen?« Sie musterte mich neugierig. »Bereitet Ihnen irgendetwas Sorgen?« Ich glaubte, aus ihrer Stimme einen heimtückischen Unterton herauszuhören, und hatte plötzlich das Gefühl, dass sie meine Feindin war –

aber vielleicht war das nur ein weiteres Anzeichen dafür, dass ich langsam verrückt wurde.

Davor

Hätte ich mir aussuchen können, wen ich auf keinen Fall sehen wollte, nachdem ich quasi im Laufschritt aus meiner Wohnung geflohen war, hätte die Liste folgendermaßen gelautet, wobei ich mich hinsichtlich der Reihenfolge nicht festlegen konnte: Neal, Amos, Guy, Joakim, wahrscheinlich auch Hayden und Sonia. Ach ja, und Danielle, die Person, der es letztendlich zu verdanken war, dass ich diese unselige Band überhaupt ins Leben gerufen hatte. Sie erkannte mich schon von ferne, so dass wir beide die ganze Zeit wie Idiotinnen grinsten, während wir aufeinander zusteuerten. Danielle hatte zusätzlich die freie Hand hochgehoben, mit der sie keine Einkaufstüten schleppte, und ließ sie keine Sekunde sinken, als befürchtete sie, ich könnte sie sonst aus den Augen verlieren. Mit ihrem blassblauen Hängerkleidchen und den schönen Sandalen wirkte sie wie aus dem Ei gepellt – gepflegter und blonder denn je. Ihre Lippen schimmerten, ihre Zähne leuchteten weiß, ihre Beine waren glatt und gebräunt. Am liebsten hätte ich ihr ans Schienbein getreten, als ich sie schließlich erreichte.

»Was für ein wunderbarer Zufall!« Während sie mir ein vorsichtiges Küsschen auf die Wange drückte, stieg mir der Duft ihres Parfüms in die Nase.

»Ja«, stieß ich zwischen zusammengebissenen Zähnen hervor.

»Du wirkst irgendwie erhitzt… und was hast du da für Zeug im Haar?«

»Ich *bin* erhitzt, und das Zeug ist Tapete.« Als ich mir mit den Fingern durchs Haar fuhr, fielen ein paar Fetzchen heraus. »Ich bin gerade am Renovieren und musste einfach mal ein paar Minuten weg von meiner Baustelle.«

Ich spürte, wie ihr Blick von meinem staubigen Gesicht zu den Schweißflecken unter meinen Achseln wanderte.

»Komm, ich lade dich auf ein kaltes Getränk ein«, meinte sie, »ich kann selbst auch eine kleine Erfrischung gebrauchen. Sollen wir gleich hier reingehen? Es sieht einigermaßen kühl aus.«

Sie bestellte mir ein großes Glas altmodische Limonade und für sich ein Ingwerbier. Wir ließen uns damit in einer dunklen Ecke nieder, weit weg von den Sonnenstrahlen, die schräg durch das Fenster des Cafés fielen.

»Wie läuft es denn so?«, fragte ich sie.

»Hektisch! Du glaubst nicht, was man vor so einer Hochzeit alles erledigen muss. Ich habe lauter Listen, aber sobald ich einen Punkt durchgestrichen habe, fällt mir schon ein neuer ein. Es nimmt einfach kein Ende.«

»Das kann ich mir vorstellen.«

»Aber nun ist es ja bald so weit. Eigentlich sollte ich *dich* fragen, wie es läuft. Alles im grünen Bereich?«

»Du meinst …?«

»Die Musik natürlich. Ich hoffe, du hast nicht das Gefühl, dass ich euch vernachlässige?«

»Nein, keine Sorge.«

»Vielleicht sollte ich ja mal vorbeikommen und euch zuhören, damit ich einen Eindruck bekomme, was mich an meinem großen Tag erwartet.«

»Ich fände es besser, wenn wir dich damit überraschen.«

»Du hast recht, dann ist es wahrscheinlich noch aufregender. Bestimmt wird es ganz wunderbar!«

»Ich wünschte, ich könnte deinen Optimismus teilen.«

»Sei nicht so bescheiden, Bonnie.« Sie runzelte die Stirn. »Ihr habt doch sicher fleißig geübt, oder?«

»O ja.«

»Dann seid ihr also bereit?«

Ich musste an die angespannte Stimmung bei unseren Proben denken, die vielen Auseinandersetzungen, die oft damit endeten, dass jemand beleidigt aus dem Raum stürmte. Ganz zu schweigen von den unvorhersehbaren Geräuschen, die wir produzierten. »Ja, keine Sorge«, antwortete ich mit Nachdruck.

»Natürlich hätte ich das gar nicht erst zu fragen brauchen. Du bist ja ein Profi. Wie viele Nummern – so sagt ihr Musiker doch – werdet ihr denn spielen?«

»Nur vier Songs«, antwortete ich.

»Nur vier?«

»Glaub mir, Danielle, das reicht.«

»Tja, du bist der Boss.«

»Genau.«

»Gut, dass wir uns über den Weg gelaufen sind, ich wollte dich nämlich sowieso anrufen und etwas fragen.«

»Schieß los.«

»Es geht darum, was ihr tragen wollt.«

»Tragen?« Ich starrte sie verständnislos an.

»Ja. Wenn ihr spielt.«

»Ich habe keine Ahnung, wovon du sprichst.«

»Mich würde beispielsweise interessieren, ob ihr vorhabt, euch alle gleich anzuziehen.«

»Moment mal, Danielle ...«

»Ich habe mir gedacht, irgendetwas im Hillbillystil wäre nett. Lässige Baumwollhosen mit Hosenträgern, dazu vielleicht einen Hut. Oder mögt ihr Frauen das nicht?«

»Die Frage ist eher, ob die Männer es mögen.«

»Du hältst es also für keine gute Idee?«

»Nein.«

»Vielleicht etwas Romantischeres.«

»Romantisch?«

»Lange, fließende Gewänder für die Frauen, ihr könntet sogar Blumen im Haar tragen ...«

»Mein Haar ist zu kurz für Blumen.«

»Was hältst du von leichten Sommeranzügen für die Männer? Und dazu Hüte. Weiche Filzhüte. Oder passt das nicht zusammen? Was meinst du?«

»Willst du meine ehrliche Meinung hören?«

»Ja.«

»Wir haben uns bereit erklärt, auf deiner Hochzeit zu spielen, aber es war nie die Rede davon, dass wir uns verkleiden.«

»Oh. Aber lasst mich trotzdem vorher wissen, was ihr anziehen werdet, ja?«

»Hör zu, Danielle, ich möchte noch einmal in aller Deutlichkeit klarstellen, dass ...«

»Mein Gott, ist es wirklich schon so spät? Ich muss los! Wie schön, dass wir Zeit für diesen kleinen Plausch gefunden haben ...«

»Bis dann«, sagte ich zu ihrem entschwindenden Rücken und ihrer schicken Pagenfrisur, die fröhlich wippte, während sie davoneilte.

Danach

Die nächste Probe organisierte Joakim. Mir graute richtig davor, aber er ließ mir keine Ruhe. Nachdem er mich deswegen bereits mehrmals angerufen hatte, erklärte er mir schließlich, wir müssten entweder den ganzen Auftritt absagen oder uns treffen. Die Entscheidung liege bei mir. Dann sprach er von Hayden. Davon, dass wir ihm mit unserem Auftritt die letzte Ehre erweisen würden. Und dass er das sicher so gewollt hätte. Irgendwie fand ich diese Vorstellung auf eine schreckliche Weise komisch. Die Leute sagten immer solche Sachen über die Toten. Auf einmal wussten alle ganz genau, was »sie gewollt hätten«. Ich musste mich richtig beherrschen, denn am liebsten hätte ich in den Hörer geschrien, dass

Hayden schon zu Lebzeiten nicht so recht gewusst habe, was er wollte. Mittlerweile lag er in weiß Gott welchem Zustand im Kühlfach irgendeiner Leichenkammer. Der Hayden, den wir gekannt hatten, existierte nicht mehr. Was spielte das alles noch für eine Rolle? Im Grunde aber wusste ich, dass das mein Problem war und nicht das von Joakim. Er war noch so jung, so voller Hoffnung, glaubte, noch etwas für Hayden tun zu können. Seiner Meinung nach waren solche Gesten wichtig, und wahrscheinlich hatte er damit sogar recht. Ich konnte es nur nicht mehr erkennen.

Joakim rief in der Schule an und brachte es doch tatsächlich fertig, den Hausmeister, der sonst auf niemanden hörte, irgendwie dazu zu überreden, uns einen von den Probenräumen aufzuschließen. Ich war der Meinung gewesen, dass es Vorschriften oder Versicherungsbestimmungen gab, die so etwas unmöglich machten, aber Joakim schaffte es trotzdem. Als wir eintrafen, brachte er uns sogar ein Tablett mit Kaffeebechern aus dem Café gegenüber. Mir wären fast die Tränen gekommen. Nachdem wir ein paar Schlucke getrunken hatten, griffen wir nach unseren Instrumenten. Wir wirkten alle so nervös, als spielten wir zum ersten Mal. Joakim stieß ein Hüsteln aus und verkündete, er habe ein paar Ideen. Er zog einen Zettel heraus, auf dem er sich etliche Akkorde notiert hatte. Mir wurde schnell klar, dass er »Nashville Blues« von den schwierigsten Stellen befreit hatte, damit wir den Song auch ohne Hayden einigermaßen hinbekamen. Bestimmt hatte er dafür Stunden gebraucht. Nachdem ich noch ein paar kleine Veränderungen vorgenommen hatte, legten wir los, und das Ergebnis war gar nicht so schlecht.

Als Sonia anschließend »It Had to Be You« anstimmte, klangen wir bereits ein bisschen besser als gar nicht so schlecht. Ihre Stimme hatte an diesem Tag einen besonders melancholischen Unterton, voller Weltschmerz, als wäre sie gerade erst aus dem Bett gekrochen.

Nach einer guten Stunde packten wir unsere Sachen wieder zusammen. Dabei bekam ich mit, wie Sonia Neal etwas zuflüsterte, worauf er in einem drängenden, viel lauteren Ton antwortete. Trotzdem konnte ich nicht verstehen, was er zu ihr sagte. Ich warf einen verstohlenen Blick zu Guy und Amos hinüber, doch zum Glück passten sie nicht auf. Rasch gesellte ich mich zu Neal und Sonia.

»Was ist los?«, wandte ich mich an Neal. »Alles in Ordnung?«

»Ich habe eine Idee.«

»Ich glaube nicht, dass ich heute noch irgendwelche neuen Ideen verkrafte.«

»Nein, es geht nicht um die Musik. Mir ist etwas Wichtiges eingefallen. Wie ein Blitz aus heiterem Himmel. Keine Ahnung, wieso wir nicht schon längst daran gedacht haben.«

»Findest du nicht, dass du ein bisschen laut sprichst?«

»Ich habe mir über deine Schuldgefühle Gedanken gemacht und mich gefragt, ob wir zur Polizei gehen sollten.«

»Hier ist wirklich nicht der richtige Ort, um das zu diskutieren. Wie kommst du nach Hause?«

»Ich bin mit dem Wagen da.«

»Dann fahre ich mit.«

»Ich kann nicht«, meinte Sonia, »Amos und ich haben noch etwas vor.«

»Lass dir eine Ausrede einfallen«, antwortete ich.

Sonia beugte sich vor und sagte im Flüsterton: »Wir dürfen nicht als Trio gehen. Das macht sich nicht gut.«

»Ich weiß«, stimmte ich ihr zu, »aber wir müssen uns trotzdem anhören, was Neal zu sagen hat.«

»Also gut, wir treffen uns draußen. Ich hoffe für dich, dass es wirklich wichtig ist, Neal.«

Neal und ich warteten in seinem Wagen, bis Sonia herauskam und hinten einstieg.

»Was hast du zu Amos gesagt?«, fragte ich.

»Das geht euch nichts an. Er hat aber kein Problem damit.«

»Ich wollte nur wissen, ob er misstrauisch war.«

»Ich habe ihm gesagt, dass es wichtig sei und er mir einfach vertrauen müsse.«

»Worum geht es?«, wandte ich mich an Neal. »Hat es mit der Polizei zu tun?«

»Nein, keine Sorge. Mit denen bin ich richtig gut klargekommen. Ich habe nichts gesagt, was uns schaden könnte. Allerdings auch nichts, was ihnen bei der Aufklärung des Mordes irgendwie weiterhelfen könnte. Und genau das hat mir zu denken gegeben.«

»Inwiefern?«

»Moment. Ich muss diese Abkürzung hier nehmen. Lasst uns warten, bis wir zu Hause sind. Wir brauchen Papier.«

»Wie bitte?«

»Papier und Stifte.«

»Hast du vor, ein Spiel mit uns zu spielen?«, fragte Sonia, als schwante ihr Böses. »Ein Gesellschaftsspiel?«

Neal parkte vor seinem Haus, und Sonia und ich folgten ihm hinein. Sonia bestand darauf, erst mal Kaffee für uns zu kochen. Nachdem sie endlich Platz genommen hatte, war es, als hätten wir uns zu einer Geschäftsbesprechung getroffen.

»Also?«, ergriff ich das Wort.

»Ich habe nachgedacht«, erklärte Neal.

»Ja, das hast du schon gesagt.« Sonia starrte ihn über den Rand ihrer Tasse an. Ich konnte sie vor Ungeduld fast knistern hören.

»Fakt ist: Wir haben alle drei etwas Falsches getan, wenn auch aus den richtigen Gründen. Oder seht ihr das anders?«

»Weiter.«

»Echte Schuldgefühle sind aber nur dann angebracht, wenn wir der Polizei etwas vorenthalten …«

»Dass wir ihnen etwas vorenthalten, liegt ja wohl verdammt klar auf der Hand!«

»Moment, ihr habt mich nicht ausreden lassen. Ich fände es schlimm, wenn wir der Polizei etwas vorenthalten würden, das ihnen bei ihren Ermittlungen weiterhelfen könnte – mit anderen Worten, bei der Suche nach Haydens Mörder. Meint ihr nicht auch?«

»Worauf willst du hinaus, Neal?«

»Wir könnten etwas tun.«

»Tun?«, wiederholte Sonia.

»Wir haben eine Wohnung verwüstet und eine Leiche verschwinden lassen. Trotzdem sollten wir nicht vergessen, dass es ursprünglich drei verschiedene Tatorte gab, oder waren es vier? Übereinandergelagert wie archäologische Schichten. Zum einen gab es den ursprünglichen Tatort nach Haydens Ermordung. Vielleicht hatte der Täter da schon irgendetwas verändert, aber es war zumindest der Tatort, den ich vorfand. Da ich das Ganze für dein Werk hielt, Bonnie, und nicht wollte, dass der Verdacht auf dich fällt, habe ich alles Mögliche verändert, um den Eindruck zu erwecken, dort hätte eine wilde Rauferei stattgefunden. Oder so etwas in der Art… Ehrlich gesagt konnte ich zu dem Zeitpunkt gar nicht mehr klar denken. Später bist dann du gekommen…« Sein Blick wanderte von mir zu Sonia. »Zusammen mit Sonia hast du versucht, die Wohnung wieder so aussehen zu lassen, als wäre dort überhaupt kein Verbrechen begangen worden. Das war ziemlich dumm von euch, aber soweit ich informiert bin, hat es bis zu einem gewissen Grad funktioniert. Zumindest scheint die Polizei noch immer im Dunkeln zu tappen, wo der Mord begangen wurde. Mein Vorschlag wäre jetzt, vorzugehen wie Archäologen. Wir könnten eine Schicht nach der anderen abtragen und auf diese Weise den ursprünglichen Tatort freilegen.«

»Du willst noch einmal in die Wohnung?«

»Nein, das wäre zu gefährlich. Die Polizei weiß zwar nicht, dass der Mord dort begangen wurde, aber sie weiß sehr wohl, dass Hayden sich in der Wohnung aufgehalten hat. Wenn sie uns drei dort erwischen, wäre das … nun ja, nicht einfach zu erklären. Aber wir könnten versuchen, das Ganze im Geist zu rekonstruieren.«

Sonia wirkte skeptisch.

»Mir ist nicht recht klar, wie das funktionieren soll.«

Neal stand auf und durchwühlte eine Schublade nach Stiften. Anschließend riss er von einem Notizblock mehrere Blätter ab und reichte Sonia und mir ein paar davon, außerdem je einen Stift.

»Was sollen wir damit machen?«, fragte Sonia. »Ein Diagramm zeichnen?«

»Das wäre zu schwierig. Außerdem wüsste ich auch gar nicht, was es darstellen sollte. Nein, lasst uns damit anfangen, dass wir alle drei sämtliche Gegenstände aus der Wohnung notieren, die uns in Erinnerung geblieben sind. Jedes einzelne Ding. Sobald wir die Listen fertig haben, können wir gemeinsam überlegen, wo sich die Sachen jeweils befanden, und somit feststellen, ob das, woran ihr euch erinnert, mit dem übereinstimmt, woran ich mich erinnere und … und …«

»Und dann was?«, fragte ich.

»Auf diese Weise können wir den Tatort rekonstruieren.«

»Und dann?«

»Keine Ahnung.« Neal rieb sich die Augen und wirkte für einen Moment recht niedergeschlagen. »Schwer zu sagen. Wenn wir eine Liste mit möglichst vielen Gegenständen zusammenstellen und diese Gegenstände dann in der Wohnung platzieren, ergibt sich womöglich irgendein Muster. Wenn wir schon vorher wüssten, was dabei herauskommt, könnten wir uns die ganze Aktion ja sparen.«

»Ich bin nicht sicher, ob überhaupt etwas dabei herauskommen wird«, wandte Sonia ein.

»Es ist zumindest einen Versuch wert.«

»Und du glaubst wirklich, wir können den Tatort aus dem Gedächtnis rekonstruieren?«, fragte ich.

Neal schlug mit der Faust auf den Tisch. »Was bringt es uns, wenn wir jetzt des Langen und Breiten darüber diskutieren, ob wir es können oder nicht? Lass es uns verdammt noch mal einfach probieren.«

Ich sah Sonia an. »Du bist bestimmt gut in solchen Dingen.«

»Am besten, wir halten jetzt alle den Mund«, meinte Neal, »und fangen an zu schreiben.«

Ich griff nach meinem Stift und starrte auf das leere Blatt. Nachdenklich strich ich es glatt, als könnte mir das irgendwie weiterhelfen. Einen Moment war mein Kopf genauso leer wie das Blatt. Ich schloss die Augen und versuchte mich zu erinnern, mich zurück in den Raum zu versetzen. Das war für mich insofern besonders schwierig und schmerzhaft, als ich zuvor wochenlang versucht hatte, genau diese Erinnerungen in einen Winkel meines Gehirns zu verbannen, in den ich mich eigentlich nie wieder begeben wollte. Es war, als müsste ich mit Gewalt die verklemmte alte Tür zu einem Raum öffnen, den ich lange nicht mehr betreten hatte. Plötzlich aber ging die Tür mit einem Ruck auf, und ich war am Ziel. Allerdings nahm ich meine Umgebung zunächst sehr bruchstückhaft und verschwommen wahr, so dass ich nur wenige Gegenstände erkennen konnte. Ich begann zu schreiben. Da waren die CDs, einschließlich der von Hank Williams, die ich dann wieder mit nach Hause genommen hatte. Auf dem Tisch stand die grüne Plastikschildkröte, die als Behälter für Stifte diente, und daneben eine kleine Dose mit Büroklammern. Auf dem Boden lag ein Kissen, außerdem die umgekippte Vase samt den Tulpen. Die Einladung zur Hochzeit, die ich ebenfalls mitgenommen und entsorgt hatte. Und die zertrümmerte Gitarre sowie ein paar Bücher. Mein Schal. Je krampfhafter ich mich zu konzentrieren versuchte, umso weiter schien der Raum in die Ferne zu rücken.

Ich schaute mich um. Die Situation erinnerte mich an eine

Prüfung, die ich mit siebzehn Jahren abgelegt hatte. Verstohlen hatte ich mich im Saal umgesehen, wo all die Leute um mich herum viel mehr zu schreiben schienen als ich und auch einen konzentrierteren Eindruck machten. Jetzt war es wieder so. Neal schrieb ruhig vor sich hin. Obwohl ich seine Schrift nicht lesen konnte, bestand kein Zweifel daran, dass seine Liste um einiges länger werden würde als meine. Die von Sonia ebenfalls. Wie ich schon vermutet hatte, verstand sie sich auf so etwas wesentlich besser als ich. Wobei es im Grunde keine Rolle spielte. Ich konnte mir beim besten Willen nicht vorstellen, dass dabei irgendetwas Brauchbares herauskäme. Aber das war auch gar nicht der Punkt. Letztendlich ging es bei der ganzen Aktion doch nur darum, dass wir hinsichtlich der Dinge, die wir getan hatten, alle wieder ein besseres Gefühl bekamen. Wir klebten sozusagen ein Pflaster auf eine klaffende Wunde.

Ich hatte zu schreiben aufgehört. Auch das erinnerte mich an eine Prüfung: die schrecklichen letzten Minuten, wenn ich nichts mehr zu sagen hatte und nur noch auf die Uhr starrte, weil ich wollte, dass das Ganze endlich vorüber war.

»Seid ihr fertig?«, fragte ich. »Mir fällt nichts mehr ein.«

»Moment noch«, antwortete Neal, der immer noch energisch vor sich hin kritzelte.

Ich warf einen Blick zu Sonia hinüber, die inzwischen ebenfalls den Stift beiseite gelegt hatte.

»Darf ich mal sehen?«, fragte ich, woraufhin sie mir wortlos ihr Blatt reichte.

Natürlich war sie wesentlich erfolgreicher gewesen als ich. Auf ihrer Liste standen beispielsweise auch das Telefon und die Schale mit den Schlüsseln, was in meinen Augen aber nicht wirklich zählte. Schließlich gab es in jeder Wohnung ein Telefon und eine Schale mit Schlüsseln, oder etwa nicht? Außerdem erwähnte sie den Gitarrenkoffer. Und den kleinen Messingbuddha, den ich ebenso vergessen hatte wie die grüne

Flasche und den Laptop. Dasselbe galt für zwei Skulpturen, an die ich mich erst jetzt erinnerte, als ich sie auf Sonias Liste entdeckte. Und die Post auf dem Boden. Sonia war wirklich erstaunlich. Während ich überflog, was sie alles aufgelistet hatte, begann der Raum vor meinem geistigen Auge tatsächlich wieder Gestalt anzunehmen.

»Fertig«, verkündete Neal.

»Und jetzt?«

»Jetzt gehen wir die Listen gemeinsam durch, und ihr müsst versuchen, euch ins Gedächtnis zu rufen, wo sich die einzelnen Gegenstände befanden, als ihr eingetroffen seid, und welche davon ihr bewegt habt. Auf diese Weise können wir rekonstruieren, wie der Raum aussah, als ihr ihn betreten und die Leiche gefunden habt. Lasst mich mal einen Blick auf eure Werke werfen.«

Ich reichte Neal die beiden Blätter. Während er sie studierte, ließ er den Finger Zeile für Zeile nach unten gleiten. Wie ein kleines Kind, das gerade erst lesen gelernt hat.

»Lieber Himmel«, sagte er, »Sonia kann das ja Welten besser als du.«

»Mir war nicht klar, dass das ein Wettbewerb sein sollte«, bemerkte ich.

Neal hielt unsere beiden Listen nebeneinander und sah sie sich noch einmal ganz genau an, erst die eine und dann die andere. Anschließend legte er sie wieder auf den Tisch, lehnte sich zurück und starrte zur Decke empor, wobei er seinen Stuhl langsam ein Stück nach hinten und dann nach vorne kippte. Einen Augenblick befürchtete ich, er könnte umfallen und sich wehtun. Nach einer Weile aber stellte er den Stuhl mit einem Knall wieder gerade.

»Ich weiß gar nicht, warum wir das überhaupt machen.«

»Es war deine Idee.«

»Eine Schnapsidee.«

Davor

Hayden weinte in meinen Armen wie ein Baby. Er weinte genauso, wie er auch Sex hatte oder aß oder lachte – mit einer Hemmungslosigkeit und Unbefangenheit, die mich jedes Mal von Neuem erstaunte und rührte. Während ich ihn an mich drückte, spürte ich, wie der Kummer seinen ganzen Körper zum Beben brachte. Nachdem er eine ganze Weile heftig geschluchzt und gestöhnt hatte, beruhigte er sich langsam, bis er schließlich still und schwer wie ein Toter in meinen Armen lag. Ich streichelte sein feuchtes Haar und beugte mich hinunter, um ihm einen Kuss auf die Schulter zu drücken.

»Möchtest du darüber reden?«, fragte ich.

Er setzte sich auf und wischte sich mit dem Saum meines Shirts die Tränen von den Wagen.

»Nun geht es mir schon viel besser«, erklärte er, als hätte er gerade einen starken Durst mit einem großen Glas Wasser gestillt.

»Hayden?«

»Mmm?«

»Warum hast du geweint?«

»Ich brauche was zu essen.«

»Hayden?«

»Du wolltest doch für mich kochen, oder? Du hast sogar das alte Kochbuch deiner Mutter mitgebracht. Du hast noch nie für mich gekocht. Ich mag erste Male.«

»Das könnte sich in diesem Fall schnell ändern.« Ich stand auf und band mir die ebenfalls mitgebrachte Schürze um. Ich trug ein hellgraues, ärmelloses Kleid, das ich erst an diesem Morgen an einem Marktstand erstanden hatte und das ich mir nicht gleich durch einen Fleck ruinieren wollte. »Es gibt Seebarsch mit allerlei Gewürzen, die ich leider zu kaufen vergessen habe, so dass wir ohne auskommen müssen, und dazu

Reis. Einverstanden? Möchtest du wirklich nicht darüber reden?«

»Viel lieber möchte ich etwas zu essen. Ich habe einen Mordshunger.«

Danach

Das Telefon hörte gar nicht mehr zu klingeln auf. In meinen Träumen war es Glockengeläut. Ich versuchte gerade, einen Hügel zu erklimmen, auf dem eine kleine graue Kirche stand, konnte mich aber kaum bewegen. Plötzlich begriff ich, dass ich ein Hochzeitskleid trug, allerdings eines, das an mehreren Stellen zerrissen und mit Schlamm bedeckt war und mir außerdem nicht mal richtig passte. Ich wollte unbedingt zu Hayden, der mit klatschnassem Haar und einem abgewetzten Läufer um die Schultern neben der Kirchentür stand und mir entgegenlächelte. Zumindest sah es aus der Ferne so aus, vielleicht schnitt er in Wirklichkeit nur eine Grimasse. Doch wie sehr ich mich auch bemühte, ich konnte einfach nicht zu ihm gelangen. Meine Beine waren schwer wie Blei. Währenddessen läuteten die Kirchenglocken immer lauter und eindringlicher, bis ich schließlich hochschreckte. Benommen richtete ich mich auf und streckte die Hand nach dem Telefon aus, das ich in der Dunkelheit nicht gleich zu fassen bekam. Immer noch halb in meinem Traum gefangen, wusste ich nur vage, wo ich mich befand und wer ich war. Schließlich wurde ich doch fündig und griff nach dem Hörer, doch das Klingeln hörte nicht auf. Langsam dämmerte mir, dass es gar nicht das Telefon war, sondern die Türklingel.

Ich kroch aus dem Bett, stolperte zur Haustür und öffnete sie einen Spalt. Das alles kam mir so unwirklich vor. Auch das Gesicht von Neal, der durch den Türspalt zu mir hereinspähte, erschien mir unwirklich, wie ein Gesicht aus einer fernen Vergangenheit.

»Wir müssen reden«, sagte er.

»Wie spät ist es?« Ich fühlte mich wie nach einem Langstreckenflug. Womöglich hatte ich viele Stunden geschlafen und der nächste Tag längst begonnen – aber draußen war es dunkel, soweit man das in London überhaupt so nennen konnte.

»Keine Ahnung. Lass mich rein.«

Als ich die Tür ganz aufmachte und zur Seite trat, wurde mir plötzlich bewusst, dass ich nur ein altes Unterhemd und einen Slip trug.

»Warte hier.« Mit diesen Worten ließ ich ihn in der Küche stehen und ging in mein Schlafzimmer, wo ich in eine abgetragene Jogginghose und ein altes Oberteil schlüpfte.

»Ich musste dich unbedingt sehen«, erklärte Neal, als ich in die Küche zurückkehrte und ihm gegenüber Platz nahm.

»Du hast mich doch erst vorhin gesehen. Erinnerst du dich?«

»Ich habe nachgedacht.«

»Du hättest lieber schlafen sollen.«

»Ich habe ja geschlafen, aber dann bin ich plötzlich mit einem Ruck hochgeschreckt. Passiert dir das auch manchmal?«

»Ja.«

»Da wusste ich es plötzlich.«

»Was denn? Moment.« Ich stand auf und öffnete den Kühlschrank. »Ich brauche erst mal irgendwas Beruhigendes.« Ich nahm einen Karton Milch heraus. »Möchtest du eine heiße Schokolade?«

»Nein.«

»Whisky?«

»Nein. Ich muss einen klaren Kopf behalten. Und du auch.«

Ich goss die Milch in eine Tasse und trank sie kalt. »So, nun geht es mir schon besser«, verkündete ich. »Also, warum brauche ich einen klaren Kopf?«

»Schau dir das an.« Er reichte mir ein Blatt Papier. »Erklär mir das bitte.«

Ich warf einen Blick darauf. »Träume ich noch, oder haben wir das nicht schon gemacht?«

»Nun komm schon, sieh es dir an«, drängte er mich.

»Das ist Sonias Liste.«

»Ich möchte wissen, ob unsere Erinnerung wirklich übereinstimmt.«

»Da gibt es doch eigentlich gar nichts zu deuten. Sonia hat bloß viel mehr aufgeschrieben als ich, weil ihr Gehirn größer ist als meines. Aber damit habe ich kein Problem. Mein Problem ist eher, dass du mich mitten in der Nacht aus dem Bett klingelst, um das alles noch mal durchzugehen. Weil ich nämlich müde bin, Neal – todmüde.«

Neal, der beide Ellbogen auf die Tischplatte gestützt hatte, lehnte sich vor und rieb sich mit einer Hand über den Kopf, als hätte er tief in seinem Gehirn eine juckende Stelle, an die er nicht herankam.

»Was ist mit den beiden Skulpturen?«

»Ich kann mich dunkel an sie erinnern«, antwortete ich.

»Trotzdem standen sie nicht auf deiner Liste. Schau.« Er beugte sich hinunter, zog das Blatt aus der Leinentasche, die er mitgebracht hatte, und winkte mir damit, als müsste er mich erst auf sich aufmerksam machen.

»Inzwischen erinnere ich mich wieder«, erklärte ich, »aber als ich versucht habe, mir den Raum ins Gedächtnis zu rufen, sind mir die Skulpturen nicht eingefallen. Es wundert mich wirklich, dass ich überhaupt so viel zusammenbekommen habe. Worauf willst du hinaus?«

»Beschreib mir die Skulpturen«, forderte Neal mich auf.

Ich warf noch einmal einen Blick auf die Liste und versuchte mich zu konzentrieren.

»Eine von beiden war so ein abstraktes Ding aus grauem Metall. Es sah aus wie zwei Figuren mit irgendwas drüber, einer Wolke oder einem Schirm.«

»Und die andere?«

Wieder studierte ich einen Moment Sonias Liste. An die zweite konnte ich mich nicht so gut erinnern, auch wenn ich irgendein vertrautes Bild im Hinterkopf hatte.

»Das war so eine Art grob gemeißelte Vase, oder? Aus Bronze? Sie schimmerte leicht grünlich, wie man es oft bei antiken Metallstatuen sieht. Ich sage es ja nur ungern, aber irgendwie habe ich das Gefühl, dass sie brustartige Wölbungen aufwies. Ich vermute mal, ihre Form sollte an den weiblichen Körper erinnern.«

»Eine sehr genaue Beschreibung«, stellte Neal fest. »Warum hast du das Ding dann nicht auf deine Liste gesetzt?«

»Das habe ich dir doch gesagt«, antwortete ich. »Weil es mir damit ging wie mit der anderen Skulptur. Ich habe einfach nicht mehr daran gedacht.«

Neal nickte mehrmals nachdenklich. Während ich ihn verwundert anstarrte, fragte ich mich, ob er jetzt endgültig verrückt geworden war. Seine Augen glitzerten plötzlich ganz seltsam, als könnte er sich vor Aufregung kaum noch beherrschen.

»Es ist dir damit keineswegs so gegangen wie mit der anderen Skulptur«, erklärte er.

»Wie meinst du das?«

»Die erste Skulptur hast du nicht aufgeschrieben, weil du sie vergessen hattest.«

»Ja, genau.«

»An die zweite hast du deswegen nicht gedacht, weil sie nicht da war.«

Ich starrte auf Sonias Liste, ihre ordentliche, energische Handschrift. Was Neal sagte, ergab für mich keinen Sinn.

»Was soll das heißen, sie war nicht da? Woher willst du das wissen? Natürlich war sie da! Sonia hat sie doch auf ihrer Liste stehen, und ich erinnere mich jetzt auch wieder daran, zumindest mehr oder weniger. Ich habe sie dir gerade beschrieben. Geht es dir nicht gut?«

Neal beugte sich ein weiteres Mal hinunter und öffnete die Tasche zu seinen Füßen. Vorsichtig holte er einen sperrigen Gegenstand heraus und stellte ihn auf den Tisch.

»Sie war nicht da«, antwortete er, »weil sie nämlich hier ist.«

»Hier?«, fragte ich verblüfft.

»Sieh sie dir an.«

Ich tat, wir mir geheißen. Eine Vase, die einem Frauenkörper nachempfunden war. Ich fand das Ding richtig scheußlich. Nie im Leben hätte ich da Blumen reingetan.

»Ich verstehe nicht«, sagte ich langsam, weil mir meine Zunge plötzlich seltsam dick vorkam, so dass ich Schwierigkeiten hatte, die Worte zu formen. »Ich verstehe nicht, was du mir damit sagen willst.«

»Ich habe sie mitgenommen.«

Das hatte ich mittlerweile kapiert. Schließlich stand die Vase direkt vor meinen Augen. Die Vase mit den Titten.

»Warum? Wieso ist sie hier?«

»Die Frage muss anders lauten – nicht wieso, sondern *seit wann*.«

»Seit wann?«, wiederholte ich gehorsam, obwohl ich noch immer nicht begriff, warum das die richtige Frage war.

»Seit jenem Abend, Bonnie – seit dem einundzwanzigsten August, dem Tag, an dem Hayden ermordet wurde. Ich habe sie mitgenommen, weil ich vermutete, dass es sich dabei um die Mordwaffe handeln könnte. Sie lag auf dem Boden, mitten in der Blutlache. Das Ding hat so einen komischen Griff. Deswegen dachte ich, dass vielleicht jemand – besser gesagt, du, Bonnie – während eines Streits danach gegriffen hatte und dann im Affekt zuschlug, ihn am Kopf traf und auf diese Weise tötete.« Er sah mich an. »Mir ist klar, dass du dich an die Vase erinnern kannst. Weil du sie nämlich gesehen hast, als du mit Hayden dort warst, oder vielleicht schon bei früheren Besuchen in der Wohnung. Ich weiß aber auch, warum du sie nicht auf die Liste gesetzt hast: entweder, weil du ein schlechtes Gedächtnis hast oder aber – was ich für wahrscheinlicher halte – weil sie nicht da war. Verstehst du jetzt?«

»Nein«, erwiderte ich. Alles in mir wehrte sich dagegen. Am liebsten hätte ich mir die Ohren zugehalten oder mich zu einer kleinen Kugel zusammengerollt. »Nein.«

»Begreifst du denn nicht?« Seine Stimme klang ruhig und geduldig, als versuchte er einem besonders begriffsstutzigen Kind etwas zu erklären. »Du hast die Vase an dem Abend nicht gesehen. Ich schon. Und Sonia hat sie auch gesehen. Beim ersten Mal.«

Ich hörte Neals Worte, aber für mich ergaben sie nur zum Teil einen Sinn.

»Was soll das heißen, beim ersten Mal?«, fragte ich.

»Als sie das erste Mal in der Wohnung war«, antwortete Neal. »Am selben Abend, nur etwas früher. Als sie Hayden getötet hat.«

Davor

Hayden und ich machten oft den Tag zur Nacht, indem wir die Vorhänge zuzogen oder die Jalousien herunterließen, uns dann die Bettdecke über den Kopf zogen, um in unsere eigene Welt des Zwielichts abzutauchen und einander zu erforschen, während draußen die Sonne schien und in der Platane neben dem Fenster die Vögel sangen. Manchmal verschmolzen die Nächte auch regelrecht mit den Tagen, und alle Grenzen lösten sich auf, weil Hayden nicht dem Rhythmus der meisten anderen Menschen folgte. Im Grunde gab es in seinem Leben nichts, was auch nur ansatzweise Ähnlichkeit mit so etwas wie einer Struktur aufwies. Er besaß keine einzige Uhr, nicht einmal eine Armbanduhr. Natürlich zeigte sein Handy die Uhrzeit an, doch auch da sah er nur ganz selten nach. Er aß, wann immer ihm danach zumute war, er schlief, wenn er müde war, und es fiel ihm schwer, Verabredungen einzuhalten. Das galt auch für die Treffen unserer Band. Dass er trotzdem relativ häufig zu den Proben erschien, hatten wir nur der Tatsache zu verdanken, dass ich viel Zeit mit ihm verbrachte und ihn dazu nötigte. Grundsätzlich aber empfand er den Wechsel zwischen Tag und Nacht, zwischen Dunkelheit und Licht – wie überhaupt das Verstreichen der Zeit an sich – als einen einzigen großen Fluss, von dem er sich dahintreiben ließ. Manchmal dümpelte er im seichten Randbereich vor sich hin, manchmal riss es ihn in die rasch dahinfließende Mitte, und manchmal folgte er gemächlich einer langsamen Strömung. Niemals jedoch unternahm er von sich aus irgendwelche Anstrengungen, um voranzukommen. Mal schlief er zwei Stunden, mal sieben oder fünfzehn. An manchen Tagen nahm er nur eine einzige Mahlzeit zu sich, an anderen aß er fünfmal am Tag – soweit solche Zeiteinteilungen für ihn überhaupt existierten. Oft trank er schon um elf Uhr vormittags Wein, verspeiste dafür aber mitten in der Nacht eine Portion Frühstücksmüsli. Mal machte er gar keine Pläne, mal verabredete er sich mit drei verschiedenen Leuten gleichzeitig.

Nachdem er an dem betreffenden Abend seinen Heulkrampf überstanden hatte, verschlang er meinen Seebarsch (leicht angebrannt) mit Reis (zu lange gekocht und daher klebrig), als wäre er schon fast am Verhungern gewesen, und spülte das Ganze mit kaltem Tee und lauwarmem Wein hinunter. Dann sagte er: »Lass uns einen Spaziergang machen.«

»Es ist fast zwei Uhr morgens. Ich bin hundemüde.«

»Ich muss ein bisschen überschüssige Energie loswerden. Außerdem ist es noch so warm wie am Tag. Und wir haben fast Vollmond – schau!«

»Wo willst du denn hin?«

»Keine Ahnung, wohin unsere Füße uns tragen. Nun komm schon.«

»Da muss ich mich aber erst umziehen.«
»Nein, zieh einfach deine Schuhe an.«
»Ich hole schnell meine Tasche.«
»Lass sie da.«

Wir wanderten durch Camden und dann am Regent's Park vorbei nach Bloomsbury. Auf den Straßen fuhren noch ein paar Autos, und vereinzelt begegneten uns sogar Fußgänger. London ist nie ganz leer, nie ganz still oder dunkel, aber als wir über die Waterloo Bridge liefen, schien es, als wären wir die einzigen Menschen, die in dieser riesigen Stadt noch unterwegs waren. Der Mond schien auf den Fluss, und wir hörten die kleinen Wellen ans Ufer klatschen. Die Uhr von Big Ben zeigte vier. Hayden ging schnell und ohne zu reden. Er wirkte plötzlich sehr jung und so zielstrebig, als steuerte er auf einen ganz bestimmten Punkt zu. Sein Gesicht, das mal vom Mondlicht, mal von einer Straßenlampe beleuchtet wurde, sah glatt und beinahe heiter aus. Wir bogen von der Brücke ab und spazierten im Schatten hoch aufragender Gebäude in östlicher Richtung den Uferdamm entlang. Mittlerweile konnte man am Horizont einen hellen Lichtstreifen sehen, und in den Bäumen sangen bereits die Vögel. Auf einmal wandte Hayden den Kopf, lächelte mich an und streckte mir die Hand hin. In dem Moment durchströmte mich ein solches Glücksgefühl, dass es mir fast den Atem verschlug und ich ein schmerzhaftes Ziehen in der Brust spürte.

Noch immer sagten wir beide kein Wort. Auf der Höhe von Blackfriars überquerten wir erneut den Fluss, blieben aber wie aufs Stichwort in der Mitte der Brücke stehen, um von dort die Stadt zu betrachten.

»Ich glaube, ich werde bald weiterziehen«, brach Hayden das Schweigen.

»Oh!«

»Ja. Zeit, zu neuen Ufern aufzubrechen.«

»Wohin soll's denn gehen?«, fragte ich.

Dabei sah ich ihn nicht an, sondern blickte starr auf das Wasser hinunter. Ich spürte, wie er neben mir mit den Achseln zuckte.

»In eine andere Stadt«, antwortete er nur vage. »Da hat sich was ergeben. Vielleicht ist ein Tapetenwechsel genau das, was ich jetzt brauche.«

»Und die Hochzeit?« Ich bemühte mich um einen ruhigen Ton.

»Welche Hochzeit?«

»Die, für die wir proben.«

»Da bin ich voraussichtlich noch da.«

»Verstehe.«

»Was verstehst du, Bonnie?«

»Ach, egal.«

Er legte eine Hand unter mein Kinn und zwang mich, ihn anzusehen. »Nichts währt ewig.«

»Nein.«

»Komm.«

Wir setzten uns wieder in Bewegung, hielten uns dabei aber nicht mehr an den Händen. Es wurde bereits hell, die Zeitungshändler zogen ihre Rollläden hoch, und der Verkehr nahm zu. In einem Arbeitercafé in Farrington legten wir einen kurzen Zwischenstopp ein. Hayden aß Spiegeleier auf Toast, während ich nur eine Tasse Kaffee trank. Kurz bevor wir meine Wohnung erreichten, verließ er mich mit den Worten, er habe ein paar Dinge zu erledigen.

Danach

»Das ist doch lächerlich«, sagte ich, »völlig unmöglich.«

»Es muss aber so gewesen sein.«

»Sonia?« Ich starrte ihn an. »Das glaube ich einfach nicht!«

»Es gibt nur eine Erklärung dafür, dass sie sich an das Ding erinnert: Sie muss an dem Abend schon einmal dort gewesen sein.«

»Vielleicht hat sie die Vase bei einer anderen Gelegenheit schon einmal gesehen?«

»War sie denn vorher je in der Wohnung?«

»Nein.« Ich musste daran denken, wie Sonia behauptet hatte, sie wisse nicht, wo die Wohnung sei. Ich hatte mich an der Kentish Town Road mit ihr getroffen und ihr den Weg gezeigt.

»Siehst du.«

»Selbst wenn du recht hast, bedeutet das nicht automatisch, dass sie ihn getötet hat.«

»Warum hat sie gelogen?«

»Warum hast du gelogen? Warum habe ich gelogen?«

Mein Gehirn arbeitete langsam und schwerfällig. Ich spürte, wie es ein paarmal klick machte, als die Zahnräder schließlich einrasteten, Mosaiksteine ihren Platz fanden und frühere Interpretationen sich zu neuen Mustern formten. Ich hatte Sonia angerufen, damit sie mir half, die Spuren eines Verbrechens zu beseitigen, von dem ich dachte, Neal habe es begangen – doch in Wirklichkeit war es ihr eigenes Verbrechen gewesen. Sie hatte mir geholfen, ihre eigenen Spuren zu verwischen. Oder ich ihr. Gemeinsam hatten wir sämtliche belastenden Indizien vernichtet, die sie hinterlassen hatte. Ich starrte Neal mit weit aufgerissenen Augen an.

»Das darf doch nicht wahr sein!«

»Lass es uns herausfinden.« Entschlossen stand er auf. Er strahlte plötzlich eine Autorität aus, die ich an ihm gar nicht kannte.

»Jetzt?«, fragte ich dümmlich. »Es ist mitten in der Nacht.«

»Willst du etwa bis morgen früh warten?«

»Nein, aber was machen wir mit Amos? Wir können doch nicht einfach … du weißt schon.« Ich stand auf und schlug die Hände vors Gesicht. Mein Kopf fühlte sich an, als würde er gleich platzen.

»Ruf Sonia auf dem Handy an. Sag ihr, dass wir uns treffen müssen.«

»Sie wird uns für verrückt halten.«

»Es sei denn, ich habe recht. Du wirst schon sehen.«

Ich griff nach meinem Handy und rief ihre Nummer auf. »Was soll ich bloß sagen?«

»Sag ihr, dass wir Bescheid wissen und sofort mit ihr reden wollen.«

Ich drückte auf den Knopf und wartete. Das Telefon klingelte endlos. Ich stellte mir vor, wie Sonia zusammengerollt neben Amos lag.

Als sie schließlich ranging, klang sie sehr verschlafen.

»Hier ist Bonnie.«

»Was ist los?« Vermutlich kämpfte sie sich gerade in eine sitzende Position und wandte sich von Amos ab, um ihn nicht aufzuwecken.

»Ich muss mit dir reden.«

»Moment.« Inzwischen hatte sie das Schlafzimmer wahrscheinlich schon verlassen und zog gerade die Tür hinter sich zu. »Es ist mitten in der Nacht!«

»Vier Uhr morgens, um genau zu sein. Neal und ich müssen auf der Stelle mit dir reden.«

»Warum denn?« Ihre Stimme nahm plötzlich einen anderen Tonfall an.

»Wir wissen Bescheid.«

»Ihr wollt, dass ich zu euch komme?« Sonia klang immer noch ganz ruhig. »So früh fährt noch keine U-Bahn.«

»Wir kommen zu dir«, antwortete ich mit einem fragenden Blick zu Neal, der zustimmend nickte. »Neal ist mit dem Wagen da. Wir warten vor Amos' Wohnung auf dich. In zehn Minuten.«

»Gut. In zehn Minuten.«

Nachdem ich Neal erklärt hatte, wo wir hinmussten, starrte ich aus dem Fenster. Es war neblig, aber schon bald würde die Sonne den Nebel wegbrennen. Ich dachte an Sonia, ihre kompetente, praktische, freundliche Art. Als ich einen Moment die Augen schloss, wurde mir bewusst, wie unglaublich müde ich war. Gleichzeitig aber spürte ich in mir eine rastlose, brodelnde Energie, die mich kaum ruhig sitzen ließ.

Sie erwartete uns bereits. In einen Regenmantel mit Gürtel gehüllt, stand sie auf dem Gehsteig. Ihr Haar hatte sie streng nach hinten gebunden.

Nachdem sie eingestiegen war, sagte eine Weile niemand ein Wort.

»Also?«, brach Sonia schließlich das Schweigen.

»Lasst uns zum Kanal hinunterfahren«, schlug ich vor. »Es kommt mir ein bisschen komisch vor, wenn wir hier vor Amos' Wohnung stehen bleiben.«

Sonia lehnte sich zurück und faltete die Hände im Schoß, während ich Neal in lächerlich formellem Ton Anweisungen gab, wie er fahren musste. Ansonsten schwiegen wir alle drei verlegen, als wären wir nur flüchtige Bekannte, die nicht wussten, was sie miteinander reden sollten. Es war in dieser Situation einfach nicht möglich, etwas zu sagen – abgesehen von jener großen, unaussprechlichen Sache, die den ganzen Wagen ausfüllte, so dass uns kaum noch Luft zum Atmen blieb.

Nachdem Neal Motor und Scheinwerfer ausgeschaltet hatte, hustete er laut, und anschließend hustete ich.

»Nun spuckt es schon aus«, sagte Sonia.

Ich drehte mich um und zwang mich, sie anzusehen. »Neal hat die Vase gefunden.«

»Welche Vase?«

»Die Vase, an die du dich erinnert hast, obwohl sie gar nicht mehr da war. Mit Brüsten.«

»Brüsten?«

»Ja. Du hast dich an sie erinnert. Dabei war sie gar nicht mehr da.«

»Und deswegen habt ihr mich aus dem Bett geholt?«

»Der Punkt ist, dass du eine Vase auf deiner Liste hattest, an die ich mich nicht erinnern konnte, und später ist Neal dann klar geworden, dass das gar nicht sein konnte, weil ...«

Hilfe suchend sah ich zu Neal hinüber. Ich war gerade dabei, mich völlig zu verhaspeln.

»Bonnie will damit sagen«, ergriff Neal das Wort, »dass du vorher schon dort warst. Wir wissen Bescheid. Du hast die Vase auf dem Boden liegen sehen, aber später habe ich sie dann mitgenommen. Du warst vor Bonnie und mir dort.«

»Trotzdem hast du mir gegenüber die Überraschte gespielt«, sagte ich. »Du hast so getan, als wärst du noch nie dort gewesen.«

Sie wirkte ganz ruhig, viel ruhiger als ich oder Neal.

»Was wollt ihr jetzt von mir hören?«

»Du hast gelogen«, fuhr ich fort. »Du warst dort und hast genau gewusst, was dich erwartet, aber mich hast du in dem Glauben gelassen, du wärst schockiert ... wenn auch trotzdem bereit, mir zu helfen.«

»Wobei das alles völlig nebensächlich ist«, meinte Neal. »Das Entscheidende ist, dass du Hayden getötet hast.«

Sonia schloss einen Moment die Augen, als müsste sie kurz nachdenken. Dann wanderte ihr Blick von Neal zu mir. An mir blieb er etwas länger hängen. Schließlich nickte sie.

»Ja.«

»Und?«, fragte ich. »Du kannst doch nicht einfach nur Ja sagen. Warum hast du es getan?«

»Ich hätte es euch schon viel früher sagen sollen«, antwortete sie mit leiser, aber immer noch ruhiger Stimme. Allerdings sprach sie sehr langsam, als müsste sie jedes Wort vorher abwägen – sich vergewissern, dass es tatsächlich das richtige war. »Ich wusste, dass du etwas mit Hayden hattest. Es war kein sehr geheimes Geheimnis. Und ich wusste, dass er dich geschlagen hatte.«

»Was hat denn das damit zu tun?«

»Ich mochte Hayden von Anfang an nicht besonders. Als du an dem Donnerstag plötzlich den Bluterguss am Hals hattest und während der ganzen Probe so still und gar nicht du selbst warst, habe ich mich gefragt, was ich deswegen unternehmen solle. Schließlich warst du eine enge Freundin von mir, die ich sehr gern mochte und deren Wohl mir am Herzen lag. Ich fand es ganz schrecklich, mit ansehen zu müssen, wie er dir Dinge antat, derentwegen du ihn eigentlich sofort hättest anzeigen sollen. Meiner Meinung nach hat er dich regelrecht misshandelt. Aber du hast es dir einfach gefallen lassen.«

»So war das nicht.«

»Ja, das sagen die Frauen in solchen Fällen immer. Deswegen bin ich nach der Probe sofort zu ihm, um ihm zu sagen, dass ich mir nicht länger ansehen würde, wie er dir wehtut... Bist du sicher, dass du das alles hören möchtest?«

»Ich glaube, wir bringen es besser hinter uns«, antwortete Neal statt meiner.

»Na schön. Ich bin zu der Wohnung, und er hat mich sogar reingelassen. Obwohl es noch ziemlich früh am Tag war – so gegen sechs, glaube ich –, kam er mir leicht angetrunken vor. Mein Besuch schien ihn zwar nicht besonders zu überraschen, aber ich hatte auch nicht den Eindruck, dass er mir wirklich zuhörte.« Sie schluckte. »Er grinste mich bloß die ganze Zeit blöd an, als wollte er mich provozieren. Es war schrecklich und fast ein bisschen beängstigend. Irgendwann hat er mich dann am Arm gepackt. Keine Ahnung, was er vorhatte. Vielleicht wollte er mich ebenfalls schlagen oder womöglich sogar versuchen, mich zu küssen oder sonst was. Jedenfalls habe ich mich gewehrt und versucht, mich aus seinem Griff zu befreien. Sachen flogen durch die Luft und zerbrachen auf dem Boden. Ich hörte nur noch diesen fürchterlichen Lärm – das zerberstende Glas und mein eigenes Geschrei –, und plötzlich geriet alles außer Kontrolle und ich in Panik. In meiner Angst versuchte ich irgendetwas zu fassen zu bekommen, egal, was. Auf einmal hatte ich die Vase in der Hand und holte damit nach ihm aus. Sie traf ihn am Kopf, und er verlor das Gleichgewicht. Dabei muss er mit dem Kopf gegen die Tischkante geknallt sein, denn als er dann am Boden lag, rührte er sich nicht mehr. Er war tot. Ich hatte ihn umgebracht.«

»Und dann habe ich dich angerufen.«

»Ich war gerade nach Hause gekommen, als du angerufen und mich um Hilfe gebeten hast.«

»Was für dich ein kleines Problem darstellte«, bemerkte Neal stirnrunzelnd, während er mit den Fingern auf dem Lenkrad herumtrommelte.

»Es kam mir vor wie ein perverser Witz«, entgegnete Sonia.

»Warum hast du es mir nicht gesagt?«

»Dass ich diejenige war, die Hayden umgebracht hatte?«

»Ja. Warum hast du diese ganze schreckliche Scharade abgezogen?«

»Ich weiß es nicht«, antwortete Sonia. »Ich hatte es für dich getan. Vielleicht fand ich es irgendwie richtig, mir im Gegenzug von dir helfen zu lassen.«

Ich öffnete das Fenster und ließ die kühle, feuchte Luft hereinströmen.

»Neal dachte also, ich sei es gewesen, und verwischte die Spuren. Ich wiederum dachte, Neal sei es gewesen, und bat dich um Hilfe – in der irrigen Annahme, dass du mich ja für die Täterin halten musstest, unglaublicherweise aber trotzdem bereit warst, mir diesen riesengroßen Gefallen zu erweisen. Dabei warst du selbst diejenige, die es getan hatte, und hast uns die ganze Zeit …« Ich konnte nicht weiterreden. Mein Körper fühlte sich an, als würde er sich gleich in sämtliche Bestandteile auflösen. Mein Kopf dröhnte, meine Augen brannten, und ich merkte plötzlich, dass ich kleine, schnaubende Geräusche von mir gab.

»Lasst uns aussteigen«, schlug Sonia vor, »und ein wenig frische Luft schnappen.«

Wir gingen zum Kanal hinunter. Minutenlang sagte keiner von uns ein Wort.

»Was werdet ihr jetzt tun?«, fragte Sonia schließlich.

»Du meinst, nun, da wir wissen, dass du Hayden getötet hast?«

»Ja.«

»Keine Ahnung. Was sollte ich tun? Zur Polizei gehen?«

»Als du noch Neal für den Täter gehalten hast…«

»Ich weiß. Als ich glaubte, begriffen zu haben, dass Neal es für mich getan hatte, beschloss ich, seine vermeintlichen Spuren zu beseitigen. Nun, da wir wissen, dass du es warst, gibt es keine belastenden Beweise mehr, die beseitigt werden müssten. Das ist alles schon erledigt. Uns bleibt nichts mehr zu tun, oder?«

»Keine Ahnung.«

»Du hättest es uns sagen sollen.«

»Hätte es das einfacher gemacht?«

»Was hast du dir nur die ganze Zeit gedacht? Was hast du gedacht, als ich dich gebeten habe, mir dabei zu helfen, die Leiche loszuwerden?«

»Ich war überrascht.«

»Überrascht?«

»Das ist vielleicht nicht das passende Wort«, antwortete Sonia mit zitternder Stimme. Erst jetzt begriff ich, dass sie trotz ihrer scheinbaren Ruhe zutiefst erschüttert war. »Was willst du von mir hören? Ich stand unter Schock, war völlig fassungslos. Ich weiß es doch auch nicht. Es war, als hätte sich vor meinen Füßen ein Abgrund aufgetan.«

»Warum hast du auch später nichts gesagt, als dir klar wurde, dass Bonnie und ich beide von völlig falschen Voraussetzungen ausgingen?«, fragte Neal. »Als du begriffen hast, was wir dachten?«

»Ich weiß es nicht. Da war es irgendwie zu spät.«

»Aber dir muss doch klar gewesen sein, dass ...«

»Ich weiß es nicht!«, rief Sonia. »Verstehst du denn nicht? Ich habe selbst keine Ahnung. Etwas anderes kann ich dir nicht sagen. Ich weiß es einfach nicht. Tut mir leid. Ich habe es für dich getan, Bonnie, und ich weiß selber nicht, warum ich es euch nicht gesagt habe.«

»Was sind wir doch für drei Narren!« Ich wischte mir mit dem Ärmel über die Augen. »Und drei Freunde«, fügte ich hinzu. »Was wir alles füreinander auf uns genommen haben!«

»Wir haben es für dich getan«, sagte Neal. Schlagartig war mir kalt. Ich hatte mittlerweile wieder einen völlig klaren Kopf, fühlte mich aber unendlich müde. »Hoffen wir nur, dass die Polizei weiter all ihren falschen Fährten folgt und nie herausfindet, was wirklich passiert ist.«

»Und dass nicht die falsche Person verhaftet wird«, fügte Neal hinzu.

»In dem Fall sagen wir ihnen die Wahrheit. Hört ihr?« Ich musste an Sally und Richard denken und ballte die Fäuste, weil ich mich so hilflos und ohnmächtig fühlte. »Kein anderer darf wegen dieser Sache leiden – das müssen wir uns alle versprechen ... Darf ich dich etwas fragen, Sonia?«

»Natürlich?«

»War er gleich tot?«

Sie zögerte. »Ich glaube schon.«

»Verfolgt dich das denn nicht?«

Sie starrte mich an. Mir war klar, dass sie versucht hatte, mir zu helfen, und dass das alles ein tragischer Fehler gewesen war, aber für einen Moment empfand ich blanken Hass auf sie. Sie hatte Hayden getötet. Sie war bei ihm gewesen, als er starb. Mein schöner Hayden. Mein Liebster.

»Was glaubst du denn, Bonnie?«, erwiderte sie schließlich.

»Schon gut.«

»Wir sollten zusehen, dass wir nach Hause kommen«, meinte Neal.

»Weiß Amos Bescheid?«

»Natürlich nicht.«

»Du hast es ihm nicht gesagt?«

»Nein.«

»Schaffst du das denn?«

Sonia starrte auf die ölige Oberfläche des Kanals. »Du würdest es schaffen«, antwortete sie, »und ich schaffe es auch. Das bleibt unser Geheimnis.«

Als ich in meiner Wohnung ankam, zitterte ich vor Aufregung und Kummer. Ich wanderte durch meine winzigen Räume, stieß gegen Pappkartons voller alter Bücher, angeschlagenem Porzellan und Klamotten, die ich wahrscheinlich nie wieder anziehen würde. Der Zustand der Wohnung ähnelte dem in meinem Inneren: Alles war hoffnungslos durcheinandergeraten. Alles war voller Altlasten, die ich loswerden wollte. Alles fiel auseinander, war plötzlich unerwünscht und fehl am Platz. Mitten in dem ganzen Chaos legte ich mich einfach auf den Boden und starrte zur Decke empor. Ich versuchte, meine Gedanken zu ordnen, zog es dann aber vor, sie gleich wieder zu verdrängen. Ich wollte nicht daran denken, wie Hayden Sonia angelächelt hatte, um sie zu provozieren. Wie er sie angesehen hatte, als er die Hand nach ihr ausstreckte, und was für ein Gesicht er gemacht hatte, als ihn die Vase an der Stirn traf und er zu Boden stürzte. Ich wollte nicht an den Ausdruck in seinen Augen denken, als das Leben aus ihnen wich. Wie dumm – und wie traurig. Wie absurd und sinnlos, auf diese Weise zu sterben – für nichts und wieder nichts.

Davor

Ich lag auf dem Boden meiner Wohnung und starrte zur Decke empor. Hayden lag bäuchlings neben mir, die Hand über meinem Bauch. Der Teppich war rau und rieb mir den Rücken wund. Mein Gesicht war ebenfalls wund – von Haydens Bartstoppeln. Ich wandte den Kopf und sah ihn an. Er hatte die Beine angewinkelt und ein Knie an meinem Oberschenkel. Eine seiner Zehen war ein wenig blau. Am unteren Rücken hatte er ein Muttermal, und über seine linke Schulter zog sich eine lange, nur noch schwach zu erkennende Narbe. Sein Haar hing ihm wie ein kleiner, zerzauster Flügel ins Gesicht, und seine Augen waren geschlossen.

»Ich weiß genau, dass du mich ansiehst«, murmelte er, ohne die Augen zu öffnen.

»Woher willst du das wissen?«

»Ich spüre es.«

»Ich habe noch meinen Ranzen und das ganze andere Zeug in deiner Wohnung.«

»Wir holen es zusammen. Später.«

»Warum bist du zurückgekommen?«

»Weil ich Sehnsucht nach dir hatte. Weil ich dich einfach sehen musste. Ich konnte es kaum erwarten, dich wiederzusehen. Ich saß bei meinem Freund im Haus, und plötzlich gab es kein Halten mehr. Ich hatte plötzlich Angst, du könntest nicht mehr da sein, könntest weggegangen sein.«

»Wo sollte ich denn hin? Du bist doch derjenige, der wegwill.«

»Bin ich das?«

»Zumindest hast du das vor ein paar Stunden zu mir gesagt. Erinnerst du dich? Auf der Blackfriar's Bridge.«

»Ja, stimmt.«

»Ich fühle mich irgendwie seltsam«, erklärte ich, während

ich mich auf die Seite drehte und ein wenig zusammenrollte, ohne ihn aus den Augen zu lassen.

»Vielleicht gehe ich ja doch nicht.«

»Du willst bleiben?«

»Wer weiß. Keine Ahnung. Du bringst mich ganz durcheinander.«

»Was soll das heißen?«

Mittlerweile hatte er die Augen halb geöffnet. Er streckte eine Hand aus und fuhr mir damit durchs Haar. »Du bist ein komisches Wesen, Bonnie. Stachlig, aber doch weich.«

»Hayden.«

»Es ist schwer, dich zu verlassen. Vielleicht dachte ich deswegen, ich müsste gehen – weil ich ausnahmsweise mal gar nicht gehen *will*.«

»Dann bleib noch eine Weile.«

»Vielleicht.«

»Bist es immer du?«

»Bin ich immer was?«

»Derjenige, der geht.«

»Ja, wahrscheinlich. Ich habe dich gewarnt. Ich habe dir gesagt, dass du dich nicht zu sehr auf mich einlassen sollst.«

»Hattest du vorher denn noch nie den Wunsch, bei jemandem zu bleiben?«

Er murmelte etwas, das ich nicht verstand.

»Warum hast du es nicht mal ausprobiert?«

»Lass das.«

»Was?«

»Frag mich nicht so aus.«

Ich setzte mich auf und schlang die Arme um die Knie. Plötzlich war mir kalt. »So siehst du das also? Sobald dir jemand auch nur ansatzweise nahekommt, fühlst du dich ausgefragt und bedrängt. Wie kommst du eigentlich darauf, dass ich möchte, dass du bleibst? Bei uns geht doch sowieso nichts voran.«

»Was sollte denn deiner Meinung nach ›vorangehen‹?« Er sagte es so, dass es richtig lächerlich klang.

»Du weinst, sagst mir aber nicht, warum. Du erzählst mir etwas über dich, aber wenn wir uns das nächste Mal sehen, ist es, als hätte das Gespräch nie stattgefunden. Erst willst du gehen, dann willst du wieder bleiben. Das sind alles nur irgendwelche Launen von dir, die mit mir nicht das Geringste zu tun haben. Letztendlich habe ich dabei doch sowieso nichts zu sagen.« Ich stand auf. »Ich mache uns jetzt Kaffee, und dann muss ich weg.«

Er blieb auf dem Boden liegen und sah mir zu, wie ich in den Bademantel schlüpfte, den ich angehabt hatte, als ich ihm die Tür öffnete. Energisch zog ich den Gürtel zu.

»Für mich mit viel Milch«, sagte er.

»Ja, klar.«

Ich setzte Wasser auf, löffelte Kaffeepulver in die Kanne und knallte die Tassen laut auf die Arbeitsfläche, um meinem Ärger vernehmlich Luft zu machen. Als er nur mit seiner Jeans bekleidet in die Küche kam, drehte ich mich um.

»Nicht böse sein, Bonnie.«

»Warum nicht? Ich bin gern böse.«

»Sei nicht sauer auf mich.«

»Natürlich bin ich verdammt noch mal sauer auf dich!«

»Soll ich Milch warm machen?«

»Du bist wie ein kleiner Junge. Bist nie erwachsen geworden.«

»Glaubst du das wirklich?« Das kalte Lächeln, das sich schlagartig auf seinem Gesicht ausbreitete, verursachte mir Unbehagen. An dem Punkt hätte ich aufhören und sofort die Wohnung verlassen sollen.

»Ja, das glaube ich. Pass bloß auf, dass du nie Vater wirst, Hayden, und sollte es doch passieren, dann gnade Gott den armen Würmern. Ein Kind sollte keine Kinder haben.«

Es passierte ganz langsam. Mir blieb genug Zeit, über alles

nachzudenken, was da mit mir geschah. Er fuhr herum und stieß dabei gegen die Milchflasche, so dass sich weiße Flüssigkeit auf den Boden ergoss und eine Pfütze bildete, die bis zwischen meine nackten Zehen reichte. Dann riss er beide Hände hoch. Sein Mund war zu einer schrecklichen Grimasse verzerrt. Seine Arme waren stark. Ich sah, wie seine Bizepse sich anspannten. Mir ging durch den Kopf, wie viel größer und stärker er doch war als ich, und stellte mir den Schmerz vor, den ich empfinden würde, wenn seine Fäuste mich trafen. In seinen Augen lag ein wilder Ausdruck, und seine Pupillen wirkten geweitet. Plötzlich erinnerte ich mich – so lebhaft, als würde es gerade erst passieren – an den Abend, als mein Vater meiner Mutter einen so heftigen Kinnhaken verpasst hatte, dass er ihr dabei zwei Zähne ausschlug. Diese lange zurückliegende Geschichte schien nun mit der Gegenwart zu verschmelzen, so dass ich ein paar Sekunden lang fast das Gefühl hatte, wieder ein kleines Kind zu sein, das versuchte, sich dem massigen Mann mit den erhobenen Fäusten und dem hässlich verzerrten Gesicht in den Weg zu stellen und ihm durch lautes Schreien Einhalt zu gebieten. Tatsächlich hörte ich mich rufen: »Nein! Nicht!«

Haydens Faust kam auf mich zu. Mir schoss durch den Kopf: Ich muss diesen Mann verlassen. Ich darf ihn nicht wiedersehen. Er ist gefährlich für mich. Inzwischen hatte er Tränen in den Augen. Wie seltsam, dass er bereits in diesem Moment unter dem litt, was er zu tun im Begriff war. Noch während ich versuchte, den Kopf einzuziehen und mein Gesicht mit den Händen zu schützen, dachte ich: Er ist so ein unglücklicher Mensch. Mir ist noch nie zuvor ein so unglücklicher Mensch begegnet. Noch erschreckender als das, was er gleich tun würde, war für mich die plötzliche Angst, dass ich ihn liebte. Dass ich in ihn verliebt war, und das bis über beide Ohren.

Seine Faust traf mich mit voller Wucht am Brustkorb und

dann seitlich am Kopf. Ich taumelte nach hinten, krachte gegen die Arbeitsplatte und fegte dabei meine Kaffeetasse auf den Boden, wo ich sie mit einem lauten Knall zerbarst. Meine Knie gaben unter mir nach. Während ich verzweifelt versuchte, mich auf den Beinen zu halten, packte er mich am Hals und schüttelte mich. Ich bekam weder Luft, noch konnte ich schreien. Der Schmerz zuckte von meinem Hals bis zu meinen Augen, und plötzlich sah ich Farben, dunkle Blüten in Blau, Grün und Rot. Ich knallte mit dem Kopf auf den Boden. Plötzlich hatte ich Milch im Haar und Porzellanscherben unter der linken Wade. Aus einer Schnittwunde tröpfelte Blut. Über mir hing drohend das Gesicht von Hayden, der einen klagenden Schrei ausstieß. Dann kam sein halb geöffneter Mund auf mich zu, als wollte er mich küssen oder beißen. Leidenschaft und Hass liegen oft nahe beieinander. Ich fragte mich, ob ich wohl sterben würde.

Plötzlich aber lockerte sich der Griff seiner Hand, und seine Miene verlor an Härte. Er verzog das Gesicht und ließ mich los. Die Farben vor meinen Augen verblassten, und ich bekam wieder Luft, auch wenn jeder Atemzug schmerzhaft war. Ich blieb ganz still liegen. Hayden stand mittlerweile über das Waschbecken gebeugt, als müsste er sich übergeben. Er atmete schwer, und hin und wieder drang ein Stöhnen aus seiner Kehle.

»Das war's.« Ich konnte nur krächzen. Das Sprechen tat mir ebenso weh wie das Schlucken. Mit einer Hand berührte ich vorsichtig meinen Hals, der sich geschwollen und wund anfühlte. Am Kopf hatte ich eine dicke Beule, und das Blut an meinem Bein kitzelte, als würde eine Fliege über meine Haut krabbeln. Allein schon der Gedanke, mich jetzt hochrappeln zu müssen, war mir zu viel. Ich schloss die Augen und tastete nach den Enden meines Bademantels, um mich zu vergewissern, dass ich einigermaßen bedeckt war. Ich wollte in diesem Zustand nicht nackt vor Hayden liegen.

»Ich habe dir gesagt, dass ich nichts tauge. Ich habe es dir gesagt.«

»Geh jetzt.«

»Ich möchte bei dir sein. Du bist alles, was ich will. Das weiß ich jetzt.«

»Geh!«

»Ich kann dich doch nicht so zurücklassen!«

»Wenn du nicht auf der Stelle gehst, rufe ich die Polizei.«

Er verließ die Küche, und ein paar Minuten später hörte ich ihn die Wohnung verlassen. Die Tür fiel ins Schloss. Ich wusste genau, welches Gesicht er machte, während er jetzt draußen die Straße entlangging.

Ich schlug die Augen auf, drehte vorsichtig den Kopf hin und her, erst auf die eine Seite, dann auf die andere, und winkelte die Beine an. Mir fehlte nichts – abgesehen davon, dass mich die Rippen und der Hals schmerzten und mir ein wenig übel war. Bald würde ich aufstehen und mich unter die Dusche stellen, mein Gesicht und meinen Hals inspizieren. In einer Minute. Noch nicht gleich.

Als ich aufwachte, wusste ich einen Moment gar nicht, wo ich mich befand. Die Unterlage, auf der ich geschlafen hatte, fühlte sich hart an, und mir tat der Rücken weh. Wie lange hatte ich geschlafen? Vorsichtig setzte ich mich auf. Ich hatte das Gefühl, als würde mir jemand ein Messer zwischen die Rippen stoßen. Benommen blickte ich mich um. Der ganze Boden war mit Milch und Porzellanscherben bedeckt. Ich stützte mich auf alle viere und brachte mich dann langsam in eine stehende Position. Auf dem Weg ins Bad erschien mir alles um mich herum ein wenig schief. Nachdem ich an der Wanne den Hahn aufgedreht hatte, riskierte ich einen Blick in den kleinen Spiegel über dem Waschbecken. Mein Gesicht wirkte viel kleiner als sonst, als wäre es irgendwie geschrumpft. Das Haar stand mir stachelig vom Kopf ab, und am Hals hatte ich einen großen, bräunlich blauen Bluterguss, dessen Farbe sich zu verstärken schien, während ich ihn anstarrte. Behutsam strich ich mit den Fingern über die Stelle, die sich geschwollen und seltsam weich anfühlte. Nun würden alle Bescheid wissen.

Ich stieg in die Wanne und blieb über eine Stunde darin liegen, wobei ich alle paar Minuten heißes Wasser nachlaufen ließ, bis ich schließlich schrumpelige Fingerkuppen bekam und der ganze Raum voller Wasserdampf war. Erst als das Wasser lauwarm wurde, kletterte ich wieder heraus. Meine Energie reichte gerade mal aus, um ins Schlafzimmer zu gelangen, mich dort aufs Bett fallen zu lassen und einen Arm über die Augen zu legen.

Als ich es schließlich schaffte, in Shorts und ein T-Shirt zu schlüpfen, war bereits Nachmittag. Ich wickelte mir einen Schal um den Hals. Zwar hatte ich nicht die Absicht, das Haus zu verlassen, verspürte aber auch keine Lust, meinen Bluterguss noch einmal im Spiegel zu sehen. Als ich in die Küche ging, um mir etwas zu essen zu machen, bemerkte ich auf dem Dielenboden ein zusammengelegtes Stück liniertes Papier. Offenbar war es durch den Türschlitz geschoben worden. Ich hob den Zettel auf und faltete ihn auseinander. »Bonnie«, stand da in hastig hingeworfenen, krakeligen Buchstaben, die mit einem stumpfen Bleistift zu Papier gebracht worden waren. »Ich würde dir gern ein paar Dinge erzählen, die ich dir schon längst hätte sagen sollen. Bitte lass uns reden. Bitte! Es tut mir so leid. So schrecklich leid. H.«

Ich knüllte den Zettel zusammen und warf ihn in den Mülleimer. Dann holte ich ihn wieder heraus, strich ihn glatt und starrte auf die Worte hinunter, bis sie mir vor den Augen verschwammen.

Das Telefon ließ mich zusammenfahren. Rasch stopfte ich Haydens Zettel in meine Hosentasche, als könnte mich jemand dabei beobachten. Es war Guy.

»Geht es dir nicht gut? Du klingst erkältet. Verlierst du die Stimme?«

»Ja, wahrscheinlich.«

»Ich wollte nur sagen, dass ich ein bisschen später zur Probe komme.«

»Zur Probe?«

»Ich bin aufgehalten worden. Ich komme, so schnell ich kann.«

»Ich glaube nicht, dass ich das heute schaffe, Guy.«

»Aber die Probe beginnt doch schon in einer halben Stunde. Bei dir.«

Er hatte recht. Verzweifelt blickte ich mich um. Es sah aus, als hätten Einbrecher auf einer Baustelle eine Bombe gezündet. Und ich saß nun mitten in den Trümmern.

»Bei mir herrscht ziemliches Chaos«, krächzte ich.

»Das macht doch nichts«, erwiderte Guy fröhlich. Er selbst lebte in einem makellos sauberen Haus, wo alles seinen festen Platz hatte. Manchmal kam es mir so vor, als würde er es richtig genießen, wenn bei anderen Leute Chaos herrschte. Benommen beugte ich mich hinunter und hob ein Stück der zerbrochenen Tasse auf. »Jedenfalls bist du da und lässt mich rein, oder?«

»Ja, ich bin da.«

Sobald ich aufgelegt hatte, begann ich mit den Aufräumungsarbeiten in der Küche, indem ich mit einem Lappen, den ich immer wieder über dem Waschbecken auswringen musste, die Milch aufwischte und gleichzeitig sämtliche Scherben aufzusammeln versuchte. Man glaubt gar nicht, welche Entfernungen Porzellan in zerbrochenem Zustand überwinden kann. Bald bluteten zusätzlich zu meiner Wade auch meine Füße. Dann wurde mir plötzlich bewusst, dass ich mich auf die falsche Aufgabe konzentrierte: Der schlimme Zustand der Wohnung spielte keine so große Rolle, mein schlimmer Zustand dagegen schon. Niemand durfte mich so sehen.

Ich eilte ins Schlafzimmer. Die Shorts konnte ich anlassen, aber als Oberteil brauchte ich etwas Hochgeschlossenes. Ich zerrte Berge von Klamotten aus diversen Kartons, bis ich schließlich auf eine viktorianisch angehauchte Bluse stieß, die ich vor Jahren mal in einem Secondhandladen erstanden hatte. Ich konnte mich nicht daran erinnern, sie jemals getragen zu haben – eigentlich war sie überhaupt nicht mein Stil. Obwohl ich sie ganz vorsichtig anzog, zuckte ich dennoch zusammen, als sie meinen Hals streifte. Dann trat ich einen Schritt zurück, um mich im Spiegel zu betrachten. Ich sah aus wie ein Mädchen, das in der Faschingskiste seiner Mutter gewühlt hatte. Entscheidender aber war, dass der Bluterguss trotz des hohen Kragens zu sehen war. Er schien sich immer weiter nach oben auszubreiten.

Ich ging ins Bad und öffnete die Toilettentasche, in der ich das wenige Schminkzeug aufbewahrte, das ich besaß – unter anderem auch eine Tube Grundierung. Ich knöpfte die Bluse auf, verteilte eine großzügige Menge der Creme über meinen Hals und strich sie hinauf bis zum Kinn. Sie war dunkler, als ich erwartet hatte. Offenbar hatte ich sie gekauft, als ich mal sehr braun war. Wobei das eigentlich nie vorkam. Von meiner milchweißen Haut hob sich der Bluterguss deutlich ab. Ich rieb noch mehr Grundierung darüber. Nun war der Fleck zwar kaum noch zu erkennen, aber dafür hatte mein Hals eine orangebraune Farbe, die abrupt an meinem Kinn endete – wie die Schlammschicht nach einem Hochwasser. Oberhalb der Grenzlinie leuchtete mein Gesicht bleicher denn je. Ich drückte einen weiteren Klecks Grundierung aus der Tube und cremte mein Gesicht damit ein, wobei ich darauf achtete, die braune Pampe bis in meinen Haaransatz zu streichen. Anschließend betrachtete ich mich kritisch. Mein Hals und mein Gesicht hatten jetzt fast die gleiche Farbe – einen seltsamen Bronzeton. Erneut durchwühlte ich meine Toilettentasche. Da ich nichts Brauchbares finden konnte, kehrte ich ins Schlafzimmer zurück und versuchte mein Glück in einer Schachtel voller Kosmetikartikel, die ich wegwerfen wollte. Tatsächlich entdeckte ich darin einen sehr hellen Make-up-Stift. Ich konnte mich vage erinnern, dass ich ihn für eine Schulaufführung von *Grease* gebraucht hatte. Nun verwendete ich ihn, um den Bronzeton aufzuhellen. Das Ergebnis war ein einigermaßen natürlich aussehender Braunton. An manchen Stellen wirkte er allerdings ein wenig ungleichmäßig, und wenn ich mit dem Fingernagel über die dicke Schminkeschicht fuhr, kam darunter ein wesentlich blasserer Streifen zum Vorschein. Als Krönung des Ganzen gab ich *Grease*-Gesichtspuder darüber. Anschließend tuschte ich mir noch die Wimpern, weil mir meine Augen in diesem zugekleisterten Gesicht plötzlich klein und eingesunken vorkamen. Um mein Werk zu vollenden, tupfte ich mir Gloss auf die Lippen und sprühte ein wenig von dem Parfüm, das ich vor Jahren von einer Tante geschenkt bekommen hatte, in meinen Ausschnitt, auf meine blutigen Füße und in die Luft. So, fertig. Ich knöpfte die Bluse zu und wickelte mir zusätzlich den Schal um den Hals.

Mir blieben noch ungefähr fünf Minuten. Ich klebte ein Pflaster auf mein Bein, legte den Küchenboden mit Zeitungen aus, um den Rest der Milch aufzusaugen und meine Gäste vor den Porzellanscherben zu schützen, fegte alles, was sich noch auf dem Tisch befand, in einen leeren Karton und eilte dann ins Schlafzimmer, um Haydens Zettel in der Schublade mit meiner Unterwäsche zu deponieren. Ich griff gerade nach ein paar feuchten Handtüchern, als es an der Tür klingelte. Es war Joakim.

»Hallo, Bonnie«, begrüßte er mich. Errötend fügte er hinzu: »Du siehst heute sehr hübsch aus. Hat dich die Sonne erwischt?«

Danach

»Hallo, Bonnie.«

Als Joakim plötzlich mit seinem Gitarrenkoffer vor meiner Tür stand und mich spitzbübisch angrinste, fühlte ich mich, als säße ich kurz nach einem Autounfall blutüberströmt inmitten von verbeulten Metallteilen und Glasscherben, ohne dass er das Geringste davon mitbekam. Einen Moment fragte ich mich, ob ich einen Probentermin vergessen hatte. Oder war er gekommen, um mir persönlich zu sagen, dass er bei unserem Auftritt nicht mehr mitmachen wolle? Mir wäre ein Stein vom Herzen gefallen, denn ohne ihn blieb uns im Grunde nichts anderes übrig, als das Handtuch zu werfen.

Doch er wollte nicht kneifen, ganz im Gegenteil, er erklärte mir, dass wir seiner Meinung nach einen weiteren Song brauchten – irgendetwas, worauf die Leute richtig gut tanzen könnten. Er hatte auch schon etwas auf Lager, wollte es aber erst mir vorspielen, ehe er es den anderen präsentierte. Ich hatte noch kaum die Tür hinter ihm geschlossen, als er bereits ein Notenblatt herauszog und seine Gitarre auspackte. Zu jedem anderen Zeitpunkt hätte ich mich von seiner Begeisterung anstecken lassen, doch während ich nun meine eigene Gitarre holte und in sein Spiel einstimmte, hatte ich eher das Gefühl, im Fernsehen einen begeisterten Menschen zu beobachten. Mir war, als befände ich mich gar nicht im selben Raum wie er.

Ich versuchte mir einzureden, dass der ganze Albtraum vorbei war – zumindest so vorbei, wie er überhaupt vorbei sein konnte. Endlich ergab alles einen Sinn. Neal hatte für mich schrecklich viel riskiert, und auf ihre ganz eigene Weise hatte Sonia das auch getan. Im Grunde hatte sie es sogar ein zweites Mal getan, als sie an den Tatort zurückkehrte, um mich aus meiner Hoffnungslosigkeit zu befreien. Aber das war noch nicht alles. Seit ich die Wahrheit kannte, ging mir ein bestimmter Gedanke nicht mehr aus dem Kopf: Musste ich Sonia auf einer ganz anderen Ebene womöglich sogar dankbar sein? Hatte sie letztendlich nicht genau das getan, was ich hätte tun sollen, wenn ich mutig genug gewesen wäre? Immerhin hatte ich zugelassen, dass Hayden mich schlug, sich dafür entschuldigte und mich erneut schlug. Trotzdem hatte ich ihn nicht verlassen. Was hätte ich gesagt, wenn ich von einer Person gehört hätte, die sich so verhielt? Wahrscheinlich hätte ich sie als schwach und erbärmlich bezeichnet. Hätte ich, wenn es um eine Freundin von mir gegangen wäre, den Mut besessen, etwas dagegen zu unternehmen und ihr so tatkräftig zu helfen, wie Sonia mir geholfen hatte?

Mit dem anderen Teil meines Gehirns – dem Teil, der automatisch funktionierte – musizierte ich mit Joakim, nickte genau wie er im Takt und überlegte, ob unsere Gruppe mit dem Song zurechtkommen würde. Dass ich dennoch nicht richtig loslassen konnte, lag an den vertrauten Gründen: Noch immer sah ich Hayden vor meinem geistigen Auge tot auf dem Boden liegen. Diesen Anblick würde ich nie vergessen. Genauso wenig würde ich jemals vergessen, wie wir ihn eingewickelt und wie Müll aus dem Haus geschafft hatten. Ganz zu schweigen von dem Moment, als er in das dunkle, kalte Wasser hinabgeglitten war. All diese Erinnerungen würde ich nie wieder loswerden. Trotzdem war es vorbei, und ich kannte die Wahrheit – auch wenn mir diese Wahrheit keine Ruhe ließ.

Ich konnte es mir genau vorstellen. Als Sonia ihn aufforderte, in Zukunft die Finger von mir zu lassen, hatte Hayden zunächst bestimmt mit Bestürzung reagiert, doch dann war er wütend geworden. Seine Schuldgefühle und das Wissen, dass er im Unrecht war, hatten seine Wut vermutlich noch verstärkt. Er hatte zu schreien begonnen, und als ihm die Worte ausgingen, hatte er zugeschlagen. Ich wusste, was in ihm vorgegangen war: Er würde dieser selbstgerechten Kuh schon zeigen, was Männer dazu trieb, gewalttätig zu werden. Aber Sonia war nicht wie die anderen. Sie ließ sich nichts gefallen, sondern wehrte sich. Hayden war ein Feigling. Seine Gewalt richtete sich gegen Menschen, die sich nicht wehrten. Für mich stand mittlerweile fest, dass Hayden so etwas durch seine Art regelrecht herausgefordert hatte. Die Frage war nur gewesen, wann ihm jemand wie Sonia begegnen würde.

Joakim lächelte mich an. Er begriff, dass ich seine Idee gut fand und wir diese lustige alte Bluegrass-Nummer, die er irgendwo heruntergeladen hatte, tatsächlich spielen würden. Als ich an einer besonders kniffligen Stelle hängen blieb, musste er lachen.

»Hast du immer noch vor, erst später mit deinem Studium zu beginnen?«, fragte ich.

»Du meinst jetzt, wo Hayden tot ist und keinen schlechten Einfluss mehr auf mich hat?«

»So ungefähr.«

»Ja, ich bleibe dabei. Mein Leben lang habe ich alles Mögliche getan, weil meine Eltern es für richtig hielten. Das Ganze hat längst nichts mehr mit Hayden zu tun, sondern nur noch damit, was für mich richtig ist.«

»Gut.«

»Trotzdem werde ich ihn nie vergessen.«

»Das ist ebenfalls gut«, entgegnete ich. »Er hat dich sehr geschätzt.«

»Wirklich?«

»Wirklich.«

Joakim hatte es plötzlich sehr eilig, seine Sachen zusammenzupacken. Wenn ich mich nicht täuschte, schimmerten in seinen Augen Tränen.

»Du meinst also, wir bekommen das hin?«, fragte er, während er seinen Gitarrenkoffer zuschnappen ließ.

»Ich finde, es klingt gut«, antwortete ich. »Wenn wir es

schaffen, für Amos einen möglichst einfachen Part zu schreiben, dürfte es keine Probleme geben.«

»Es wird seltsam sein, das alles ohne Hayden zu Ende zu bringen«, meinte er. »Wahrscheinlich geht es dir schon schrecklich auf die Nerven, dass ich immer wieder von ihm anfange.«

»Du wirst von mir jetzt nicht zu hören bekommen, dass Hayden es so gewollt hätte, denn meiner Meinung nach ist das genau der Schwachsinn, den alle Leute von sich geben, wenn jemand gestorben ist. Trotzdem halte ich es für die richtige Entscheidung. Wir haben uns dazu bereit erklärt, nun müssen wir es auch durchziehen.«

Sobald ich die Tür hinter ihm schloss, kam es mir vor, als hätte in meinem Kopf eine kleine Explosion stattgefunden – als wäre ein kleiner Gremlin in mein funktionsuntüchtiges Gehirn gesprungen und hätte an meiner Stelle das Denken übernommen, während ich mich mit Joakim befasste. Sonia und Hayden. Hayden und Sonia. Was mir durch den Kopf spukte, war keineswegs so etwas wie eine Antwort. Es handelte sich noch nicht mal um einen richtigen Gedanken. Trotzdem war da etwas, das mir schon die ganze Zeit Kopfzerbrechen bereitete. Ich versuchte mich zu konzentrieren. Mich zu erinnern. Was würde ein intelligenter Mensch in meiner Situation tun?

Als Erstes musste ich den Bierdeckel finden. Wenn man einen bestimmten Bierdeckel sucht, beginnt man am besten, indem man erst mal seine gesammelten Bierdeckel durchgeht. Tatsächlich, da war er ja – der Bierdeckel, auf dem mir Nat seine Telefonnummer notiert hatte. Ich wählte die Nummer. Nat schien nicht besonders begeistert, von mir zu hören.

»Das Ganze ist ein gottverdammter Albtraum«, meinte er. »Diese Frau von der Polizei mag mich nicht. Mittlerweile haben sie schon dreimal mit mir gesprochen. Sie stellen mir immer wieder dieselben Fragen, und ich gebe ihnen dieselben Antworten. Ich habe einfach keine anderen auf Lager.«

»Du brauchst dir keine Gedanken zu machen«, beruhigte ich ihn, »du bist ja unschuldig.«

»Woher willst du das wissen?«

Das war eine gute Frage. Eine *zu* gute Frage.

»Du würdest so was doch nie tun«, stammelte ich, »dafür bist du einfach nicht der Typ.«

»Das hilft mir aber auch nicht weiter.«

»Ehrlich gesagt brauche ich *deine* Hilfe.«

»Inwiefern?«

»Ich war vor ein paar Wochen mal mit Hayden auf einer Party. Wenige Tage vor seinem Tod. Du warst auch da. Erinnerst du dich?«

»Dunkel. Ich war an dem Tag nicht in Bestform.«

»Auf dem Fest befanden sich ein paar alte Freunde von Hayden, unter anderem eine Frau namens Miriam. Dunkles Haar, große Augen, Raucherin.«

»Und?«

»Weißt du, wen ich meine?«

»Nein.«

»Aber du warst doch auf der Party.«

»Ich und ungefähr zweihundert andere Leute.«

»Könntest du für mich herausfinden, wer sie ist?«

Er stieß so etwas wie ein Stöhnen aus.

»Klar, ich höre mich um. Wenn ich was in Erfahrung bringe, kann ich dich ja mal anrufen.«

»Nein«, widersprach ich, »es ist wirklich sehr, sehr wichtig. Ich möchte, dass du alle deine Bekannten anrufst und nach dieser Miriam fragst. Anschließend rufst du sofort mich an oder bittest sie, mich anzurufen. Ich gebe dir meine Nummer. Fang gleich zu telefonieren an. Ich setze mich neben mein Telefon und erwarte von dir, dass du mich innerhalb von zehn Minuten zurückrufst. Glaub mir, ich lasse dir sonst keine Ruhe!«

Wieder dieses genervte Stöhnen.

»Ja, ja, schon gut, ich werde tun, was ich kann.«

Ich setzte mich nicht einfach nur neben das Telefon, sondern nutzte die Zeit, indem ich mir etwas Schickeres anzog, eine gestreifte Hose und ein hellblaues Hemd. Etwas Seriöses. Ich fand auch noch eine Jacke, die dazu passte, und verstaute meine Geldbörse, eine Sonnenbrille und meinen Schlüsselbund in den Taschen. Als ich gerade überlegte, ob ich sonst noch etwas brauchte, klingelte das Telefon. Die Stimme fragte mich nach meinem Namen.

»Mit wem spreche ich denn?«

»Mein Name ist Ross. Sie kennen mich nicht. Nat hat mich angerufen. Er hat gesagt, Sie wollen etwas über Miriam Sylvester wissen.«

»O ja, super. Danke, dass Sie anrufen.«

»Also, was wollen Sie wissen?«

»Nur, wie ich sie erreichen kann.«

»Verstehe. Haben Sie was zum Schreiben da?«

So einfach ging das.

Während der ganzen Fahrt nach Sheffield starrte ich aus dem Fenster. Meine Rückfahrkarte hatte mich einige Scheinchen gekostet. Ich fragte mich, ob ich soeben eine Dummheit beging. Hätte ich das Ganze einfach telefonisch erledigen sollen? Nein, wenn überhaupt, dann musste ich schon persönlich mit ihr reden.

Als ich das letzte Mal in einem Zug aus London hinausgefahren war, hatte Hayden neben mir gesessen. Wir hatten ganz spontan beschlossen, einen Ausflug ans Meer zu machen – nur um uns zu beweisen, dass wir das konnten. Dass wir fahren konnten, wohin wir wollten, ohne dass irgendjemand etwas davon mitbekam. Wir hatten jedes Feld und jedes noch so kleine Fleckchen Grün als eine geheime Botschaft an uns gedeutet – als Zeichen dafür, dass wir London nicht brauchten und uns auch nicht von Pflicht oder Verantwortung vereinnahmen ließen. Dieses Mal hatte ich ein ganz anderes Gefühl. Die ländliche Gegend war lediglich etwas, das ich möglichst schnell hinter mich bringen wollte. Ich sah Leute Kricket spielen und Traktoren durch die Gegend fahren und hatte langsam das Gefühl, gleich einzunicken. Ich trank rasch eine Tasse miserablen schwarzen Kaffee, um wach zu bleiben.

Am Bahnhof in Sheffield stieg ich in ein Taxi und las dem Fahrer die Adresse vor, die mir ein Mann, dem ich nie persönlich begegnet war, am Telefon gegeben hatte.

»Ist das weit?«, fragte ich.

»Nein, nicht weit.«

Während der Fahrt starrte ich erneut aus dem Fenster. Schon wieder ein Ort, an dem ich noch nie gewesen war, so dass mir die Geschäfte ebenso wie die Menschen irgendwie fremd und somit auch irgendwie interessant erschienen. Mir war klar, dass sich dieser Reiz des Neuen bereits nach ein, zwei Tagen verlor und im Grunde alles wie in jeder anderen Stadt war. Aber ich würde keine ein, zwei Tage bleiben. Mein Taxi bog aus einer Einkaufsstraße in ein Wohngebiet ab, das leicht erhöht auf einem Hügel lag und von alten Reihenhäusern aus roten Ziegelsteinen geprägt war. Zum Teil sahen die Häuser renoviert aus, zum Teil nicht. Nummer zweiunddreißig – die Adresse, die auf dem Zettel stand – gehörte definitiv zum renovierten Teil. Ich stieg aus und zahlte wieder viel mehr, als ich erwartet hatte. Nervös klopfte ich an die Tür. Mein Gott, wäre das nicht dumm, wenn mir nun niemand öffnete? Aber die Tür schwang auf.

»Miriam Sylvester?«, fragte ich, obwohl ich die Frau, mit der ich mich damals auf der Treppe unterhalten hatte, sofort wiedererkannte, auch wenn sie jetzt Jeans und ein rotes T-Shirt trug und ihr Gesicht, das dank Kajal und Lippenstift so exotisch ausgesehen hatte, völlig ungeschminkt war.

»Ja.« Sie wirkte ein wenig verblüfft. »Sie müssen die Frau sein, die heute bei uns angerufen hat.«

»Ja. Ich habe mit einem Mann gesprochen, vermutlich Ihrem … ähm …«

»Lebensgefährten. Frank.«

Ihrem Lebensgefährten. Ich musste daran denken, wie heftig sie auf der Treppe mit Hayden geflirtet hatte. Aber so waren alle Frauen in Haydens Gegenwart gewesen. Sie hatten ihn umschwirrt wie Bienen einen Topf Honig.

»Wir haben uns auf einer Party kennengelernt«, erklärte ich. Sie starrte mich ratlos an. »Sie kannten meinen Namen. Wenn ich mich richtig erinnere, hatten Sie etwas über mich und mein Banjo gehört.« Nun wirkte sie zwar nicht mehr ganz so ratlos, dafür aber noch eine Spur irritierter. Das fing ja schon gut an. Konnte es sein, dass ich hier nur meine Zeit verschwendete? »Ich war mit Hayden Booth dort.«

»Hayden.« Schlagartig nahm ihre Miene einen extrem betroffenen Ausdruck an. »O mein Gott, Hayden. Ich habe in der Zeitung davon gelesen. Was für eine schreckliche Sache. Anfangs konnte ich gar nicht glauben, dass es sich tatsächlich um ihn handelte. Kommen Sie doch bitte herein.«

Erst dachte ich, die Tatsache, dass ich extra die ganze Strecke von London hergefahren war, um mit ihr zu reden, könnte sie so sehr befremden, dass sie sich gar nicht zu einem Gespräch bereit erklären würde. Wie sich jedoch sehr schnell herausstellte, war genau das Gegenteil der Fall. Von mir konnte sie die ganze Hayden-Geschichte aus erster Hand erfahren. Nachdem sie mich hereingebeten hatte, ließ sie mich in der Küche Platz nehmen und bot mir etwas zu essen an. Als ich ablehnte, schenkte sie mir eine Tasse Kaffee nach der anderen ein. Eigentlich war es für mich eine Horrorvorstellung, von einer Frau, die ich eigentlich nicht kannte, bis ins letzte Detail über Haydens Tod und die polizeilichen Ermittlungen ausgefragt zu werden. Trotzdem hielt ich es für klüger, gute Miene zum bösen Spiel zu machen. Über eine Stunde beantwortete ich all ihre Fragen und hörte mir geduldig an, wie schockiert sie war. Je mehr ich auf sie einging, umso entgegenkommender würde sie hinterher sein. Zumindest hoffte ich das.

Als ihr schließlich keine Fragen mehr einfielen, erzählte sie mir noch des Langen und Breiten vom Tod eines anderen Bekannten. Dann weinte sie ein wenig, und ich tröstete sie. Nachdem wir endlich all das hinter uns gebracht hatten, holte ich tief Luft und stellte ihr die Frage, derentwegen ich durch halb England gereist war.

Davor

Amos und Sonia kamen kurz nach Joakim. Amos trug Shorts mit Blumenmuster und ein T-Shirt, das farblich überhaupt nicht dazupasste. Er sah damit ein bisschen lächerlich aus, machte aber einen sehr glücklichen Eindruck. Ich kannte diesen Gesichtsausdruck noch von früher. Während er mich fröhlich auf beide Wangen küsste, ging mir durch den Kopf: Endlich ist er ganz und gar über mich hinweg. Die beiden hielten Händchen und ließen sich auch nicht los, als sie eintraten. Sonia trug ein ärmelloses weißes Hängerkleid, das ihre Haare und Augen nur noch dunkler erscheinen ließ. Ihre cremeweiße Haut wies nicht die kleinste Unreinheit auf. Sie strahlte von Kopf bis Fuß Gesundheit aus. Neben ihr fühlte ich mich wie eine Kreatur, die unter einem Stein hervorgekrochen war und sich in dem ungewohnten Licht erschrocken umschaute. Nachdem sie mich zur Begrüßung wie Amos geküsst hatte, nahm sie mich an den Schultern und sagte so leise, dass Joakim und Amos es nicht hören konnten: »Geht es dir nicht gut?«

»Mir?« Ich tat überrascht. »Wieso fragst du?«

»Du wirkst ein bisschen …«

»Was?«

»Müde, würde ich sagen.« Sie kniff die Augen zusammen. »Warst du etwa in einem Sonnenstudio?«

»Sehe ich aus wie eine Frau, die ins Sonnenstudio geht?« Ich stieß ein hohes, hysterisches Quieken aus, das eigentlich ein Lachen sein sollte. »Kaffee? Joakim, Amos? Ich mache uns eine Kanne. Oder hättet ihr lieber etwas Kühles?«

»Deine Wohnung ist wirklich der Hammer«, bemerkte Joakim, während er sich fasziniert umblickte. Einen Moment sah ich sie durch seine Augen. Das Chaos in meinen Räumen hatte fast schon etwas Surreales.

»Du meinst, eine absolute Katastrophe.«

»Mein Dad würde mich nie so leben lassen.«

»Zu Recht.«

»Für mich hat das fast etwas von einem Statement.«

»Bonnie gegen das Spießbürgertum«, meinte Amos augenzwinkernd. Ich versuchte zu lächeln, aber mein Gesicht fühlte sich steif und geschwollen an. Das alles kam mir so weit weg und unwirklich vor. Dabei war es noch gar nicht so lange her, dass Hayden mich gewürgt hatte, während eine hässliche Grimasse sein Gesicht in das eines Fremden verwandelte. Nun stand ich hier, als wäre nichts gewesen, und unterhielt mich mit Leuten, die so taten, als würden sie mich kennen.

Ich trank eine Tasse starken Kaffee ohne Milch und dann gleich noch eine. Meine Hände zitterten. Am liebsten wäre ich jetzt allein gewesen. Ich fühlte mich schmutzig und klein.

Neal und Guy trafen gemeinsam ein. Guy zog sofort seine Anzugjacke aus. Das Hemd, das darunter zum Vorschein kam, hatte unter den Achseln und am Rücken dunkle Schweißflecken. Er krempelte die Ärmel hoch und wischte sich mit einem weißen Taschentuch über die Stirn. Ich öffnete in allen Räumen die Fenster, doch es blieb beklemmend heiß.

»Eigentlich ist hier gar nicht genug Platz für uns alle«, stellte ich fest.

»Dabei ist Hayden noch gar nicht da.«

»Nein.« Meine Stimme klang, als würden dürre Blätter aneinanderreiben. Ich spürte, wie mir unter der dicken Schminke die Röte ins Gesicht stieg. »Vielleicht sollten wir ohne ihn anfangen. Ihr wisst ja, wie er ist.« Klang das normal? Merkten die anderen wirklich nichts? Keiner von ihnen?

»Für wen, zum Teufel, hält er sich?«, knurrte Amos, der sich damit einen vernichtenden Blick von Joakim einhandelte.

»Gehen wir mal davon aus, dass er nicht kommt«, meinte Neal in einem Ton, der mir einen kleinen Angstschauer über den Rücken jagte. Er musterte mich prüfend. Ich spürte, wie sein Blick über mein Gesicht und meinen Hals wanderte. Plötzlich war ich mir sicher, dass er mich durchschaute. Meine Schminke, mein Schal und das idiotische Rüschenhemd konnten ihn ebenso wenig täuschen wie all meine fadenscheinigen Ausreden und plumpen Lügen.

»Vielleicht sollten wir als Erstes das Wohnzimmer ein wenig frei räumen«, schlug Sonia vor. »Wir können die Sachen ja an die Wände rücken.«

Alle schnappten sich einen Stuhl oder einen Karton. Ich sah Sonia ein paar Porzellanscherben zur Seite schieben, die es wohl irgendwie aus der Küche ins Wohnzimmer geschafft hatten. Mir war plötzlich ganz übel, aber wenn ich die nächsten Stunden überstand, würde es schon gehen. Guy erzählte gerade von irgendeinem schlimmen Unfall, der in den frühen Morgenstunden auf der M6 passiert war und eine ganze Familie das Leben gekostet hatte. Sonia erteilte den anderen Anweisungen und brachte wie durch ein Wunder ein wenig Ordnung in den Raum. Amos stieß sich immer wieder fluchend die Schienbeine an. Ich musste an die Nachricht von Hayden denken, die inzwischen in meiner Unterwäscheschublade lag. Was hatte er mir so Dringendes zu sagen, und warum zog ich überhaupt in Erwägung, zu ihm zu gehen und es mir anzuhören? Wenn ich mich noch einmal mit ihm traf, konnte ich ihm sagen, dass ich nie wieder etwas von ihm hören oder sehen wolle und er aus der Gruppe aussteigen müsse. Allerdings würde ich dann auch sein schuldbewusstes Gesicht sehen – und bestimmt würde er leidenschaftliche, entschuldigende Worte finden, woraufhin ich womöglich wieder … nein, nein, das würde ich nicht. Natürlich nicht. Nie wieder. Ich hasste ihn. Hayden war ein Mann, der Frauen schlug. Ein Mann, der Frauen verließ, ohne sich noch einmal nach ihnen umzusehen. Ich hasste ihn. Und wie ich ihn hasste!

»Bonnie?«

Obwohl Sonia nur leicht meinen Rücken berührte, empfand ich die Geste trotzdem als sehr tröstlich.

»Du siehst aus, als wärst du gerade ganz weit weg.«

»Entschuldige. Ich war euch keine große Hilfe.«

»Sollen wir dir etwas für deinen Hals bringen, ehe wir anfangen?«

»Meinen Hals?« Instinktiv hob ich die Hand. Schon die leichte Berührung schmerzte. Sah man den Bluterguss? Ich befürchtete, er könnte wie ein Schandmal durch die dicke Schminke hindurchscheinen.

»Irgendwas Beruhigendes – vielleicht Milch mit Honig?«

»Das ist lieb von dir, aber es geht schon. Es klingt schlimmer, als es ist. Außerdem habe ich gar keinen Honig da, und die Milch ist auch alle.«

»Dann legen wir also los?«

Wir begannen mit »Leaving on Your Mind«. Obwohl in mir ein schrecklicher Wirrwarr aus Gedanken und Gefühlen herrschte, wussten meine Finger, was sie zu tun hatten. Als Sonia einsetzte, klang ihre Stimme so überwältigend traurig, dass plötzlich alle im Raum ganz ergriffen wirkten, sogar Amos in seinen bunten Sommerklamotten. Ich sah, wie er Sonia anstarrte, während sie sang. Wie immer hatte sie die Handflächen nach vorn gedreht und den Kopf leicht in den Nacken gelegt.

»Das können wir nicht bringen«, stellte ich fest, nachdem der letzte Ton verklungen war. »Wir können das unmöglich auf einer Hochzeit spielen. Es ist ein Klagelied.«

»Darüber haben wir doch schon des Langen und Breiten diskutiert«, entgegnete Amos.

»Aber so traurig hat Sonia es noch nie gesungen. Alle werden in Tränen ausbrechen.«

»Das ist doch gut«, meinte Joakim.

»Was? Wenn bei einer Hochzeit alle heulen?«

»Das ist bei Hochzeiten doch immer so, zumindest im Film. Man kann erst dann von einer wirklich geglückten Feier sprechen, wenn alle sich die Augen ausweinen.«

»Allerdings weinen sie in der Regel nicht, weil sie schon an das Ende der Beziehung denken«, wandte Guy ein, »sondern weil sie glücklich sind.«

»Nein, sie weinen, weil sie von starken Gefühlen erfüllt sind«, widersprach Neal. »Begriffe wie ›Glück‹ oder ›Trauer‹ passen da nicht.«

»Außerdem ist es sowieso zu spät«, meinte Sonia, wie immer pragmatisch. »Dieser Song ist so ziemlich der einzige, den wir alle richtig gut beherrschen.«

»Da hast du vermutlich recht«, pflichtete ich ihr bei, »auch wenn ich nicht weiß, was Danielle davon halten wird.«

»Wen interessiert schon, was die davon hält?« Obwohl Joakim Danielle gar nicht persönlich kannte, hatte er offenbar beschlossen, sie aus Prinzip nicht zu mögen.

»Es ist schließlich ihre Hochzeit«, sagte Sonia sanft. »Womit machen wir weiter?«

In dem Moment läutete das Telefon. Alle Blicke richteten sich auf mich.

»Willst du nicht rangehen?«, fragte Guy schließlich.

»Das hört bestimmt gleich wieder auf.«

Wie aufs Stichwort kehrte Ruhe ein, doch schon nach wenigen Sekunden begann stattdessen mein Handy zu klingeln.

Ich ging hinüber zum Fensterbrett, wo es lag, und schaltete es aus, ohne nachzusehen, wer der Anrufer war. Ich wusste es auch so.

»Entscheidet ihr, was wir als Nächstes spielen wollen«, sagte ich an Sonia gewandt. »Ich bin gleich wieder da.«

Mit diesen Worten ging ich ins Bad und schloss die Tür hinter mir ab. Dann stellte ich mich vor den Spiegel. Wenn man genau hinschaute, konnte man den Bluterguss oberhalb des Kragens ganz leicht durch die Schminke erkennen. Das Make-up hatte sich ein wenig abgerieben, so dass der Kragen einen schmuddeligen, orangebraunen Fleck aufwies. Hauptsächlich aber sah ich einfach nur seltsam aus. Wäre ich mir selbst auf der Straße begegnet, hätte ich wahrscheinlich auch geglaubt, dass etwas nicht mit mir stimmte. Dass ich irgendwie schräg wirkte. Ich blinzelte. Eine einzelne kleine Träne lief mir über die Wange und hinterließ eine Spur in der Schminke. Vorsichtig rieb ich mit dem Zeigefinger darüber, bis mein Gesicht wieder eine einheitliche Farbe aufwies. Am liebsten hätte ich mir eiskaltes Wasser ins Gesicht geklatscht, aber da das nicht ging, blieb ich einfach stehen und betrachtete verzweifelt mein Spiegelbild.

Schließlich ging ich in die Küche und schenkte mir ein Glas Wasser ein. Nebenan konnte ich die anderen reden hören. Obwohl ich wusste, dass sie auf mich warteten, schaffte ich es nicht hinüberzugehen. Nach einer Weile tauchte Neal neben mir auf, nahm mir das Glas aus der Hand und stellte es auf den Tisch.

»So kann das nicht weitergehen.«

»Was meinst du?«

Wir sprachen beide so leise, dass die anderen uns nicht hörten.

Er schob meinen Schal ein wenig hoch. »Das da.«

»Fass mich nicht an!«

»Keine Sorge. Das überlasse ich deinem geliebten Hayden.«

»Ich möchte nicht darüber sprechen.«

»Ich verstehe das nicht, Bonnie. Du bist doch eine starke Frau. Ich hätte nie gedacht, dass du dir von irgendjemandem so etwas gefallen lässt.«

»Ich habe es mir nicht gefallen lassen.«

»Sieh dich doch an.«

»Bitte schau mich nicht an. Bitte nicht!«

»Du siehst schrecklich aus. Dein Hals ist ein einziger Bluterguss, und du kannst kaum das Gesicht bewegen.«

»Aber nur, weil es so dick mit Make-up zugekleistert ist.«

»Das ist nicht komisch. Du bist Opfer einer Misshandlung geworden.«

»Das stimmt nicht.«

»Was wirst du dagegen unternehmen?«

»Was geht dich das an?«

»Ich werde nicht tatenlos zusehen, wie er dir das antut.«

»Es wird nie wieder vorkommen.«

»Heißt das, du verlässt ihn?«

Ich wandte mich ab.

»Das ist meine Sache, nicht deine.«

»Ich tu das nicht aus Sorge um dich oder weil ich so nett bin«, zischte er. Als er sich zu mir herüberbeugte, wich ich zurück. »Ich werde nicht tatenlos zusehen«, wiederholte er. »Ich werde ihn zur Rede stellen und ihm sagen, dass er die Finger von dir lassen soll. Hast du verstanden?«

»Was verstanden?« Amos stand im Türrahmen und musterte uns amüsiert.

»Nichts«, antwortete ich.

»Gar nichts«, bekräftigte Neal.

»Was auch immer dieses große Nichts sein mag, gönnt ihm eine Pause, und lasst uns weitermachen. Alle warten auf euch. Dich hat wohl die Sonne erwischt, was, Bonnie?«, fügte er hinzu, als ich an ihm vorbeiging. »Mit deiner blassen Haut solltest du da besser aufpassen.«

Danach

Als ich in King's Cross aus dem Zug stieg, war bereits später Abend, und der Himmel hatte einen unguten Violettstich angenommen. Es war immer noch drückend schwül. So wie es aussah, war ein heftiges Gewitter im Anzug. Ich ging trotzdem nicht sofort nach Hause, weil ich nachdenken musste und wieder einen klaren Kopf bekommen wollte. Also wanderte ich entlang der vielen neuen Wohnungen und Büros aus gewölbtem Glas zum Kanal hinunter. Dabei passierte ich auch zahlreiche Grundstücke, auf denen gerade Gebäude abgerissen wurden, um für neue Bauten Platz zu machen. Kurz bevor man jedoch den Kanal erreichte, hatte man das Gefühl, dass London plötzlich zurückwich. Das Wasser wies einen dunklen, schmutzigen Braunton wie von gekochtem Tee auf. Eine steife Brise kräuselte seine Oberfläche. Als mir die ersten Regentropfen ins Gesicht klatschten, zog ich schaudernd die Schultern hoch, weil ich in meinen dünnen Sachen plötzlich fror. Müde war ich auch, und gleichzeitig zittrig von zu viel Koffein und zu wenig Essen. In meinem Kopf aber schwirrten die Gedanken nur so durcheinander.

Während ich langsam den Treidelpfad entlangging, fiel mein Blick auf ein Hausboot mit großen Blumentrögen an Deck. Drinnen konnte ich eine Frau mit Brille Zeitung lesen sehen. Ein Jogger hechelte an mir vorbei. Im Wasser schwamm allerlei Müll. Eine heftige Windbö peitschte mir weitere Regentropfen ins Gesicht. Der Himmel verdunkelte sich immer mehr. Ein Unwetter zog herauf.

Davor

Ich überstand die Probe, indem ich brav nickte, wenn jemand etwas sagte, den Mund immer wieder zu so etwas wie einem Lächeln verzog und Worte von mir gab, die außer mir niemand seltsam zu finden schien. Endlich waren die Letzten am Aufbrechen. Sie verstauten ihre Instrumente, sammelten ihre Notenblätter ein und sprachen über die nächste Probe. Sonia ging als Erste, Neal als Letzter. Ohne auf seine halb drohenden, halb flehenden Blicke zu achten, schob ich ihn hinaus und zog mit einem Seufzer der Erleichterung die Tür hinter ihm zu. Dann stellte ich mich zum dritten Mal an diesem Tag unter die Dusche. Natürlich kam mal wieder nur kaltes Wasser, was mich aber nicht störte, weil ich so schwitzte und mich so schmutzig fühlte, als hätte ich den ganzen Tag im abgasverpesteten Verkehrsgewühl der Stadt verbracht. Ich legte den Kopf zurück und ließ das Wasser über Gesicht, Schultern und Bauch laufen. Während ich ganz vorsichtig meinen Hals massierte und die orangebraune Paste wegrieb, hörte ich das Telefon klingeln. Anschließend wusch ich mir noch einmal die Haare und ließ mich dann auf dem Boden der Duschwanne nieder, um mir die Beine zu rasieren und sowohl die Fingerals auch die Zehennägel zu schneiden.

Nun fühlte ich mich schon viel besser, und ein Blick in den Spiegel sagte mir, dass ich auch gar nicht mehr so schlimm aussah. Die Stelle am Hals war zwar geschwollen und deutlich sichtbar, aber keineswegs so dramatisch blau-schwarz erblüht, wie ich befürchtet hatte, sondern eher schmutzig gelb. Obwohl meine Rippen höllisch schmerzten, konnte ich mich aufrecht halten. Alles in allem sah ich mitgenommen aus, aber nicht wirklich besorgniserregend. Nachdem ich zu diesem Ergebnis gekommen war, schlüpfte ich in ein übergroßes Hemd, machte mir eine Tasse Kräutertee und legte eine Joni-Mitchell-

CD ein. Ich setzte mich aufs Sofa, das immer noch am Rand des Raums stand, und schloss die Augen. Das Telefon klingelte erneut, was ich jedoch ignorierte. Ich ließ meinen Kopf ganz von der Musik ausfüllen.

Mein Leben lang war ich stolz darauf gewesen, eine starke und unabhängige Person zu sein. Sogar Neal hatte mich heute als starke Frau bezeichnet, wenn auch mit einem bitteren Unterton. Und auch Hayden hatte mich in den vergangenen Wochen des Öfteren so bezeichnet, und zwar immer voller Bewunderung, als würde ihn das erregen. Nachdem ich als Kind miterleben musste, wie mein Vater meine Mutter tyrannisierte, hatte ich mir eigentlich geschworen, dass mir so etwas nie passieren würde. Stark zu sein bedeutete manchmal, cool zu sein, und um unabhängig zu bleiben, musste man sich hin und wieder ein wenig abseits halten. Amos hatte sich oft darüber beschwert, dass ich mich nie ganz auf etwas einließ, und vielleicht lag er da sogar richtig. Möglicherweise war das der Grund, warum wir am Ende getrennte Wege gingen. Ich wusste es selbst nicht so genau, aber es spielte ja ohnehin keine Rolle mehr, denn das mit Amos und mir war endgültig vorbei. Er liebte jetzt Sonia, und in meiner Erinnerung begann unsere Beziehung bereits zu verblassen. Ich konnte mich kaum noch entsinnen, wie es gewesen war, mit ihm zusammen zu sein. Wenn ich Amos jetzt sah, fand ich es fast ein wenig erstaunlich, dass wir einmal Leidenschaft füreinander empfunden hatten. Wie war das möglich?

Hayden aber hatte mich mit meinen eigenen Waffen geschlagen. Wo ich unabhängig war, war er distanziert. Wo ich Bedenken wegen zu viel Nähe hatte, entwickelte er eine regelrechte Phobie. Ich wollte frei sein, er noch freier. Für ihn bedeutete Freiheit, Anker und Ruder zu verlieren und sich vom Wind davontragen zu lassen. Ein unheilvoller Wind hatte ihn in mein Leben geweht, und ein unheilvoller Wind würde ihn wieder daraus vertreiben. Während ich nun so auf meinem Sofa saß und Joni Mitchell von Liebe und Enttäuschung singen hörte, wurde mir klar, dass ich in der Beziehung mit Hayden eine für mich ungewohnte Rolle übernommen hatte: Diesmal war ich diejenige, die mehr Gefühl investierte und verliebter war – diejenige, die verletzt und verlassen wurde.

Er hatte mich zweimal geschlagen. Was ich mir jetzt wünschte und worauf ich wartete, war eine maßlose Wut, die alle anderen Emotionen verdrängen und keinen Platz mehr für Mitleid oder Bedauern lassen würde. Ich musste daran denken, wie sich sein Gesicht zu einer hässlichen Fratze verzog und seine Fäuste auf mich zukamen, aber sofort erinnerte ich mich auch wieder an sein anderes Gesicht – klar und rein von Liebe zu mir.

Als Joni Mitchell schließlich zum Ende kam, stand ich auf und ging ins Schlafzimmer, um erneut seinen Zettel zu lesen, auch wenn ich längst wusste, was darauf stand: »Ich würde dir gern ein paar Dinge erzählen, die ich dir schon längst hätte sagen sollen. Bitte lass uns reden. Bitte! Es tut mir leid. So schrecklich leid. H.« Ich starrte auf seine Schrift, als handelte es sich dabei um einen Geheimcode, den ich erst noch entschlüsseln musste. Draußen stand die Sonne bereits tief am Himmel, und das Muster aus Licht, das sie an die Zimmerdecke warf, erinnerte mich an Wasser. Während der Tag langsam in den Abend überging, läutete das Telefon ein weiteres Mal. Nachdem es wieder aufgehört hatte, hing eine unheilvolle Stille in der Luft.

Schließlich zog ich mich an: eine hellblaue, an den Knien zerrissene Jeans, ein T-Shirt, eine dünne graue Jacke. Als ich das Haus verließ, spürte ich die warme Abendluft auf meinem Gesicht – den Atem des Hochsommers.

Danach

Als vor mir ein Blitz über den Himmel zuckte, begann ich zu zählen. Erst als ich bei elf angekommen war, hörte ich ein schwaches Donnergrollen. Demnach war das Gewitter noch elf Meilen entfernt – oder zählte man da in Kilometern? Und wie war das überhaupt gemeint? Horizontal oder vertikal? Während ich vom Kanal abbog und die Camden Road hinaufging, landeten einzelne dicke Regentropfen wie kleine Bomben auf dem Asphalt, und die Leute rannten los, um Schutz zu suchen. Ich versuchte gar nicht erst, trocken zu bleiben, sondern ging in gemächlichem Tempo die Straße entlang weiter. Der Regen klatschte mir auf den Kopf. Schon bald schienen die einzelnen Tropfen zu verschmelzen, und es schüttete wie aus Kübeln. Genauso gut hätte ich in einen Fluss springen können. Oder in einen Stausee, dachte ich und schauderte, weil ich ein weiteres Mal jenes Bild vor Augen hatte, von dem ich genau wusste, dass ich es nie vergessen würde. Mein Haar tropfte, und meine Schuhe gaben beim Gehen schmatzende Geräusche von sich. In meinem Herzen aber wütete der Zorn.

Da der Akku meines Handys leer war, suchte ich meine Wohnung auf, schälte mich aus meinen nassen Kleidern und rieb mich mit einem Handtuch trocken. Nachdem ich frische Sachen angezogen hatte, rief ich vom Festnetz aus an.

»Ich muss dich unbedingt sehen. Ja, jetzt gleich. Bist du zu Hause. Allein? Gut. Bleib dort. Ich komme vorbei.«

Sonia öffnete mir die Tür, ehe ich überhaupt dazu kam, auf die Klingel zu drücken. Ihr Haar war zu einem strengen Pferdeschwanz zurückgebunden, und sie wirkte sichtlich erschöpft. Sie hatte dunkle Augenringe, und ihre Haut schien über ihren Wangenknochen zu spannen. Wortlos trat sie beiseite, um mich hineinzulassen. Normalerweise trafen wir uns nie in ihrer Wohnung. Sie kam entweder zu mir, oder wir verabredeten uns in Pubs, Cafés oder den Häusern anderer Leute. Inzwischen verbrachte sie natürlich die meiste Zeit bei Amos. Was nicht weiter überraschend war, denn sie selbst wohnte in einer deprimierenden Kellerwohnung, die nur ein paar Gehminuten von meiner entfernt war und große Ähnlichkeit mit einer feuchten, unterirdischen Höhle besaß. Ich hatte mich immer gewundert, wieso Sonia, die ihr Leben doch gut im Griff hatte und mit Geld so vorsichtig umging, dass man sie in einem altmodischen Sinn sparsam nennen konnte, nicht schon längst eine schöne Eigentumswohnung gehörte.

»Möchtest du etwas zu trinken?«

»Nein.«

Ich setzte mich an ihren Küchentisch und verschränkte die Hände fest ineinander. Sonia nahm mir gegenüber Platz.

»Was für ein scheußliches Wetter. Ich konnte mich nicht dazu durchringen, das Haus zu verlassen. Stattdessen habe ich mich auf das neue Schuljahr vorbereitet. In ein paar Tagen geht es ja wieder los.«

Ich saß immer noch mit verschränkten Händen da. Statt wie sonst einfach loszuplappern, sprach ich kein Wort. Noch nicht.

»Ich weiß nicht, was ich sagen soll, Bonnie. Das alles lässt sich nun nicht mehr ungeschehen machen. Es war ein Unfall. Das weißt du ja schon. Nichtsdestotrotz habe ich Hayden getötet. Und dich getäuscht. Es tut mir leid. Ich kann dir nichts anderes sagen, als dass es mir leidtut. Ich bedaure zutiefst, was ich getan habe, und ich bedaure deinen Verlust.«

Ich sah sie an und wartete. Das Schweigen zwischen uns verdichtete sich. Als ich schließlich das Wort ergriff, tat ich das ganz langsam, fast als könnte ich jedes einzelne Wort in meinem Mund schmecken.

»Mir geht so vieles im Kopf herum«, begann ich. »Immer wieder sehe ich sein Gesicht, sein totes, schönes Gesicht. Ich erinnere mich daran, wie es sich angefühlt hat, ihn zu berühren. Ich schätze, dir geht es nicht anders. Bestimmt hast auch du Bilder im Kopf, die einfach nicht verblassen wollen. Wobei meine Gedanken diesmal um etwas ganz anderes kreisen. Als ich endlich wusste, dass Neal es nicht war, und er seinerseits wusste, dass ich es nicht war – aber noch bevor wir wussten, dass du es warst –, haben wir alle drei unsere Erinnerungen an den Tatort verglichen. Zum einen gab es den ursprünglichen Tatort, den Neal vorfand und dann veränderte, und zum anderen den Tatort, den ich bereits verändert vorfand – verändert von Neal, wobei mir das zu dem Zeitpunkt natürlich noch nicht klar war.«

»Worauf willst du hinaus?«

»Darauf, dass der von Neal ursprünglich vorgefundene Tatort derjenige war, den du kurz zuvor verlassen hattest. Aber Neal hat einen sehr ordentlichen Tatort beschrieben – abgesehen von Haydens Leiche auf dem Boden befand sich alles genau dort, wo es hingehörte. Neal hat es dann so aussehen lassen, als hätte in der Wohnung ein Kampf oder ein Unfall stattgefunden, ein schiefgelaufener Raubüberfall oder so etwas in der Art. Wahrscheinlich wusste er selbst nicht so genau, was er da eigentlich tat. Er wollte einfach eine falsche Spur legen.«

»Bonnie«, sagte Sonia sanft. »Liebe Bonnie, wenn du dir das alles immer wieder durch den Kopf gehen lässt, drehst du irgendwann noch durch. Lass es sein.«

»Nein, hör mir zu. Als Neal kam, lag noch nichts herum, und es war auch nichts zerbrochen. Du aber hast etwas ganz anderes behauptet. Doch, Sonia. Ich kann deine Worte noch ganz genau hören. Ich bin sie immer wieder durchgegangen. Demnach hast du Hayden aufgesucht, um ihm zu sagen, dass er die Finger von mir lassen solle. Das Ganze ist aus dem Ruder gelaufen, er hat nach dir geschlagen, etliches ging zu Bruch, und du hast nach dem nächstbesten Gegenstand gegriffen, der gerade in Reichweite war. So hast du es jedenfalls *erzählt.*«

»Und genau so ist es auch gewesen. Er ist auf mich losgegangen, ich bin in Panik geraten und … nun ja, ab da ist alles schiefgelaufen.«

»Trotzdem befand sich alles an Ort und Stelle, als Neal ein paar Minuten später dort eintraf. Er fand eine ordentliche Wohnung vor – einen Tatort, an dem definitiv kein Kampf stattgefunden hatte.«

»Vielleicht ist ihm das falsch in Erinnerung geblieben, oder mir. Mein Gott, Bonnie, ich stand unter Schock. Ein Mann lag tot vor mir auf dem Boden. Vielleicht habe ich da einfach etwas durcheinandergebracht.«

»Das klingt aber gar nicht nach dir, Sonia.«

»Tut mir leid, wenn ich mich nicht völlig ruhig und logisch verhalten habe. Ich glaube, das können wir alle drei nicht von uns behaupten.«

»Nein«, entgegnete ich, »Fakt ist, dass du eine ordentliche Wohnung hinterlassen hast. Du hast Hayden getötet, daran besteht kein Zweifel – aber nicht so, wie du es geschildert hast.«

»Ich habe keine Ahnung, worauf du hinauswillst.«

»Das war die andere komische Sache«, fuhr ich fort. »Sobald dir klar war, dass ich es getan hatte, um Neal zu schützen, und Neal seinerseits mich schützen wollte, muss dir auch klar gewesen sein, dass wir dich genauso schützen würden. Warum hast du es uns dann nicht gesagt? Du bist doch ein sehr logisch denkender Mensch, Sonia. Das wäre die logische Reaktion gewesen.«

»Ich konnte in der Situation einfach nicht logisch denken«, entgegnete Sonia.

»Du denkst immer logisch«, widersprach ich. »Genau das hat mich ja stutzig gemacht. Deshalb habe ich herauszufinden versucht, ob zwischen dir und Hayden irgendeine Verbindung bestand – mal abgesehen von deiner schwachsinnigen Behauptung, dass du mit ihm reden wolltest, weil er mich geschlagen hatte.«

»Bonnie, wie kannst du das sagen?«

»Ich bin tatsächlich fündig geworden. Erinnerst du dich an die Party, zu der wir alle gemeinsam gegangen sind, nachdem wir auf dem Examensfest gespielt hatten?«

Sie gab mir keine Antwort.

»Natürlich erinnerst du dich. Wir waren zu fünft: du, Amos, Neal, Hayden und ich. Wir haben dort eine Frau getroffen, die dich von früher her kannte. Sie heißt Miriam Sylvester.«

»Miriam Sylvester?« Sonia sprach den Namen aus, als müsste sie erst ein bisschen darauf herumkauen. Dann schüttelte sie den Kopf. »Nein.«

»Ach, hör doch auf, Sonia. Natürlich erinnerst du dich an sie! Immerhin habt ihr an deiner letzten Schule gemeinsam unterrichtet.«

»Ach, die. Ja, jetzt, ich erinnere mich. Es hat bei mir nur nicht gleich geklingelt, weil du sie in einem völlig anderen Kontext erwähnt hast.«

»Ich war heute bei ihr.«

Sie stand auf und füllte den Wasserkessel, so dass sie mir den Rücken zuwandte, als sie antwortete.

»Warum? War sie eine Freundin von Hayden?«

»Ja. Wir haben über ihn gesprochen. Sie war sehr aufgeregt. Du weißt ja, dass die Frauen Hayden trotz all seiner Fehler liebten. Nur du nicht.«

»Ich fand ihn nicht so toll«, bestätigte Sonia. »Er war ein Mann, der seine Freundin schlug.«

»Was du da aber noch nicht wusstest. Habe ich recht?«

»Wie bitte?«

»Ich glaube nicht, dass du vor seinem Tod wirklich schon gewusst hast, dass er mich schlug. Vermutlich hast du nicht mal gewusst, dass wir zusammen waren.«

»Natürlich habe ich das gewusst. Deswegen bin ich ja zu ihm hin.«

»Um ihn aufzufordern, nie wieder die Hand gegen mich zu erheben? Das hast du erst behauptet, nachdem du von mir erfahren hattest, dass er mich schlug. Damit habe ich dir einen willkommenen Vorwand geliefert. Vorher hattest du davon keine Ahnung, und es war auch nicht der Grund, warum du ihn aufgesucht hast, stimmt's? Antworte mir! Erzähl mir, was ich längst weiß.«

»Worauf soll ich dir antworten? Was du sagst, ergibt keinen Sinn.« Ihre Stimme klang eisig.

»Mir war eingefallen, dass ich diese Miriam Sylvester auf der Party getroffen hatte, und plötzlich erinnerte ich mich auch wieder daran, dass sie nicht besonders gut auf dich zu sprechen war. Deswegen bin ich mit dem Zug nach Sheffield gefahren, um sie nach dem Grund zu fragen. Wie ich inzwischen weiß, hatten ihre Vorbehalte nichts mit deinem Unterricht zu tun.«

Sonia stellte den Wasserkessel ab, ohne ihn einzuschalten, und setzte sich. Ihre Augen wirkten dunkler denn je, ihr Gesicht sehr fahl.

»Du hast deine Schule überstürzt verlassen und in London neu angefangen.«

»Ich habe Sheffield verlassen«, bestätigte sie. »Und?

»Miriam hat mir von einem Schüler namens Robbie erzählt, der starb. Daraufhin hat die ganze Schule zum Andenken an ihn für einen wohltätigen Zweck gesammelt.«

»Nun spuck schon aus, was du zu sagen hast«, antwortete sie ganz ruhig. Nicht einmal ihre Hände zitterten.

»Du hast dir das Geld aus der Sammlung unter den Nagel gerissen.«

»Das stimmt nicht.«

»Geld, das gesammelt worden war, weil ein Dreizehnjähriger sterben musste und die Schule ihm auf diese Weise ein kleines Denkmal setzen wollte. Die Schüler haben deswegen alles Mögliche auf die Beine gestellt. Sie haben Dreibeinrennen organisiert und Autos gewaschen. Und du hast das Geld als Anzahlung für eine schöne Wohnung verwendet.«

»Miriam Sylvester hat das völlig falsch dargestellt. In Wirklichkeit war es ganz anders.«

»Kein Wunder, dass du in dieser hässlichen Höhle wohnst und kein Geld hast. Du zahlst immer noch deine Schulden ab, stimmt's?«

Eines musste ich ihr lassen: Sie war durch nichts aus der Ruhe zu bringen.

»Bonnie«, sagte sie, »überleg doch mal. Was Miriam dir erzählt hat, ergibt keinen Sinn. Es kam tatsächlich zu Diskussionen über die Verwendung bestimmter Schulgelder. Das Ganze ist etwas aus dem Ruder gelaufen. Aber hätte jemand wirklich auf diese Weise Gelder veruntreut, wäre die betreffende Person doch verhaftet und zu einer Gefängnisstrafe verurteilt worden. Du machst einen schrecklichen Fehler. Wobei ich natürlich weiß, welchem Druck du in letzter Zeit ausgesetzt warst.«

»Ach, spar dir deine Märchen, Sonia. Du hast schon genug gelogen. Miriam hat mir alles genau erklärt. Sie wollten die Polizei nicht einschalten, denn dann hätte sich die Schule vermutlich durch einen langwierigen Prozess schleppen müssen und wäre die ganze Zeit diesem schrecklichen Medienrummel ausgesetzt gewesen. Miriam hat mir von dem Geständnis erzählt, das du unterschreiben musstest. Es wurde vereinbart, dass du das Geld zurückzahlst und die Schule verlässt. Willst du das immer noch abstreiten?«

»Ich finde, du solltest jetzt gehen.«

»Für jemanden wie Hayden hattest du nur Verachtung übrig. Er war bestimmt kein Heiliger, aber so etwas wie du hätte er nie getan.«

»Du warst wirklich in ihn verknallt, was?«

Ich spürte, wie Wut und Kummer in mir hochstiegen, bis ich kaum noch ein Wort herausbrachte und meine Stimme selbst in meinen eigenen Ohren schwach und krächzend klang.

»Und wenn schon? Was spielt es denn für eine Rolle, ob ich in ihn verknallt war? Oder ihn geliebt habe, ihn derart begehrt habe, dass ich die Finger nicht von ihm lassen konnte? Und jetzt vor Sehnsucht nach ihm fast verrückt werde? Darum geht es nicht. Es geht nicht um meine Gefühle und auch nicht um die Frage, ob Hayden ein guter Mensch war oder nicht. Ob er sich richtig oder falsch verhalten hat. Nein, es geht hier um ein Menschenleben, Sonia. Jemandem wurde das Leben genommen. Ein ganzes Leben!«

Ich konnte nicht weitersprechen. Es war, als würde die Luft um mich herum vibrieren.

»Erzählst du mir, was passiert ist?«, fragte ich nach einer Weile in ruhigerem Ton. »Was Hayden zu dir gesagt hat?«

»Gar nichts ist passiert.«

»Na schön. Dann sage ich es dir – zumindest, soweit ich es weiß. Mittlerweile liegt das ja alles recht klar auf der Hand. Miriam hat Hayden von dir erzählt, und bestimmt hat er dir das gesagt. Ich bin sicher, dass er dich damit nicht erpressen wollte. Mit so etwas gab Hayden sich nicht ab. Aber er hat es bestimmt erwähnt, und sei es nur, um dich ein bisschen von deinem hohen Ross herunterzuholen. Hayden mochte keine Heuchler.«

»Jetzt reicht es aber!« Endlich klang ihre Stimme eine Spur erschüttert.

»Das alles war für dich schon schlimm genug, aber dir war klar, dass es noch schlimmer kommen würde. Du musstest damit rechnen, dass Hayden der Versuchung, darüber zu reden, nicht widerstehen konnte. Bestimmt hätte er es zunächst einmal mir erzählt, stimmt's? Deine Beförderung zur stellvertretenden Direktorin hättest du dir dann abschminken können, und die Beziehung mit Amos ebenfalls. Du wärst nie aus dieser scheußlichen kleinen Wohnung herausgekommen, und deine ganze moralische Überlegenheit hätte dir auch kein Mensch mehr abgekauft. Was hast du deswegen unternommen? Vielleicht bist du zu Hayden gegangen, um ihm zu sagen, dass die Geschichte nicht stimmte und er niemandem davon erzählen durfte.«

»Du fantasierst doch!«

»Falls es so war, hat er dich bestimmt ausgelacht. Die hochnäsige Sonia, verzweifelt bemüht, ihre Spuren zu verwischen. Das hätte er bestimmt lustig gefunden. Vielleicht hast du aber auch schon von Anfang an gewusst, dass du ihn töten würdest. Das halte ich für die wahrscheinlichste Variante. Je länger ich darüber nachdenke, desto sicherer bin ich mir, dass du ihn vorsätzlich getötet hast. Er stellte für dich und deine tollen Pläne eine Bedrohung dar. Als du an dem Tag zur Probe gekommen bist, hast du es schon *gewusst*, oder? Du warst effektiv und nett wie immer. Du hast meine Wohnung für mich aufgeräumt und dann wunderschön ›Leaving on your Mind‹ gesungen. Schöner als je zuvor. Du hast alles tadellos hinbekommen – und dabei schon die ganze Zeit gewusst, was du als Nächstes tun würdest. Du bist vor allen anderen aufgebrochen und so schnell wie möglich zu seiner Wohnung. Dort hast du die Vase genommen und ihm damit den Kopf eingeschlagen. Es war kein Totschlag, sondern Mord. Kaltblütiger Mord. Du bist eine Mörderin.«

Sonias Gesicht war inzwischen totenbleich. Nur auf ihren Wangenknochen leuchteten ein paar rote Flecken.

»An deiner Stelle würde ich jetzt aufhören.«

»Oder was?«

»Oder ich gehe zur Polizei und sage ihnen, dass ich deine Komplizin war. Dass ich dir geholfen habe, Haydens Leiche wegzuschaffen.«

»Nur zu«, antwortete ich, »damit habe ich überhaupt kein Problem. Ganz im Gegenteil, es würde sogar mein Gewissen erleichtern – du weißt schon, die seltsame kleine Stimme im Kopf, die einem keine Ruhe lässt, wenn man etwas Unrechtes getan hat. Erzähl du ihnen, was ich getan habe, und ich erzähle ihnen, was du getan hast.«

»Sie würden dir nicht glauben. Das sind doch alles nur Vermutungen.«

»Lass dich überraschen.«

»Selbst wenn du recht hättest, gibt es dafür keine Beweise. Wir haben sie eigenhändig vernichtet. Neal, du und ich.«

Ich lehnte mich zurück und verschränkte die Arme vor der Brust. Einen Moment fühlte ich mich sehr niedergeschlagen und innerlich wie erstarrt.

»Das stimmt«, räumte ich ein, »aber da ist immer noch Miriam Sylvester. Und das Dokument, das du unterschrieben hast.«

»Worauf willst du hinaus?«

»Du verlässt sofort die Schule. Du scheidest aus dem Lehrberuf aus und kehrst nie zurück. Und du verlässt Amos.«

Einen Moment herrschte tiefes Schweigen.

»Das sind aber viele Forderungen«, meinte sie schließlich.

Ich musste fast lächeln. Es war, als würde ich einer großen, unbezwingbaren, unerschütterlichen Schauspielerin zusehen.

»Du kapierst es immer noch nicht, oder? Hast du noch nie etwas von Gewissensbissen oder Schuldgefühlen gehört? Du hast jemanden getötet, Sonia. Du hast es im Voraus geplant und dann in die Tat umgesetzt. Dass ich ihn kannte und mochte, tut jetzt nichts zur Sache. Du hast ihn nicht getötet, um mich zu schützen, und es war auch nicht Notwehr oder ein Unfall. Du hast es geplant und in die Tat umgesetzt, weil du nicht wolltest, dass dein hässliches kleines Geheimnis herauskam. Das war dir wichtiger als ein Menschenleben. Und deswegen, liebe Sonia, sind das gar nicht viele Forderungen.«

»Hast du mir sonst noch was zu sagen?« Obwohl sie kreidebleich war und ihr Mund schmal und verbissen wirkte, verlor sie nicht die Beherrschung. Was würde ihre Fassade je zum Bröckeln bringen?

»O ja. Erstens: Sollte die Polizei jemals in Betracht ziehen, eine andere Person unter Anklage zu stellen, werde ich ihnen sofort alles sagen, ohne auch nur mit der Wimper zu zucken. Und zweitens: Ich werde dich im Auge behalten. Glaub ja nicht, dass ich dich jemals aus den Augen lassen werde. Wenn du dich nicht an meine Bedingungen hältst, bekomme ich das mit. Ich werde dir das nicht durchgehen lassen.«

»Ganz wie du meinst. Den Weg nach draußen findest du ja sicher selbst.«

»Erst musst du mir sagen, dass du meine Bedingungen akzeptierst. Vorher gehe ich nicht.«

Ich sah, wie sich ihre Kieferpartie verspannte und ihre Nasenflügel sich leicht blähten. Dann entgegnete sie mit tonloser Stimme: »Also gut, ich akzeptiere sie.«

»Gut.« Ich stand auf. »Dann leb wohl.«

»Leb wohl.« Zögernd fügte sie hinzu: »Ich habe nur getan, was du tun hättest sollen, dich aber nicht getraut hast.«

In dem Moment begriff ich, wie es dazu kommen konnte, dass man jemanden im Affekt umbrachte – angetrieben von einer kalten, sinnlosen Wut. Der Druck baute sich in mir auf wie ein Sturm, bis er schließlich hinter meinen Augen pulsierte, meine ganze Kehle ausfüllte und mich zwang, die Fäuste zu ballen.

»Du widerst mich an!«, stieß ich hervor. »Hayden war mehr wert als hundert von deiner Sorte! Nein, tausend!«

Mit diesen Worten drehte ich mich um und stürmte hinaus. Als ich die Tür hinter mir zuzog, hörte ich drinnen einen lauten Schrei. Dann folgte ein schrecklicher Lärm, als würden Dinge durch die Luft fliegen und jede Menge Glas zersplittern. Das Schreien hörte nicht auf. Es klang wie das Geheul eines Tiers, das in einer Falle gefangen war. Ein paar Augenblicke blieb ich stehen und hörte zu, wie die Frau, die einmal meine liebste Freundin gewesen war, wie eine leidende Kreatur vor sich hinbrüllte. Dann ging ich.

Davor

Ich ließ mir Zeit. Langsam wanderte ich die Straße zu Lizas Wohnung entlang. Ich fühlte mich wie in einem Traum. Die Leute um mich herum schienen zu einer anderen Welt zu gehören, einer Welt der Zielstrebigkeit und Gewissheit, in der es Regeln einzuhalten und Orte aufzusuchen galt. Die Sonne war inzwischen untergegangen und hatte ein geheimnisvolles Dämmerlicht hinterlassen, das mit kühler Luft einherging, so dass ich in meiner dünnen Jacke plötzlich fröstelte. Der Sommer verabschiedete sich allmählich. Schon bald würde der Herbst beginnen.

Wie weit kann sich ein Mensch ändern? Wie weit kann man sich darauf verlassen, dass er sich tatsächlich ändern wird? Wie weit sollte man seinem Verstand, wie weit dem Herzen folgen? Wenn man sich doch so schrecklich wünscht, wieder seine Arme zu spüren, seinen Atem im Haar zu fühlen und zu hören, wie er einen zärtlich flüsternd beim Namen nennt – ist es da falsch, diesem Gefühl nachzugeben?

Jeder Schritt, den ich auf Hayden zuging, brachte mich einer Entscheidung näher. Unter einer knorrigen Platane blieb ich einen Moment stehen. Zu lieben und geliebt zu werden, zu begehren und begehrt zu werden – aber auch wieder schwach zu sein, einem anderen Menschen ausgeliefert, und wieder von ihm verletzt zu werden, wieder verraten, wieder verlassen.

Danach

Offenbar war es nicht vorgesehen, dass die Musiker an der eigentlichen Trauung teilnahmen. Gott sei Dank. Während Danielle und Jed in der Kirche vor all ihren Lieben den heiligen Bund der Ehe eingingen, trugen wir unsere Ausrüstung ins Tiefgeschoss eines Hotels in Holborn. Überall rannten Leute herum, waren damit beschäftigt, Tische zu schleppen, stapelweise Teller durch die Gegend zu tragen und Blumenvasen zu verteilen.

Wir waren nicht gerade die fröhlichste aller Bands. Ein paar Tage zuvor hatte ich spätabends ein Geräusch an meiner Wohnungstür gehört, das man kaum als Klopfen bezeichnen konnte. Es klang eher, als würde jemand verzweifelt an der Tür kratzen. Als ich aufmachte, sah ich mich einem weinenden Amos gegenüber.

»Sonia hat mich verlassen!«, stieß er hervor.

Ich führte ihn zum Sofa und drückte ihm ein Glas Whisky in die zitternden Hände. Er kippte ihn hinunter, als hätte er schrecklichen Durst. Als er dann zu erzählen begann, bestanden seine Sätze hauptsächlich aus Schluchzern.

»Sie hat mich einfach so verlassen.«

»Das tut mir leid.«

»Sie zieht weiter«, fuhr er fort. »Sie hat ihren Job hingeschmissen und verlässt die Stadt. Sie will sich anderswo etwas Neues suchen. Wo, wollte sie mir nicht verraten.« Er fuhr sich mit den Händen übers Gesicht. Dann sah er mich an. »Willst du dazu denn gar nichts sagen?«

»Mir fehlen die Worte«, antwortete ich, ausnahmsweise ganz wahrheitsgetreu.

»Hast du davon gewusst?«, fragte er. »Hast du gewusst, dass sie alles hinwerfen, alles hinter sich lassen wollte?«

Zum Glück waren das nur rhetorische Fragen. Über eine

Stunde lang redete und heulte Amos sich alles von der Seele. Am liebsten hätte ich zu ihm gesagt, dass er aufhören, dass ich nicht die Person sei, der er all diese Dinge erzählen solle. Ich hätte ihn auch fragen können, warum er so versessen darauf war, mir zu demonstrieren, welch starke Gefühle er für eine andere Frau empfand, verkniff es mir aber, weil ich die Antwort im Grunde schon kannte. Amos hatte gern alles unter Kontrolle, doch die Sache mit Sonia war ihm einfach passiert. Sie hatte nicht zu seinem großen Lebensplan gehört. Abgesehen davon fiel mir keine Frage ein, die ich ihm noch stellen wollte. Es interessierte mich gar nicht so sehr, was Amos zu sagen hatte. Er konnte mir sowieso nichts erzählen, was ich nicht schon wusste, so dass es letztendlich einfacher war, mich zurückzulehnen, eine mitfühlende Miene aufzusetzen und ihm immer wieder von dem Whisky nachzuschenken, während er redete.

Als er schließlich aufstand, um zu gehen, schwankte er bereits ein wenig.

»Dir ist klar, was das bedeutet, oder?«

»Was?«, fragte ich.

»Jetzt können wir nicht mehr auf der Hochzeit spielen.«

Ich erklärte ihm mit Nachdruck, dass wir versprochen hatten zu spielen. Ich würde das durchziehen, und er auch. Der Rest der Band reagierte etwas gelassener auf Sonias Ausscheiden. Guy setzte zu einer sarkastischen Bemerkung an, überlegte es sich dann aber anders. Die Ereignisse und Konflikte der letzten Wochen hatten ihn mürbe gemacht, so dass er am Ende nur murmelte, er werde sein Bestes geben und mich hoffentlich nicht enttäuschen. Joakim zuckte lediglich mit den Schultern.

»Ich schätze mal, ihre Beweggründe gehen mich nichts an«, meinte er.

»Irgendwie schon«, entgegnete ich, »denn ohne Sonia werden wir beide einen Großteil des Gesangs übernehmen müssen.«

Wir setzten uns also zusammen und besprachen rasch, wer was vortragen sollte. Joakim hatte eine etwas dünne Stimme, die mich an die Sänger vieler Indie-Bands erinnerte, aber wahrscheinlich würden alle jungen Mädchen auf der Hochzeit begeistert von ihm sein. Was meine eigene Stimme betraf, hatte ich ebenfalls meine Zweifel. Ich war nicht gerade Bessie Smith, auch wenn ich mir das gewünscht hätte. Trotzdem war ich in der Lage, einen Ton zu halten, und daran gewöhnt, vor meinen Klassen zu singen, um ihnen zu demonstrieren, wie etwas klingen sollte.

Neal wirkte zunächst etwas besorgt, als ich es ihm erzählte.

»Glaubst du, sie verliert die Nerven?«, fragte er. »Will sie plötzlich ein Geständnis ablegen, um ihr Gewissen zu erleichtern?«

»Nein, ganz bestimmt nicht«, antwortete ich. »Dieser Typ ist sie nicht.«

Neals Blick wurde nachdenklich, dann misstrauisch.

»Gibt es da etwas, das ich wissen sollte?«

»Nein«, antwortete ich, erneut wahrheitsgetreu. Es gab zwar ein paar Dinge, die er nicht wusste, aber nichts, was er wissen *sollte*. Trotzdem hatte ich das Gefühl, noch etwas hinzufügen zu müssen. »Es war wahrscheinlich unvermeidlich. Mit solch einem Damoklesschwert über unseren Köpfen hätten wir sowieso nicht zusammenbleiben können. Da ist es wohl wirklich das Beste, wenn sie woandershin geht, wo sie einen neuen Job findet und neue Leute kennenlernt.«

»Aber sie hat Amos verlassen«, wandte Neal ein.

»Da können wahrscheinlich beide von Glück reden.«

»Ist das jetzt nicht ein bisschen hart?«

»Eine gewisse Bitterkeit musst du mir schon zugestehen.«

Ein Hotelangestellter dirigierte uns zu einer provisorischen Bühne am Ende des Saals. Während wir unsere Sachen aufbauten, kam es mir vor, als hätten wir am Vorabend alle einen fürchterlichen Rausch gehabt und Dinge gesagt oder getan, an die wir uns zum Teil nicht mehr erinnerten oder für die wir uns inzwischen schämten, so dass wir uns nun etwas verkatert und angeschlagen fühlten und einander nicht in die Augen schauen konnten. Nervös waren wir natürlich auch. Es war eine beängstigende Vorstellung, gleich vor einer ganzen Schar von Fremden auftreten zu müssen.

Die Trauungszeremonie schien inzwischen vorüber zu sein, denn allmählich begannen die Hochzeitsgäste einzutrudeln und nach ihren Plätzen an den Tischen Ausschau zu halten. Ich hatte damit gerechnet, dass sie uns neugierig mustern würden, doch wider Erwarten würdigten sie uns kaum eines Blickes. Zum ersten Mal bekam ich einen Eindruck davon, wie es sich anfühlte, zu den unsichtbaren Geistern zu gehören, die einem den Mantel abnahmen, die Speisekarte reichten oder hinter einem herräumten. Schließlich trafen Danielle und Jed ein. Sie sahen aus wie ein Prominentenpaar, von dem man nicht recht wusste, woher man es kannte. Die beiden wurden mit Jubel begrüßt. Während sie von Tisch zu Tisch wanderten und ihre Gäste zur Begrüßung umarmten und küssten, hörte man ständig Handykameras klicken. Dann fiel Danielles Blick auf uns. Sie stieß ein lautes Kreischen aus und kam in ihrem aufwendigen cremefarbenen Kleid, das sich üppig um ihren Körper bauschte, auf uns zugestürmt, ihren Bräutigam im Schlepptau.

»O mein Gott, o mein Gott, o mein Gott!«, rief sie und schlang die Arme um mich. »Was für ein unglaublicher Tag! Vorhin in der Kirche war ich so aufgeregt! Ich hatte richtig Angst, meinen eigenen Namen zu vergessen. Was womöglich auch der Fall war. Ich kann mich nämlich an kein einziges Wort mehr erinnern, das ich gesagt habe. Wahrscheinlich sind wir gar nicht verheiratet. Das ist Jed. Jed, Bonnie. Bonnie, Jed. Sieht er nicht fantastisch aus?«

Jed war groß, hatte einen dichten blonden Haarschopf und trug einen grauen Anzug mit einer wild geblümten Weste. Der

Gesichtsausdruck, mit dem er uns betrachtete, wirkte leicht fassungslos.

»Das ist so klasse von dir, Bonnie«, fuhr Danielle fort, »nach allem, was du durchgemacht hast. Was für eine schreckliche Sache. Ich kann es noch immer nicht fassen. Die Leute hier kennen kein anderes Thema.« Ich nickte nur, weil ich kein Wort herausbrachte. »Nach unserer Rückkehr aus – ähm, ich darf noch nicht verraten, wo wir hinfliegen – müssen wir unbedingt mal in Ruhe reden. Dann führen wir beide ein richtig gutes Gespräch.« Sie hielt inne und musterte uns prüfend. »Wollt ihr das anlassen?«

Wir trugen alle unser Countryoutfit, also so ziemlich das Gleiche, was wir sonst auch anhatten – Jeans und Hemd. Ich hatte ganz unten in einem meiner Kartons sogar noch ein Paar Cowboystiefel gefunden.

»Es passt zur Musik«, erklärte ich.

»Wunderbar.« Sie blickte sich um. »Ist eure Sängerin noch gar nicht da?«

»Sonia schafft es nicht«, antwortete ich.

»O mein Gott!« rief Danielle. »Gibt es irgendein Problem?«

»Sie ist aufgehalten worden. Ein Notfall. Aber wir werden tun, was wir können.«

»Gut, gut.« Danielle klang, als hätte sie eine erste böse Vorahnung, dass an ihrem wunderbaren Tag etwas schieflaufen könnte. »Ich habe dafür gesorgt, dass ihr etwas zu essen bekommt. Wenn ihr euch an Sergio wendet – den süßen Typen mit der violetten Jacke –, wird er sich um euch kümmern. Nach dem Essen stehen erst mal ein paar Reden auf dem Programm. Danach könnt ihr loslegen. Ich freue mich so darauf, euch zu hören und ein bisschen zu tanzen!«

Sergio lotste uns aus dem Hauptraum in eine Art Lagerbereich, wo auf der einen Seite neben einer Reihe großer Kartons ein Picknicktisch aufgestellt war, auf dem ein paar Stückchen Huhn sowie eine Flasche Wein und eine Packung Orangensaft für uns bereitstanden. Joakim und Neal aßen mit gutem Appetit, während wir anderen nur wortlos an unseren Getränken nippten. Guy trank Orangensaft, aber ich blieb beim Wein. Wenn ich dieser Meute etwas vorsingen sollte, musste ich mir erst ein wenig Mut antrinken.

Die Reden waren perfekt. Jeds bester Freund erzählte Geschichten über Besäufnisse und völlig unmögliche Exfreundinnen. Von draußen drang das Pfeifen des Windes und Grillengezirpe herein. Dann las Danielles Vater eine viel zu lange Rede vor, wobei sich hinterher herausstellte, dass mittendrin eine Seite gefehlt hatte, so dass der Rest kaum einen Sinn ergab. Als er schließlich auf Braut und Bräutigam anstieß, war ich einigermaßen beruhigt, denn alles, was danach kam, konnte nur eine Verbesserung darstellen. Danielle schnappte sich das Mikrofon und verkündete der Menge, dass ihnen nun ein besonderer Leckerbissen bevorstehe, weil nämlich eine ihrer ältesten Freundinnen Musikerin sei und speziell für diesen Anlass eine Band zusammengestellt habe, mit der sie den ganzen Sommer über geprobt und jede Menge Hindernisse überwunden habe. Deswegen sollten doch alle mal kräftig klatschen, um Bonnie Graham und ihre Band willkommen zu heißen.

Ein wenig verlegen schlichen wir auf die Bühne. Nur Guy sah aus, als wäre er ganz in seinem Element. Während er hinter seinem Schlagzeug Stellung bezog, warf ich zufällig einen Blick auf ihn und begriff instinktiv, dass er in seiner Fantasie zu John Bonham um 1972 mutiert war und gleich für Led Zeppelin die Trommelstöcke schwingen würde. Ich hoffte nur, dass er nicht vorhatte, auch wie John Bonham zu klingen. Ich selbst wünschte mir gerade eine Sonnenbrille wie Roy Orbison, aber dafür war es nun zu spät. Ich trat ans Keyboard, klopfte kurz gegen das Mikrofon und murmelte ein paar Glückwünsche an Danielle und … Es entstand eine kleine Pause, weil ich mich plötzlich nicht mehr an Jeds Namen erinnern konnte. Zum Glück fiel er mir gleich wieder ein, doch ehe ich ihn aussprechen konnte, verursachte eine der Gitarren eine laute, kreischende Rückkopplung, so dass die Leute im Saal sich erschrocken die Ohren zuhielten. Neal zog zerknirscht den Kopf ein.

»Ein bisschen Rock 'n' Roll«, murmelte er.

»Entschuldigung«, wandte ich mich erneut ans Publikum. »Dieser Song ist für Danielle und Jed.«

Wir begannen mit »It Had to Be You«. Es war, als hätte ich vorübergehend meinen Körper verlassen: Wie aus weiter Ferne sah ich Danielle und Jed zögernd auf die Tanzfläche treten, die Arme umeinanderlegen und die ersten Tanzschritte wagen. Ich hörte mich selbst spielen. Meine Stimme klang zart, aber das war in Ordnung, denn es handelte sich ja auch um ein zartes Lied. Joakim kam natürlich bestens zurecht, und Guy spielte auch ganz ordentlich. Neal war nicht gerade in Höchstform, aber am schlimmsten spielte Amos, der ständig danebengriff. Ich sah zu ihm hinüber. Sein Blick wirkte glasig, als würde er gleich umkippen. Zum Glück war der Song schon wieder zu Ende. Nachdem das Publikum uns mit einem recht passablen Applaus belohnt hatte, trat Joakim ans Mikrofon: »Der nächste Song ist für eine Hochzeit nicht unbedingt passend«, begann er. »Genau genommen ist er völlig unpassend, aber wir mögen ihn trotzdem.«

Während ich die erste Zeile sang – die im Wesentlichen darauf hinausläuft, dass der Mann, nachdem er so offensichtlich gehen möchte, das doch am besten sofort tun sollte –, sah ich eine La-Ola-Welle der Fassungslosigkeit durch die Menge schwappen. Auf manchen Gesichtern entdeckte ich tiefe Betroffenheit oder sogar Entsetzen, während andere nur grinsten. Nun ließ es sich nicht mehr ändern. Ich konnte nicht einfach aufhören und etwas anderes probieren. So konzentrierte ich mich einfach aufs Singen, und während ich das tat, passierte etwas völlig Unerwartetes. Mit einem Mal spürte ich den

Song auf eine Weise, wie ich ihn in all den Wochen des Probens nicht gespürt hatte: All die schmerzhaften Worte über Abschiede und die Notwendigkeit loszulassen und zu akzeptieren, dass zwischen zwei Menschen, die sich einmal sehr nahegestanden hatten, eine Kluft entstehen konnte, trafen mich auf einmal mitten ins Herz. Zwar sang ich das Lied im Gegensatz zu Patsy Cline nicht mit einem Schluchzen in der Stimme, hatte aber tatsächlich das Gefühl, vor Kummer kaum Luft zu bekommen. Ich machte einen traurigen Song noch trauriger. Als ich fertig war, gab es nur ganz verhaltenen Applaus. Die meisten Leute reagierten eher mit verblüffter Stille – ob aus Ergriffenheit oder Bestürzung oder weil sie peinlich berührt waren, fragte ich mich lieber erst gar nicht.

Ich stand auf und hängte mir mein Banjo um, und Joakim griff nach seiner Geige. Ich erklärte der Menge, dass es nun an der Zeit sei, mit dem Tanzen zu beginnen. Wir stimmten »Nashville Blues« an, den ersten Song, den wir als Gruppe jemals gemeinsam gespielt hatten. Sofort spürte ich, wie ein erleichtertes Aufatmen durch den Raum ging, und gleichzeitig stürmte alles auf die Tanzfläche – auch wenn das vielleicht nur ein kollektiver Versuch war, so zu tun, als wären die fünf Minuten davor gar nicht passiert. Der Song basiert darauf, dass die Melodie zwischen Banjo, Gitarre und Geige hin- und hergereicht wird wie in einer Art Freundschaftsspiel. Als wir erkannten, wie begeistert die Leute darauf reagierten, dehnten wir das Ganze aus wie Badmintonspieler, die einen Federball endlos in der Luft hielten. Irgendwann sah ich zu Neal hinüber, der mich verschwörerisch angrinste. Sogar Amos wirkte eine Spur lebhafter. Einen Moment lang spürte ich, wie sich solch ein gemeinsames Musizieren eigentlich anfühlen sollte und was wirklich gute Musik vermochte: welche Wunden sie heilen konnte und wie sie in der Lage war, einem bessere Zeiten zu verheißen. Ich wusste, dass wir keine wirklich gute Musik machten, zumindest spielten wir sie nicht übermäßig gut, aber wir taten, was wir konnten, und wir taten es gemeinsam.

Das Gefühl der Einheit, das uns die Musik vermittelte, war nur eine Illusion. Ich hatte Amos angelogen, und Neal ebenfalls, wenn auch auf eine andere Art. Guy glaubte, dass ich seinen Sohn vom rechten Weg abgebracht hatte. Und Joakim? Hatte ich ihn tatsächlich vom rechten Weg abgebracht? Und dann gab es da noch die Menschen, die nicht mehr da waren, die Lücken und Leerstellen – die Gesichter, die ich nie wiedersehen würde.

Aber den Leuten war das wohl egal. Nachdem wir den Song auf ziemlich chaotische Weise beendet hatten, gab es nicht nur Applaus, sondern Jubelrufe, Pfiffe und Gejohle. Wir stimmten ein weiteres, noch etwas wilderes Instrumentalstück an, woraufhin auf der Tanzfläche ein regelrechter Tumult ausbrach. Anschließend spielten wir einen von den wenigen fröhlichen Hank-Williams-Songs, auf den man ebenfalls tanzen konnte, und zum Schluss noch einmal einen Patsy-Cline-Song, diesmal aber keinen so traurigen. Allerdings war das noch nicht das Ende. Als wir uns beim Publikum bedankten, sprang Jed auf die Bühne, schnappte sich das Mikrofon und fragte die Leute in herausforderndem Ton, ob sie noch etwas hören wollten. Wie sich herausstellte, wollte die Menge tatsächlich eine Zugabe. Da wir nichts Neues mehr auf Lager hatten, spielten wir einfach ein zweites Mal »Nashville Blues«, zogen es aber noch mehr in die Länge als beim ersten Mal. Ein paar von den Leuten auf der Tanzfläche unternahmen schließlich sogar einen recht eigenartigen Versuch, im Bluegrass-Stil zu tanzen. Als wir zum Ende kamen, brach donnernder Applaus los. Wir hatten eines der Geheimnisse des Lebens entdeckt, das darin bestand, die Leute glauben zu machen, man wäre besser, als man eigentlich ist.

Während ich von der Bühne stieg, tauchte Danielle vor mir auf und riss mich in ihre Arme. Ihr Haar roch nach Rosen.

»Du hast etwas ganz Wunderbares für mich getan«, sagte sie, »vielen Dank!«

Ich sah sie an. Was hätte ich dafür gegeben, die Zeit zurückdrehen zu können. Wenn sie mich damals doch nur nicht gefragt hätte. Oder wenn ich Nein gesagt hätte. Dafür hätte ich alles gegeben. Alles.

»Gern geschehen«, antwortete ich.

Ich ging zur Bar. Nun, da die Anspannung nachließ, fühlte ich mich richtig zittrig und brauchte zur Beruhigung dringend einen weiteren Drink – am liebsten Wodka oder Whisky, aber es gab nur Champagner. Das Zeug prickelte derart, dass ich es gar nicht so schnell trinken konnte, wie ich eigentlich wollte. Ich brauchte mehrere Schlucke, um das Glas zu leeren.

»Das war sehr gut«, sagte plötzlich eine Stimme neben mir.

Als ich mich umdrehte, sah ich ein Gesicht, das ich in diesem Rahmen nicht erwartet hatte und zunächst auch gar nicht zuordnen konnte. Dann dämmerte es mir. Es war Joy Wallis. Die Dame von der Kriminalpolizei.

»Was machen Sie denn hier?«

»Ich wollte mit Ihnen reden«, antwortete sie, »und dachte mir, dass es nett wäre, Sie mal bei der Arbeit zu beobachten. Das war wirklich gut.«

»Danke.«

»Was genau versteht man eigentlich unter Jambalaya?«, fragte sie.

»Da bin ich mir selbst nicht so ganz sicher«, antwortete ich. »Laut unserem Song wohl irgendwas am Bayou.«

»Ist es etwas zu essen? Oder ein Tanz?«

»Ich dachte immer, es sei so eine Art Party. Ein Fest.«

»So wie das hier?«

»Entschuldigen Sie«, entgegnete ich, »aber Sie haben vorhin gesagt, sie wollten mit mir reden.«

»Nein«, stellte sie richtig. »Ich wollte Ihnen bloß sagen,

dass ich ein schlechtes Gewissen habe. Vielleicht sind wir ein bisschen hart mit Ihnen umgesprungen.«

»Mir tut es nur leid, dass ich Ihnen keine größere Hilfe sein konnte«, entgegnete ich. »Wie läuft es denn?«

»Im Grunde gar nicht. Ich nehme gerade einen anderen Fall in Angriff.«

»Mir ist schon aufgefallen, dass das Interesse der Medien ziemlich nachgelassen hat. Erstaunlich, wie schnell so eine Geschichte in Vergessenheit gerät. Werden die Ermittlungen eingestellt?«

»In einem Mordfall werden die Ermittlungen nie ganz eingestellt«, erwiderte Joy, »sondern höchstens ein wenig gedrosselt. Ich glaube, mein Boss ist allmählich der Meinung, dass das Ganze mit einem schiefgelaufenen Drogendeal zu tun hatte. Der Wagen am Flughafen, die geheimnisvolle Frau am Steuer … Ihr Freund kannte ein paar recht unangenehme Leute. Und mit Geld konnte er auch nicht gut umgehen.«

»Das stimmt.« Ich wollte mich gerade von ihr verabschieden, als ich eine Hand auf meiner Schulter spürte und mich umwandte. Es war Liza. Sie trug ein sehr rotes und sehr kurzes Kleid mit passendem Lippenstift.

»Ich habe gar nicht gewusst, dass du schon wieder da bist!«, sagte ich.

Sie umarmte mich.

»Es war von vornherein so geplant, dass ich zur Hochzeit zurückkomme«, antwortete sie. »Ich habe es gerade noch rechtzeitig geschafft. Ich konnte mir doch euren Auftritt nicht entgehen lassen. Es war fantastisch! Fantastisch, wie du es geschafft hast, das alles auf die Beine zu stellen. Ich habe gehört, was mit deinem Musiker passiert ist. Was für eine schreckliche Sache!«

»Ja«, antwortete ich und wünschte mir, sie würde den Mund halten.

»Das musst du mir alles noch ganz genau erzählen.«

»Ein andermal.«

»Natürlich.«

»Das ist meine Freundin Liza«, stellte ich sie vor. »Liza, das ist Detective Wallis.«

Liza zog theatralisch die Luft ein. »Störe ich bei irgendetwas Wichtigem?«

»Nein, keine Sorge.« Ich wandte mich an Joy. »Liza war dabei, als Danielle mich zu dieser Sache hier überredet hat. Wie war deine Reise, Liza?«

»Sensationell«, antwortete sie, »atemberaubend! Du musst mich bald besuchen, dann erzähle ich dir alles ganz genau. Die Wohnung ist übrigens top in Schuss. Die Pflanzen sehen besser aus als vor meiner Abreise.«

»Wunderbar.«

Liza warf einen Blick zu Joy hinüber.

»Bitte entschuldigen Sie«, sagte sie. »Sie haben bestimmt wichtige Dinge zu bereden.« Sie blieb noch einen Moment mit erwartungsvoller Miene stehen, doch nachdem ich ihr nicht widersprach, fügte sie hinzu: »Also, dann drehe ich mal meine Runde.« Sie setzte sich in Bewegung, hielt dann jedoch abrupt inne und drehte sich um. »Ach, eins noch, Bonnie. Es ist wahrscheinlich eine blöde Frage, aber hast du eine Idee, was aus meinem Läufer geworden ist?«

Davor

Auf der anderen Straßenseite entdeckte ich Neal. Er ging schnellen Schrittes in Richtung U-Bahn-Station und hatte die Arme um irgendeine Tasche geschlungen. Seine Miene wirkte so angespannt und niedergeschlagen, dass ich einen Moment lang gleichzeitig Zärtlichkeit und schlechtes Gewissen empfand. Trotzdem versteckte ich mich rasch hinter einem Baum, damit er mich nicht sah. Ich wartete, bis er in der Ferne verschwunden war, ehe ich mich wieder in Bewegung setzte.

Als ich in die kleine, dunkle Gasse bog, ließ der Verkehrslärm nach, und es wurde ganz ruhig. Nach der Kurve kam die kleine Werkstatt, die um diese Zeit bereits geschlossen hatte. Nur das Schild, das für TÜV und Reparaturen warb, schwang leicht im Wind. Endlich war ich da. Im Wohnzimmer brannte Licht.

Ich würde es ihm sagen. Ich würde es ihm wirklich sagen. Oder doch nicht? Meine Haut lechzte nach seiner Berührung, mein Herz nach seinem Lächeln. Ich wollte ihn einfach noch einmal sehen. Einmal noch seine Arme spüren, seinen Atem in meinem Haar fühlen und hören, wie er meinen Namen flüsterte. Mein Liebster.

Die Tür stand offen. Ich ging hinein.